THE INDEPENDENT BOOKWORM

ZUM STERBEN SCHÖN

36 Kurzgeschichten
Spendenanthologie für die
Tieroase Sandhausen-Bruchhausen
Band 2

Hrsg.: Patrick Woywod

Zum Sterben schön, Spendenanthologie für die Tieroase Sandhausen Band 2
erschienen im Independent Bookworm Verlag, USA und D
Dieses Buch ist auch als eBook erhältlich.

Lektorat: Dr. Katharina Kolata
Korrektorat: Juno Dean
printed on demand
Independent Bookworm, Rosengarten 6, 29394 Lüder

ISBN-13 978-3-95681-248-4 Taschenbuch
ISBN-13 978-3-95681-249-1 Festeinband

Weitere Information finden Sie auf der Verlagswebsite:
http://www.IndependentBookworm.de

Inhaltsverzeichnis

Sie wollen das Hörbuch? Folgen Sie diesem Link oder dem QR-code:
www.audioparadies-verlag.de/hoerbuecher/zum-sterben-schoen

Einen lieben Dank

an Sie, liebe Leserin, lieber Leser. Ihre Hilfe macht es möglich, die Tieroase in Sandhausen zu unterstützen. Jeder Cent, der mit diesem Buch eingenommen wird, geht direkt an den Gnadenhof.

Ihre Freude am Lesen hilft den Tieren. Bitte sagen Sie all Ihren Freunden Bescheid, damit sie uns ebenfalls unterstützen. Wenn Sie noch mehr tun wollen, können Sie auch direkt an den Gnadenhof spenden:

Christianes Tieroase, Volksbank Kurpfalz eG,
IBAN: DE98 6709 2300 0034 1394 31

Vorwort des Herausgebers

Dieses Buch ist vor allem deshalb entstanden, weil ich nach einem Weg gesucht habe, um einen Gnadenhof zu unterstützen. Ich helfe dem Hof in Sandhausen-Bruchhausen schon seit langem, so gut ich es mit meinen Mitteln kann. Auf dem Gnadenhof gibt es Ziegen, Pferde, Esel, Hühner und Hasen.

Daniela ist eine gute Bekannte der Besitzerin, geht jeden Tag zum Hof und versorgt die Tiere vor Ort. Als sie mir erzählte, dass die Besitzerin des Gnadenhofs schwer erkrankt sei, dachte ich, ich muss ihr helfen. Ich betreibe Foodsharing, und so bekommen die Tiere Salat, Äpfel Karotten und Fenchel. Bei einem Flohmarkt zu Gunsten des Gnadenhofs konnten wir 110 Euro einnehmen, doch das reicht natürlich nicht.

Ich habe viel darüber nachgedacht, was ich tun könnte. Ob ich vielleicht mit dem, was mich am meisten begeistert, etwas anfangen könnte. Das sind Bücher! Eine Anthologie, von mir, wäre das wohl möglich? Ich habe kaum Geld und kenne mich mit so etwas nicht aus.

Doch die Idee ließ mir keine Ruhe. Ich habe Kontakt zu Autorinnen und Autoren, kenne fast alle aber nur über die sozialen Medien. Sollte ich da einfach fragen, wer mitmachen würde? Das Ergebnis liegt nun hier vor mir! Ich bin so glücklich und kann es immer noch nicht fassen!

Vielen Dank an alle, die mich so großzügig unterstützt haben! Mit ihren Geschichten, dem Cover und beim Druck und beim Einsprechen als Hörbuch – bei der Verwirklichung meines Traums!

Dieses Buch ist ein reines Benefiz-Projekt. Die Einnahmen gehen zu 100 Prozent an den Gnadenhof »Tieroase« in Sandhausen-Bruchhausen.

Ich danke euch allen,

Patrick Woywod

Die Gründe

Doch was bringt notorisch unterbezahlte und ständig um ihre Existenz kämpfende Schriftsteller dazu, aus freien Stücken auf jegliches Honorar zu verzichten und viel Zeit und auch Arbeit für einen völlig Fremden zu investieren? Ich füge hier einige Zitate meiner Kollegen ein, die sie Patrick auf seine Frage hin geschrieben haben, warum wir ihm helfen würden:

Deine Begeisterung für Bücher und deine außergewöhnliche Energie … Dein Glaube an Fairness und diese unabgestumpfte Leidenschaft für so ein Projekt, dein Traum von diesem Buch, der alle möglichen Grenzen überwindet. Das ist eine riesige Abwechslung zum normalen Autorenalltag, in dem es nicht nur die wundervolle Interaktion mit Fans und schöne Kooperationen mit anderen Autoren und Locations für Lesungen gibt, sondern vor allem knallhartes Business. Du bist da einfach eine echte Erfrischung dazwischen. Man wünscht sich einfach, dass du dieses Buch am Ende in der Hand hältst und deinen Freunden davon erzählst.

–Christiane Landgraf –

Um dein tolles Projekt zu unterstützen und dir eine Freude zu machen :-)

–Sandra Denkmann –

Ich mache bei dem Projekt gern mit: Weil du mich darum gebeten hast, weil ich dich mag, weil es eine Gelegenheit ist, eine alte, mittlerweile längst vergriffene Story neu zu überarbeiten und neu herauszubringen. Weil wir damit einen Gnadenhof für Tiere unterstützen, und die haben jede Unterstützung bitter nötig.

–Andreas Gruber –

Ich kenne dich nicht, aber anders: Du bist ein »Guter« :-)

–Ina May –

Weil ich deine Anthologie unterstützen will und weil es obendrein für einen guten Zweck ist.

–Nicole Stranzl –

Wenn ich so nett gefragt werde und eine echte Chance bekomme, einem verwaisten Hausschwein oder einem altersschwachen Huhn zu helfen, dann bin ich natürlich gerne dabei.

–Beatrice Sonntag –

Ein tolles und wertvolles Projekt, das du da auf die Beine stellst !!

–Alex Roller –

Weil du gefragt hast und ich mich darüber gefreut habe, weil ich gerne helfe und natürlich weil es für mich als unbekannter Neuling auch eine schöne Chance ist.

–Andrea Rosenhahn –

Ich mache viel ehrenamtlich und mag gerne Tiere.

–Maike Johnke –

Weil ich sehe, mit wie viel Herzblut du bei der Sache bist. Das begeistert mich und dadurch habe ich auch Spaß am Projekt.

–Katharina Gerlach –

Weil ich Gnadenhöfe wichtig finde und alle unterstützen möchte, die sich dafür engagieren.

–Viola Eigenbrodt –

Für Tiere bin ich immer dabei :)

–Alina Jipp –

Ich liebe Tiere und finde es gut, den Gnadenhof zu unterstützen.

–Isa Klink –

Eine sehr gute Sache, die du da anpackst! Wir haben selber Haustiere und ich stelle es mir unerträglich vor, wenn Tiere leiden müssen. Und wenn sie im letzten Lebensabschnitt eine Bleibe finden, wo man sich liebevoll kümmert, ist das toll.

–Astrid Plötner –

Aus Liebe zu den Tieren … ich hab auch an zwei weiteren Anthologien mitgemacht, deren Gewinn in den Tierschutz fließt… das ist doch auch dein Ziel, oder?

–Sandra Altmann –

Weil es um Tiere geht, die Hilfe brauchen.

–Tanja Wenz –

Ich mache mit, weil ich es liebe, mit meinen Worten etwas zu bewegen Für einen guten Zweck zu schreiben (besonders für Tiere!), und das an der Seite von vielen tollen Autor:innen, macht mich glücklich.

–Annika Schüttler –

Wir als Hörbuchverlag von audioparadies, unterstützen dein Vorhaben weil die Tiere lieben und hier eine guteSache unterstützt wird.

– Désirée Singson –

Ich freue mich dieses tolle Projekt unterstützen zu können und ich helfe weil ich gerne etwas zurückgeben möchte. Das Schicksal von den Tieren der Tieroase und von Christiane Prokop haben mich berührt. Ich hoffe wir alle können mit diesen vielseitigen, wunderbaren Geschichten in diesem Hörbuch auch noch viele andere Menschen berühren, die dann ebenfalls mit Freude helfen die Tieroase zu retten.

– Jill Leobold –

Ich finde das Gnadenhofprojekt großartig. Und dein Engagement

– Martina Kienitz –

Der Zweck dieses Projekts gefällt mir.

– Edith Polkehn –

Es kommt für mich auf die Intention dahinter an und ich möchte, dass das Buch und Hörbuch erfolgreich wird um den Gnadenhof und die Betreiberin zu unterstützen, nicht um Ruhm zu ernten.

Ich bewundere deinen Einsatz und danke dir dafür. Wir können mit unsrem Zeiteinsatz helfen die Welt ein bisschen besser zu machen. Das unterstütze ich sehr sehr gerne.

– Tanja Dornweiler –

Weil ich ein Tierliebhaber bin, selbst mit Tieren gearbeitet habe, die Haltungs- und industriellen Zuchtmethoden ablehne, einen in die Jahre gekommenen Hund habe, Vegetarier bin seif diesem Jahr und weil ich es grundsätzlich für ein schöne Sache halte, in die Du Dein Herzblut gesteckt hast. Ich war anfänglich nur so vorsichtig, weil ich hier im Internet schon zu viel Fake erlebt habe und nie sicher bin, ob das gerade echt ist. Aber nachdem Laura Windmann, unabhängig von mir, auch mitmachte und mir das erzählte, dachte ich mir: »Ok, das ist echt.«

– Susanne Timm –

Danke für deine Anfrage und das Engagement. Ich unterstütze gerne den Gnadenhof, damit die Tiere ihr friedliches und ruhiges letztes Zuhause behalten können, und die lieben und aufopferungsvollen Menschen, die sich darum kümmern, es weiterhin stemmen können.

– Ingrid Schmitz –

Damit die Tiere ihr friedliches und ruhiges letztes Zuhause behalten können, und die lieben und aufopferungsvollen Menschen, die sich darum kümmern, es weiterhin stemmen können.
Ich bin mit Leib und Seele Sprecherin und bin dabei mir einen Namen zu machen. Dabei unterstütze ich sehr gerne auch diverse Projekte. Man weiß ja nie, ob sich im Nachgang nicht noch weitere Zusammenarbeiten ergeben weil ich an der Hörbuchproduktion beteiligt war.

– Anna Theres Priemer –

Weil ich es eine sehr gelungene Idee finde den Gnadenhof auf diese Art zu unterstützen. Ich finde das Projekt und die Idee, so viele Autoren und Sprecher zu aktivieren für die gute Sache, sehr gelungen. Gemeinsam kann man Vieles erreichen!

– Judith Lopez de Castro –

Weil Tierschutzprojekte immer Unterstützung verdienen.

– Andrea Hermann –

Ich besitze selbst vier Tiere (ab Sommer wahrscheinlich fünf), und alle kommen aus dem Tierschutz bzw. wurden gerettet. Immer wieder werden Tiere vorschnell gekauft, ohne daran zu denken, dass wir ihnen gegenüber eine große Verantwortung haben. Leider wird auch hier oft nicht auf das Tierwohl geachtet. Gerade gestern las ich wieder Horrormeldungen aus Tierheimen nach Weihnachten. Was nicht mehr »passt« wird abgegeben. Ich kann finanziell nicht unterstützen, aber mit Texten. Deshalb tue ich das.

– Marie Bastide –

Du bist ein wunderbarer Mensch, der in erster Linie nicht an sich, sondern an die Tiere und die dazugehörige Tieroase denkt. Du bist selbstlos, hilfreich und sehr engagiert, ohne an dich und einen Vorteil zu denken. Du bist für die Tiere und deren Betreuerin ein wahrer Engel. Wie sollte ich dies nicht unterstützen! Ich hoffe, dass ihr richtig viel Erfolg mit der Spendenanthologie »Blauer Nebel« habt: denn du bist einer der Engel, die diese Spendenanthologie erst möglich gemacht hat!

Wenn jeder auch nur ein Buch kauft, um es selbst zu lesen oder vielleicht zu verschenken, ist der Weiterbestand der Tieroase auf lange Sicht gesichert.

– Heike Meckelmann/Autorin –

Du hast was tolles ins Leben gerufen Patrick, das unterstütze ich gerne. Weißt Du: ich hatte auch schon Phasen im Leben, in denen ich ALLE Unterstützung brauchte und sie auch bekommen habe. Das geb ich an anderer Stelle jetzt einfach wieder zurück. Und ich bin sehr dankbar darüber.

– Anette Pfau –

Ein einzelner kann viel bewegen. Davon war ich immer überzeugt. Wünschen wir denjenigen die Träume haben, den Mut, ihre Träume wahr werden zu lassen –und sie aus dem blauen Nebel des Vergessens zu befreien.

– Carola Christiansen –

Du hast so nett gefragt. Und Tieren helfe ich immer gern.

– Beatrice Braun –

Der Junge im Treppenhaus

Andreas Gruber

Es sind nun bereits mehr als fünf Jahre verstrichen, in denen ich in einer heruntergekommenen Wohnung am Hafen von Plymouth im Südwesten Englands lebe, wo die raue See, egal zu welcher Jahreszeit, die Küste aufwühlt, und ich den Tod wie eine willkommene Umarmung herbeisehne. Kaum ein Morgen, an dem ich nicht einen neuen Grund für mein Weiterleben finden muss.

Ich habe in dieser Zeit alles verloren, was ein Mann nur verlieren kann und beginne jeden Tag erneut mit dem Gedanken daran, endlich die Packung mit den Tabletten aus der Kommode zu holen, während ich den Gashahn in der Küche aufdrehe. Und vermutlich hätte ich es auch längst getan, wenn ich nur einen Funken mehr Mut aufgebracht hätte. Und als ich dann doch eines Morgens kurz davor war, klopfte es an meiner Tür und ein fast schon erwachsener Junge stattete mir einen Besuch ab …

oOo

Der speckige Geruch von Zwiebeln, Bratfett, Fleisch und gedünstetem Gemüse zog von Wohnung zu Wohnung und drückte auf das Treppenhaus. Der Junge, kaum älter als siebzehn, stand vor meiner Tür und starrte mich mit rot geäderten Augen an, die wie der Morgentau auf einer Frühlingswiese glänzten.

»Zeugen Jehovas? Church of Scientology?«, knurrte ich und sah mich auf dem Gang um, der zum Treppenhaus führte, doch der Junge war allein.

»Weder noch«, krächzte er. »Du erkennst mich nicht, richtig? Darf ich herein?«

Ich schüttelte den Kopf, und nachdem ich seinem erneuten Drängen nachgegeben hatte, trat er zaghaft, während er sich umsah, über die Türschwelle.

Ich nahm im Wohnzimmer auf der zerschlissenen Couch Platz, und der junge Kerl legte seine Stirn in Falten. Missbilligend ließ er den Blick über die Abfälle, Zeitungen und leeren Bierflaschen wandern, die achtlos auf dem Boden lagen. Danach blieb sein Blick auf mir haften. »Das haben sie also mit dir gemacht«, stellte er fest. »Ist es okay, wenn ich …?« Er beugte sich über den Tisch, schaltete das Radio aus, schob danach einige angebrochene Packungen Kartoffelchips beiseite und nahm auf einem Stuhl Platz.

Eine peinliche Stille senkte sich auf uns, und als ich ihn schließlich nach dem Grund für seinen Besuch fragte, atmete er tief durch und fuhr sich mit den Fingern durchs lange strohblonde Haar.

»Ich muss Ihnen eine Geschichte erzählen, Mister Conland …«, begann er schließlich. Die anfängliche Vertrautheit in seiner Stimme war plötzlich weg, und nun spürte ich die gewaltige Distanz, die zwischen uns herrschte.

Er wandte sein Gesicht ab und rieb sich mit den Handballen über die Augen. Danach blickte er scheinbar gedankenverloren durch das Fenster auf den schmutzigen Hinterhof, hinter dem sich der Hafen mit den Kaimauern befand. Einige Möwen flogen kreischend über die Müllberge.

»… eine Geschichte, die Sie mir bestimmt nicht glauben werden, die aber dennoch der Wahrheit entspricht.«

»Geht es um Geld?«, fragte ich. »Du kannst mir mit deiner Story bestimmt keinen müden Pfund rausleiern, denn ich habe nichts.«

»Nein, ist mir klar.« Er rutschte auf dem Sessel herum und musterte mich.

Er war ein hübscher Junge, der einen intelligenten Eindruck machte. Ganz anders, als der jugendliche Durchschnitt, der in den Gassen zwischen den Hinterhöfen in der Hafengegend von Plymouth aufwuchs, wo es nach Fisch, Seetang, Algen, Muscheln, Öl und dem Diesel der Fischkutter stank. Er war hager und hatte Sommersprossen auf der Nase, die wie mit einem Gitter verteilte Farbspritzer aussahen. Falls er nicht mehr zur Schule ging, hatte er gewiss einen unbeschwerlichen Job, da seine zarten und fein geschwungenen Finger nicht wie die eines Mannes aussahen, der gewohnt war, harte Arbeit zu verrichten.

»Also gut«, stellte ich lakonisch fest, »dann schieß mal los.«

Er warf mir einen Blick zu, der mich an einen gedemütigten Hund erinnerte, und dann erzählte er mir die merkwürdigste Geschichte, die ich je zu hören bekommen hatte.

»Wo soll ich nur anfangen?«, begann er aufgewühlt. »Das menschliche Gehirn ... es besteht zwar nur aus Wasser, Eiweiß, Phosphor, Fett und Zucker und benötigt für sein Fortbestehen wiederum nur Blutzucker und Sauerstoff, aber es ist dennoch ein höchst komplexer und vernetzter Organismus.«

Seine Stimme überschlug sich fast. Zudem unterstrich er seine Worte mit hastigen Armbewegungen und zog dabei ständig eine Augenbraue hoch.

»Komplex deshalb, weil die Hirnrinde aus etwa zehn Milliarden Nervenzellen und das Innere des Gehirns aus annähernd so vielen Nervenfasern besteht.«

»Nervenzellen und Nerven ... was ... Fasern?«, wiederholte ich. »Hast du die alle gezählt?«

»Nein, äh ... aber dank moderner Neurochirurgie, Lobotomie und Biochemie – mit der ich Sie jetzt nicht weiter langweilen möchte ...«

»Danke, wie rücksichtsvoll«, sagte ich sarkastisch.

»... ist es allerdings gelungen, einen Einblick in die komplizierten Abläufe des menschlichen Gehirns zu erlangen.«

»Bist du sicher, dass du zu *mir* wolltest?« Ich runzelte die Stirn und warf dem Jungen einen Blick zu, der ihn abwehrend die Hände heben ließ.

»Worauf ich hinaus möchte, Mister Conland«, rief er hastig, »ist das Entstehen von Erinnerungen und die Entwicklung des Gedächtnisses.«

»Warum erzählst du das ausgerechnet mir?«, unterbrach ich ihn und legte den Kopf in beide Hände, um mein Gähnen vor seinen Augen zu verbergen.

»Ich komme gleich zum Punkt«, sagte er gehetzt. »Alle Umwelteindrücke werden über das sensorische Feld des Gehirns aufgenommen und in Form neu gebildeter Eiweißkörper im Gehirn abgespeichert.« Nervös trommelte er auf der Tischplatte herum. »Diese Eiweißmoleküle bilden Kontakte zu weiteren Eiweißmolekülen und stellen Verbindungen zu den Nervenbahnen des Gehirns her. Die Schaltverbindungen werden Synapsen genannt, und eben diese Synapsen sind es, die das Gedächtnis bilden.«

Von dem ganzen Mist über Synapsen und sensorische Felder hatte ich noch nie zuvor gehört. In meinen Ohren klang es, als hätte er das alles erfunden. »Also von mir aus … und was soll das ganze Zeug?«, fragte ich langsam ungeduldig.

»Einen Moment noch! Diese Synapsen sind wie kleine Telefonleitungen, Mister Conland, welche die einzelnen Eiweißzellen miteinander verbinden«, rief er und verschluckte dabei die Hälfte der Wörter. »Sind diese Verbindungen einmal hergestellt, dann werden sie im Kurzzeitgedächtnis abgespeichert. Wird diese Information in das Langzeitgedächtnis übernommen, dann kann man sich auch noch Jahre später an bestimmte Ereignisse …«

»Synapsen«, wiederholte ich. Klang irgendwie witzig.

»Man kann die eigene Erinnerung beeinflussen. Aber wenn man das selbst kann, dann können es auch andere.«

Ich rutschte an die Kante der Couch. »Sag mir doch einfach, was du von mir willst, Junge, bevor ich dich aus der Wohnung werfe.«

»Okay, geben Sie mir bitte noch eine Minute«, bat er. »In einer fortgeschrittenen Technologie, die bei uns allerdings noch nicht entwickelt ist, werden die entsprechenden Synapsen und Eiweißherde des Gehirns mittels dunkler Licht-Chirurgie von den übrigen Gehirnpartien isoliert. Dieser dunkle Licht-Chirurg ist dadurch in der Lage, eine künstliche Amnesie – also eine Erinnerungslücke – hervorzu…«

»Was heißt *noch nicht entwickelt*?«, unterbrach ich ihn. »Und was ist ein Licht-Chirurg? Bist du ein Zeitreisender?«, fragte ich amüsiert.

Er zuckte kurz zusammen, dann lächelte er. »Nein, bin ich nicht.«

Ich erhob mich schwerfällig von der Couch. Die leeren Bierflaschen rollten klirrend zur Seite.

Er erhob sich ebenfalls, wich aber vorsichtshalber einen Schritt zurück. »… diese Lücke kann durch ein Implantat ersetzt werden. Bei diesem Implantat handelt es sich um einen mikroskopisch kleinen biologischen Neurochip, der …«

»Neurochip?«, wiederholte ich und deutete zur Chipspackung. »So wie diese Kartoffelchips hier?«

Er verdrehte die Augen. »Diese Chips sind Träger einer fiktiven Erinnerung …«

»Okay, mein Freund«, murmelte ich und packte ihn an seinem schmächtigen Oberarm. »Du hattest deine Minute, und jetzt darf ich dich bitten, meine Wohnung zu verlassen. Ich glaube, du hast dich in der Tür … nein, im Haus geirrt. Vermutlich hast du dich sogar in der Gegend geirrt. Halt deinen Vortrag an der Universität, aber nicht hier.«

Der Typ war bei mir eindeutig an der falschen Adresse gelandet. Er ließ sich von mir widerstandslos zur Eingangstür führen. In diesen wenigen Sekunden redete er jedoch unablässig weiter auf mich ein.

»Dieser aus organischen Verbindungen bestehende Mikroprozessor, Mister Conland, hat eine gigantische Speicherkapazität und stellt problemlos Verbindungen zu den Nervenzellen des Gehirns her. Er ist in der Lage, jedem Lebewesen eine andersartige Erinnerungsstruktur zu geben. Reale Erinnerungen verblassen, haben sozusagen nie existiert, und künstlich erschaffene Realitäten nehmen stattdessen ihren Platz ein. Die Suggestion des Implantats überlagert die verdrängte Realität.«

»Du willst mir allen Ernstes neue Erinnerungen verkaufen?«

»Nein, das könnte ich gar nicht …«

»Ach, wie schade.« Ich öffnete die Tür und drängte ihn auf den Gang. Der Dunst im Treppenhaus war so drückend, dass mein Magen rebellierte. »Schönen Tag noch.«

»Wir haben beide einen Neurochip implan…!«, schrie der Junge, als die Türe ins Schloss krachte und ich mich wieder zurück ins Wohnzimmer begab. Dort schaltete ich das Radio wieder ein und ließ mich auf die Couch fallen. Eine Sendung der BBC lief. Doch im nächsten Moment sprang ich auf, lief zurück und riss die Tür erneut auf.

»Du verrücktes Arschloch!«, brüllte ich dem Jungen nach, der sich bereits mit hängendem Kopf auf halbem Weg die Treppe hinunter befand.

Er blickte zu mir hoch und setzte wie in Trance einen Fuß vor den anderen. »Ich wusste, dass Sie mir nicht glauben würden«, murmelte er.

»Niemand würde dir diesen Schwachsinn glauben! Hast du gehört? Niemand!«

»Sie haben Ihren Job in Wahrheit gar nicht wegen Trunksucht verloren«, fauchte er. »Außerdem waren Sie nie Redakteur bei der BBC. Ihre Frau Helen ist auch nicht vor fünf Jahren bei einem Verkehrsunfall in Brighton Beach ums Leben gekommen …«

»Was sagst du da?« Mir rieselte ein kalter Schauer über den Rücken. Er konnte diese Details unmöglich wissen!

»… da sie tatsächlich nie existiert hat. Sie hatten nie einen Hund namens Bob, und Sie haben die letzten fünf Jahre auch nicht in dieser Wohnung in Plymouth, geschweige denn fünfzehn Jahre davor in London gelebt.«

»Du bist ein kranker Irrer«, schrie ich ihm nach. Meine Stimme hallte sekundenlang durch das Treppenhaus. Anscheinend hatte er irgendwie meine alten Reportagen aus dem Archiv der BBC ausgegraben und sich einen miesen Scherz mit mir erlaubt. Vielleicht war er auch nur ein Student, der eine Wette verloren hatte oder an einer Arbeit in Soziologie oder Psychologie schrieb und ein Versuchskaninchen für seine Studien brauchte. Es war mir scheißegal!

Zitternd klammerte ich mich am Treppengeländer fest, an dem die Farbe abblätterte und wie in Zeitlupe zu Boden schwebte. Wunden brachen auf, Bilder entstanden in meinem Kopf, und ich presste die Augen zusammen. Tränen benetzten meine Wangen, als wäre alles erst gestern geschehen.

»All das sind nur künstliche Erinnerungen, die Sie hinter dem rechten Ohr implantiert haben«, rief der Junge zu mir herauf.

»Hau ab!«, schrie ich, während sich bereits die ersten Türen im Treppenhaus öffneten und sich Köpfe neugierig durch den Türspalt schoben.

»Sie wurden vor mehr als dreißig Jahren von fremden Wesen aufgenommen und über ein dunkles Wurmloch in geheime Passagen gebracht, die sich wie Schläuche durch den Kosmos winden und in andere Dimensionen führen …« Die Stimme des Jungen überschlug sich. »Und jetzt, nach all den Jahren, wurden Sie wieder …«

»Hau ab«, flüsterte ich und brach auf der Schwelle meiner Wohnungstür zusammen. Seine Worte wurden immer absurder und drangen nur noch wie durch ein dichtes Wattekissen zu mir durch, wo sie leise verebbten.

Seine Schritte hallten durchs Treppenhaus. In weiter Ferne hörte ich den dumpfen Knall, mit dem die Eingangstür ins Schloss fiel.

Was waren seine letzten Worte gewesen?

Er hatte sein Implantat – wie er sagte – entfernen lassen, sah die Wahrheit nun klar vor sich und konnte sich wieder erinnern?

An all diesen Mist?

Ja, ganz bestimmt!

oOo

Ich war an jenem Tag zu aufgewühlt gewesen und hatte die Tabletten nicht genommen.

Tage später stolperte ich durch die Zimmer meiner Wohnung. Benebelt warf ich mich auf die Couch und versuchte, mich daran zu erinnern, wo ich die Schwarzweißfotos von Helen und mir aufbewahrt hatte. Auf dem Boden türmte sich der Inhalt ausgeleerter Schubladen, vor den leeren Schränken häuften sich Berge von unnützem Zeug, und selbst in der Küche und im Bad konnte man sich kaum noch bewegen, ohne irgendwo auf achtlos hingeworfenen Kram zu treten.

Mein Magen rebellierte. Der beißende Geschmack von Magensäure gepaart mit Schnaps stieg mir in der Kehle hoch. Halb im Wachzustand rief ich mir Bob in Erinnerung. Der irische Setter hatte oft genug bei mir auf der Couch gelegen und seine feuchte Schnauze an meinem Hals gerieben, sodass sich meine Nackenhaare aufgestellt hatten. Erinnerungen an sein verfilztes, sandbraunes Fell und an seinen penetranten Gestank, den Helen nie hatte ausstehen können, stiegen in mir hoch, bis ich schließlich auf der Couch einschlief. Ich träumte von Helen, von Bob, von meinem Kollegen Jim Harrel und der guten alten Zeit bei der BBC.

oOo

Am nächsten Morgen lief ich durch den Regen und besuchte, wie schon hunderte Male zuvor, Helens Grab am Ridge Cross Cemetery in Plymouth. Der nach Blei schmeckende Regen rann mir übers Gesicht und über den Kragen der Lederjacke in den Nacken. Durch den milchigen Hauch, der vor meinem Gesicht aufstieg, betrachtete ich den nackten Grabstein, der sich wie ein bizarres Gebilde durch den Nebel abzeichnete.

Helen war am 11. Oktober 1951 verstorben. Das war nun fast auf den Tag genau fünf Jahre her. Und es war passiert, kurz nachdem wir von London hierhergezogen waren.

»O Helen …«, flüsterte ich. Tränen mischten sich mit dem Regenwasser auf meiner Haut, während ich die in Zeitungspapier verpackten Rosen auf dem kalten Marmor niederlegte. Leichter Nieselregen knisterte auf dem Papier.

Ich musste lange in Gedanken versunken dagestanden haben, denn ich hatte das Kommen des Friedhofswärters auf dem Kiesweg gar nicht bemerkt, der sich mit einem schlichten »Tag, Sir!«, an meine Seite stellte. Stumm standen wir nebeneinander, während vom Meer her immer stärker werdender Nieselregen kam, der nach Salzwasser roch, mich durchnässte und langsam in meine Kleidung kroch.

»Schlimmes Wetter, Sir!«, bemerkte er, woraufhin ich abermals keine Antwort gab.

Er schlug den Mantelkragen hoch. »Woran ist sie denn gestorben?«, murmelte er.

»Sie war mit dem Fahrrad in Brighton unterwegs, als sie ein Lastwagen ...«, murmelte ich automatisch.

»Aha, tut mir leid, Sir«, bemerkte der Mann und deutete auf die Lebensdaten, die mit schlichten Schriftzügen in den Marmor gemeißelt waren. Er roch nach Alkohol. »Ist schon ein paar Jahre her, aber die Trauer vergeht nie, richtig?«

»Ja ...« Ich wandte mich ab, um den Mann samt seiner Geschwätzigkeit hinter mir zu lassen, doch er rief mir nach.

»Von welchem Friedhof haben Sie sie denn überführen lassen?«

Ich wandte mich um, kniff die Augen zusammen und starrte ihn an. »Was? Sie wurde nicht überführt«, murmelte ich.

»Nun, äh ... Mister«, stammelte er und wischte sich das Regenwasser von seinem Schnauzbart, »ich meinte doch nur, weil der Grabstein erst vor wenigen Tagen ohne Begräbnis hier aufgestellt wurde ... und die Verblichene doch schon seit fünf Jahren tot ist.«

»Wann, sagten Sie, wurde das Grab errichtet?«, rief ich, während nun auch kalter Wind aufkam, der an unserer Kleidung zerrte und uns den Regen ins Gesicht peitschte.

»Letzten Samstag ...« Er hob abwehrend die Hände und zuckte mit den Achseln. »Ich kann mich noch genau daran erinnern, weil doch Sam und ich ...«

»Sie irren sich!«, schnitt ich ihm das Wort ab. »Ich komme schon seit genau fünf Jahren hierher.« Ich wandte mich ab und verließ den Friedhof.

Der besoffene Alte musste mir noch lange Zeit hinterher gestarrt haben, denn als ich mich bereits auf der Straße befand und zur Bushaltestelle lief zeichnete sich seine verschwommene Silhouette immer noch im Nebel ab.

oOo

»Frank, zum letzten Mal: Wie lange wohne ich schon hier?«, schrie ich den Hausmeister unseres Wohnhauses an und packte den fetten rothaarigen Iren an seinem dicken, verschwitzten Nacken, sodass unsere Augen sich nur knapp voneinander entfernt anstarrten. In seinen geweiteten Pupillen flackerte nackte Angst auf. Sein schlechter Atem schlug mir ins Gesicht.

»Sie sind letzte Woche hier eingezogen, Mister Conland«, rief der Mann in seinem irischen Akzent. Seine Stimme zitterte. Er quiekte fast wie ein Schwein, als ich härter zupackte.

»Verdammt!« Ich stieß den Mann durch den Türspalt in seine Wohnung zurück, wo er mit einem Aufschrei gegen eine Stellage prallte. Kerzenständer und Bilderrahmen fielen auf den verfilzten Teppichboden.

»Frank, was ist?«, rief seine Frau aus der Küche.

»Alles in Ordnung, Schatz«, murmelte er, dann sah er mich mit seinem Dackelblick an. »Ist es doch, Mister Conland, oder?«

Ich wusste es nicht. »Ich wohne schon seit fünf Jahren hier, oder etwa nicht? Und Sie haben Helen noch gekannt, richtig?«

»Ja, Mister«, rief er und fuhr sich mit der schweißnassen Hand übers Gesicht. »Sie haben vollkommen recht, Mister Conland, Sie wohnen schon seit fünf Jahren hier und ich habe Helen gekannt.«

»So ist es!« Ich wandte mich um und ließ den Mann zurück.

oOo

Überstürzt verließ ich das Wohnhaus, das mir so vertraut schien und irrte ziellos durch die Straßen von Plymouth, die ich ebenfalls wie meine Westentasche kannte. Meine Gedanken wollten nicht zur Ruhe kommen. Die Erinnerung an den Jungen ließ mich in eine Telefonzelle stolpern. Während der Regen aufs Dach prasselte und die Scheiben wie von Tränen überzogen aussahen, klimperten einige Münzen in den hohlen Bauch des Apparats. Ich rief die Vermittlung an und ließ mich mit Jim Harrels Büro in London verbinden, dessen Nummer ich nach all den Jahren immer noch im Gedächtnis hatte. Er war mein einziger Freund in jener Zeit gewesen, als ich noch nicht getrunken und mein Leben noch im Griff gehabt hatte. Ich musste mich mit ihm treffen, da ich sonst den Verstand zu verlieren drohte.

»Harrel hier!«, bellte jemand genervt in den Hörer und ich zuckte zusammen. Die Stimme kam mir nicht gerade bekannt vor.

»Hallo, Jim«, rief ich und presste den Hörer ans Ohr, während ein Lastwagen vorbeifuhr und einen Schwall Regenwasser über den Bürgersteig spritzte.

»Wer ist da?«, fragte Harrel.

»Conland, hier ist Alexander Conland.«

»*Wer* ist dort?«

Mir wurde übel. Mein Herz hämmerte bis zum Hals.

»He, Mann. Erkennst du mich nicht? Alex Conland! Wir haben die Fünf-Uhr-Nachrichten, die Reportagen über Whitechapel und die Samstagabend Kriminalhörspiele gemacht. Ich muss mich mit dir ...«

»Verpiss dich aus der Leitung, Mann«, bellte Harrel in den Hörer. »Ich kenne keinen Conland!«

Die Verbindung knackte. Der Summton füllte mein Gehirn vollständig aus, betäubte es, und die Wände der Telefonzelle schienen enger zu werden und sich immer schneller um mich zu drehen. Ich spürte, wie mir das Blut aus dem Gesicht wich. Mein Magen stülpte sich um, und ich konnte nicht mehr rechtzeitig die Kabinentür öffnen, sodass ich mich in der Telefonzelle auf meine Schuhe erbrach.

oOo

»Sehen Sie das hier, Mister Conland?« Dr. Karla Bennett hielt mir ein silbernes Tablett unter die Nase, auf dem sich ein stecknadelkopfgroßer, schwarzer Punkt mit feinen schwarzen Härchen befand.

Die Ärztin rückte näher heran, blickte mich durch eine kleine, starke Brille an, und es schien, als hätte sie ihre Augen hinter den Böden zweier Coca-Cola-Flaschen versteckt. Der beißende Geruch von Betäubungs- und Desinfektionsmitteln hing in der Luft und verstärkte die sterile Atmosphäre der Klinik.

»Ja«, log ich. Mir drehte sich alles. Die lokale Betäubung ließ mich das Tablett nur in verzerrten Dimensionen erkennen. »Und was ist das?«

»Tja, wenn ich das wüsste.« Sie schob das Tablett unter ein Mikroskop. »Nun, ich würde es für einen biochemischen mikroskopisch kleinen technischen … hm, Gegenstand halten, doch mich wundert bloß eines …« Sie hielt inne und nahm die Brille ab, um einen erneuten Blick in das Mikroskop zu werfen.

»Ja?« Vorsichtig tastete ich mit der Fingerkuppe über die betäubte Stelle hinter meinem rechten Ohr, wo ich zwei Stiche einer frischen Schnittverletzung spürte.

»Nicht hingreifen«, mahnte sie mich, schielte kurz zu mir, um danach wieder in das Mikroskop zu blicken. »Ich wüsste nicht, wer in der Lage wäre, ein so kleines Ding herzustellen. Es scheint ein hochmoderner Mikro-Rechenapparat mit offenbar winzigen Eiweißverbindungen zu sein. Woher haben Sie dieses Ding eigentlich … wie nannten Sie es? Implantat? Wenn es das ist, wofür ich es halte, ist es ein Wunder moderner Forschung …« Sie stach mit der Spitze des Skalpells auf das Ding ein.

»Was machen Sie da?«

»Es ist interessant. Wenn Teile davon zerstört werden, wie beispielsweise diese drahtigen mikroskopisch feinen Härchen, reproduzieren sie sich von selbst.«

Unwillkürlich tastete ich wieder zur Wunde. »Konnten Sie alles davon aus mir herausholen?«

Sie setzte wieder die Brille auf und sah mich an. »Ich denke schon.«

»Und wenn nicht?«

»Dann kommen Sie eben nochmal her.« Sie schob sich die Brille auf die Stirn, presste das Auge aufs Mikroskop und drehte an der Feineinstellung, während sie mit der anderen Hand mit dem Skalpell herumdokterte. »Interessant …«

Ihre Worte rückten in weite Ferne. Unterdessen brachen Bilder vor meinem geistigen Auge über mich herein, als befände ich mich inmitten einer Collage obskurer optischer Einflüsse. Visionen von absurden Landschaften unter fremdem Himmel spukten plötzlich in meinem Kopf herum, von beängstigend seltsam aussehenden Lebensformen, sich bizarr verformenden Wesen, und unbeschreiblichen Erlebnissen, die sich nach und nach wie hinter dem schweren Vorhang einer kuriosen Theateraufführung auftaten. Plötzlich zuckten Wortfetzen durch mein Hirn … *Pelacoluu mulgar Phenglui wnafth Crulthulo evan Rülyeth wrangah nargol fuhtang* … Verdammt! Ich werde verrückt! *Yarai ungongah Jog-Sothoth heelongeb ftai throdog Trontoos uaaah Yuggoth* … Scheiße! So musste es sich anfühlen, wenn man durchdrehte. Ich presste die Handballen gegen die Schläfen, um einen gequälten verzweifelten Schrei zu unterdrücken.

Helens Grab! Wie unbedeutend es plötzlich war. Diese und viele andere Erinnerungen an Bob und Jim Harrel waren binnen weniger Sekunden zu Belanglosigkeiten verblasst, als hätten sie nie existiert. Ich erhob mich von dem Krankenbett und wankte zur Tür, wo meine Beine wie in Zeitlupe wegknickten und die Kacheln des Bodens auf mich zurasten.

»Mein Gott! Sie müssen sich noch ein wenig ausruhen«, rief Dr. Bennett, die durch den dumpfen Aufprall aufgeschreckt von ihrem Mikroskop aufsah und rasch aufsprang. Sie half mir hoch. »Alles in Ordnung?«

»Ja, es geht wieder …«, log ich. Die Erkenntnis der erschreckenden Wahrheit hatte mich an den Rand der Bewusstlosigkeit gebracht. Ich war als Pionier durch die Dimensionen und Abgründe verschiedenster Sphären gereist und hatte in einer jenen fernen Welten sogar einen Sohn gezeugt. Für einen kurzen Moment hatte ich sein Gesicht deutlich vor mir gesehen. Es war jener Junge gewesen, den ich vor wenigen Tagen kaltherzig aus meiner Wohnung geworfen hatte. Er hatte mir die Erinnerung an mein wahres Leben zurückgebracht … an mein Leben als Reisender durch die schlauchförmigen lichtlosen Passagen jenseits der Sterne an unbeschreibliche Orte.

Jetzt zählte nur noch eines!

»Verzeihen Sie mir, Doktor. Ich muss los.« Ich befreite mich von ihrer Umklammerung und stolperte durch die Tür in den Gang.

»Sie sind genauso ein Hitzkopf, wie der junge Mann, der erst kürzlich da war.«

Ich erstarrte. »Was? Welcher junge Mann?«

Dr. Bennett hatte wieder ihre Brille auf. »Er war mit demselben Ding da. Sagte, er hätte es in einer ranzigen Butterdose gefunden. Wollte wissen, was es ist. Wissen Sie, was ich glaube?«

Ich starrte sie schockiert an.

»Er hat es sich selbst aus dem Hinterkopf operiert. Es muss so gewesen sein. Diese Ähnlichkeit ist erstaunlich. Einer meiner Kollegen …«

»*Welche* Ähnlichkeit?«, unterbrach ich sie. »Von diesen beiden Dingern? Oder von ihm und mir?«

Nun sah sie mich verwirrt an, während sie nachdenklich an der Unterlippe kaute. »Eigentlich meinte ich die der Neuroimplantate – dabei scheint es sich um exakte Kopien zu handeln – aber jetzt, wo Sie es erwähnen … die Ähnlichkeit zwischen Ihnen und dem Jungen ist ebenso auffällig.«

Ich klammerte mich am Türrahmen fest. »Haben Sie seine Adresse?«, presste ich hervor.

»Wir führen über jeden unserer Patienten ein Stammdatenblatt«, erklärte Dr. Bennett, »aber ich fürchte, diese Informationen darf ich Ihnen nicht geben.«

»Hat der Junge sein Implantat wieder mitgenommen?«

Sie nickte. »Ja, leider.«

Ich deutete zum Mikroskop. »Ich lasse Ihnen dieses Ding da. Sie können es für Ihre Forschung verwenden, einverstanden?«

Sie nickte wiederum, stand auf, kramte im stillen Einverständnis in einer Schublade nach einer Akte und zeigte mir wortlos eine Adresse.

oOo

Ich lief zu Fuß in die Stueberry Street, eine üble Hafengegend, deren Charme sich mühelos mit meiner Umgebung messen konnte.

Es war bereits Abend, es roch nach Fisch, die Marktstände wurden der Reihe nach geschlossen, die Fischer fuhren mit ihren Kuttern raus, und das Licht des nahen Leuchtturms schnitt durch den Nebel.

Hausnummer elf.

Keuchend rannte ich neben der Feuerleiter die rostige Metalltreppe an der Hausmauer zur dritten Etage hinauf und zwängte mich an ein paar spielenden Kindern vorbei, die einen Ball gegen das scheppernde Geländer warfen. Kaum erreichte ich die Tür, klopfte ich auch schon an der Nummer, die mir die Ärztin gegeben hatte. Ich musste nicht lange warten, bis ich einen Schatten hinter der vergitterten Milchglastür bemerkte. Es klimperte im Schloss, die Tür wurde geöffnet und der blonde Junge stand vor mir.

Mein Sohn. Mein Herz pochte wie wild. *O Gott*, ich konnte mich wieder an alles erinnern. Sein schulterlanges, blondes Haar schien mir mit einem Mal so vertraut, als hätte ich ihn erst kürzlich an mich gepresst und ihm über den Kopf gestrichen. Seine Sommersprossen umrahmten seine Stupsnase, und in ihr erkannte ich nun auch meine eigenen Gesichtszüge. Dr. Bennett hatte recht gehabt – die Ähnlichkeit zwischen uns war verblüffend.

»Hallo, Stevie«, flüsterte ich mit rauer Kehle. Ein Gefühl der Wärme durchströmte mich und ließ meine Finger kribbeln. »Ich … ich kann mich wieder an dich, an deine Mutter und unsere gemeinsame Zeit erinnern, die wir jenseits der Wurmlochpassagen in dunklen

Sphären verbracht haben.« *O Gott*, die Erinnerung an die vielen Welten kam erneut und durchströmte mich von Kopf bis Fuß. »Wo ist sie?«

Er lächelte mich an, und mein Herz machte einen Sprung. »Junge, ich bin so froh, dass du bei mir warst …«

»Tut mir leid, Mister«, sagte er immer noch mit einem Lächeln, »aber ich kenne Sie nicht. Und jetzt entschuldigen Sie mich bitte.« Sein Lächeln nahm ironische Züge an und verwandelte sich in eine abfällige Grimasse aus Unverständnis.

Mein Puls setzte aus. »Stevie!«, schrie ich und konnte gerade noch verhindern, dass er die Türe ins Schloss warf. »Was ist mit dir geschehen?« Ich griff nach ihm.

»He, Mister, Hände weg von mir!« Mit einer harten Bewegung stieß er meine Hand beiseite.

Unbewusst hatte ich ihm ein letztes Mal durchs Haar gestrichen.

»Hauen Sie ab, sonst hole ich die Polizei.«

Eine Frau rief im Hintergrund. Stevie wandte sich kurz um. »Es ist alles okay, Mom, nur ein Verrückter! Bin gleich wieder da.«

»Mom?«, wiederholte ich. »Ich kenne sie. Sie hat lange rote Haare, grüne Augen und ein winziges Grübchen an …«

»Woher weißt du das, du Spanner? Du solltest rasch von hier verschwinden!«, zischte er, während er auf Tuchfühlung herankam. »Sonst hole ich die Bullen.« Er machte einen Schritt zurück und warf die Tür vor meiner Nase zu. Der Schlüssel klimperte zweimal im Schloss.

Ich stand vor dem Milchglasfenster, konnte aber nicht erkennen, was dahinter vor sich ging.

Schließlich wandte ich mich ab und stieg langsam die Treppe hinunter. Der Ball der Kinder, an denen ich mich vorhin vorbeigezwängt hatte, traf mich mehrmals, aber das merkte ich erst, als ich sie kichern hörte.

Auf der Straße taumelte ich in die Richtung, in der meine Wohnung lag. Mit den drei Zimmern, in denen ich erst seit wenigen Tagen lebte.

Ich wischte mir die Tränen aus dem Gesicht. Als ich Stevie berührt hatte, hatte ich den frischen Wulst hinter seinem Ohr bemerkt.

Es reproduziert sich von selbst, kamen mir die Worte von Dr. Karla Bennett in den Sinn.

Ich fragte mich, wie viel Zeit *mir* noch blieb, bis sich das Ding in meinem Kopf wieder vollständig regeneriert und die Kontrolle über meine falschen Erinnerungen übernommen hatte.

Vielleicht sollte ich meine echten Erinnerungen aufschreiben – so lange mir noch die Zeit dazu blieb.

Todesnah

Chris Karlden

»Wenn ich mir vorstelle, was mit dem Kind geschehen sein könnte, dreht sich mir der Magen um«, sagte Nina. Sie nippte an ihrem Kaffee und schob den vor ihr stehenden Teller mit dem Marmeladenbrötchen beiseite.

Am Mittwochmittag war die siebenjährige Elena nach der Schule auf dem Nachhauseweg verschwunden. Mittlerweile war Samstag, und trotz der groß angelegten Suchaktion gab es noch immer keinen Hinweis auf den Verbleib des Kindes. Die Polizei ging von einer Entführung aus und gerade hatten Nina und Richard im Radio den herzzerreißenden Aufruf der Mutter an den Kidnapper gehört, Elena freizulassen.

Richard stand auf, drehte das Radio aus und setzte sich wieder zu seiner Frau an den Frühstückstisch. Leise drang der Klang eines Hörbuches von oben aus dem Kinderzimmer ihrer achtjährigen Tochter Josie zu ihnen in die Küche. In der Schule gab es im Moment kaum ein anderes Gesprächsthema als Elenas Entführung. Dennoch wollte Richard nicht zulassen, dass dieses schlimme Verbrechen ihr Familienleben beherrschte und Josie Angst machte. Bisher ein aussichtsloses Unterfangen. Elenas Verschwinden hatte Josie, Nina und ihn gehörig aus der Bahn geworfen, und heute Morgen fühlte er sich besonders gerädert. Gegen vier Uhr war er schweißgebadet und panisch aus einem grauenvollen Albtraum erwacht und danach nicht wieder eingeschlafen. In seinem Traum war er in einem Haus gefangen gewesen, wo er sich vor einem Wahnsinnigen verstecken musste, der ihm nach dem Leben trachtete. Der Mann suchte in jedem Winkel des Hauses nach ihm und immer wieder sagte er dabei: »Totmachen.« Am Ende des Traumes hatte der Mann den Duschvorhang, hinter dem Richard sich versteckt hatte, mit einem Ruck weggezogen und mit einem Jagdmesser auf ihn eingestochen. Erst da war Richard aus dem Traum erwacht.

Nina schüttelte fassungslos den Kopf und hielt sich mit beiden Händen an ihrer Kaffeetasse fest. Auch sie hatte in den letzten Nächten kaum geschlafen und sah dementsprechend müde aus. »Wenn Josie entführt worden wäre, ich könnte das nicht aushalten«, flüsterte sie.

Richard konnte die Furcht im Gesicht seiner Frau erkennen. Ihm selbst ging es nicht anders. Dennoch bemühte er sich, es sich nicht anmerken zu lassen. Er biss die Zähne zusammen und schluckte den Kloß in seinem Hals hinunter.

»Man darf die Hoffnung noch nicht aufgeben«, sagte er.

Nina nickte, schenkte ihm ein kurzes Lächeln und wischte sich die Tränen aus dem Gesicht. Richard senkte betreten den Blick.

Vor vier Jahren waren sie mit Josie aus ihrer Berliner Wohnung in dieses kleine Dorf im Saarland gezogen, um der Hektik, dem Lärm und den Gefahren der Großstadt zu entkommen. Jetzt hatte mit der Entführung der kleinen Elena das Grauen ausgerechnet hier Einzug gehalten. Richard und Nina kannten Elena, da das Kind in Josies Kindergartengruppe gewesen war, und auch Elenas Eltern, waren ihnen von diversen Dorffesten und aus dem Förderverein der Grundschule bekannt.

»Wir können nur hoffen, dass die Polizei so schnell wie möglich herausfindet, was mit Elena geschehen ist«, sagte Richard.

Nina starrte mit leerem Blick durch die Terrassentür an ihm vorbei in den Garten.

»Dieser seltsame Typ, der nichts anderes zu tun zu haben scheint, als mit seinem Hund Gassi zu gehen, vielleicht sollten wir den der Polizei melden«, sagte Nina schließlich.

Richard zog die Stirn in Falten und musterte seine Frau. Er wusste, wen sie meinte. Ihm war der fremde Mann auch schon aufgefallen. Er war schätzungsweise Mitte dreißig und humpelte stark. Erst seit ein paar Wochen spazierte er wie ein Getriebener mit seinem zerzausten Hund im Dorf herum. Der leicht gehbehinderte Mann und der kleine, räudige schwarze Hund, wahrscheinlich ein Mischling, waren ein seltsames Paar, und die Tatsache, dass der Mann zu verschiedenen Uhrzeiten draußen herumlief, ließ erahnen, dass er keiner geregelten Arbeit nachging. Die kahle Kopfoberseite und das im krassen Gegenteil dazu stehende, fast bis auf die Schulter reichende Seitenhaar taten ihr Übriges, um den Mann seltsam wirken zu lassen. Dennoch war Richard nicht bereit, Ninas Ansinnen zu folgen.

»Du kannst doch nicht einfach jemanden verdächtigen, nur weil er mit seinem Hund spazieren geht und anders aussieht als die Allgemeinheit.«

Nina warf ihm einen missmutigen Blick zu und schürzte die Lippen.

»Er ist mir aber unheimlich, und er treibt sich immer genau dann hier in unserer Straße herum, wenn die Kinder morgens zur Schule gehen.«

Richard zog die rechte Augenbraue hoch und atmete lange ein und geräuschvoll wieder aus.

»Die meisten Hundebesitzer gehen gewohnheitsmäßig zur gleichen Zeit mit ihren Tieren nach draußen und nehmen dabei immer die gleiche Route. Du steigerst dich da in etwas hinein. Wer immer Elena entführt hat, stammt wahrscheinlich gar nicht von hier.«

»Woher willst du das wissen? Bist du jetzt etwa über Nacht zum Kriminalisten geworden? Außerdem muss der Mann mit dem Hund auch gar nicht zwangsläufig hier wohnen. Er kann genauso gut aus einem Nachbarort, aus der Stadt oder über die französische Grenze gekommen sein und seinen Wagen weiter weg geparkt haben.« Richard nahm den aggressiven Ton in Ninas Stimme zur Kenntnis und mahnte sich selbst, Ruhe zu bewahren. Er unterrichtete Physik und Mathematik an einem zwanzig Kilometer entfernten Saarbrücker

Gymnasium. In jeder Klasse gab es mindestens einen Schüler, der als Außenseiter galt. Daher lag es ihm am Herzen, dass Menschen nicht aufgrund eines Handicaps in eine Schublade gesteckt wurden. Auch wenn er hier oftmals gegen Windmühlen kämpfte.

»Niemand hat sich selbst gemacht, und wir können doch nicht aufgrund eines Bauchgefühls die Polizei alarmieren. Die brauchen Beweise.«

Nina schossen nun erneut die Tränen in die Augen.

»Du hast ja recht. Wahrscheinlich will ich einfach nur zu sehr, dass Elena gefunden wird.«

Richard stand auf und legte ihr eine Hand auf die Schulter. »Aber das will ich doch auch.«

Nina seufzte. Dann erhob sie sich und ging mit ihrem Kaffee ins Wohnzimmer. Richard blickte ihr kurz nach. Er hoffte inständig, dass irgendjemand schnell Licht in den Fall bringen würde. So konnte es doch nicht weitergehen. Dann nahm er die Zeitung vom Frühstückstisch und folgte Nina nach. Er setzte sich auf die Couch, schlug die Beine übereinander und begann zu lesen, konnte sich aber kaum darauf konzentrieren.

Als es kurz nach dem Mittagessen an der Haustür klingelte, hielt er Josie, die im Wohnzimmer ein Buch las, instinktiv davon ab, wie gewöhnlich zur Tür zu stürmen, um zu öffnen, und wies sie stattdessen an, bei ihrer Mutter zu bleiben. An der Haustür angekommen räusperte er sich, setzte ein Lächeln auf, öffnete die Tür und erstarrte.

»Was…?«, entfuhr es ihm. Dann war seine Kehle vor Schock wie zugeschnürt. Mit offenem Mund blickte er in das Gesicht des jungen Mannes, der vor ihm stand, und der eine Pistole auf ihn richtete. Er trug jetzt normale Straßenkleidung, aber es war eindeutig der Postbote. Es war klar, was gleich geschehen würde. Sein Gehirn erfasste es blitzschnell. Der bedrohliche Lauf der Pistole zielte auf ihn. Entweder wollte der Mann sich damit Zutritt zum Haus verschaffen, oder er wollte ihn ganz einfach erschießen.

»Ah ja, die Post«, sagte Nina und trat zusammen mit Josie in den Flur. Richard wich einen Schritt zurück, drehte um und starrte sie voll Panik an. Doch dann registrierte er etwas ganz und gar Erstaunliches. Nina lächelte, und ihr leicht sorgenvoller Blick schien nicht dem Postboten mit der Pistole, sondern vielmehr ihm zu gelten. Wie war das möglich? Richard streckte seiner Frau und seiner Tochter abwehrend die Handflächen entgegen, während sie näherkamen. »Keinen Schritt weiter«, wollte er ihnen zurufen. Doch bevor er den Mund aufmachen konnte, kam Nina ihm zuvor.

»Ich hatte ganz vergessen, dass wir eine Lieferung erwarten.«

Richard hielt verblüfft den Atem an. Die ganze Zeit hatte er es nicht mehr gewagt, den Mann vor der Tür noch einmal anzuschauen. Nina und Josie hatten seine ganze Aufmerksamkeit absorbiert. Jetzt wandte er sich hastig wieder dem Mann zu, erschrak abermals und begann kaum merklich, am ganzen Körper zu zittern.

»Sie müssen hier unterschreiben!« Die Welt verblasste. Kurz glaubte Richard, ohnmächtig zu werden. Vor ihm stand derselbe Mann. Nur trug er jetzt, wie gewohnt, seine gelb-schwarze Arbeitskleidung, und statt einer Pistole hielt er Richard einen Stift hin, mit dem dieser die Lieferung des Pakets, das nun wie durch Geisterhand neben dem Postboten auf dem Boden stand, quittieren sollte. Verstört griff Richard nach dem Stift und kritzelte mit zittriger Hand seine Unterschrift auf das Display des elektronischen Eingabegerätes. Währenddessen sah der Postbote Richard stirnrunzelnd an. »Ist alles okay mit Ihnen?«

»Ja, alles in Ordnung«, stammelte Richard, während Schweißperlen von seiner Stirn tropften. Er spürte, dass Nina, die neben ihn getreten war, ihren Arm um seine Taille legte. Er hoffte, dass sie nichts bemerkt hatte. Josie schnappte sich das Paket und lief wie mit einer Jagdbeute damit zurück ins Wohnzimmer.

»Da ist bestimmt das gelbe Sommerkleid drin, das ich mir ausgesucht habe«, freute sie sich.

Nachdem der Postbote gegangen und Richard die Haustür hinter ihm geschlossen hatte, wandte Nina sich ihm zu.

»Du bist ja leichenblass und völlig verschwitzt.«

»Als ich eben die Tür aufgemacht habe, habe ich den Postboten anders gesehen, als du.«

Nina zog die Augenbrauen zusammen und sah jetzt noch sorgenvoller aus.

»Anders?«

»Er trug keine Postbotenkleidung, sondern Jeans und Hemd. Und in der Hand hielt er keinen Stift zum Quittieren der Lieferung, sondern eine Pistole, mit der er auf mich gezielt hat.«

»Oh mein Gott«, entfuhr es Nina, und ihre Augen weiteten sich vor Entsetzen. »Wie in der Schule?«

Richard nickte und presste die Lippen zusammen. »Ja.«

Am Montag war er mit einem seiner Schüler aus der elften Klasse aneinandergeraten, der sich auch nicht durch einen negativen Eintrag in Richards Benotungsbuch davon abhalten ließ, während des Unterrichts auf dem Handy zu spielen, ohne den Ton abzuschalten. Als Richard dem Jungen das Handy abnehmen wollte, war dieser aufgesprungen und, wie gerade eben, hatte Richard sein Leben bedroht gesehen. In diesem Fall aber durch ein Messer. In Todesangst war Richard unter dem Gelächter der anderen Schüler hinter das Pult geflüchtet. Wie sich herausstellte, war er der einzige gewesen, der das Messer gesehen hatte. Denn seine Schüler beschworen anschließend vor dem Direktor, dass der Junge lediglich ein Lineal in der Hand gehabt hatte.

»Du hattest ziemlich viel Stress in letzter Zeit, und dann noch Elenas Entführung«, sagte Nina und umarmte ihn. »Du musst dich ausruhen. Am besten du legst dich erst einmal ins Bett und versuchst, ein wenig zu schlafen. Und gleich am Montag ziehen wir dann einen Arzt zu Rate.«

Richard nickte stumm. Er war noch zu verstört, um etwas zu erwidern und brauchte tatsächlich etwas Ruhe, um nachzudenken. Er ging hinauf ins Schlafzimmer, verdunkelte den Raum und legte sich ins Bett. Sofort begann das Gedankenkarussell sich zu drehen. Einen Arzt! Damit meinte Nina einen Psychiater. Er wusste, dass sie der Meinung war, dass seine Symptome auf paranoide Wahnvorstellungen hindeuteten. Nach dem Zwischenfall mit dem Schüler hatte sie *Dr. Google* konsultiert und Richard ihre zu diesem Zeitpunkt noch nicht wirklich ernst gemeinte Diagnose gestellt. Aber für den Gang zu einem Psychodoktor war er dennoch nicht bereit. Er war gerne Lehrer und wollte es auch bleiben. Wenn erst einmal herauskam, dass er psychische Probleme hatte, dann wären seine Tage an der Schule womöglich schnell gezählt.

Irgendwann schlief er dann wider Erwarten doch noch ein und wachte zwei Stunden später wieder auf. Nun fühlte er sich schon viel besser, und als Josie noch vor dem Abendessen zum nahegelegenen Spielplatz wollte, begleitete er sie mit Nina dorthin. Als sie ankamen, setzte er sich mit Nina an den großen Holztisch, der nur einige Meter von dem schmalen Weg entfernt stand, der an dem Spielplatz vorbeiführte. Von dort aus sahen sie Josie beim Schaukeln zu. Für einen kurzen Moment war Richard ganz darin gefangen, seine Tochter zu beobachten. Doch das änderte sich schlagartig, als Nina ihm leicht mit dem Ellenbogen in die Rippen stieß und mit dem Kopf auf den Weg deutete.

Der Mann, den Nina heute Morgen verdächtigt hatte, humpelte mit seinem Hund an der Leine den Weg entlang auf sie zu. Dabei schwang er das rechte Bein gerade gestreckt nach vorn, als ob es ein ungelenkes Holzbein wäre. Er hielt seinen Kopf auffällig schief nach links. Vermutlich hing das mit seiner Gehbehinderung zusammen. Als der Mann auf gleicher Höhe neben ihnen auf dem Weg ankam, sah Richard ihn zum ersten Mal aus der Nähe. Er hatte hellblaue Augen, seine Haut war gebräunt und ungewöhnlich glatt. Und dann, plötzlich und unerwartet, geschah etwas, auf das Richard nicht vorbereitet war. Der Mann blieb stehen und starrte Richard an. Das

Gesicht des Mannes drückte auf einmal Verzweiflung aus, aber auch unterdrückte Wut konnte Richard darin lesen. Der Mann begann zu schluchzen, seine Augen wurden wässrig. Dann griff er schnell in die Innenseite seiner Jacke und zog ein Jagdmesser hervor. Richard stockte der Atem. Ein eiskalter Schauder lief ihm über den Rücken, und er bekam eine Gänsehaut. Es war nicht nur die Gefahr, die von der Waffe ausging. Richard kannte dieses Messer. Es war das Messer aus seinem Albtraum letzte Nacht. Plötzlich war er sich sicher, dass auch der Mann vor ihm der Gleiche war wie der in seinem Traum. Derjenige, der ihn in dem Haus verfolgt und dabei immer wieder die Worte »Totmachen« gerufen hatte, und der ihn schließlich hinter dem Duschvorhang gefunden und auf ihn eingestochen hatte.

Die Lippen des Mannes verzogen sich zu einem Grinsen.

»Morgen muss ich sie totmachen«, raunte er und hielt Richard weiterhin mit einem bedeutungsschweren Blick gefangen.

Richard sprang jetzt auf und schrie: »Wen bringen Sie morgen um? Elena?«

Der Mann grinste ihn noch breiter an und schüttelte den Kopf.

»Richard, um Himmels willen, was ist denn los mit dir?« Nina packte seinen Arm und zog ihn zurück auf die Bank. Er sah zu ihr und deutete mit dem Finger auf den Mann. Nina aber hatte nur Augen für ihn. Erneut standen große Sorgenfalten auf ihrer Stirn. Richard sah wieder hinüber zu der Stelle, wo der Mann gestanden hatte. Aber da war er nicht mehr. Verwirrt blickte Richard sich um. Dann sah er ihn wieder. Der humpelnde Mann mit dem Messer, der soeben noch keine zwei Meter von ihnen entfernt zu ihm gesprochen hatte, war nun mit seinem Hund schon gut fünfzig Meter weiter weg.

»Hast du das gesehen?«, fragte Richard.

Nina sah ihn fragend an.

»Hast du das Messer gesehen? Und hast du gehört, was er gesagt hat?«, hakte er nach.

Nina seufzte und rieb sich mit den Händen durchs Gesicht. Dann streichelte sie ihm über den Kopf.

»Richard beruhige dich bitte.«

Er wischte ihre Hand weg und sah sie mit angstgeweiteten Augen an.

»Aber du musst es doch auch gesehen haben. Er ist vor uns stehen geblieben, hat mich angeschaut und dann... Er war es! Er hat Elena entführt, und er wird sie morgen umbringen. Das hat er selbst gesagt!«

»Richard, Richard!« Nina unterbrach ihn barsch. »Ich habe den Mann keinen Moment aus den Augen gelassen. Er ist nicht stehen geblieben, sondern einfach auf dem Weg an uns vorbeigegangen. Er hat uns noch nicht einmal angesehen.«

Richard holte tief Luft und schloss die Augen. Mein Gott, war er wirklich so krank? Schlagartig wurde ihm übel, und als sie wieder zu Hause waren, legte er sich sofort wieder ins Bett. In der Nacht erwachte er fast stündlich. Als er gegen halb sieben spürte, dass er nicht mehr würde einschlafen können, stand er auf und wankte müde in die Küche. Er öffnete die Rollläden, machte Kaffee und setzte sich lustlos an den Küchentisch. Als er aufstand, um sich die zweite Tasse Kaffee zu holen, ließ er seinen Blick über Straße vor ihrem Haus gleiten. Die Vögel zwitscherten so laut, dass man es sogar durch die geschlossenen Fenster hören konnte.

Plötzlich erstarrte Richard. Etwa fünfzig Meter entfernt humpelte der seltsame Mann mit dem Hund über den Bürgersteig. In Sekundenbruchteilen fasste Richard einen Entschluss. Er konnte den Mann nicht bei der Polizei anzeigen, nur weil dieser Teil seiner Albträume und vermeintlichen Halluzinationen gewesen war. Im Grunde wollte er das auch nicht, da der Mann vermutlich völlig harmlos war. Jedenfalls, wenn man den gesunden Menschenverstand walten ließ. Aber andererseits konnte er dem Mann, ohne dass es ihn viel Mühe kosten würde, unauffällig folgen und sehen, wohin er ging und sich so vielleicht Gewissheit verschaffen. Denn was wäre, wenn doch etwas von dem, was er auf dem Spielplatz *gesehen und gehört* hatte, stimmte? Der Mann hatte in Richards Vorstellung gesagt: »Morgen muss ich sie totmachen.« Und das war heute. Und was, wenn Ninas anfänglicher, auf einem Bauchgefühl beruhender Verdacht doch richtig gewesen war? Was, wenn der Mann tatsächlich verrückt war, die kleine Elena entführt hatte und sie gleich töten würde? Gleich, nachdem er seinen Spaziergang mit dem Hund beendet hatte.

Schnell stellte Richard die Tasse ab. Er lief die Treppe hinauf ins Schlafzimmer, schlüpfte in Jeans und T-Shirt und warf Nina, die noch schlief, einen Blick zu, bevor er wieder nach unten stürmte. Wenige Sekunden später war er auf der Straße und lief in die Richtung, in welche der Mann gegangen war. Richard kam sich dabei lächerlich vor. Aber dieser Satz »Morgen muss ich sie totmachen«, wollte ihm einfach nicht mehr aus dem Kopf gehen, und obwohl er wusste, dass nur er diesen Satz des Mannes gestern auf dem Spielplatz gehört und nur er das Messer gesehen hatte, ließ etwas in ihm, das stärker war, als der Drang wieder nach Hause zu gehen, ihn weiterlaufen.

Kurze Zeit später bog Richard um eine Straßenecke und sah den Mann keine hundert Meter entfernt vor sich. Richard blieb stehen und versteckte sich hinter einer Vorgartenhecke. Im Folgenden ließ er so viel Abstand zwischen sich und dem Mann, dass er diesem, wie er hoffte, unbemerkt folgen konnte. Fünf Minuten später stieg der Mann die Treppe zu einem alten, stark renovierungsbedürftigen Haus empor, schloss die Tür auf und verschwand im Inneren. Er hatte sich nicht ein einziges Mal umgedreht, und Richard war sich sicher, dass der Mann von der Verfolgung nichts bemerkt hatte. Kurz überlegte Richard, was er nun tun sollte.

Er kannte das Haus. Es hatte einem alten Herrn gehört, der zuletzt allein darin gelebt hatte, und der vor einem halben Jahr verstorben war. Noch vor wenigen Wochen hing an dem großen Fenster im Erdgeschoss ein Schild, wonach das Haus zu verkaufen war. Nun fehlte das Schild.

Die Straße lag in einer ruhigen Gegend, und weit und breit war niemand zu sehen. Es war noch immer sehr früh, und es war Sonntag. Die Rollläden der meisten Häuser waren noch heruntergelassen. Richard ließ sich Zeit, während er auf das Haus zuging, in das der Mann verschwunden war. Dabei behielt er die Fenster im Blick, konnte aber hinter den dichten, zugezogenen Gardinen niemanden erkennen. Kurz vor der schmalen Hauseinfahrt schlug das Herz ihm bis zum Hals. Es half nichts. Wenn er jetzt umkehrte, brachte ihn das nicht weiter.

Er holte tief Luft, blickte sich noch einmal verstohlen nach allen Seiten um, dann setzte er sich in Bewegung und lief ohne zu zögern seitlich an dem Haus vorbei in den dahinterliegenden Garten, der von einer hohen Hecke umgeben war. Mein Gott, was tust du nur, flüsterte eine innere Stimme ihm zu. Du musst verrückt geworden sein. Er huschte unter einen breiten Balkon, der durch gemauerte Säulen abgestützt war, und stieß den angehaltenen Atem aus, der mit der kühlen Morgenluft eine Wolke vor seinem Mund bildete.

Zwei Kellerfenster waren mit von innen angebrachten, blickdichten Plastikplatten verdunkelt. Richard lauschte. Außer dem Gezwitscher unzähliger Vögel hörte er nichts. Von den Nachbarhäusern aus konnte man ihn nicht sehen. Mit klopfendem Herzen umfasste er die Klinke der Kellertür und drückte sie nach unten. Doch die Tür war verschlossen. Dann nahm er die Treppe, die vom Garten auf den Balkon führte, in Augenschein. Indem er sich auf einem fremden Grundstück aufhielt, hatte er schon Hausfriedensbruch begangen. Sich auf den Balkon zu begeben, würde es vermutlich nicht schlimmer machen, aber die Gefahr entdeckt zu werden, war dort oben viel größer. Dennoch näherte er sich der Treppe, und obwohl alles in ihm »Nein«, schrie, schlich er doch im nächsten Augenblick Stufe für Stufe hinauf. Denn das Bild der kleinen Elena, die weinend nach ihren Eltern schrie, und das ihn die ganze Zeit begleitete, war soeben ein anderes geworden. Plötzlich sah er seine eigene Tochter Josie in der gleichen Situation vor sich. Jetzt konnte er nicht mehr umdrehen und so tun, als würde er keinen Verdacht gegen den Mann hegen. Jetzt musste er sich Gewissheit verschaffen.

Mit jedem Auftritt gaben die hölzernen Treppenstufen ein leises Knarren von sich, und Richard erwartete, dass jeden Augenblick jemand vor ihn trat und ihn fragte, was er hier zu suchen hatte. Als er schließlich oben angekommen war, kroch er zur Hauswand und presste sich links neben dem Fenster dagegen. Die Tür rechts neben dem Fenster war nur angelehnt. Richard dachte an den Hund und dass dieser ihn wittern und hinausstürmen könnte, um ihn zu beißen. Dann aber hörte er zwei Menschen sprechen.

»Aufhören, Mama! Versprochen.« Es waren die gebrochenen, wimmernden Worte eines zumindest leicht geistig behinderten Mannes.

»Niemand hört hier damit auf, Jakob. Das funktioniert nicht. Und das weißt du auch ganz genau!«, krächzte eine Frau mit einer dunklen Reibeisenstimme.

»Aufhören«, zeterte Jakob.

»Ich habe dir diesen Köter aus dem Tierheim besorgt, weil du ihn unbedingt haben wolltest. Aber das reicht dir nicht. Du lässt dich nicht versöhnen und gehst mir stattdessen nur noch mehr auf die Nerven. Das ist sehr böse von dir.«

»Gutmachen! Nicht böse sein.«

»Ja, du hast einiges wieder gutzumachen. Wir fangen auch gleich damit an, indem du mich in die Kirche begleitest. Der Hund bleibt aber in deinem Zimmer.«

Richard sah auf die Uhr. Es war gleich sieben. Die Frühmesse begann in einer halben Stunde. Wenn die Frau die Mutter des behinderten Mannes war, musste sie wenigstens sechzig bis siebzig Jahre alt sein.

Eine kurze Stille trat ein. Dann klapperte Küchenbesteck. Der Hund kläffte, und jemand ging polternd eine Treppe im Inneren hinauf. Richard wurde noch nicht schlau aus dem, was er gehört hatte, aber es war genug, um seinen Verdacht zu untermauern. Die Mutter war verzweifelt darüber, dass ihr Sohn böse war und mit irgendetwas nicht aufhören konnte. Vielleicht damit, kleine Mädchen zu entführen.

Er wartete ein paar Minuten, in denen sich nichts tat. Dann hörte er wieder Schritte, und kurz darauf fiel die Haustür mit einem lauten Knall ins Schloss. Richard atmete noch einmal tief durch und kam aus seiner Deckung. Vorsichtig stieß er die angelehnte Balkontür auf, trat in eine geräumige Küche und lauschte. Es blieb still. Er hoffte inständig, dass Jakob den Hund, wie seine Mutter es befohlen hatte, in sein Zimmer gesperrt hatte. Einige Augenblicke verharrte Richard neben dem Küchentisch. Dann schlich er in den angrenzenden Flur, von wo aus eine Holztreppe nach oben und in den Keller führte. Als er seinen Fuß auf die erste Stufe nach unten setzte, knarrte diese, und dann schlug der Hund an. Richard schrak zusammen. Das Kläffen war so laut, als ob der Hund neben ihm stünde. Es ging ihm durch Mark und Bein.

Doch entgegen seiner Erwartung kam der Vierbeiner nicht die Treppe hinuntergerannt, um den Eindringling zu beißen. Vermutlich war das Tier tatsächlich hinter einer verschlossenen Tür. So plötzlich, wie das Bellen angefangen hatte, hörte es auch wieder auf. Richard war kurz davor, umzudrehen und zu verschwinden. Denn die Panik, die der Zwischenfall in ihm ausgelöst hatte, wollte nicht so schnell wieder weichen. Nur noch wenige Meter trennten ihn jedoch vom Keller und den Räumen, die von außen mit blickdichten Plastikscheiben verhängt worden waren. So etwas machte doch nur Sinn, wenn man etwas zu verheimlichen hatte. Und wenn Elena nicht dort war, dann konnte er beruhigt wieder nach Hause gehen. Erst dann konnte er sich sagen, alles, was ihm möglich war, getan zu haben. Schnell schlich er deshalb die Stufen nach unten.

Der Kellerflur war in einem üblen Zustand. Es roch nach Schimmel, und die Luft war abgestanden. Er fand einen Lichtschalter. Eine kahle Glühbirne in der Deckenmitte flammte auf. Sein Herz galoppierte mittlerweile in einem wilden Rhythmus, und die Angst schnürte ihm die Kehle zu. Was war nur in ihn gefahren? Während seine Familie noch schlief, drang er in fremde Häuser ein und tat das, was eigentlich Aufgabe der Polizei gewesen wäre. Allerdings wäre die Polizei wohl kaum so weit gegangen, ohne Beweise und ohne Durchsuchungsbeschluss in ein Haus einzudringen.

Es gab vier Türen hier unten. Er legte die Hand auf die Klinke der Tür zu seiner Rechten, hinter der er den Raum mit den blickdichten Fenstern vermutete, und drückte die Klinke nach unten. Abgeschlossen, aber der Schlüssel steckte. Sein Atem ging schnell und flach. Er schloss auf und öffnete die Tür. Vor ihm lag ein schwach beleuchtetes Kinderzimmer. Und auf dem grauen Teppichboden saß ein kleines Mädchen in einem hellgrünen Kleid. Es spielte mit ein paar Puppen, und als es ihn ansah, konnte er aufgrund der noch feuchten Wangen und der rotunterlaufenen Augen erkennen, dass es noch vor kurzem bitterlich geweint hatte.

»Elena«, sagte er und lief zu ihr.

Elena sah ihn mit großen erkennenden Augen an und dann lächelte sie sogar ein wenig.

»Ich bin Josies Papa und bringe dich wieder heim.«

Als Elena aufstand, nahm ihr Gesicht einen erschrockenen Ausdruck an. Ihr ängstlicher Blick fixierte etwas hinter Richards Rücken. Schnell drehte er sich um und erkannte, was Elena solche Furcht eingeflößt hatte. Aber es war schon zu spät. Ein Stock sauste nieder und traf ihn seitlich am Kopf. Sein Blick trübte sich. Dann wurde ihm schwarz vor Augen, und er stürzte zu Boden.

Als Richard wieder zu sich kam, hörte er zunächst nur ein Rauschen und brauchte einen Moment, um zu begreifen, dass das Geräusch nur in seinem Kopf existierte. Wahrscheinlich verursacht durch den Schlag auf seinen nun zum Zerbersten schmerzenden Schädel. Er spürte eine klebrige Flüssigkeit auf seinem Gesicht. Etwas Raues wischte über die Stelle. Als er die Augen öffnete, erkannte er, dass

Jakobs Hund ihm mit der Zunge über das Gesicht fuhr. Die Zunge des Hundes war rot. Erst da wurde Richard klar, dass der Hund ihm Blut vom Gesicht geleckt haben musste. Hinter dem Hund erkannte er die Beine einer Frau in braunen Strumpfhosen und die schmutzige schwarze Jeans Jakobs. Richard schrak mit dem Kopf vor dem Hund zurück und drehte sich instinktiv zur Seite.

»Nur gut, dass wir wegen der offenen Balkontür noch einmal zurückgegangen sind«, sagte die Alte. »Wie du siehst, hat das schon jemand ausgenutzt.« Es folgte ein kräftiger Tritt mit der Schuhspitze in Richards Rücken. Er wollte schreien und bemerkte erst in diesem Moment, dass in seinem Mund ein Stoffballen steckte, der ihn darin hinderte. Und seine Füße und Hände waren gefesselt.

»Mama nicht! Versprochen!«

»Jetzt ist aber mal Schluss, Jakob. Ich weiß, dass ich dir beim letzten Mal versprochen habe, kein Mädchen mehr zu uns holen.«

Trotz seiner wehrlosen Lage und seiner Schmerzen fegte eine neuerliche Schockwelle über Richard hinweg. Nicht Jakob, sondern seine Mutter war die Entführerin. Und dann dachte er an Elena. Wo war sie? Was würden sie mit ihr tun? Und was hatten sie mit ihm vor?

»Versprochen. Hierher gezogen sind. Dann du nur für mich da bist.«

»Pah, was sollte ich denn mit dir anfangen. Einen Jungen hab´ ich nie gewollt. Und was bekomme ich, einen Jungen und dann noch dazu einen, der im Kopf nicht ganz richtig ist. Du spielst doch auch gerne mit den kleinen Mädchen. Diese ist jetzt deine kleine Schwester.«

Die Frau war vollkommen verrückt. Richard hörte Jakob weinen.

Der Hund begann zu kläffen.

»Hol deinen Scheißköter hier weg«, schrie Jakobs Mutter.

Ein Geräusch, als ob jemand gegen einen Sandsack treten würde, folgte. Im gleichen Moment jaulte der Hund vor Schmerzen auf.

»Aufhören, Mama!«

»Du hältst jetzt dein Maul. Und der Hund kommt morgen zurück ins Tierheim. Ich dachte, wenn du ein Tier hast, um das du dich kümmern kannst, dann machst du mir keine Vorhaltungen mehr, wegen dem Mädchen. Aber weit gefehlt. Es wird jeden Tag schlimmer mit deinem *Aufhören, Mama.*« Mit den letzten Worten äffte sie Jakobs Stimme nach.

»Nein, Mama, Hund nicht weggeben.«

»Ende der Diskussion. Das hättest du dir früher überlegen sollen. Ungezogene Kinder müssen bestraft werden. Wir haben jetzt andere Probleme. Der hier muss weg.«

Ein weiterer Tritt in den Rücken machte Richard klar, dass er gemeint war. Sein Aufschrei verklang kaum hörbar in seinem Knebel.

»Du zerlegst ihn. Du hast doch dieses scharfe Messer und ein Beil. Wir füllen seine Einzelteile in Müllsäcke und begraben sie nach und nach an verschiedenen Stellen im Wald. Das haben wir schon mal so gemacht. Weißt du das noch?«

Richard stöhnte auf. Er wollte sich aufsetzen, sich zur Wehr setzen, war aber zu mitgenommen. Sie hatten ihn, nachdem ihn der Schlag auf den Kopf hatte ohnmächtig werden lassen, in einen anderen Raum geschleift. Er lag nun vor einer Waschmaschine. Daneben befand sich eine alte schäbige Badewanne.

»Will nicht, Mami. Du gesagt, keine neue Schwester mehr holen. Du gesagt, du dich kümmern nur noch um mich.«

»Ach, halt endlich die Klappe.«

Richard versuchte, abermals zu schreien. Diesmal bestrafte die alte Frau ihn mit einem Fußtritt gegen den Kopf. Kurz trübte sich sein Blick. Aber er verlor nicht wieder das Bewusstsein.

Der Hund begann erneut, zu bellen. Wieder traf der Fuß der Alten das Tier. Der Hund verstummte augenblicklich. Jakob weinte. Die Frau beugte sich nun über Richard, drehte ihn auf den Rücken, setzte sich auf ihn und legte ihre Hände um seinen Hals.

»Ich bring ihn um, und du zerlegst ihn danach in der Badewanne in seine Einzelteile«, sagte sie und drückte zu.

Richard röchelte und bäumte sich auf.

Doch ihr Griff war zu fest, und sie ließ nicht locker. Das Gesicht der Frau kam ihm bekannt vor. Und trotz seines nahenden Todes erkannte er sie, obwohl er sie nur ein einziges Mal für einen kurzen Augenblick gesehen hatte. Es war letzten Sonntag in der Kirche gewesen. Als der Pastor in der Messe zum Friedensgruß aufgefordert hatte, hatte er sich umgedreht und dieser Frau, die in der Bank hinter ihm gesessen hatte, die Hand gegeben. Sie hatte lange weiße Haare und war spindeldürr. Und dennoch war sie ungewöhnlich kräftig. Der einsetzende Sauerstoffmangel löste jetzt ungekannte Schmerzen in Richard aus. Seine letzten Kräfte verließen ihn, und sein Gesichtsfeld verengte sich bis auf einen Punkt hinter dem Schädel der Alten, während sie nicht davon abließ, ihn zu würgen.

Und plötzlich sah er dort das tränennasse Gesicht ihres Sohnes wieder. »Totmachen«, sagte er - wie in Richards Traum - und dann holte er aus. Jakobs Gesicht verschwand, und an dessen Stelle sah Richard nun das Jagdmesser, das er von seinem Albtraum und der Begegnung auf dem Spielplatz kannte. Die Frau drehte ihren Kopf zur Seite, um hinter sich zu blicken. Doch da sauste das Messer schon auf sie nieder und drang schmatzend in ihren Rücken. Jakobs Mutter stieß einen lang gezogenen Seufzer aus, der sich anhörte, als ob man die Luft aus einem Schlauchboot herauslassen würde. Ihre Augen schauten ungläubig. Dann erstarrte ihr Blick, und ihre Umklammerung um Richards Kehle ließ nach. Gierig sog er die Luft ein. Wieder und wieder stach Jakob von hinten auf seine Mutter ein.

Zwei Tage danach saß Richard mit Nina auf der Terrasse ihres Hauses. Noch immer hatte er aufgrund einer leichten Gehirnerschütterung Kopfschmerzen, und seine Kehle tat ihm beim Sprechen und Schlucken weh. Nina, Josie und er hatten gerade zu Mittag gegessen, und Josie machte in ihrem Zimmer Hausaufgaben.

Nachdem Jakob seine Mutter erstochen hatte, war er panisch nach draußen gelaufen und war beim Verlassen des Hauses einer aufmerksamen Nachbarin, die auf dem Weg zur Kirche war, aufgefallen. Wegen des Blutes in seinem Gesicht und auf dem Messer, das er noch immer in der Hand hielt, hatte sie umgehend die Polizei alarmiert, die ihn wenig später widerstandslos festnehmen konnte. Kurz darauf wurden Richard und Elena in dem Haus von Jakob und seiner Mutter gefunden.

Richard hatte bei der Polizei zu Protokoll gegeben, dass ihm der Mann mit dem Hund nicht geheuer gewesen sei und er diesen deshalb verfolgt habe. Als er dann ungewöhnliche Geräusche aus dem Haus gehört habe, sei er hineingegangen. Ein Glückstreffer, mehr nicht. Seine vorhergehende Halluzination auf dem Spielplatz, als Jakob an ihm und Nina vorbeigegangen war, hatte er ebenso verschwiegen, wie den Albtraum, in dem Jakob ihn mit einem Messer verfolgt hatte. Mit dem Messer, mit dem Jakob dann später in der Realität zwar nicht Richard oder Elena, wohl aber seine Mutter erstochen hatte. »Morgen muss ich sie totmachen«, hatte Richard Jakob sagen hören. Nur war damit nicht das kleine Mädchen gemeint gewesen, sondern Jakobs Mutter.

Jakob war nicht böse, wie Nina und Richard angenommen hatten. Er war nur ein bemitleidenswerter Mensch, der von einer lieblosen Mutter großgezogen worden war und der sich entschieden hatte, diese daran zu hindern, weitere Verbrechen zu begehen. Als sie ihm den Hund, das einzige Wesen, das ihn je so gemocht hatte, wie er war, wegnehmen wollte, hatte er sich nicht anders zu helfen gewusst, als sie zu töten.

Von einem der ermittelnden Kommissare hatte Richard von der ganzen Tragweite der Verbrechen erfahren, die Jakobs Mutter begangen hatte, und die nun im Zuge der Ermittlungen schnell ans Tageslicht gekommen waren. Elena war nicht das erste Mädchen gewesen, das Jakobs Mutter entführt hatte. Die anderen Kinder hatte sie über mehrere Jahre gefangen gehalten, bevor sie jedes Einzelne am Ende umbrachte. Die Polizei hatte im Haus Aufzeichnungen der Frau gefunden, die belegten, dass ihre eigene kleine Tochter vor dreißig Jahren spurlos verschwunden und nie wieder aufgetaucht war. Zehn Jahre später hatte sie begonnen, kleine Mädchen zu entführen, um deren Eltern spüren zu lassen, wie es ist, das eigene Kind zu verlieren!

Und um die Mädchen fortan wie ihre eigenen Töchter zu behandeln. Wenn die Mädchen ihr zu alt wurden, um sie noch an ihr eigenes Kind zu erinnern, tötete sie diese und zog mit ihrem Sohn in einen anderen Ort, wo sie nach ein paar Wochen ein neues Mädchen entführte.

Je mehr Richard darüber nachdachte, desto mehr kam er zu dem Schluss, dass die Halluzinationen von Jakob und dem Messer auf dem Spielplatz und sein Albtraum in gewisser Weise Visionen der Zukunft gewesen sein mussten.

Während Nina die Küche aufräumte, schlug Richard entgegen Ninas Rat die Zeitung auf. Sie hatte gesagt, er solle sich nicht auch noch mit dem aktuellen Tagesgeschehen belasten. Er hatte sofort bemerkt, dass sie etwas vor ihm verheimlichen wollte. Statt ihn davon abzuhalten, hatte ihre Aussage das Gegenteil bewirkt und ihn neugierig gemacht. Die erste Schlagzeile sprang ihn an wie ein Raubtier:

Schüler ersticht Lehrer!

Schnell überflog er den Artikel, und mit jedem Satz, den er las, überkam ihn eine immer größer werdende Angst. Am Ende starrte er fassungslos ins Leere. Erst Sekunden, nachdem er den Artikel zu Ende gelesen hatte, war er wieder fähig, einen Gedanken zu fassen, und dann nach und nach erschlossen sich ihm die Zusammenhänge. Und doch konnte er es nicht glauben. Das war vollkommen irreal. Wenn er es jemandem erzählen würde, würde man ihn auf der Stelle für verrückt erklären.

In dem Aufmacher der Tageszeitung ging es nicht um irgendeinen Schüler und nicht um irgendeinen Lehrer. Die Tat war in dem Gymnasium geschehen, in dem er unterrichtete. Der Schüler war derjenige, in dessen Hand er statt des Lineals ein Messer gesehen hatte. Und der Chemielehrer und Kollege Richards, den der Schüler gestern, also am Montag, erstochen hatte, hatte am Montag davor Geburtstag gehabt. Natürlich hatte Richard ihm zur Gratulation herzlich die Hand geschüttelt, und jetzt war sein Kollege tot. Genau wie Jakobs Mutter, der er ebenfalls genau eine Woche vor ihrem Tod am Sonntag die Hand zum Friedensgruß in der Kirche gegeben hatte. Zufall? Wohl kaum! Wenn er den Tod von Jakobs Mutter und den Tod seines Kollegen verglich, dann gab es zwei frappierende Gemeinsamkeiten. Ein Mensch, dem er die Hand gegeben hatte, starb auf den Tag genau eine Woche später. Und er, Richard, hatte Visionen davon gehabt, wer den entsprechenden Mord begehen würde und mit welcher Waffe es geschehen würde. Richard fröstelte bei der Vorstellung. War er dabei, wahnsinnig zu werden? Mit zitternden Händen faltete er die Zeitung zusammen und legte sie zurück auf den Tisch. Er atmete tief durch und überlegte, was er tun sollte. Er konnte damit unmöglich zur Polizei gehen. Aber zu einem Arzt musste er. Irgendjemandem musste er sich anvertrauen.

Als es in diesem Moment an der Haustür klingelte, fuhr er erschrocken zusammen. Dann kam die Erkenntnis wie ein Blitzeinschlag über ihn. Und er dachte nur noch an eines. An den Postboten, den er für einen Einbrecher gehalten hatte, weil er statt eines Stiftes in dessen Hand eine Pistole gesehen hatte. Gleichzeitig drängte sich ihm eine zwingende Frage auf, die ihn erschaudern ließ. Er dachte kurz nach, und plötzlich fiel es ihm wieder ein. Er sprang so schnell und hastig auf, dass der Stuhl, auf dem er gesessen hatte, nach hinten kippte.

»Nicht aufmachen!«, schrie er und rannte ins Wohnzimmer. Am letzten Dienstag hatte er nur einer einzigen Person die Hand gegeben, und das war seine Frau Nina. Und zwar, als sie ihm am Morgen aus dem Bett hatte helfen müssen, da er sich in der Nacht verrenkt und einen Hexenschuss zugezogen hatte. An diesem Tag war er zu Hause geblieben und hatte seinen Unterricht abgesagt. »Nicht aufmachen!«, schrie er abermals. Doch als Richard in den Flur bog, sah er, dass es bereits zu spät war. Nina hatte die Tür geöffnet. Der Postbote trug diesmal wirklich Straßenkleidung, wie in Richards Vision. Nina blickte Richard, der schreiend auf sie zustürmte, verstört an. Erst da nahm der junge Mann die Hand hinter seinem Rücken hervor. Obwohl alles rasend schnell ging, nahm Richard es wie in Zeitlupe wahr. In der Hand des Mannes war eine Pistole, und als dieser den Arm hob, wusste Richard, dass er es nicht schaffen würde. Einen Sekundenbruchteil später schoss der Mann Nina, ohne zu zögern in die Brust. Dann richtete er die Waffe auf Richard und drückte ab.

Richard schreckte im Bett hoch. Erst nach einigen Sekunden begriff er, dass er alles nur geträumt hatte. Jakob und seine Mutter, Elenas Entführung, der Postbote mit der Pistole und der von einem Schüler erstochene Kollege. Alles nur ein fürchterlicher Albtraum, innerhalb dessen er Opfer eines weiteren Albtraums geworden war, in dem ein düsterer Mann ihn mit einem Messer in einem Haus verfolgt hatte. Noch immer hämmerte Richards Herz vor Aufregung. Er war verschwitzt, und das Erlebte wirkte in ihm nach. Gleichzeitig erfüllte ihn die Tatsache, nur geträumt zu haben, mit einer unbeschreiblichen Erleichterung. So intensiv und detailreich hatte er noch nie zuvor im Leben geträumt. Und noch nie zuvor hatte er im Traum so starke körperliche Schmerzen empfunden, ohne dadurch aufzuwachen.

Nach einer Weile fiel ihm ein, dass Samstag war und eigentlich noch zu früh zum Aufstehen. Dennoch schlüpfte er so leise wie möglich aus dem Bett, damit Nina nicht aufwachte. Er würde frische Brötchen beim Bäcker holen und seine Familie mit einem gedeckten Frühstückstisch überraschen. Es war ihm ein Bedürfnis sein tief empfundenes Glück darüber, dass entgegen seinem Traum alles in bester Ordnung war, zum Ausdruck zu bringen. Bevor er hinunterging, warf er einen Blick in Josies Zimmer. Auch sie schlief noch. Ein Lächeln umspielte seine Lippen, und er seufzte zufrieden.

Als Richard jedoch wenig später die Tür öffnete, um das Haus zu verlassen, verkrampfte sich schlagartig jede Faser seines Körpers, ein Schauder lief über seinen Rücken und für einen Moment schien die Zeit stillzustehen.

»Guten Morgen«, sagte ein Mann im Vorübergehen. Er humpelte und führte einen schwarzen Hund an der Leine.

KZH

Steffen Schulze

»Fuchs, Sie fahren nach Gotha!«

Oberfeldwebel Pepe S. Fuchs schreckte vom Schreibtisch hoch. Nein, er war nicht eingeschlafen, hatte höchstens etwas gedöst. Nach den letzten Wochen brauchte sein Körper dringend etwas Ruhe. Doch darauf nahm Major Frankfurt, Pepes Vorgesetzter und Chef der Erfurter Militärpolizeieinheit, wie üblich keine Rücksicht.

Mühsam erhob sich Pepe, ließ seinen Kopf kreisen und strich sich mit der Hand über die Glatze, ehe er zur offenen Bürotür des Majors hinüberschlurfte.

»Mensch, Fuchs, Sie hängen ja wie ein Schluck Wasser in der Uniform!«

Augenblicklich nahm Pepe Haltung an und richtete sich zu voller Körpergröße auf. Zu den ganzen Einssechzig und donnerte: »Jawohl, Herr Major!«

»Ist ja gut! Setzen!«

Pepe gehorchte.

Major Frankfurt saß an seinem penibel aufgeräumten Schreibtisch und studierte eine Akte. Sie lag direkt vor ihm. Trotzdem kniff er immer wieder die Augen zu, nur um sie kurz darauf weit aufzureißen. Er wollte einfach nicht einsehen, dass er langsam eine Brille brauchte. Pepe wurde unruhig auf dem unbequemen Stuhl auf der anderen Seite des Tisches und versuchte, sich ein Grinsen zu verkneifen. Endlich gab Frankfurt auf und schaute hoch. »Oberstleutnant Tulovics ist ein guter Freund von mir. Kennen Sie ihn?«

»Er ist der Kommandeur des Aufklärungsbataillons 13, stationiert in der Friedenstein-Kaserne in Gotha.«

»Das ist korrekt. In seiner Einheit häufen sich Fälle von kzH.«

Pepe stutzte. Zum einen waren die Aufklärer harte Hunde. Im realen Einsatz operierten sie an vorderster Front, oft auch hinter den feindlichen Linien. So leicht warf die nichts aus der Bahn. Und zum anderen wurde krank zu Hause von den Ärzten nicht leichtfertig verschrieben.

»Eine Grippewelle? Oder irgendein Virus?«, fragte Pepe vorsichtig.

»Sie wissen doch genau, dass das Krankheitsbild nicht offengelegt werden muss oder besser darf«, entgegnete Frankfurt barsch. Nach einer Kunstpause sagte er jedoch: »Maks Tulovics hat jedoch von außergewöhnlichen Verletzungen gesprochen. Geplatzten Trommelfellen, Monokel-Hämatomen, gebrochenen und geprellten Rippen, ausgerenkte Kiefer, auch Hodenquetschungen.«

Unwillkürlich presste Pepe seine Schenkel zusammen. Er hatte schon oft Schmerzen gelitten; tat dies seit einer schweren Verwundung in Afghanistan, bei der er beinahe ein Bein verloren hatte, eigentlich ständig. Mittlerweile schluckte er Ibuprofen wie andere Vitamintabletten. Trotzdem stellte er sich einen gequetschten Hoden als äußerst unerfreulich vor. »Hat der Oberstleutnant einen Verdacht?«

Frankfurt stand auf und verschränkte die Arme auf dem Rücken. Unruhig wie ein Tiger im Käfig schritt er das Büro ab. Dann blieb er plötzlich stehen. »Es ist ihm unangenehm.«

Pepe musste sich auf dem Stuhl umdrehen, da er den Chef jetzt im Rücken hatte.

»Er vermutet, es könnte an seinem neuen Kompaniechef liegen. Schwarzwetter eilt ein gewisser Ruf voraus. Der Major soll ein richtiger Schleifer sein.«

»Das haben Majore so an sich«, platzte es aus Pepe heraus. Sofort biss er sich auf die Zunge. Zu spät. Frankfurt schoss ihm einen Blick zu, der kochendes Wasser augenblicklich zu Eis hätte erstarren lassen.

»Fuchs, Sie fahren nach Gotha! Sehen Sie sich da mal um. Wir können es uns in der heutigen Zeit nicht leisten, unsere Soldatinnen und Soldaten kaputt zu machen.«

»Jawohl, Herr Major!« Pepe sprang auf und grüßte zackig. Dann drehte er sich auf dem Absatz um und verließ das Büro. Was für ein beschissener Auftrag. Wenn Major Schwarzwetter tatsächlich seine Untergebenen dermaßen hart rannahm, dass sie sich der Reihe nach verletzten, war das natürlich durch nichts zu entschuldigen. Andererseits war eine realitätsnahe Ausbildung wichtig, teilweise überlebenswichtig. Das wusste Pepe aus eigener Erfahrung. Egal wie er es drehte und wendete. Ein positives Ergebnis seiner Untersuchung konnte er sich nicht vorstellen.

oOo

Es hörte auf zu regnen, als sich Pepe an der Wache der Friedenstein-Kaserne anmeldete. Der Diensthabende musterte ihn mit skeptischem Blick, was Pepe ihm keineswegs verübeln konnte. Im Spiegelbild in der Fensterscheibe der Wachstube sah er wie ein begossener Pudel aus. Er roch auch so.

»Name?« Der Hauptgefreite stellte die Frage nicht unfreundlich, nur militärisch kurz und prägnant.

»Oberfeldwebel Pepe S. Fuchs.«

Ohne aufzusehen, einen Zettel vor sich studierend, fragte der Soldat als nächstes: »Für?«

»Major Schwarzwetter.«

Jetzt stutzte der Hauptgefreite. Sein Kopf schnellte nach oben, als hätte plötzlich ein verborgener Federmechanismus ausgelöst. In seinem Gesicht spiegelte sich eine Mischung aus Überraschung, Besorgnis und Feindseligkeit, die sein abheilendes blaues Auge besonders deutlich hervortreten ließ. »Aus welchem Grund möchten Sie Major Schwarzwetter sprechen? Sie stehen nicht auf meiner Liste! Da muss ich mich erst rückversichern.«

Auf einmal wurde der Mann gesprächig. Pepe schätzte ihn auf Mitte zwanzig. Wobei er deutlich jünger wirkte. Als ob er eben erst seine Jugendweihe gefeiert hätte. Er war dünn und schlaksig. Die Uniform schien ihm eine Nummer zu groß zu sein. Mindestens.

»Dienstlich«, antwortete Pepe knapp und drehte seine Schulter so, dass der Feldjäger-Schriftzug deutlich zu lesen war. Militärpolizisten hatten in der Truppe nicht den besten Ruf. Wie im zivilen Leben wollte niemand mit ihnen ohne Not etwas zu tun haben. Bei jedem Kontakt schwang im Hinterkopf ein leises schlechtes Gewissen mit, ob man nicht aus Versehen irgendetwas angestellt hatte.

Die Augen des Hauptgefreiten verengten sich zu Schlitzen. Nach einer kurzen Pause schloss er das Fenster vor Pepes Nase und griff, sich beinahe in Zeitlupe bewegend, zum Telefon. Pepe konnte nicht hören, was er sagte. Nicht nur aufgrund der geschlossenen Scheibe, sondern auch weil der Mann sich zur Seite drehte und mit der freien Hand die Sprechmuschel zuhielt. Das Gespräch dauerte ungewöhnlich lange. Pepe starrte die ganze Zeit auf ein Plakat, das für einen bundeswehrweiten Wassersportwettbewerb unter den Standorten warb, ohne es wirklich zu sehen. Als der Soldat endlich auflegte und das Fenster wieder öffnete, wirkte seine Miene versteinert.

»Sie können passieren! Die zweite rechts. Nach hinten durch. Major Schwarzwetter ist auf dem Sportplatz. Beim Nahkampftraining.«

Pepe nickte kurz, stülpte sich den noch nassen Motorradhelm über und stieg auf die BMW. Das feuchte Leder quietschte unangenehm, als er sein Bein über die Sitzbank schwang. Er startete den Motor und musste unnötig lange warten, bis der Hauptgefreite die Schranke öffnete. Fast wäre Pepe wieder abgestiegen und hätte sich den Soldaten zur Brust genommen. Anscheinend lag Frankfurt richtig. Irgendetwas war hier faul. Das Verhalten des Hauptgefreiten war äußerst merkwürdig. Wen hatte er angerufen? Schwarzwetter, oder Tulovics, den Standortkommandanten? Warum hatte Oberstleutnant Tulovics Pepe nicht an der Wache angemeldet, wie es mit Frankfurt angeblich abgestimmt gewesen war? Mit mehr Gas als beabsichtigt fuhr Pepe auf das Kasernengelände. Das Hinterrad der BMW keilte aus und das abgebrochene Blaulicht zappelte protestierend am losen Kabel. Nach wenigen Metern hatte er sich wieder im Griff und rollte in Schrittgeschwindigkeit an den dreigeschossigen Unterkunftsblöcken vorbei. Die Kaserne war seit 1935 in Betrieb. Gebaut für die Luftwaffe. Die Wohnblöcke machten einen heimeligeren Eindruck als das Erfurter Gegenstück, in dem Pepe zu Hause war. Jedenfalls von außen. Nur hingen in Erfurt keine Handtücher aus den Fenstern wie in einem Billighotel am Ballermann. Leicht den Kopf schüttelnd fuhr Pepe weiter, wich dabei großen Pfützen aus, die der vorangegangene Regenguss hinterlassen hatte.

Die Straße war eine Sackgasse. An deren Ende befanden sich rechter Hand ein großer Parkplatz und links die Sportanlagen. Hinter der Turnhalle hatte sich eine Traube Soldaten auf dem nassen Rasen versammelt. Alle trugen die blauen Trainingsanzüge der Bundeswehr. Die Männer und Frauen standen in einem so dichten Kreis, dass Pepe von weitem nicht erkennen konnte, was in dessen Mitte vor sich ging.

Er parkte sein Motorrad am Straßenrand. Erst als er den Motor abgestellt hatte, fiel ihm auf, wie gespenstisch ruhig es um ihn herum war. Ab und an klang das Geräusch eines dumpfen Schlages oder ein kurzes Stöhnen zu ihm herüber. Pepe nahm den Helm ab, ließ ihn auf der triefenden Sitzbank liegen und lief quer über die Wiese auf die Soldatengruppe zu. Der Boden war aufgeweicht und schlammig. Tief sanken seine Stiefel ein und schmatzten bei jedem Schritt. Von den anderen unbemerkt reihte sich Pepe zwischen den Soldaten ein. Da er kleiner war, musste er sich bis nach vorn durchdrängeln, um etwas zu sehen. Auf den Trainingsanzügen der Männer und Frauen waren keine Rangabzeichen. Namensschilder auch nicht. Neben ihm konnte ebenso gut ein Oberst wie auch ein Gefreiter stehen. Durch seinen kurzfristigen Auftrag hatte Pepe es nicht geschafft, sich ein Bild von Major Schwarzwetter zu machen. Was wohl auch nicht nötig war.

Im Inneren des Kreises stand ein Soldat, bei dessen Anblick selbst Pepe Haltung annahm. Er war nicht besonders groß. Auch nicht außergewöhnlich kräftig. Doch seine Augen, die Körperhaltung, seine gesamte Aura flößten Respekt ein. Mit stoischer Miene winkte er seinen Gegner zu sich heran. Der war einen ganzen Kopf größer, jedoch etwas schmaler. Er bewegte sich, als ob seine Arme und Beine an Fäden hingen. Wie bei einer Marionette, bei der der Spieler einen epileptischen Anfall hatte. Die Messerattrappe in seiner Faust zitterte, als hätte sie ein Eigenleben. Zögernd tänzelte er vor seinem Gegner auf und ab. Dann überwand er plötzlich seine Angst und griff an. Der Stoß war nur halbherzig ausgeführt. Von unten, zielend auf den Bauch des Gegenübers.

Der blockte den Messerarm blitzschnell ab. Sprang in den Mann hinein. Mit der linken Armbeuge klemmte er das Handgelenk des Angreifers fest, packte mit rechts dessen Oberarm. Riss ihn nach unten und rammte ihm mit voller Wucht sein Knie in die Weichteile. Alles ging so schnell, als würde ein Video mit doppelter Geschwindigkeit ablaufen. Der Treffer tat Pepe schon beim bloßen Hinschauen weh. Dem Schlaksigen wohl noch mehr. Er stöhnte, riss die Augen so weit auf, dass es an ein Wunder grenzte, dass sie in ihren Höhlen blieben. Dann fiel er wie ein Stein zu Boden. Mit dem Gesicht voran. Beide Händen im Schritt blieb er in Embryohaltung wimmernd liegen.

Sein Gegner trat zwei Schritte zurück und fragte leise, aber eindringlich: »Wer ist der nächste?«

Niemand rührte sich. Der Kreis wurde unmerklich größer. Alle traten einen Schritt zurück. Bis auf eine junge Frau. Der Unisex-Trainingsanzug, der sonst alle Soldaten gleich machte, schmiegte sich an ihren Körper wie ein Designerkleid, ließ ihre weiblichen Formen deutlich hervortreten. Ihre langen schwarzen Haare hatte sie zu einem französischen Zopf gebunden, so, dass sie beim Nahkampf nicht behindert wurde. Sie machte einen großen Schritt über ihren noch immer auf dem Boden liegenden Kameraden und nahm eine Kampfsporthaltung ein. Ähnlich wie Bruce Lee zu seinen besten Zeiten.

Dieses Mal griff der Mann an. Er machte einen großen Schritt auf seine neue Gegnerin zu, holte mit der geschlossenen Faust aus.

Pepe stand kurz davor, einzugreifen. Er hatte mehr als einmal erlebt, was ein gekonnt ausgeführter Faustschlag anrichten konnte. Dagegen sah das abheilende blaue Auge des Soldaten an der Pforte geradezu lächerlich aus. Ein perfekter Treffer von unten an die Nase konnte Knochensplitter bis ins Gehirn treiben und zum Tode führen.

Doch ehe Pepe reagieren konnte, sprang die Frau aus dem Stand anderthalb Meter in die Höhe. Dabei drehte sie sich um ihre Längsachse. Elegant schlossen sich ihre Schenkel um den Hals des Mannes, rissen ihn von den Füßen. Mit einem dumpfen Schlag landeten beide auf dem Boden. Sofort verkeilte die Frau ihre Beine im Nacken des Mannes. Dessen Gesicht lief blau an. Er bekam keine Luft. Offensichtlich. Trotzdem wand er sich, ruckte und zuckte fast eine volle Minute, bis er hektisch auf den nassen Rasen schlug. Erst jetzt lockerte die Frau ihren Würgegriff. Beide blieben still liegen und atmeten schwer. Er vor Luftnot, sie vor Anstrengung.

Pepe trat näher heran, wandte sich zu dem Mann und sagte: »Auf ein Wort bitte, Major Schwarzwetter!«

»Gern«, antwortete die Frau und reichte Pepe die Hand.

Der griff verblüfft zu und zog sie auf die Füße. Ihre Hand fühlte sich weich und fest zugleich an. Ein gutes Gefühl.

»Schluss für heute«, rief Schwarzwetter. »Ruhen Sie sich aus. Der morgige Geländetag wird hart!«

»Jawohl Frau Major«, antworteten die Soldaten zackig und stoben auseinander. Den Schluss bildete der Schlaksige. Er lief merkwürdig gestelzt, sorgsam darauf bedacht, seinen lädierten Weichteilen beim Laufen genügend Raum zu geben. Pepe schaute ihm mit gerunzelter Stirn hinterher und zuckte zusammen, als Schwarzwetter ihn ansprach: »Sie sind also hier, um etwas militärischen Schliff zu bekommen.«

»Idee meines Chefs«, antwortete er knapp. Das war die Tarnung für seine Ermittlung. Er sollte diszipliniert werden. »Nicht meine.«

Sie waren fast gleich groß. Auf Augenhöhe. Der Blick des Majors musterte Pepe durchdringend. Sofort bekam er ein ungutes Gefühl.

Irgendetwas lag im Blick der Frau, das ihn schaudern ließ. Wusste sie Bescheid? War ihr klar, dass er hier verdeckt ermittelte? Gegen Sie? Es kam nicht oft vor, dass Soldaten aus disziplinarischen Gründen in andere Einheiten versetzt wurden. Wenn, dann nicht nur für wenige Tage, sondern auf unbestimmte Zeit.

Je mehr Pepe darüber nachdachte, desto mehr wurde ihm bewusst, dass es eine dumme Idee gewesen war. Seine Mission war von Anfang an zum Scheitern verurteilt. Er würde sich lächerlich machen. Nicht mehr und nicht weniger. Schon nach wenigen Sekunden hielt Pepe dem stechenden Blick aus Schwarzwetters strengen Augen nicht mehr stand und schaute auf seine Stiefelspitzen. So, als er würde er sie zum ersten Mal sehen.

»Kommen Sie mit«, sagte Schwarzwetter schließlich, machte auf dem Absatz kehrt und lief auf die Unterkunftsgebäude zu.

Was zum Henker sollte das jetzt? Pepe glotzte Schwarzwetter hinterher. Sein Blick blieb, länger als schicklich war, auf ihrem Hintern haften, der tatsächlich fantastisch in der eng sitzenden Trainingshose aussah. Dann schaute er kurz zu seiner BMW hinüber, zuckte mit den Schultern und folgte der Frau Major. Er hatte schon viele Frauen in der Bundeswehr kennengelernt. Die meisten, die er kannte, arbeiteten im Sanitätsdienst. Doch ihr Anteil in der kämpfenden Truppe wuchs stetig. Es in eine führende Position bei den Aufklärern zu schaffen, war mit Sicherheit nicht leicht gewesen. Warum hatte er nur ihre Akte im Vorfeld nicht gelesen. Anscheinend wurde er alt. Ließ nach. Das war nicht gut. Gar nicht gut.

Pepe musste einen Schritt zulegen. Schwarzwetter hatte bereits das Gebäude betreten. Wenn er sie im Inneren nicht verlieren wollte, sollte er sich besser beeilen. Die letzten Meter legte er beinahe im Sprint zurück. Was in seinen mit Wasser vollgesogenen Motorradstiefeln eine Tortur war. Er stürmte die Stufen zum Haupteingang hinauf, stürzte durch die Tür und sah Schwarzwetter eben noch in einem Zimmer rechts des Ganges verschwinden. Pepe hetzte hinterher. Die

Tür stand einen Spalt offen, was er als Einladung auffasste. Er trat ein und blieb wie angewurzelt stehen. Schwarzwetter hatte bereits ihre Trainingsjacke abgelegt und war dabei, die Hose auszuziehen.

»Noch nie einen Major in Unterwäsche gesehen?«

Das hatte Pepe in der Tat noch nicht. Außerdem hatte Schwarzwetter recht wenig von der angesprochenen Bekleidung an.

»Würden Sie bitte die Tür schließen?«

»Oh, ja, Entschuldigung!«, stammelte Pepe und zog die Tür hinter sich zu.

»Von außen, selbstverständlich.«

»Natürlich!«

Mit hochrotem Kopf verließ Pepe die Stube und lehnte sich im Flur mit geschlossenen Augen gegen die Wand. Was war nur los mit ihm? Wieso ließ er sich so vorführen? Sie spielte mit ihm. Versuchte, ihn aus dem Konzept zu bringen. Sie hatte ihn durchschaut. So viel war klar. Sollte er trotzdem bei seiner Geschichte bleiben?

Die Tür ging auf. Schwarzwetter trug jetzt eine Flecktarn-Uniform. Und wieder hatte Pepe noch nie einen Soldaten gesehen, der darin so elegant aussah.

»Sie können reinkommen.«

Pepe stieß sich von der Wand ab. Schwarzwetters Stube war spartanisch eingerichtet. Ein Bett, ein Schrank, ein Schreibtisch. Mit nur einem Stuhl. Keine persönlichen Sachen. Genau, wie Pepe sein Heim in Erfurt eingerichtet hatte.

»Setzen Sie sich«, sagte Schwarzwetter und zeigte auf den Schreibtischstuhl. Sie selbst stand mit in die Hüften gestützten Händen mitten im Raum.

»Danke, ich stehe lieber«, antwortete Pepe.

»Das war keine Bitte, Herr Oberfeldwebel«, entgegnete Schwarzwetter mit schneidender Stimme. Sofort wurde es gefühlt zehn Grad kälter in dem kleinen Zimmer.

»Jawohl Frau Major!«

Pepe nahm Platz. Kerzengerade. Ohne sein Zutun verkrampften sich seine Hände zu Fäusten. Schwarzwetter schaute ihn schweigend an. Über eine Minute. Eine Taktik, die Pepe selbst gern bei Verdächtigen anwendete. Die Stille so schwer werden lassen, bis es das Gegenüber nicht mehr aushielt und anfing zu reden. Im besten Fall zu gestehen. Pepe biss sich auf die Zunge. Auch wenn ihm schon Schweißtropfen unangenehm die Achselhöhlen hinunterliefen, würde er standhaft bleiben.

»Ich weiß, warum Sie hier sind«, durchbrach Schwarzwetter schließlich das Schweigen. »Ich bin nicht da, wo ich jetzt bin, weil ich dumm oder leichtgläubig bin.«

Das stimmte wohl nur allzu sehr.

»Als Frau muss man in allem besser sein als ein Mann an gleicher Stelle. Egal, was einem die Hochglanzprospekte der Rekrutenwerbung erzählen wollen. Die Bundeswehr wird von männlichen Strukturen geprägt. Frauen sind Störfaktoren. Sie können gern als Krankenschwestern oder in der Küche dienen. Aber nicht an der Waffe.«

Pepe wollte etwas erwidern, doch Schwarzwetter stoppte ihn mit einem kaum wahrnehmbaren Zucken ihres Kinns.

»Dabei ist es kurz über zwanzig Jahre her, dass wir Dienst an der Waffe tun dürfen«, fuhr Schwarzwetter fort.

Pepe kannte die Geschichte. Was sollte der Vortrag?

»Sie sind hier, weil der Krankenstand unter meiner Führung ungewöhnlich hoch ist«, wechselte Schwarzwetter abrupt das Thema und überrumpelte Pepe damit. Sollte er es abstreiten? Wieder unterbrach die Majorin Pepe mit einem Handzeichen, bevor der überhaupt zu einer Entgegnung angesetzt hatte.

»Ich kann Ihnen versichern, dass diese Häufung an kzH-Fällen nichts mit meiner Ausbildung zu tun hat!«

Der Schlaksige war da sicher anderer Meinung.

»Aber auch ich möchte herausbekommen, was hinter den Ausfällen steckt. Inoffiziell natürlich. Daher begrüße ich, dass Sie verdeckt ermitteln.«

Schwarzwetter trat näher und legte Pepe eine Hand auf die Schulter. Der zuckte zusammen, einen Karateschlag erwartend, und war ob der Sanftheit der Berührung überrascht. Fast meinte er, die Hitze ihrer Haut durch die dicke Motorradjacke hindurch zu spüren.

»Mischen Sie sich unter meine Soldaten. Finden Sie heraus, was hier vor sich geht. Helfen Sie mir, meinen Ruf zu wahren. Und kommen Sie erst wieder zu mir, wenn Sie etwas herausgefunden haben. Aber, übergehen Sie mich nicht. Bitte!« Ihre Stimme hatte plötzlich einen milden, fast flehenden Klang angenommen. So schnell wie er gekommen war, verschwand er auch wieder.

»Und jetzt raus hier, bevor noch Gerede aufkommt!«

»Jawohl Frau Major«, entgegnete Pepe zackig und schnellte nach oben.

»Ihre Stube ist am anderen Ende des Korridors. Richten Sie sich ein. Wir sehen uns morgen früh um Sechshundert zum Frühstück!«

oOo

Als die Sirene losheulte, brauchte Pepe einen Moment, um sich zu orientieren. Der Krach war ohrenbetäubend, ließ ihn aus dem Bett hochschnellen.

Erleichtert stellte er fest, dass er nicht am Hindukusch unter feindlichem Beschuss, sondern in Gotha war. Blinzelnd versuchte, er die Zeit auf seiner Armbanduhr zu erkennen. Drei Uhr vierundvierzig. Mitten in der Nacht. Pepe hatte die Füße noch nicht aus dem Bett, als jemand gegen seine Tür hämmerte.

»Abrücken um Null Vierhundert. In voller Ausrüstung!«

Schwang da Schadenfreude in Schwarzwetters Stimme mit? Von wegen Frühstück um sechs.

Fünfzehn Minuten später saß Pepe eingezwängt zwischen sieben weiteren Soldaten auf der Ladefläche eines Unimog. Ihre Gesichter zeigten keine Regung, nicht nur wegen der fehlenden Beleuchtung. Auf der Pritsche des Lasters war es stockdunkel. Aber auch so überdeckte die dicht aufgetragenen Tarnschminke jedes Minenspiel.

Einige Männer schienen zu schlafen, andere überprüften wiederholt ihr Sturmgewehr. Auch Pepe hatte ein G36 ausgehändigt bekommen, mit vier Magazinen. Major Schwarzwetter hatte den Einsatzbefehl mit wenigen Worten ausgegeben. Sie würden so nah wie möglich an die feindlichen Linien gebracht und abgesetzt werden. Anschließend würden sie sich zu einer gegnerischen Artillerie-Gefechtsstellung durchschlagen. Sie würden sie aufklären und mit den von ihnen ermittelten Koordinaten würde ein gezielter Luftschlag mit Taurus-Marschflugkörpern erfolgen. Ohne Überlebenschancen für jeden in der näheren Umgebung. Also mussten sie sich so schnell wie möglich wieder zurückziehen. Natürlich war es nur eine Übung. Doch Pepe wusste, dass Aufklärer verdammt nah an der Realität trainierten. Ein Spaziergang würde das nicht werden.

Der Laster verlangsamte, bog rumpelnd von der Landstraße ab. Pepe konnte nur erahnen, wo sie sich befanden. Höchstwahrscheinlich waren sie hinter Schwabhausen auf den Truppenübungsplatz Ohrdruf abgebogen. Mitten hinein in das sagenumwobene Jonastal. In seiner bisherigen Laufbahn hatte es Pepe schon öfter hierher verschlagen. Und nie hatte es ein gutes Ende genommen.

Das Gelände wurde ruppiger. Starke Schläge ließen den Unimog erzittern. Über das Dröhnen des Dieselmotors hinweg war kein anderes Geräusch mehr zu vernehmen. Abwechselnd wurde Pepe gegen seinen rechten und linken Sitznachbarn geworfen. Grob stießen die ihn zurück. Endlich stoppte der Laster. Schwarzwetter klappte die Ladeklappe herunter und kommandierte leise, aber durchdringend: »Los, los, los! Gelände sichern!«

Nacheinander schulterten die Männer ihre Rucksäcke und sprangen von der Ladefläche. Eingespielt fächerten sie auseinander, gingen hinunter auf ein Knie und musterten die Umgebung über ihre Sturmgewehre hinweg. Pepe verließ als Letzter die Pritsche.

Der kleine Lastwagen hatte auf einer schmalen Lichtung gehalten. Ringsum standen Bäume dicht an dicht. Meist Kiefern. Durch die hohen Stämme hindurch war die aufkommende Morgendämmerung nur als blasser Lichtstreif zu erahnen. Es roch nach Erde, Moos und Wald. Hin und wieder knarzten aneinanderreibende Äste in einer leichten Brise. Sonst war es totenstill.

Die nächsten Kommandos gab Schwarzwetter in Zeichensprache. Die Männer formierten sich in einer Schützenkette. Mit acht Schritten Abstand. Rückten in überschlagenem Einsatz durch das unwegsame Gelände vor. Vier Soldaten bildeten die Vorhut, sicherten unter Ausnutzung der natürlichen Gegebenheiten den Bereich vor ihnen. Anschließend schlossen die übrigen auf, überholten, um ihrerseits die Sicherung zu übernehmen. So kam der Trupp zwar langsam, aber stetig und sicher voran. Einen eventuellen Gegner würden sie schnell entdecken.

Und neutralisieren.

Bereits nach dreißig Minuten spürte Pepe jeden Muskel, jede Sehne, jeden Knochen in seinem Körper. Alles schmerzte. Das ständige Runter, flach auf den Boden legen und wieder hoch. Kriechen durch dichtes Gestrüpp, das ihm die Haut aufriss. Dazu der schwere Rucksack, den Pepe verfluchte. Am liebsten hätte er auch das Sturmgewehr weit von sich geschleudert. Schweiß brannte ihm in den Augen. Ein großer Teil der Tarnschminke befand sich mittlerweile auf dem Ärmel seiner Uniformjacke, da er sich unvorsichtigerweise ständig über das Gesicht wischte.

Schwarzwetter blieb stets in seiner Nähe. Ihr schien die Anstrengung nichts auszumachen. Im Gegenteil. Je tiefer sie in das Jonastal vordrangen, desto ungeduldiger, fordernder wurde sie. Erst als die Mittagssonne gnadenlos vom Himmel brannte, gönnte sie den Männern eine Rast.

Total erschöpft ließ sich Pepe fallen. Sogar, um nach seiner Wasserflasche zu greifen, war er zu müde.

»Fuchs, trinken Sie etwas!«, flüsterte Schwarzwetter. »Ich möchte nicht, dass Sie mir abklappen!«

Pepe gehorchte mechanisch. Erst nachdem er einen ordentlichen Schluck getrunken hatte, ging sie weiter, um nach den anderen zu sehen. Anscheinend brauchte sie keine Pause.

»Sie wären nicht der Erste«, zischte ihm Pepes Nachbar zu, als er dachte, dass Schwarzwetter außer Hörweite war. Doch Pepe sah, wie sie für eine Millisekunde erstarrte, ehe sie weiterging.

Der Obergefreite sah schlechter aus, als Pepe sich fühlte.

»Gibt es viele Ausfälle?«, fragte er ihn ebenso leise.

»Ausfälle?«

»Männer, die sich verletzen, auf die San-Station müssen?«

»Quatsch. Die Blöße gibt sich doch keiner!«

»Also ist das hier nichts Besonderes?«

»Na ja. Anscheinend will Sie heute einen neuen Rekord aufstellen. Wenn wir in dem Höllentempo weitermachen, sind wir bis zum Abend alle platt. Bei der schwarzen Witwe ist alles immer krasser, schneller und präziser nach Vorschrift als bei den anderen. Sie hat keinen Stock im Arsch, sondern einen Mast.«

Die letzten Worte hörte Pepe kaum noch. Stattdessen erinnerte er sich daran, was Schwarzwetter in ihrer Stube gesagt hatte. Dass man als Frau immer härter arbeiten musste, um respektiert zu werden. War das wirklich so, oder nur ihre subjektive Wahrnehmung? In Gedanken griff Pepe nochmals nach seiner Flasche und nahm einen weiteren tiefen Zug. Er hatte sie noch nicht ganz abgesetzt, als Schwarzwetter auch schon das Signal zum Aufbruch gab. Leise fluchend packte Pepe seinen Kram zusammen und rappelte sich auf. Sein Oberschenkel machte ihm zu schaffen. Seit er das Bein bei einem Hinterhalt in Afghanistan fast verloren hatte, waren Schmerzen sein ständiger Begleiter. So schlimm wie heute war es allerdings lange nicht gewesen. Irgendwo hatte er noch eine Packung Ibus. Tief in seinem Rucksack. Bis zur nächsten Pause musste es so gehen.

Das Gelände wurde unwirtlicher. Sie bewegten sich durch ausgewaschene Muschelkalkschluchten, kraxelten Abhänge empor, robbten durch steiniges Unterholz. Pepe verlor jedes Zeitgefühl. Als Schwarzwetter den Trupp am Rande eines Talkessels stoppte, überraschte sie damit nicht nur Pepe. Aufgefächert krochen die Männer bis an die Felskante heran. Vor ihnen stürzte der Boden gute zwanzig Meter senkrecht in die Tiefe und gab den Blick auf ein Gebiet frei, dem die Gegend den Namen Thüringeti verdankte. Vor ihnen erstreckte sich eine savannenähnliche Landschaft: hügelige Wiesen mit vereinzelten Baumgruppen, Büschen und einer Stellung Panzerhaubitzen. Wie bedrohliche Urwesen aus einer längst vergangenen Zeit kauerten sie in einer natürlichen Senke und warteten darauf, losschlagen zu können. Zum Glück waren sie nur Teil einer Übung und nicht für einen Ernstfall, denn Schwarzwetter gab mittlerweile die Koordinaten an die Einsatzzentrale durch. Im Ernstfall würde sich dass friedliche Tal in weniger als einer halben Stunde in eine Feuerwüste verwandeln..

»Das war gute Arbeit, Männer! Wir ziehen uns jetzt in die Wälder zurück. Bei genügend Sicherheitsabstand schlagen wir ein Lager auf. Nach einer kurzen Nachtruhe kehren wir zu unserem Absetzpunkt zurück.«

Obwohl sie sich redlich bemühte, ihre Erleichterung und Freude über den Erfolg zu unterdrücken, war ihr deutlich anzumerken, wie stolz sie war. Auf ihre Männer, wie sie es sagte, noch mehr wohl aber auf sich selbst. Nicht nur darauf, dass sie den Gewaltmarsch selbst bewältigt hatte, sondern auch darauf, dass sie den Trupp punktgenau ans Ziel geführt hatte.

oOo

Der Rückweg war nicht weniger anstrengend. Pepe gelangte an seine körperlichen Grenzen und schlief anschließend bis zum späten Nachmittag. In voller Montur. Wie ein Stein. Undefinierte Alpträume verfolgten ihn. Dunkle Schatten, die durch Wälder jagten. Als er aufwachte, fühlte er sich nicht wirklich erholt. Es war an der Zeit, den Auftrag hier zu beenden. Major Schwarzwetter nahm ihre

Soldaten zwar hart ran, aber sie war anscheinend nicht Schuld an den gehäuften Verletzungen. Im Gegenteil. Sie kümmerte sich um ihre Leute, gönnte sich selbst als Letzte eine Pause. Wahrscheinlich war die Häufung von Krankheitsfällen in der Friedenstein-Kaserne nichts weiter als Zufall.

Als Pepe eine halbe Stunde später vom Kasernengelände fuhr, wurde er das ungute Gefühl nicht los, einen schweren Fehler zu begehen. Müde ließ er sein Motorrad vor der Schranke ausrollen. Wieder, oder immer noch, hatte der Hauptgefreite Dienst, der ihn an seinem ersten Tag empfangen hatte. Und obwohl der ihn mittlerweile kannte, überprüfte er übertrieben genau Pepes Dienstausweis.

Der versuchte, sich nicht provozieren zu lassen. er atmete tief durch den Bauch ein und aus. Ein und aus und starrte dabei wieder auf das Plakat, dass ihn schon bei seiner Ankunft aufgefallen war. Es warb für eine Sportveranstaltung.

Und auf einen Schlag ergab alles einen Sinn. Die geplatzten Trommelfelle, die Monokel-Hämatome, die gebrochenen und geprellten Rippen, die ausgerenkten Kiefer, die Hodenquetschungen und auch die Handtücher.

Hätte Pepe keinen Helm getragen, hätte er sich mit Schwung vor die Stirn geschlagen. Er hatte sich umsonst im Gelände geschunden. . Dabei hatte er die Lösung schon am ersten Tag direkt vor Augen gehabt. Er konnte nicht anders, musste einfach unablässig seinen Kopf schütteln. Egal was der Hauptgefreite im Wachhäuschen denken mochte. Der hatte jetzt wahrscheinlich jedes Detail von Pepes Ausweis auswendig gelernt und gab ihn endlich zurück.

Beschwingt nahm ihn Pepe entgegen, steckte ihn ein und wendete das Motorrad mit durchdrehendem Hinterrad. Er fuhr zu schnell zu dem Wohnblock zurück. Schon während er abstieg, nahm er den Helm ab und lief mit federnden Schritten die Treppe hinauf.

Der Flur war menschenleer. Gut gelaunt klopfte er an Major Schwarzwetters Tür. Sie war tatsächlich auf ihrer Stube. Bekleidet.

»Ich weiß es«, rief er ihr entgegen und konnte sich geradeso zurückhalten, sie nicht zu umarmen. »Kommen Sie morgen nach Friedrichroda. Zehn Uhr. Tabarzer Straße. Können Sie nicht verfehlen. Es wird dort nur so vor Soldaten wimmeln.«

Ohne eine Antwort abzuwarten, ließ Pepe sie stehen. In seinem Zimmer zog er seine Motorradkleidung aus, streifte die Stiefel ab und warf sich aufs Bett. Obwohl er sein Dauergrinsen zu unterdrücken versuchte, gelang es ihm nicht.

oOo

Pepe hatte recht. Bundeswehrfahrzeuge parkten die gesamte Straße entlang, da der kleine Platz vor dem eigentlichen Gelände bereits hoffnungslos überfüllt war. Olivgrüne Lastwagen, Kleintransporter, Busse der Fahrbereitschaft, angereist aus der gesamten Republik. Zwischen ihnen standen Soldaten in Gruppen. Männer und Frauen in Uniform. Manche rauchten schweigend, andere unterhielten sich angeregt, aber allen war eine hohe Anspannung aus den Gesichtern herauszulesen. Ihr Einsatz stand unmittelbar bevor.

Im Schritttempo rollte Pepe an ihnen vorbei. Einige grüßten, die meisten schauten beiseite. Einem Polizisten ging man beim Militär genauso aus dem Weg wie im zivilen Leben. Eher mehr. Pepe fuhr bis zum Eingang vor. Er stellte die BMW direkt vor das streng gesicherte Tor. Major Schwarzwetter wartete bereits auf ihn.

»Echt jetzt?«, fragte sie.

»Echt jetzt«, antwortete Pepe.

Er stieg ab, ließ seinen Helm auf dem Sitz des Motorrades liegen und folgte Schwarzwetter auf das Gelände.

»Die Anlage wurde 1935 eröffnet«, sagte Pepe, ohne sicher zu sein, ob Schwarzwetter ihn hörte. »Die deutsche Nationalmannschaft hat sich hier 1936 und 1940 auf die olympischen Spiele vorbereitet. Irgendwie passend, oder?«

»Ich kann nicht glauben, dass das hier Schuld an unserem Krankenstand ist«, murmelte Schwarzwetter und schüttelte den Kopf.

»Haben Sie es schon einmal probiert?«

»Ich? Hah, bin doch nicht verrückt.«

Pepe dachte ähnlich. Allerdings waren sie zwei damit wohl allein auf weiter Flur. Immer mehr Soldaten strömten auf das Gelände. Das Kampfgericht hatte bereits seine Plätze eingenommen. Die Rundfunkstationen Radio Andernach und Bundeswehr TV brachten ihre Moderatoren in Stellung. Sie würden die Veranstaltung live und in voller Länge präsentieren, unterstützt von fachkundigen Gästen. Darunter waren echte Hochkaräter. Wenn sich Pepe nicht irrte, war eben ein waschechter Olympiasieger an ihm vorbeigelaufen. Die Bundeswehr hatte hier wirklich keine Kosten und Mühen gescheut. Natürlich war das Ganze von einem beliebten Fernsehformat abgekupfert.

Aber die rege Beteiligung gab den Machern recht. Wenn auch in der schmerzhaften Vorbereitung gehörig Lehrgeld gezahlt wurde und die Krankenquote stieg. Anscheinend gab es genug Freiwillige, die es sich nicht nehmen ließen, gegeneinander anzutreten. Dabei spielte auch die natürliche Rivalität zwischen den Waffengattungen eine Rolle. Die Luftwaffe beanspruchte die Sportart für sich. Die Marine selbstverständlich auch. Die vom Heer konnten eh alles. Insgeheim wunderte sich Pepe, dass Major Frankfurt, sein Chef bei den Feldjägern, nicht auf die Idee gekommen war, selbst auch ein Team an den Start zu schicken.

»Warum habe ich denn nur nichts davon gewusst?«, wunderte sich Schwarzwetter. Sie hatte den Kopf in den Nacken gelegt und betrachtete die Plattform, die sich zehn Meter über ihnen befand. »Ein Turmsprungwettbewerb. Wie kann man nur auf eine solch bescheuerte Idee kommen.«

Briefgeheimnis

Steffen Schulze

Leer. Schon wieder. Nicht mal Rechnungen, die Schmeißfliegen unter den Postwurfsendungen, hatten sich in dem grellweißen Blechfach niedergelassen. Fast alle Briefe kamen nur noch elektronisch. Selbst Geburtstagskarten, was am schlimmsten war. Kein Mensch schrieb mehr per Hand.

Dabei erhielt ich doch so gern Post. Wirklich gern. Doch seit dem Umzug kam gar nichts mehr an. Die neue Adresse blockte alles ab. Gähnende Leere im Briefkasten. Über Wochen schon. Es war schier zum Verzweifeln.

Wie bei den Comedian Harmonists: Kein Schwein schreibt mich an, keine Sau interessiert sich für mich.

Dann doch. Eines Tages. Es war Januar. Und dunkel. Und bitterkalt. Und Dienstag. Eine Kältewelle hatte Deutschland überrollt. Zwanzig Grad unter null, dazu eisiger, böse beißender Wind aus Ost. »Russenpeitsche« titelte BILD. Handschuhe, Schals und Mützen waren überlebenswichtig und fast ausverkauft. Ich hatte sogar die lange Unterhose aus Bundeswehrzeiten wieder hervorgekramt. Baumwolle mit Seiteneingriff.

Wir waren spät zu Hause. Die beste Ehefrau von allen (meine, nicht die von Kishon) war wie gewohnt zuerst am Briefkasten. Sie machte sich einen Spaß daraus, mich zappeln zu lassen.

»Und?«, fragte ich ungeduldig von einem Fuß auf den anderen tretend.

»Was und?«, entgegnete sie mit schlecht gespielter Unschuld in der lachenden Stimme und blockierte mir das Sichtfeld.

»Zeig schon!«

Ich stieß sie fast grob zur Seite. Tatsächlich. Endlich ein Brief. Unfrankiert. Ohne Absender. Mittig auf dem Umschlag standen zwei Worte. Mit Schreibmaschine hineingehämmert. Die Typen hatten sogar das Papier durchschlagen: »An Schmitt«.

Nicht mit »dt« wie in Damentoilette, oder in meinem Nachnamen. Mit Doppel-T. Egal. Endlich Post! Ich wurde von einer zittrigen Erregung erfasst. So mussten sich Heroinsüchtige fühlen, kurz bevor sie sich einen erlösenden Schuss setzten. Noch im Treppenhaus zerfetzte ich den Umschlag mit ungeschickten Fingern.

Innen lag ein einzelnes, weißes Schreibmaschinenblatt. Ein »E4« war in die sonst jungfräuliche Seite eingestanzt worden. »E4«. Sonst nichts. »E4«, ganz allein auf dem weißen Blatt Papier. Ich blieb sprachlos stehen, die Beste von allen lief von hinten auf mich drauf.

»Mensch, was ist denn los?«, schalt sie mich.

Ich hielt ihr das »E4« hin.

»Pft«, sagte sie, zuckte mit den Schultern und drängelte sich an mir vorbei.

»E4«. Warum? Irgendein Werbetrick? Wofür?

Ich brütete noch eine Weile am Küchentisch über der Zahlen-Buchstaben-Kombination und warf das Blatt dann doch schließlich schweren Herzens in den Sammelbehälter für Altpapier. Mülltrennung war unser Ding.

Eine Woche später. Wieder Dienstag. Ein Brief lag einsam im Kasten. Die Beste von allen schreckte dieses Mal zurück. Von der schummrigen Hausnummernbeleuchtung wurde »An Schmitt« entblößt. Mit spitzen Fingern griff ich nach dem Umschlag. Vorsicht! Als ob das Papier in Flammen stünde trug ich es am ausgestreckten Arm nach oben, ungeöffnet. Das Küchenobstmesser diente als Skalpellersatz. Mit chirurgischer Präzision sezierte ich den Umschlag und fand ein weißes Blatt Papier in seinem Inneren. »E4«.

Diesmal warf ich den Bogen nicht direkt ins Rohstofffach.

»E4«. Wofür? In meinem Kopf brodelte es. Sollte das Ganze doch ein Werbegag sein? Wenn, dann war das schlechtes Marketing. Es war weder ein Produkt, noch eine Dienstleistung erkennbar, die angepriesen werden sollten. Ob die anderen im Haus auch solche Sendungen erhalten hatten?

Wir waren neu hier, hatten noch wenig bis keinen Kontakt zu den Nachbarn. Machte sich einer von denen einen Spaß mit uns? Nicht sehr wahrscheinlich. Wofür standen denn Buchstaben-Zahlen-Kombinationen sonst noch? Schiffe versenken! Eher nicht. Straßenkarten. Stadtpläne! Irgendwo lag doch hier einer herum. Im Telefontisch. Zwischen den Gelben Seiten vom letzten Jahr. Die flogen gleich ins Altpapier.

»E4«. Nordöstlicher Teil der Stadt. Fast schon außerhalb. Ein Autohaus, die alte Autobahnanschlussstelle West, Johanneskirche und Teile des ehemaligen Kasernengeländes der Grenztruppen der DDR, heute Heimat von Finanz- und Arbeitsamt. Eine Spur? Doch wohin? Ich hatte ein regelrechtes Loch im Kopf. Die Beste von allen lenkte mich mit dem Ruf zum Abendessen ab.

Nach dem Abwasch bemühte ich das Internet. 169.000 Treffer ergab die Suche nach »E4«. Aha. Ein englischer Fernsehsender, ein Ingenieurdienstleister aus gleichen Landen, FreeBibleSoftware und virtual wall. Außerdem Japanische oder chinesische Schriftzeichen.

Dass eine Sendung von den Britischen Inseln unfrankiert in unserem Briefkasten landete, war eher unwahrscheinlich. Die Bibel jedoch passt zur Johanneskirche. Ich doppelklickte mich zu »The Ephasians Four Group«. CD-Sammlungen mit Interpretationen und Zitaten aus Bibeltexten. Schön. Eine Werbesendung für Kirchenlieder? Weihnachten war allerdings gerade eben rum. Trotzdem probierte ich es mit dem nächsten Suchergebnis, der Virtual wall. Die entpuppte sich als ellenlange Namensliste. Alles Amerikaner. Alles Soldaten. Kennith Alston stand ganz oben. Sergeant Kennith Alston. Besoldungsgrad E4. Missing in Action, 19. Mai 1966, Quang Tri, Südvietnam. Was hatte ich denn mit dem zu schaffen? Oder gab es eine Verbindung zum vormaligen Militärgelände der Grenztruppen der DDR? Die Nationale Volksarmee im Vietnamkrieg? Es war bereits weit nach Mitternacht, als ich todmüde und ratlos ins Bett fiel.

Das Frühstück verlief recht schweigsam. Ich konnte der Besten von allen direkt ansehen, was sie von meiner nervösen Recherchetätigkeit hielt. Egal. Wie gerädert schleppte ich mich zur Arbeit und wartete dort brav, wenn auch ungeduldig, auf den Feierabend. Denn für den Heimweg plante ich einen Abstecher zur Stadtplan-E4-Kirche.

Das Gebäude war eher untypisch für ein Gotteshaus. Ein unscheinbarer Neubau, kein geheimnisvoll-mystisches, von Geschichte triefendes Gemäuer. Der eisige Ostwind trieb mich ohne neue Erkenntnisse zurück nach Hause.

Dann wurde es wieder Montag. Mich erfasste eine zittrige Unruhe. Noch vierundzwanzig Stunden bis zum nächsten Brief? Der Süchtige bekam tatsächlich Angst vor einer Überdosis. Alle Gedanken drehten sich nur noch um »E4«. Würde Morgen wieder ein Umschlag im Kasten landen? Unfrankierte Briefe ohne Adresse mussten persönlich eingeworfen werden! Die Erkenntnis traf mich wie ein Hammerschlag, wenn auch spät.

Ich reichte spontan Urlaub ein. Die Beste von allen tippte sich an die Stirn, ließ mich aber gewähren. Die Beste von allen eben.

Ich würde mich auf die Lauer legen und auf den geheimnisvollen Boten warten. Vom Balkon waren die Briefkästen gut einzusehen.

Noch immer ächzte Deutschland unter sibirischen Wetterverhältnissen. Gute Vorbereitung war also alles. Ich wählte lange Unterhosen, zwei T-Shirts, einen extradicken Pullover, den flauschigen Schal, Mütze, Handschuhe und den besten Anorak von allen. So präpariert bezog ich den Beobachtungsposten auf dem Balkon. Eine Thermosflasche mit heißem Tee stand in Reichweite. 7:12 Uhr morgens. Der Briefträger konnte kommen. 7:28 Uhr war mir bereits so kalt, dass ein zweites Paar Socken und mehr Tee zwingend notwendig waren.

Zwanzig Minuten und zwei Liter Pfefferminzaufguss später quälte mich unvermittelt ein extremer Harndrang. Ich musste auf die Toilette. Nötig! Die Idee, die Thermosflasche umzufunktionieren, um den Posten nicht verlassen zu müssen, verwarf ich nach reiflicher Überlegung. Also doch runter vom Balkon. Schnell! Nun wurde mir auch klar, woher die Redewendung »sich erleichtern müssen« rührte.

Hinterher ergriff mich allerdings eine regelrechte Panik. Hatte ich den unbekannten Absender verpinkelt? Auch wenn dadurch der Briefkasten wieder kurz unbeaufsichtigt war, entschloss ich mich, ihn direkt zu kontrollieren. In Rekordzeit stürmte ich durch das Wohnzimmer, das Treppenhaus hinunter und zur Haustür hinaus. Leer. Glück gehabt. Doppelte Erleichterung, mit wild pochendem Herzen. Zufrieden kehrte ich auf meinen Posten zurück. Meine Atmung normalisierte sich nur langsam. Vielleicht hätte ich doch lieber arbeiten gehen sollen. Das war stressfreier.

Gegen Mittag war ich steifgefroren. Zittern soll ja Wärme erzeugen. Zähneklappern auch. Es funktionierte beides nicht. Mein Hintern war gefühlt fest und untrennbar mit dem weißen Plastikstuhl verbunden. Ich konnte die Augenlider nicht mehr dicht schließen. Meine Finger waren taub und bewegungsunfähig. Und sämtliche Motivation war verflogen.

Zur Hölle mit »E4«! Ich hatte den ganzen Vormittag vergeudet, dazu noch einen Urlaubstag. Und was hatte ich gelernt? Nichts! Nein. Da gab es doch etwas. Die Alte aus dem Erdgeschoss kontrollierte den Abfalltonneninhalt. Mehrmals am Tag.

Egal. Genug war genug. Ich brach die Aktion ab. Ein heißes Vollbad war jetzt das, was ich brauchte. Mit steifen Fingern versuchte ich, die Balkontür aufzubekommen. Gar nicht so einfach. Verdammt! Mein Puls stieg. Was würde die Beste von allen sagen, wenn sie mich erfroren auf dem heimischen Balkon vorfand? Dann ließ mich ein durchdringendes Stahlhoftorquietschen zusammenzucken.

Stopp!

Ein Hoch auf den schottischen Hausmeister, der sehr sparsam mit dem Öl war. Wie in Zeitlupe drehte ich mich um. Der Spähblick über die Balkonbrüstung offenbarte einen kleinen Jungen. Höchstens zehn Jahre alt. Er fummelte an meinem Briefkasten herum! Attacke! Mit unbändiger Willenskraft hebelte ich die Glastür auf und hechtete durchs Wohnzimmer, fällte dabei den großen Stuben-Benjamin. Dann zur Wohnungstür hinaus und die Treppe hinunter. Wie ein Sumoringer auf Speed fegte ich aus der Haustür heraus. Und blieb abrupt stehen.

Nichts. Weg. Der kleine Postbote war spurlos verschwunden. Das Hoftor stand offen, schwankte quietschend im böigen Eiswind. Verdammt! Aber es kam noch schlimmer. Ein dritter Brief lag im Kasten. Ungläubig starrte ich durch den Schlitz und dann wieder an der Häuserfront entlang.

Da! Am Ende der Straße! Der Zwerg bog in die Fußgängerzone ab. Hinterher!

Meine tauben, doppelt und dreifach verpackten Glieder protestierten, wollten den Befehlen meines glühenden Gehirns nicht gehorchen. Mehrere Passanten schauten verwundert. Ein Michelin-Männchen im Sprint. Aber ich holte auf, wenn auch in Zeitlupe. Dann ein letzter, verzweifelter Hechtsprung. Ich packte den Burschen an den Schultern, vermied nur im allerletzten Moment einen Doppelsturz.

Völlig außer Atem stellte ich den Kerl zur Rede. Schwitzend und spuckend. Erst stritt er alles ab, mit der Selbstsicherheit eines Viertklässlers. Ich schüttelte ihn. Mehrfach. Die Passantenblicke wechselten von verwundert zu vorwurfsvoll. Aber es funktionierte. Er fing an zu reden.

Ein alter Mann in einem elektrischen Stuhl hatte ihm die Briefe gegeben. Treffpunkt war der Schulhof. Immer montags. Zwei Euro hatte er für die Briefzustellung bekommen. An das rosa Haus neben der Pizzeria. Unser rosa Haus neben der Pizzeria. Ich lockerte den Griff. Wie sah er aus? Die Beschreibung des Mannes durch den dreikäsehohen Briefträger war eher lückenhaft. Ein schiefes Gesicht hatte der Alte wohl und eine sehr, sehr, sehr undeutliche Sprache. Und er roch nach Medizin. Der Abgleich mit meiner internen Datenbank brachte keine Übereinstimmung. Ich war noch immer ratlos, belohnte den Briefbengel aber mit einem Fünfer. Der verdiente recht gut an »E4«.

Mit einem Schlag war ich unendlich müde und schlich mit hängenden Schultern nach Hause. Nach einem heißen Bad fiel ich wie ein Stein ins Bett. Bevor mir die Augen zufielen, notierte mein Unterbewusstsein: Urlaub für Montag einreichen, um Briefübergabe abzupassen und Ausrede für Benjaminsauerei finden.

Am späten Nachmittag weckte mich euphorisch die Beste von allen.

»Briefschach!«, rief sie triumphierend aus.

Sie hatte im Kollegenkreis recherchiert. »E4« war eine gängige Schacheröffnung. Weißer Bauer von E2 auf E4. Gewinnt Raum und nimmt eine Angriffsposition ein. Okay. Aber an wen antworten? Gegen wen zurückschlagen? Später. Zuerst musste ich den Benjamin entsorgen.

oOo

Montag. Das Wochenende war unter fruchtlosem Spekulieren dahingeplätschert. Die Beste von allen beharrte bockig auf ihrer Schachtheorie. Wir kamen auf keinen gemeinsamen Nenner. Es blieb nur eine Möglichkeit. Der schiefe Alte musste gestellt werden, sonst würde nie wieder häuslicher Frieden in unser trautes Heim einziehen.

Ich kam fast zu spät, hatte trotz der Kälte Schweißtropfen auf der Stirn. Der Rollstuhlmann parkte beim Briefbengel, am Rande des Schulhofs, genau wie der kleine Ganove es gesagt hatte. Ich rannte auf das Duo zu. Der Zwerg flüchtete sofort, der Alte nicht. Er hatte tatsächlich ein schiefes Gesicht, war etwa Mitte sechzig. Die halbseitige Lähmung war wahrscheinlich Folge eines Schlaganfalls.

»Entschuldigen Sie bitte, ich spiele kein Schach«, rief ich ihm schon von weitem zu.

Er schaute mich verwirrt an.

Ich starrte genauso zurück. Die Aussprache des Alten war wirklich sehr, sehr, sehr undeutlich.

Ob ich eine Tasse Tee möchte? Warum nicht. Tee im Café.

Das Reden fiel ihm sichtlich schwer. Er kämpfte mit den Worten und den Tränen. Er hieß Kurt Ackermann, war fünfundachtzig Jahre alt und kein Schachspieler, sondern Junggeselle. Aber er hatte eine große Jugendliebe. Wie Günter, sein ehemals bester Freund. Beide waren vernarrt gewesen, in die hübsche Maria. Maria blieb standhaft, behielt ihr Herz und brach damit zwei andere.

In einer Silvesternacht hatten die beiden Freunde ihr ein Ultimatum gestellt. Das war nun schon über ein Leben her. Beide waren leer ausgegangen. Die Männerfreundschaft hielt das nicht aus. Eine Träne rollte aus dem gesunden Auge. Kurt schwieg für einen Moment.

Ich befürchtete schon, dass er einen weiteren Anfall bekam. Doch dann platzte es aus mir heraus: »Warum »E4«?«

Ackermann sagte kein Wort mehr. Er bezahlte und rollte hinaus ins Freie. Ich folgte. Erst dann sackten seine Worte in mein Hirn. Der Jugendfreund Günter.

Günter Schmitt.

Unser kürzlich verstorbener Vormieter. Kurt hatte das wohl nicht gewusst. Ich schloss zu ihm auf, sprach ihn direkt darauf an. Eine zweite Träne rollte lautlos über seine faltige Wange, größer als die erste. Aber er fuhr ruckend weiter. Bis auf den Friedhof. Hielt schließlich vor einem schmucklosen, schwarzen Marmorstein.

Reihe E, Grab Nummer 4.

Maria.

Gucci, Chanel – Begemann!

Christiane Landgraf

»Was is'n das für ne Kiste?« Brian zuckte mit dem Kopf.

»Wo?«, entgegnete Julian mit fragendem Blick auf seinen Freund.

»Na da, mitten im Hopfenfeld! Das längliche Dingens da.«

»Das schauen wir uns an! Vielleicht wird der Tag ja doch nicht so öde wie gedacht!«, sagte Steffen.

Julian musterte Steffen mit seiner Markenjeans und den gegelten Haaren. Öde? Er selbst wäre vollauf damit zufrieden gewesen mit Brian allein in den Feldern herumzutollen. Das taten sie seit Jahren. Manchmal führten sie ihre Streifzüge bis nach Nußloch an den Parkplatz Weiße Hohl und in den ca. 500 Meter langen Hohlweg, der stellenweise bis zu 10 Meter tief in die Erde eingegraben war und vermutlich auf die Römerzeit zurückging. Sie hatten es immer geliebt, sich in dem schattigen, mystischen Terrain, mit frischem Waldgeruch in der Nase, immer neue fantasievolle Rollenspiele auszudenken. Aber neuerdings wollte Brian in der Schule bei den Coolen dazugehören.

Wenn er doch nur endlich kapieren würde, dass Steffen in der Schule nur neben ihm saß und an manchen Feiertagen mit ihnen herumhing, wenn sich wirklich nichts Besseres ergab, um Brian, den Klassenbesten, bei Laune zu halten damit er weiterhin für ihn die Hausaufgaben machte und ihn auch künftig in Klassenarbeiten würde abschreiben lassen. Öde fand Julian lediglich Steffens Wichtigtuerei. In seine Gedanken vertieft war er mit den anderen näher an das seltsame Objekt mitten in einem der Hopfenfelder Sandhausens herangelaufen ohne wirklich aufzusehen bis ihm klar wurde was da vor ihnen stand. »Scheiße, Mann, das ist n Sarg!«, rief er.

»Blitzchecker! Das haben wir schon aus 100 Metern Entfernung gesehen du Dumpfbacke!«, entgegnete Steffen.

»Lass uns abhauen«, entgegnete Julian nervös von einem Fuß auf den anderen tretend.

»Spinnste? Jetzt wo's endlich spannend wird! Mach ihn auf du Lusche!«

»Ich? Vergiss es! Machs doch selbst!« Julian machte auf der Stelle kehrt. Er hätte Brian am liebsten schon abgesagt, als der ihm am Morgen eröffnet hatte, dass Steffen sie heute in die Felder begleiten würde. Das war doch ihr Ding, für sowas interessierte sich doch so ein Schnösel nicht. Aber jetzt war das Maß endgültig voll. Er war noch nie von der neugierigen Sorte gewesen. Ein Sarg gehörte nicht in ein Hopfenfeld und er wollte ganz bestimmt nicht wissen, was, oder im schlimmsten Fall wer, darin sein mochte.

»Hast du's drauf oder kneifste?« Im Weggehen hörte Julian Steffen den armen Brian triezen. Vielleicht hatte das Großmaul ja selbst die Hosen voll. Das nächste was Julian hörte, war der gellende Schrei seines besten Freundes. Ohne zu überlegen rannte er zurück, um nach Brian zu sehen. Leider fiel sein Blick dabei auch in den nunmehr geöffneten Sarg aus dunklem Holz. Die junge Frau musste schön gewesen sein. Aber jetzt war nur noch das teuer anmutende schwarze Cocktailkleid schön. Die Frau selbst war leichenblass und jeder Muskel ihres Körpers war entspannt, was ihren Mund wie einen schlaffen Strich aussehen ließ. An der Stirn hatte sie eine fiese Platzwunde aus der sich inzwischen getrocknetes Blut über ihr Gesicht und Dekolleté verteilt hatte. Dass ihr gerade ein Käfer aus dem linken Nasenloch kroch, gab Julian, in Kombination mit dem schrecklichen Geruch nach Tod, den Rest. Er übergab sich direkt auf den Bauch der Leiche. Somit war es dann auch um die Schönheit des Designerkleids geschehen.

oOo

Kriminalobermeister Breunig aus dem Landeskriminalamt in Niedersachsen schüttelte den Kopf. Nichts ergab einen Sinn. Was machte eine Modebloggerin, aus Augsburg die der guten Kontakte und vielen interessanten Networking Events wegen schon lange in Berlin lebte, dort glücklich verheiratet war und nichts aber auch gar nichts mit Sandhausen zu tun zu haben schien, aufgebrezelt wie für eine Gala und aber leider mausetot in einem Sarg in einem Hopfenfeld in Sandhausen? Warum? Sandhausen war nicht eben bekannt für seine Designer und nichts, aber auch gar nichts deutete auf einen Liebhaber oder Verehrer, Stalker, Familienbande, Freunde oder dergleichen in Sandhausen hin. Der Mann der Bloggerin hatte angegeben, dass seine Frau beruflich auf Reisen gewesen sei in Süddeutschland und ihre Reise verlängert hatte wegen einer überraschenden, kurzfristigen Einladung von Chanel. Auf eine solche habe sie bereits seit Jahren hingearbeitet.

Es gab Fingerabdrücke am Sarg aber keine, die bereits irgendwann einmal polizeilich erfasst gewesen wären. Soweit er die Berliner und Augsburger Kollegen verstanden hatte, hatte die Dame keine offensichtlichen Feinde – laut Aussagen ihrer Familie und Freude sowie ihres Ehemannes. Zwischen dem Sarghersteller Begemann und der Modebloggerin gab es keinerlei offensichtliche Verbindung. Es war zum Verzweifeln.

Die einzige Fährte führte zu einem Edgar. Der hatte Janina Silberling (Daisy Dee war nur ein Künstlername, angelehnt an eine der Ikonen der Bloggerszene, Make-Up Bloggerin Dagi Bee) nahezu schon gestalkt mit seinen Liebesbekenntnissen in Direktnachrichten über alle Social Media Kanäle. Auch Janinas Ehemann hatte angegeben dass sie regelmäßig Blumensendungen von ihm erhielten. Vielleicht hatte Janinas freundliche aber konsequente Ablehnung die schließlich deutlicher wurde, ehe sie gar nicht mehr antwortete und ihn blockierte auf den Social Media Kanälen letztlich dazu geführt, dass Liebe in Hass umgeschlagen war? Es war Breunigs einzige Spur. Allerdings stammte Roman aus Köln und die Inszenierung in Sandhausen blieb ein Rätsel.

Nichtsdestotrotz hatte Breunig sich schon mit den Kollegen aus Köln abgestimmt. Sie würden prüfen ob Edgar ein Alibi hatte und ihn auf Herz und Nieren verhören. So lang sich keine andere Spur ergab und die Streife in Sandhausen keine Fortschritte bei der Suche des wahren Tatorts machte, würde er nur abwarten können, was sie zu berichten hatten.

oOo

»Irgendwas Spannendes?«, fragte Matteo, der seine Augen nicht von Jana abwenden konnte. Zu lange hatte er sie schmerzlich vermisst. Er studierte inzwischen Spanisch auf Lehramt in Frankfurt. Er hatte gehofft, dass seine Jana, die von der Hotellerie fasziniert war, einfach in Frankfurt Tourismusmanagement studieren würde; Aber natürlich hatte deren elitäre Familienhälfte mütterlicherseits unbedingt einen drauf packen müssen. Es hatte der Bachelor of International Hospitality Business in Glion sein müssen. Janas Großeltern ließen keine Zweifel daran dass sie gerne sehen würden, dass Jana von dort nicht nur einen Studienabschluss, sondern auch einen Ehemann aus besseren Kreisen nach Hause bringen würde.

Matteo neigte nicht dazu, sich aufzuregen, aber zuweilen war er doch froh, wenn sein Schwiegervater in Spe, Sebastian, ein Pilot, ebenfalls aus einfachen Verhältnissen, ihm die Hand auf die Schulter legte und ihm zuraunte, dass es keinen Streit wert sei und einzig und allein zähle, dass Jana und er sich liebten. Weniger beruhigend war, dass Liebe allein Sebastians eigene Ehe mit Janas Mutter nicht hatte retten können.

Allerdings war Sebastian, im Gegenteil zu Matteo, auch untreu gewesen. Mein Gott, Sebastian hatte seine Eskapaden so bunt getrieben, dass sie ihn schließlich unter Mordverdacht hatten stehen lassen; Ehebruch mit Todesfolge sozusagen. Janas erster Fall, wie er manchmal witzelte.

»Nicht wirklich, warum?«, sagte Jana und klappte die Zeitung mit dem typischen Geräusch raschelnden Papiers zu. Matteo nahm eine leichte Duftnote von Druckerschwärze wahr. Ein Geruch, den er liebte. »Du runzelst die Stirn.«

»Ja. Irgendwas ist komisch an diesem Artikel. Es ist wie ein Déjà-vu, aber ich kann es einfach nicht zuordnen.«

»Welcher Artikel?«

»Gucci, Chanel – Begemann!«

»Sagt mir nix. Worum geht's? Mode ist doch eigentlich nicht dein Ding?«

»Das ist es ja gerade, was mich so irritiert ... Ich habe mit Mode nichts am Hut und während ich Gucci und Chanel natürlich schon gehört habe, aber dir nicht mal mehr das Logo zeichnen könnte, kann ich mit Begemann so gar nichts anfangen. Aber ich könnte schwören, dass ich mir genau das schon einmal über genau diese Marke gedacht habe.«

»Und da geht's jetzt um die neuen Sommerkollektionen oder was?«

»Nein, frappierenderweise eigentlich um einen Mord und eine sehr skurrile Platzierung der Leiche. Begemann ist offensichtlich ein Sarghersteller. Und der Sarg, um den es geht, wurde von ein paar Kids mitten in einem Hopfenfeld bei Sandhausen gefunden und zwar mit einer mausetoten Modebloggerin drin, die eine Tasche von Gucci und ein Kleid von Chanel trug.«

oOo

Der Klang des 12-Uhr-Läutens ließ Breunig hochschrecken. Seitdem sich die Presse auf die spärlichen Details gestürzt hatte, die er zum Fall herausgegeben hatte, war eine Vielzahl von Hinweisen über die Zentrale eingegangen. Er war gerade in das Studium der Telefonnotizen vertieft gewesen, die die Kollegen aus der Zentrale ins System eingetragen hatten. Leider waren auch viele Dinge dabei, die völlig irrelevant waren. Es gab immer Leute, die Dinge für wichtig erachteten, die nicht in Bezug zum Fall standen und natürlich auch Wichtigtuer, die einfach überall mitmischen wollten. Aber drei Hinweise waren dabei, denen er nachgehen wollte.

Zum einen hatte sich der Besitzer einer kleinen Pension gemeldet. Die Bloggerin hatte offensichtlich ein Zimmer in seinem Haus bezogen am Nachmittag des Tages bevor ihre Leiche gefunden worden war. Sie hatte das Hotel am frühen Abend aufgestylt wie für ein internationales Mode Event verlassen, so wie man sie im Sarg vorgefunden hatte. An der Rezeption hatte man sich noch gewundert, ob das nicht etwas übertrieben wäre für ein Date, denn eine offizielle Veranstaltung hatte es an diesem Abend in Sandhausen nicht gegeben und die Dame war zu Fuß aufgebrochen. Die junge Frau war, aus dem Besitzer mittlerweile ersichtlichen Gründen, nicht ins Hotel zurückgekehrt. Breunig würde hinfahren und die Habseligkeiten von Janina Silberling entgegennehmen, zur Entlastung des Hotels und zur Unterstützung seiner Ermittlungen bevor er alles, was er nicht benötigte, dem Ehemann würde schicken lassen.

Außerdem hatte ein Bestatter aus Sandhausen einen Begemann Sarg als gestohlen gemeldet. Erst aufgrund der Medienberichte hatte er einen Blick in sein Lager geworfen in dem er standardmäßig zwei Begemann Särge vorrätig hielt. Es war nur noch einer dagewesen. Es gab keine Einbruchsspuren. Breunig musste sich unbedingt mit dem Inhaber unterhalten, wer Zugang zu dessen Lager gehabt haben könnte.

Schließlich berichtete eine weitere Notiz davon, dass Spaziergänger sich angeblich gewundert hätten, dass die Tür zum alten Wasserwerksgebäude angeblich mit einem Windstoß etwas aufgeschwungen sei, wo das Gebäude doch seit langem ungenutzt und verschlossen war. Oh Mann, wenn überhaupt etwas dran war, dann waren da ein paar jugendliche Vandalen drin gewesen oder ein paar Teenager die einen Rückzugsort gesucht hatten. Wahrscheinlicher war, dass die Leute Gespenster sahen. Ein Mordopfer in Sandhausen war nicht gerade an der Tagesordnung. Das brachte gerade die älteren Bewohner durchaus aus der Fassung. Er leitete die Notiz an die örtliche Streife weiter. Sollten die die nächsten Tage mal danach schauen.

oOo

»Ich weiß es!«

Der Ausruf riss Matteo aus dem Schlaf. »Was, wie viel Uhr haben wir?« Er rieb sich die Augen und sah fassungslos auf die roten Ziffern, die der Wecker an die Zimmerdecke projizierte: 04:56 »Was weißt du, das uns beide um den Schlaf bringt?«

»Begemann«, sagte Jana

»Begemann?«

»Na wo ich Begemann schon mal gehört habe, natürlich!«

»Lass mich nicht dumm sterben«, erwiderte Matteo mit leicht sarkastischem Ton während er die Nachttischlampe anstellte. Er wusste wie kein Zweiter, dass man Jana nicht stoppen konnte, wenn sie einer Fährte folgte. Er ahnte, dass sie beleidigt wäre, wenn er sie zur Vernunft aufrufen würde und bäte, sich aus Dingen rauszuhalten, die sie nichts angingen oder auch nur ihre Recherchen wenigstens auf eine christlichere Zeit zu verlegen. Im besten Fall würde es ihm gelingen, ihr auszureden allzu tiefgehend zu recherchieren und ihr Wissen möglichst schnell an die die Polizei zu übergeben.

Im Falle ihres Vaters hatte die Polizei sich Janas Misstrauen redlich verdient. Aber als es um den Hebammenmord ging, bei dem Jana vorbeugend aufklärend hatte tätig sein wollen, um sicherzugehen, ihrer Mutter zu ersparen, worunter ihr Vater zu Unrecht sehr gelitten hatte, waren Jana und die Polizei mehr oder weniger gleichauf gewesen in ihren Ermittlungen. Vielleicht hatte sie etwas Vertrauen in die Polizeiarbeit zurückgewonnen?

»Das war während meines Praktikums im Adlon in Berlin letzten Monat! Die Vogue macht doch inzwischen im Rahmen der Fashion Week in Berlin einen Salon. Da treffen Nachwuchstalente aus dem Bereich Modedesign auf die wichtigsten Einzelhändler.«

»Warum weißt du so einen Kram? Werd bloß kein Luxusweibchen mit Modefabel!« Matteo verdrehte die Augen und war froh, dass Jana die Nachttischlampe nicht angeschaltet hatte.

»Quatsch, ich doch nicht, das überlass ich Oma und Mama! Meine Lieblingskollegin dort war voll der Modejunkie. Naja und ich habe gerade in der Lobby abgeräumt und da saß dieser eine deutsche Nachwuchsdesigner Roman Elz, den ich gerade zuvor eingecheckt hatte mit einem Freund oder Geschäftspartner an einem Nebentisch. Der andere sagte irgendwas, dass das ja ein toller Erfolg wäre mit dem Salon von der Vogue und Roman es jetzt schaffen würde, dass er gerade auf die Karriereautobahn auffahren würde. Dann bekam er eine Nachricht und meinte, ob Roman noch wisse, wie er sich noch vor wenigen Monaten an jeden Strohhalm geklammert habe und versucht habe, unzähligen Modebloggern Gefallen zu tun um dann Fürsprecher zu haben, wenn seine erste Kollektion fertig sei und ob er sich noch an diese Daisy Dee erinnere, die ihn in der Hoffnung, endlich von den richtig großen Labels gebucht zu werden vor den Kopf gestoßen habe. Naja und da meinte Elz, dass er gar nicht mehr an die Tussi denken wolle. Aber der andere sagte, dass sie gerade gepostet hätte, dass sie eine Einladung von Prada zur Berliner Fashion Week habe. Da hat Elz geantwortet. Pah, Prada, Begemann würde der Bitch besser stehen.«

oOo

»Wer zahlt mir jetzt die Rechnung?«, fragte der Inhaber der Pension.

Breunig verstand seinen Frust. Dass sein Zimmer drei Tage »belegt« gewesen war und die Tote die Zeche offensichtlich nicht begleichen würde, war unglücklich für den Hotelier. Natürlich war er in dem verschlafenen Ort Sandhausen nun nicht so wahnsinnig ausgebucht, dass es ihn Opportunitäten gekostet hätte, eher im Gegenteil: Er war um jede Einnahme froh. Nun war es nicht nur ein Zimmer mehr, das keine Einnahmen brachte und das auch noch wider Erwarten, aber er musste eben auch dem Zimmermädchen eine Stunde mehr bezahlen, ohne eine Einnahme generiert zu haben.

Die Modebloggerin hatte sich im Bad ausgetobt. Puder-, Make-Up und Lidschattenreste im Waschbecken und Lippenstiftschmierer an zwei Handtüchern.

»Tz, tz, tz«, hatte die Putzfrau kommentiert, die sich sofort ins Bad gedrängelt hatte, sobald Breunig im Bad die Habseligkeiten der jungen Frau zusammengesammelt hatte. Auch im Schlafzimmer sammelte Breunig flott alles ein, was der Bloggerin gehört hatte.

oOo

Zurück im Büro beschied Breunig, dass er fast alles an den Ehemann nach Berlin würde schicken lassen. Eines würde er behalten. Eine Einladungskarte in einem Umschlag von einem Hotel in Stuttgart in dem Daisy Dee wohl anlässlich eines Events eines Stuttgarter Modelabels gewesen war. Man hatte die Karte offensichtlich für Daisy Dee dort hinterlegen lassen und das Hotel hatte sie im hauseigenen Umschlag ins Zimmer geschickt. Es war eine Einladung von Chanel nach Sandhausen. Unter dem Motto »Do something new« hatte man Daisy zur exklusiven Vorpremiere einer Sonderkollektion im kleinsten Kreis an einem Ort abseits der internationalen Modeszene einbestellt. Gezeichnet war das Einladungsschreiben von einem Tibor McAllister, Designer.

Obwohl die Einladungskarte sehr formell mit Prada Logo in einer Shellack-Beschichtung aufgetragen durchaus Eindruck machte, wunderte sich Breunig nicht, dass Nachforschungen bei Chanel ergaben, dass es im ganzen Unternehmen keinen Designer namens Tibor McAllister gab und Chanel auch kein noch so kleines Event vorgestern in Sandhausen geplant oder durchgeführt hatte.

Wahnsinn, da war dieses Mädel doch in der ganzen Welt als erfolgreiche Modebloggerin unterwegs gewesen und doch so verblendet von der Jagd nach dem Ziel von den ganz großen Labels eingeladen zu werden, dass sie solch eine extrem kurzfristige Einladung an einen wirklich außergewöhnlichen Ort nicht auf Echtheit überprüft hatte.

Der Veranstaltungsort war das, was man heutzutage wohl als Lost Place bezeichnen würde. Es war ein aufgegebenes ganz süßes aber etwas heruntergekommenes Wasserwerksgebäude, das in seiner Form etwas von einer Kapelle oder einem kleinen Tanzsälchen in einem Schlosspark hatte.

Verdammt. Die aufschwingende Tür vom alten Wasserwerkshäuschen, er würde das besser selbst prüfen ... Okay, sogar ein Modemuffel wie er wusste, dass man in der Haute Couture-Welt oft verrückte Wege ging. Schließlich sah er regelmäßig wie seine Tochter bei Germany's Next Topmodel Heidi Klums zunehmend skurrilere Shooting Ideen bestaunte, aber das stank doch 10 Meter gegen den Wind, oder? Die Bloggerszene vergaß wohl zuweilen auf der Jagd nach dem großen Ruhm und Click-Zahlen die Prinzipien der Vernunft und Vorsicht.

Beim Besuch vor Ort stellte er sofort fest, dass das seit Jahren verschlossene Gebäude aufgebrochen worden war. Blutspuren im Inneren veranlassten Breunig, seine Kollegen von der Spurensicherung einzuschalten. Es war ein erster Durchbruch in diesem Fall. Wenngleich er bezüglich Täter und Motiv noch immer im Dunkeln tappte. Nach dem Besuch dieses unheimlichen Ortes aber, war er sich fast sicher, dass er nach einem Ortskundigen suchte.

Während er den Tatort der Spurensicherung überließ machte Breunig sich auf den Weg zum Bestattungsunternehmen Graf. Auch Breunig konnte keine Einbruchspuren am Lager des Bestattungsunternehmens feststellen. Einen Schlüssel hatten aber nur die Familienmitglieder und ein fester Mitarbeiter. Breunig bestellte alle aufs Präsidium. Er würde sie ins Kreuzverhör nehmen. Wenn einer von ihnen Janina Silberling alias Daisy Dee kannte, würde er es herausfinden.

oOo

»Es muss einfach dieser Elz gewesen sein!« Jana zwirbelte die Haarspitzen zwischen den Fingern. Das tat sie gern, wenn sie intensiv über eine Sache nachgrübelte oder eine vielversprechende Idee hatte.

»Mein Gott, Jana, du bist nur die Semesterferien hier! Wollen wir die wenige Zeit, die wir haben, nicht genießen, anstatt uns in polizeiliche Ermittlungen einzumischen? Warum sollte denn ein Modedesigner eine Modebloggerin umbringen und warum, um alles in der Welt, interessiert dich das? Diesmal geht es nicht darum, deinen Vater aus dem Gefängnis zu holen oder deine Mutter davor zu bewahren fälschlicherweise unter Mordverdacht zu geraten. Diese Menschen gehen uns nichts an. Leben wir unser Leben.« Matteo stöhnte. Jana hatte ihn nicht nur mitten in der Nacht geweckt, sondern seitdem bis jetzt, am frühen Nachmittag, nur recherchiert.

»Es ist Schicksal, dass ich diese Unterhaltung mitgehört habe. Und jetzt ist es meine gesellschaftliche Verantwortung diesen Mord aufzuklären. Vielleicht kann ich der Polizei den entscheidenden Hinweis geben.«

»Oder du sorgst für das Ende deiner Karriere, noch ehe sie begonnen hat. Denn gerade die gehobene Hotellerie legt doch sehr viel Wert auf Diskretion. Da sollte vielleicht nicht rauskommen, dass du mit Details aus Unterhaltungen von Gästen hausieren gehst.«

»Ich gehe nicht damit hausieren, ich unterstütze Ermittlungen in einem Mordfall! Wenn das auch nicht okay ist, bin ich in der Hotellerie eben falsch! Ich werde meine Prinzipien niemals verraten.«

»Ich bewundere deinen Idealismus«, gab sich Matteo geschlagen.

»Entschuldigung akzeptiert. Also: Roman Elz ist nur ein Künstlername für seine Designerkarriere, das habe ich in einer Hintergrundreportage über ihn gelesen. Eigentlich heißt Roman Elz nämlich Romedius, seine Eltern müssen ihn gehasst haben, Elzanowski. Romedius Elzanowski ist in Heidelberg geboren und in Sandhausen aufgewachsen. So sehr der Satz im Adlon nur daher gesagt sein könnte. Elz Herkunft wäre definitiv ein Zufall zu viel für meinen Geschmack.«

oOo

»Herr Graf, ich habe mit allen Familienmitgliedern gesprochen, die mit dem Betrieb zu tun haben, und auch mit Ihrem Mitarbeiter. Keiner hat ein Motiv, Ihnen einen Sarg zu stehlen oder gar sich an einer Modebloggerin zu vergehen. Sind Sie ganz sicher, dass außer Ihnen, Ihrer Tochter, Ihrer Frau, Ihrem Bruder und Ihrem aktuellen

Mitarbeiter, Herrn Schlegel, wirklich niemand Zugang zu Ihrem Lager hat?«

»Ja, das sind die einzigen, die einen Schlüssel haben, Herr Breunig.«

»Haben Sie einen Ersatzschlüssel versteckt?«

»Ja. Als Bestattungsunternehmen haben wir ein Notfall-Handy. Es ist Tag und Nacht erreichbar. Wir geben es untereinander weiter. Jede Woche hat jemand anderes Bereitschaft. Obwohl wir die sind, die die Ruhe bewahren und den verstörten Angehörigen beratend, unterstützend und beruhigend würdig zur Seite stehen, sind auch wir nur Menschen. Reißt einen das Telefon aus dem Schlaf passieren manchmal Fehler. Der Klassiker ist, der vergessen Schlüssel. Für diesen Fall haben wir im unverschlossenen Vorraum vom Lager unter einer losen Fließe unter dem Teppich einen Ersatzschlüssel für das Lager und die Geschäftsräume. Aber das ist nicht so offensichtlich und einfach für Außenstehende auffindbar wie ein Schlüssel unter dem Blumentopf neben der Haustür.«

»Wer weiß davon?«

»Auch nur wir fünf.«

»Gibt es ehemalige Mitarbeiter, die davon wissen könnten?«

»Herr Schlegel ist schon lange bei uns. Das sind jetzt schon sechs Jahre.«

»Davor hatten Sie keinen Mitarbeiter?«

»Einen Auszubildenden, den es nach der Ausbildung aber erst einmal für irgendsoein Zeugs, das die jungen Leute heute machen, Work and Travel oder so, in die Welt gezogen hat.«

»Der kannte das Versteck auch?«

»Ja, wir hätten ihn ja behalten. Aber der hat nur Bestatter gelernt, weil sein Vater meinte, der Tod sei eine sichere Bank, da habe er ein gescheites Handwerk gelernt. Der hatte anderes im Kopf. Ausland stand ganz oben auf seiner Liste. Und eigentlich wollte er was mit Mode machen. Dafür hatte er auch echt einen Blick. Schön angekleidet hat er die Toten immer, sofern ihm die Angehörigen eine Wahl gelassen haben. Danach habe ich keine Azubis mehr genommen sondern gleich den berufserfahrenen Herrn Schlegel. Ich wollte jemand, der gekommen ist um zu bleiben und der weiß, dass er Bestatter sein will.«

»Wie hieß Ihr damaliger Azubi?«

»Der hatte einen wirklich außergewöhnlichen Namen. Ich habe mich nie getraut zu hinterfragen, wie der zustande kam. Romedius Elzanowski. Ich glaube er hat den Namen selbst nicht gemocht. Hab nie wieder was von ihm gehört und ihn auch nie wieder hier im Ort gesehen. Naja, sein Vater ist gestorben kurz nachdem er gegangen ist. Herzinfarkt. Viel zu früh. Seine Mutter ist dann weggezogen. Was hätte ihn also hier gehalten? Er hat zwar seine ganze Kindheit hier verlebt, war aber meines Wissens nach immer ein Einzelgänger und Außenseiter. Aber jetzt wo sie mich nach ihm fragen … Vorgestern, als ich einen Verstorbenen aus dem Krankenhaus geholt habe, da hab ich in der Nähe vom alten Wasserwerkshäuschen einen Mann laufen sehen, bei dem ich noch dachte der sieht fast wie unser Romedius aus. Aber dann hätte er mir ja sicher gewunken. Ich fahr ja nun mal ein auffälliges Auto.«

Als Kriminalobermeister Breunig ins Büro zurückkam mit dem festen Vorsatz einen Hintergrundcheck an Romedius Elzanowski durchzuführen in der Hoffnung auf der richtigen Fährte zu sein und am besten noch bevor er ihn befragte herauszufinden ob er in irgendeiner Beziehung zu Janina Silberling stand und vielleicht sogar ein Motiv hatte, informierte ihn die Zentrale, dass eine Jana Bauer im Besprechungsraum auf ihn wartete. Sie wolle ihren Hinweis zum aktuellen Fall nur persönlich mit dem zuständigen Kommissar im Mordfall Silberling besprechen.

oOo

»Sie hat es nicht anders verdient, okay? Scheiße!«, brüllte Roman die Polizisten an. Sie waren am Morgen in sein Atelier gekommen und hatten ihn mit seinem wirklichen Namen Romedius Elzanowski angesprochen, den er seit seiner Zeit als junger Erwachsener, bevor er Sandhausen verlassen hatte, nie wieder gehört hatte und ihn ohne Umschweife gefragt, was ihm der Name Tibor McAllister sage. Er war sich sicher gewesen, dass keine Spur zu ihm führte und selbst wenn ihn die Polizei befragen sollte, würde er einfach abstreiten etwas mit dem Mord zu tun zu haben. Von dem letzten Telefonat mit Janina wusste ja niemand. Wenn jemand ihre oder seine Social Media Accounts sichtete, würde er zwischen ihnen ausgetauscht nur lange zurückliegende Nachrichten zu vergangener Zusammenarbeit finden die vor allem Janina zu Gute gekommen war.

Trotzdem hatte er vor dem Spiegel einen nichtssagenden Gesichtsausdruck und einen bestürzten Tonfall geübt. Er war sich sicher, er hätte das durchgezogen, hätten die Polizisten ihn einfach nur nach seiner geschäftlichen Beziehung zu Janina gefragt. Aber sie hatten ihn komplett aus der Fassung gebracht als sie hier zu viert aufmarschiert waren und ihn rundheraus, ohne jedes Vorgeplänkel auf den Decknamen angesprochen hatten, den er genutzt hatte, um Janina nach Sandhausen zu locken. Ihm war sofort der kalte Schweiß ausgebrochen und er hatte in den Augen des Mannes, der sich als Kriminalobermeister Breunig vorgestellt hatte, gesehen, dass er seine Panik bemerkt hatte. Er hatte gar nicht erst weiter versucht zu lügen.

»Warum haben Sie Janina Silberling nach Sandhausen gelockt, getötet und die Leiche so auffällig inszeniert?«

»Diese verfickte Bitch hat immer nur an sich selbst gedacht. Sie hat jede Hilfe ausgenutzt, die sie bekommen konnte, um ihren Blog bekannt zu machen, aber keinerlei Veranlassung gesehen, etwas zurückzugeben. Das einzige was für sie zählte war, dass die Welt sie und ihren Blog mit den Top-Labels der Welt wie Prada, Dior oder Chanel in Verbindung bringt. Unsere ganze Gesellschaft ist so krank. Niemand unterstützt das kleine Business mit dem sich seine Freunde selbstständig machen, aber Posts von irgendwelchen Stars, die nicht mal von denen selbst, sondern nur von deren Management veröffentlicht wurden, werden tausendfach geteilt, ebenso wie dumme Witze und kitschige Weihnachtsgrüße … Es ist so frustrierend, die ganze Welt ist vernetzter denn je und doch kämpft jeder für sich allein. Wir sind alle einsamer und alleingelassener als je zuvor. Und die, die am rücksichtslosesten andere ausnutzen werden noch am ehesten mit Erfolg belohnt. Ich ertrage es schon lange nicht mehr. Ehrliche Arbeit und Qualität allein scheinen zweitrangig, das Netzwerk zählt und manchmal kämpft man Jahre und investiert wie irre in sein Netzwerk und bekommt es doch nicht gedankt. Als ich mitbekommen habe, wie diese Egozentrikerin ihre Ziele erreicht, ist der Hass mit mir durchgegangen. Ich war auf Autopilot. Das Telefonat von vor einem Jahr ist mir wie bittere Galle aufgestiegen und ich musste einfach allen zeigen, dass sie nichts anderes verdient als Begemann. Ich musste dieser unverdienten und rücksichtslosen Erfolgsstory einen Schlussstrich ziehen.«

»Erzählen Sie mir von dem Telefonat.« Breunig setzte sich neben den Modedesigner auf eine der Couchen für Kundengespräche.

oOo

»Hey, versteh mich nicht falsch, aber das kann ich echt nicht machen, nicht jetzt«, flötete Janina alias Daisy Dee in einem um Nachsicht heischenden Ton ins Telefon.

»Warum nicht? Ich meine, ich bin seit Jahren ein treuer Fan und du hast immer so lieb zurückgeschrieben. Und du hast nie gezögert meine Hilfe anzunehmen, wenn ich dir angeboten habe bei uns an der Hochschule Reutlingen bei mir im Modedesign Studiengang Infos zu deinem Mode-Blog zu teilen oder dir einen Vortragsslot auf unseren Events zu besorgen. Und jetzt bitte ich dich ein einziges Mal, meine erste Kollektion auf deinem Blog deinen zwei Millionen Fans vorzustellen und du lässt mich einfach hängen?«

»Naja, es läuft gerade so richtig an. Die Einnahmen entwickeln sich gut und langsam kommen Anfragen von großen Labels rein. Michael Kors macht gerade eine Kampagne mit mir und Joop hatte ich letzten Monat und gerade heute ist eine Anfrage von Gucci reingeschneit.

Ich muss jetzt zusehen dass ich das in den Fokus stelle. Wenn ich jetzt weiterhin irgendwelche unbedeutenden Designer feature, reißt das vielleicht ab. Ich war noch nie so nah dran, meine Träume zu erreichen. Ich will Kampagnen mit Chanel, Dior und Prada machen.«

»Dann bin ich dir jetzt also nicht mehr gut genug?«

»Hey, wenn ich das alles im Kasten habe und da etabliert bin, werde ich dir gerne wieder helfen aber jetzt gerade muss ich an meine Karriere denken.«

»Das wirst du bereuen. Eines Tages werde ich auf der Berliner Fashion Week von der Vogue über die Madame bis hin zur Elle alle namhaften Magazine und die weltbesten Modeblogger in der ersten Reihe sitzen haben. Aber eine verschissene Opportunistin wird da ganz bestimmt nicht sitzen.«

»Hey, sei nicht sauer …«

Der Besucher

Heike Meckelmann

Durch das alte Holzfenster fällt trübes Licht auf Johannas knöcherne Hände, die zerknittertem Pergamentpapier gleichen. Über und über mit winzigen rostähnlichen Tupfen übersäht, die allgemein als Altersflecken bekannt sind. Sie sitzt gedankenverloren auf einem Stuhl, der augenscheinlich genauso alt ist, wie sie selbst, und strickt. Eine ebenso rostbraune Wolldecke über ihren Beinen schützt ganz offensichtlich vor eindringender Eiseskälte, die permanent durch Ritzen hölzerner Fensterrahmen kriecht. Es ist Januar. In diesem Winter fiel bisher keine einzige Schneeflocke vom aschgrauen Himmel, diesen Winter ist es einfach nur sehr kalt. An diesem trostlosen Januarvormittag hält Johanna ihr Strickzeug eisern in der Hand. Die weißhaarige Frau fixiert mit angestrengtem Blick durch runde Gläser ihrer dicke Nadeln, die fast fliegend graue Wolle miteinander verknüpfen. Die Brille, ohne die sie, so würde man meinen, die aufzunehmenden Maschen nicht mehr erkennen würde. Diese ruht auf seltsame Weise verunglückt auf ihrer schmalen, mit einem kleinen Höcker verzierten Nasenspitze. »Ja, ja …«, sind die einzigen Worte, die bleichen schmalen Lippen entweichen.

Fast zwei Stunden sitzt sie bereits in dieser Position vor dem Fenster. Johanna rückte den Holzstuhl gleich nach dem Frühstück, das lediglich aus einer dünnen Scheibe Schwarzbrot mit eingekochtem Erdbeeraufstrich und nach Heilpflanzen duftendendem Kräutertee bestand, mit ihren knöchernen Händen vor das Fenster. Sie legte ein Kissen auf die Sitzgelegenheit und die Wolldecke über die Lehne. Im Anschluss daran zwirbelte sie ihre weißen störrischen Haare zu einem Knoten, den sie danach mühsam mit einer Nadel zusammenhielt.

Nun strickt sie seit Stunden und schaut über den Brillenrand hinaus aus dem Fenster. Es scheint, als wäre in dieser Szenerie die Zeit stehengeblieben, einer anderen Epoche entsprungen. Zeit, die für Johanna keine Bedeutung mehr hat, besitzt sie doch mehr als genügend davon. Die Stunden scheinen nicht enden zu wollen, obgleich die Wochen und Monate wie im Flug dahinschwinden. So strickt sie, Tag für Tag, Stunde für Stunde. »Ja, ja …«, entfleucht es ihr erneut mit kehliger Stimme. Sie wirft einen Blick auf den geflochtenen Weidenkorb, der rechts neben ihr am Boden steht. Seit langer Zeit hütet dieser die gestrickten, bunten Kunstwerke aus Wolle jeglicher Couleur wie einen Schatz. Ab und zu verschenkt sie einen Schal, ein Paar geringelte Socken, eine Wintermütze. Sie hat so viel Gestricktes, dass sie damit das gesamte Dorf beglücken könnte.

Flüsterndes Stöhnen erfüllt den Raum. Johanna reibt sich mit der linken Hand das rechte Handgelenk, es schmerzt. Erschöpft legt sie für einen Moment die Hände in den Schoß. Sie gähnt, will sich für einen Moment ausruhen und lehnt sich zurück. Das Feuer im Kachelofen ihrer hutzeligen Stube brennt seit Stunden und sie lauscht dem Knistern der brennenden Holzscheite. Es übertüncht die Tristesse. »Ja, ja …«, entweichen ihrem Mund erneut knurrige Laute.

In dieser Jahreszeit kühlt das Backsteingemäuer nachts unangenehm schnell aus, weshalb sie jeden Morgen um sechs Uhr aufsteht, um den Ofen anzuheizen. Geizig, wie sie ist, lässt sie die Heizung unberührt, benutzt den Kachelofen, der mehr als siebzig Jahre auf dem Buckel trägt. Dennoch taucht er das Heim immer noch in annehmbare Wärme, schützt vor der frostigen Außenwelt. Das Holz für den laubfroschgrünen Begleiter bringt ihr einmal im Jahr ein Nachbar, der es für sich und seine Familie im angrenzenden Wald schneidet. Johannas Einsiedlerleben erfüllt sein Herz mit einem schmerzlichen Gefühl, sie tut ihm leid. Auch wenn die Dorfbewohner sie meiden, seit er denken kann. Zu schrullig, zu … Er befürchtet, dass sie in dem zugigen Haus erfriert, wenn er nicht hilft. Er weiß, wie geizig sie haushaltet … haushalten muss. Niemals sieht er jemanden durch diese Tür gehen, außer … er überlegt angestrengt. Deshalb sorgt der Familienvater für genügend Holzscheite. Diese stapelt er im windschiefen Schuppen, der sich hinter dem ebenso windschiefen Häuschen befindet. Nach ausgeführter Arbeit verabschiedet er sich ohne Anspruch auf Gegenleistung von der betagten Dame. Johanna jedoch lässt ihn nicht ziehen. Mit einem Arm randvoll gestrickter Kostbarkeiten zieht er von Dannen.

Der Fahrer mit dem Öl-Wagen tankt nur alle Jubeljahre vor Johannas Haus, damit der Kessel heißes Wasser für das wöchentliche, wärmende Bad in der Emaille Wanne produziert. Darauf will sie auf keinen Fall verzichten, braucht sie es doch für ihre morschen Knochen. Einmal in der Woche vergisst sie das tägliche Einerlei für wärmende Minuten. Anschließend hüllt sie sich in ihren Frotteebademantel und setzt sich in den großen Ohrensessel vor den Fernseher. Johanna schaut Nachrichten und danach einen der alten Schwarzweißfilme, die einzigen, die sie mag. »Ja, ja …«, hört man ihr schleppendes Klagen.

An diesem Morgen fällt ihr Blick auf eine Meise, die auf dem Boden sitzt, eifrig damit beschäftigt ist, vereiste Wildkräuter aus den Fugen des gepflasterten Innenhofes zu zupfen. Johanna hebt die Hand zum Fenster und klopft mit sprödem Fingernagel kaum hörbar gegen die Glasscheibe. Ein unscheinbares Lächeln umspielt ihre schmalen bleichen Lippen. Sie freut sich über den gefiederten Besuch in ihrem Hof, wie sie sich über jeden Besuch freut. Verzückt reibt sie sich die faltigen, pergamentartigen Hände. »Ja, ja …«

Sie war einmal sehr schön. Das jedenfalls zeigt ein vergilbtes Foto, das in einem angelaufenen Silberrahmen auf dem Buffet an der Wand im Wohnzimmer steht. Jetzt, im hohen Alter, ist es ihr gleichgültig. Äußerlichkeiten spielen keine Rolle mehr. Die Zeiten, in der Männer ihr den Hof machten, an die kann sie sich kaum noch erinnern. All das ist längst verblasst. Daran erwachen nicht einmal mehr Erinnerungen.

Heute hofft sie nur, dass ihr Rücken, der unter schwerer Arbeit über die Jahre verbog, ihr nicht so zu schaffen macht. Die harte Lehne drückt auf ihre mürben Knochen und schmerzt. »Ach ja …« Angestrengt versucht die Greisin, die Decke ein Stückchen hinter den Rücken zu schieben.

Die geschätzt hundert Jahre alte Wanduhr tickt unbeirrt im Einklang mit knisternden Holzscheiten im Ofen, es scheint, als spielten beide ein klägliches Duett. Nur ticken und knistern, ticken und knistern! Eine unheimliche Melodie. Manchmal klingt es für Johanna, als unterhielten sich zwei Freunde, die sich über die Jahre viel zu erzählen hatten.

Es ist gleich Mittag, kurz vor zwölf. Ihr Herz fängt auf einmal an zu pochen. Wie jeden Tag, um diese Zeit. Bald erscheint *er*, wenn er erscheint! Ihr Haus ist das letzte auf seiner Tour, das wusste sie aus seinen Erzählungen. Das ist einer der Momente, der ihrer Tristesse ein wenig Hoffnung gibt. Klopft es an der Tür, versucht die Alte, so schnell die dünnen Beine sie tragen, dorthin zu gelangen.

Wenn er kommt, ist für einen kurzen Moment alles anders. Dann erhellt sich die düstere Stube, auch ohne dass die Sonne scheint. Dann ist ihr warm, auch ohne dass der Kachelofen brennt. Und tatsächlich, es klopft an der Tür. Johanna eilt zum Eingang. Das Hämmern gegen die Holztür wiederholt sich, nur viel eindringlicher. »Ja, ja doch.« So schnell es geht schlurft sie zur Tür. Es ist drei Tage her, dass er zu Besuch kam. Schwerfällig dreht sie den Schlüssel im Schloss gegen den Uhrzeigersinn und lauscht ihrem klopfenden Herzen. Johanna zupft sich mit der linken Hand ihren Rock zurecht, steckt einen Finger in den Mund und spuckt darauf, um einen vermaledeiten Fleck zu entfernen. Verteilt ihn dadurch allerdings umso mehr im Gewebe. »Ist ja auch egal«, murmelt sie und eine wegwerfende Handbewegung unterstreicht ihren Satz. Sie öffnet mit funkelnden schwarzen Augen die knarzende Tür. Ein paar Tropfen Öl täten ihr sicherlich gut. Und da steht er.

Groß und jung ist er. In seiner blau-gelben Jacke, der farblich passenden Mütze auf dem Kopf, die seine braunen Haare zum Teil verdeckt. Die Kopfbedeckung, ein Geschenk von der Besitzerin dieses Waldhäuschens. Er lächelt sie an, wie er es immer macht, wenn er zu ihr kommt. Er betrachtet die alte Frau mit den dünnen Beinen und den viel zu großen Filzpantoffeln und tritt ins Haus.

Unaufgefordert setzt er sich auf einen der wackeligen Stühle, folgt den verstaubten Erzählungen vergangener Tage. Die Alte drückt, wie so oft, seine warme Hand. Die Schmerzen im Rücken, all die verloren geglaubten Stunden – vergessen. Ohne die Miene zu verziehen, folgt er den Erzählungen, die er alle bereits lange kennt. Vergisst für den Moment den Briefumschlag, weswegen er da ist.

Gemächlich steht sie auf. Ihre Füße, die in selbstgestrickten Wollsocken und viel zu großen ausgetretenen Filzpantoffeln stecken, polieren bei jedem Schritt unbemerkt die knarrenden Holzdielen. Der wadenlange dunkle Baumwollrock schlottert um ihre schmächtigen Hüften. Sie schlurft behäbig über den knarzenden Boden, grummelt: »Ja, ja …« und trottet in die Küche. Sanftmütig beobachtet er sie. An verblichenen Wänden, aufgereiht in verschiedensten Regalen, sammelte sich jahrzehntelang allerhand Tand, der zunehmend unter einer dicken Staubschicht verschwindet. Verdeckte Zeitzeugen und ihre damit verbundenen Erinnerungen erzählen auch ihm eine Geschichte. Die vergangenen Jahrzehnte nagten nicht nur an dieser alten Frau. Auch das greisenhafte Haus, das schon ihren Eltern gehörte, löst sich langsam aber sicher wie wurmstichiges Holz in rieselnde Späne auf. Es ist ein genauso knorriges Gebilde, wie sie selbst, denkt er und schmunzelt. Gefüllt mit wabernden Erinnerungen, ausgeprägten Furchen und morschem Gebälk.

Johanna erzählt ihm von früher, während sie eine Platte des Mini-Herdes anstellt, der auf dem brummenden Kühlschrank steht und einen Topf darauf schiebt. Ein Süppchen aus der Konserve wird, wie es aussieht, ihre Mahlzeit sein. Sie bietet ihrem Gast eine Suppe an, er verneint lächelnd. Neben der Suppe auf einem Holzbrett, bemerkt er eine Scheibe Brot, die sie bedächtig mit Butter bestreicht.

Johanna steht am Herd, rührt mühsam mit einem Holzlöffel in der Suppe, die anfängt zu dampfen. Ihre Beine scheinen zu schmerzen, sie verzieht das Gesicht. Vorsichtig holt sie den Topf mit der blubbernden Flüssigkeit von der heißen Platte und füllt sie mit zittrigen Händen in einen tiefen Teller. Damit trottet sie zurück zu ihrem Platz am Fenster, lässt sich auf dem Stuhl nieder. Sie lächelt und tätschelt die Hand ihres Gastes. Vorsichtig hält sie den Teller unter ihren geöffneten Mund und schlürft die heiße Brühe, die aussieht, als hätte sie sämtliche Kräuter des Waldes darin verkocht. Fast wirkt sie wie die Hexe aus Hänsel und Gretel. Ihr Gast weiß, weshalb auch die Kinder aus dem Dorf einen großen Bogen um sie und das *Hexenhaus* machen. Die Alte vergisst das Butterbrot, es liegt immer noch am Herd. Wahrscheinlich wird sie es später zum Abend essen. Da knarzt der Boden, vor Schreck fällt ihr der Löffel aus der Hand in ihren Schoß. Ein paar Tropfen der Speise landen auf ihrem Kleidungsstück und sie versucht mit fahrigen Bewegungen die eindringende Suppe vom Stoff zu reiben. Der Fleck verfängt sich im Gewebe, gesellt sich zu den anderen, die wahrscheinlich während einer ihrer letzten Mahlzeiten hinein gesickert waren, »Oh je«, entfleucht es ihr.

»Da ist noch die Postsendung«, sagt er und reicht ihr den Umschlag. Langsam öffnet sie ihn und zieht eine beschriebene Seite heraus. »Was für eine Überraschung!«, moniert sie, wird noch blasser, als sie sowieso schon ist, und rückt die runden Gläser vor ihren Augen zurecht. Plötzlich zittert die Alte am ganzen Körper wie Espenlaub. »Eine Gewinnbenachrichtigung. Oh mein Gott.« Die Worte erscheinen wie ein Gebet.

»Eine viertel Million Euro. Das steht, ich habe 250.000 Euro gewonnen und das Geld wird auf mein Konto überwiesen«, presst sie hervor. Ungläubig schaut sie auf das Blatt in ihrer Hand, die Schrift verschwimmt vor ihren Augen. Vor ein paar Wochen hatte die alte

Greisin vor lauter Langeweile an einem Preisrätsel teilgenommen. Überhaupt nicht mehr daran gedacht. Niemals hätte sie damit gerechnet, etwas zu gewinnen.

Ihr Postbote selbst hatte diesen Brief entgegen genommen, eine Briefmarke darauf geklebt und versendet. Nun hatte sie wahrhaftig den Hauptpreis gewonnen. Sie ließ das Blatt schlotternd auf ihren Schoß sinken. Was für ein Glück. Aber was sollte eine Frau in ihrem Alter mit so viel Geld …?

Der Überbringer dieser glückbringenden Nachricht hatte, während sie das Blatt Papier anstarrte, gelächelt. Er kannte den Inhalt der Post, wusste, sie würde ihm eine Vollmacht ausfüllen. Als sie sie ihm wenig später lächelnd reichte und wieder versunken auf das Blatt Papier starrte, stand er auf, griff ein Kissen und stellte sich hinter Johanna.

Niemand würde sie vermissen oder Zweifel hegen, wenn er, ihr einziger Vertrauter das Geld für sie …

Ein Lächeln huschte über seine Lippen, als er das Kissen zurücklegte, sich setzte und anfing, über seine Zukunft nachzudenken, während er genüsslich die warme Suppe löffelte.

Der rote Ballon

Heike Meckelmann

Montagmorgen, 6 Uhr 50. Ihre U-Bahn fährt wie immer pünktlich und mit laut quietschenden Eisenrädern langsam in den zugigen, mit wartenden Menschen gepflasterten Bahnhof ein. Der vom Zug verursachte Windsog lässt ihre langen schwarzen Haare wie einen entfesselten Tornado herumwirbeln. Nur ihre rote Strickmütze verhindert Schlimmeres. Sie rückt ihren schlammfarbenen Trenchcoat und die Ledertasche, die sie quer über ihren Schultern trägt, zurecht und tritt einen Schritt nach vorn.

Die U-Bahn hält und die Türen öffnen sich automatisch mit eindringlichem Zischlaut. Der Wagon, in den sie wie jeden Morgen in der Woche einsteigen wird, ist gut gefüllt. Leute drängeln und schieben sich durch den schmalen Eingang ins Abteil. *Mann, ist die Luft abscheulich,* denkt sie.

Vorsorglich inhaliert sie Bahnhofsluft, die genauso unangenehm riecht, wie der Mief aus dem Waggon, quetscht sich müde zum Rest der Fahrgäste in das Zugabteil. Es ist, wie immer, gerammelt voll! Das bedeutet wieder einmal, *nur* einen Stehplatz. Mindestens vier, fünf Stationen lang, wenn nicht sogar die gesamte Strecke. Und die beläuft sich auf unzählige Minuten … ohne Verspätung! 36 Stationen von Großhansdorf nach Fuhlsbüttel. Fahrzeit über eine Stunde. Da sie es gewohnt ist, fast jeden Morgen gedrängt zwischen Ausdünstungen jeglicher Couleur auszuharren, wenigstens von Montag bis Freitag, hat sie sich mit wenigen Ausnahmen über die Jahre daran gewöhnt. Es bleibt ihr keine andere Wahl, will sie nicht gestresst an ihrem Arbeitsplatz erscheinen. So fügt sie sich ihrem Schicksal, wie viele tausend andere auch. »Nächster Halt

Großhansdorf«, flötet eine Stimme aus dem Lautsprecher, als die Bahn sich in Bewegung setzt.

Sie ergattert einen Stehplatz von schlichten zwanzig Quadratzentimetern in der hintersten Ecke des Wagons. Damit sie Luft bekommt, verschafft sie sich mit den Ellbogen zusätzlich Platz. Der Zug hält, weitere Leute betreten das Abteil. Böse wird sie von umstehenden Fahrgästen angestarrt. Feindliche Augen, verkniffene Gesichter. Ihr ist es gleich. Jeder muss sehen, wie er seinen Platz behauptet, will er nicht untergehen an diesem Freitagmorgen. Sie auch …

Verstohlen versucht sie, trotz des Gedrängels, bei einem Mitreisenden, der eine Zeitung vor Augen hält, einen Blick auf die neuesten Nachrichten zu erhaschen. Der sitzt direkt vor ihr und studiert den Sportteil. Die sind nicht unbedingt die Seiten, die sie interessieren, aber was soll's. Sie ist nicht wählerisch.

Sie fixiert das Blatt, was dem Mann allerdings ganz und gar nicht gefällt. Prompt wird die Zeitung so gehalten, dass sie partout nichts mehr entziffern kann. Der Besitzer des Lesestoffs stiert sie an, zieht die Augenbrauen steil nach oben und verschanzt sich hinter seiner Zeitung.

Enttäuscht wendet sie sich ab. *Das stinkt ja wieder ätzend*, denkt sie und rümpft die Nase. Eine dicke Schwade verschiedenartigster, schwülstiger Parfumdüfte zieht wie eine schwere Wolke an ihrer Nase vorbei. Aber darauf nimmt in der Bahn niemand Rücksicht. Wieso auch? Jeder sprüht, soviel er kann. Und das jeden Morgen an jedem verdammten Tag der Woche. Sie wagt kaum zu atmen, was ihr eine gesunde Gesichtsfarbe verleiht. Sie ist von Natur aus eher der blasse Schneewittchen Typ, schüttelt sich, ist immer noch total müde und jetzt obendrein auch noch ziemlich gereizt. Dabei ist es erst fünf Minuten vor sieben.

Jeder im Abteil scheint mit sich selbst beschäftigt. Müde, gelangweilte Gesichter starren entweder zum Fenster hinaus, um die vorbeifliegenden Steinwände des U-Bahntunnels aus den Augenwinkeln zu verfolgen, oder sie haben die Blicke stur auf die Displays ihrer Handys gerichtet.

Von irgendwoher, am anderen Ende des überfüllten Wagons, dröhnt laute Musik aus einem Handy, Techno-Gewummer, dessen Bässe bis zu ihrem Stehplatz pulsieren. *Man, der sollte sich bei Gelegenheit mal die Ohren untersuchen lassen, Tinnitus lässt grüßen. Da kann ja im Innenohr nichts mehr funktionieren, bei der Lautstärke,* denkt sie. Schlecht gelaunt schaut sie in die Runde, die Musik wird von allen anderen offensichtlich ignoriert. Dabei dröhnt die Musik wie ein Presslufthammer durch den Waggon.

Kaffeeduft vermischt sich auf einmal mit dem Parfum-Cocktail. Sie liebt den Geruch von frischem Kaffee und versucht, eine vorbeiziehende Wolke zu erhaschen. Aber in dieser eigenartigen Kombination hat der Kaffee überhaupt keine Chance. Mhm, jetzt einen Cappuccino, denkt sie und leckt sich mit der Zunge über ihre ungeschminkten Lippen.

Sie schaut von ihrem gequetschten Platz im Käfig der Narren zwischen den Köpfen der Leute hindurch auf die andere Seite. Der Zug hält. Neue Gesichter drängen in das Abteil. Wenige verlassen es. Die U-Bahn rollt wieder an. Direkt am Eingang, mit dem Rücken zur Tür, entdeckt sie einen attraktiven dunkelhaarigen Mann Mitte 30. Sie beobachtet ihn. Über seinem dunklen Vollbart leuchten zwei unglaublich schwarze Augen. *Die sind schwarz wie die Nacht!,* stellt sie fest und kann ihren Blick nicht von seiner Ausstrahlung abwenden. Seine dunkelbraunen Locken verleihen den Augen einen exotischen Rahmen. Auch er scheint sie wahrgenommen zu haben, fixiert sie mit seinen magischen Augen und lächelt sie, über viele Köpfe hinweg an. Sie ist verunsichert, verlegen. *Er lächelt.* Niemand lächelt an diesem Morgen in der Bahn! Die Minuten schleichen dahin.

»Trabrennbahn«, hört sie die flötende Stimme.

Wie elektrisiert bleibt ihr Blick an dem großen schlanken Hünen haften. Alle anderen sind immer noch mit sich selbst beschäftigt. Also tut sie etwas für sie zu dieser Uhrzeit sehr Ungewöhnliches, sie lächelt zurück! Plötzlich nimmt sie selbst die laute Musik nicht mehr wahr. Sie ist elektrisiert, registriert, wie er eine Hand in seine Hosentasche steckt. Dann entdeckt sie, dass er etwas gegen die Lippen hält … etwas Rotes, aber was es ist, ist aus der Entfernung nicht zu erkennen.

Angestrengt fixiert sie seine Hand, beobachtet jede seiner Bewegungen, die immer wieder, unterbrochen von Körpern und Köpfen der Mitreisenden, verdeckt wird. Sie entdeckt, dass er das rote Etwas vor die Lippen hält und plötzlich anfängt, Luft zu holen, während er sie fixiert.

»Wandsbek Markt«, stört sie die Stimme aus dem Lautsprecher. Die Bahn hält, der Waggon leert sich. Die Bahn rollt wieder an.

Ein Luftballon? Er pustet einen Luftballon auf!, stellt sie überrascht fest. Fragend schaut sie ihn an, hofft auf eine Reaktion. Er blinzelt, lächelt und pustet.

Fasziniert sieht sie zu, wie er dem mittlerweile Kürbisgroßen roten Ballon geschickt einen Knoten verpasst. Vergessen sind Parfum-Cocktail, Kaffeedurst, missmutige Zeitungsverweigerer und Techno-Freaks mit geschädigten Ohren. Sie kann den Anblick nicht von ihm und dem roten Ballon wenden. Niemand zeigt Interesse an der Aktion des Mannes. Die Fahrgäste würdigen den Mann am anderen Ende des Waggons keines Blickes. Mit einer Hand hebt er den Luftikus in die Höhe, um ihm mit der anderen einen sanften Stoß zu versetzen. Ganz sachte nur, aber es genügt, um ihn in Bewegung zu setzen.

Der rote Luftballon schwebt. Ununterbrochen folgt sie der luftigen Hülle und wartet. Ja, komm zu mir, bettelt sie. Aber der Weg durch den Wagon ist weit.

»Lohmühlenstraße«, flötet die Stimme. Sie ist mittlerweile genervt von der Stimme, die ihr sagt, dass die Fahrt bald ein Ende haben könnte, bevor …

Ein etwa 16-jähriges Mädchen schaut plötzlich von ihrem Handy auf, nimmt die Finger von der Tastatur und verfolgt den Ball aus den Augenwinkeln. Was auch immer sie gerade getippt hat, es scheint auf einmal unwichtig. Sie legt das Handy auf ihren Schoß. Der rote Luftballon erreicht sie. Wie eine Marionette hebt sie den Arm, gibt dem Luftballon mit dem Finger einen Stoß. Ein Lächeln legt sich auf ihr Gesicht. Sie schaut in die Runde der Gesichtslosen, dann lacht sie plötzlich wie die strahlende Sonne!

»Steinstraße«! Die Stationen scheinen plötzlich an ihr vorbeizufliegen. Sie knetet ihre Hände, will, dass der Ballon sie erreicht, bevor es zu spät ist.

Unaufhaltsam bewegt der Luftballon sich auf sie zu. Sie wartet, bewegt sich von einem Bein aufs andere, in der Hoffnung, der Ball würde sie erreichen, bevor sie aussteigen muss. Alles andere um sie herum, vergessen! Nur der rote Luftballon ist in ihrem Focus. Er verfehlt seine magische Wirkung nicht. Immer mehr Fahrgäste spüren die Veränderung im Waggon, schauen auf und nehmen den Ballon wahr. Bei jedem Halt werden es mehr.

»Klosterstern.« Die Bahn füllt sich wieder. Der Ballon lässt sich davon nicht abhalten. Wechselt fluffig, mit sanftem Stupser immer wieder seinen Besitzer. Ein aufregendes Spiel hat begonnen. An diesem Morgen.

»Ohlsdorf.« Die Stimme nervt. Sie kann es kaum erwarten, bis der rote Spielball endlich zu ihr gelangt. Der dunkelhaarige Mann steht noch immer am anderen Ende des Abteils und lächelt. *Mach endlich, meine Zeit wird knapp*, denkt sie und schaut mit einem enttäuschten Blick auf die nächste Haltestelle.

»Klein Borstel.« *Kann die nicht endlich mal die Klappe halten?*, denkt sie aufgebracht und sehnt den Moment herbei, an dem sie den Ballon endlich berühren kann. Gleich hat er sie erreicht. Die Zeit in der U-Bahn … fast vorbei. Nur noch eine Minute, dann muss sie den Zug verlassen.

Im Abteil schwingt ein Gefühl von Leichtigkeit, die Menschen lächeln. Sind gefangen im Bann des Ballons. Zeitungen werden unerwartet zugeschlagen, selbst die Musik aus dem Handy ist verstummt.

Der ein oder andere versucht, den Ballon mit der ausgestreckten Hand zu erhaschen, um ihn dann mit einem Schubs weiter fliegen zu lassen.

Keiner ist auch nur im Geringsten vom Spielball genervt, es ist erstaunlich! So erfüllt die rote Wunderkugel ihre Aufgabe an diesem Morgen.

Noch eine Haltestelle, dann muss auch sie das Abteil verlassen. Noch einen Meter ist er von ihr entfernt. Sie rückt ihre Mütze und den Trenchcoat zurecht, zieht die Tasche, die während der Fahrt hinter den Rücken gerutscht war, nach vorn und macht sich bereit. *Bitte, nur einmal berühren*, denkt sie in sehnsüchtiger Erwartung.

Der Hüne mit dem Vollbart und den schwarzen Augen ist plötzlich verschwunden. Suchend schaut sie sich nach ihm um. Aber irgendwie ist es auch nicht mehr wichtig, ob er noch da ist. Er hat sein Ziel erreicht, diesen Morgen zu einem Gute-Laune-Morgen werden lassen. Sie stört sich nicht einmal mehr am penetranten Geruch, fühlt sich gut gelaunt und ist hellwach. Der rote Luftballon ist für sie zum Greifen nah, nur einen Schubs noch, dann darf sie ihn weiterschicken. Ausgestreckt hält sie ihre Arme wie eine Puppe in seine Richtung, nur noch ein paar Zentimeter, dann würde er sie erreichen.

Aber im Leben kommt es immer anders, als man denkt.

»Fuhlsbüttel«, flötet die Stimme. Die Bahn fährt in diesem Moment die Haltestelle an, sie muss aussteigen, überlegt, ob sie nicht eine Station weiter ... nein, sie muss zur Arbeit. Enttäuscht nimmt sie die Arme herunter, schaut flehend noch einmal in seine Richtung, drängelt sich durch die ausgedünnte Gruppe Mitreisender auf die sich öffnende Tür zu. Der Ballon hat sie nicht erreicht. Sie ist traurig und trotzdem glücklich. »Tschüs, Luftballon!«, seufzt sie und tritt über die Schwelle.

Langsam steigt sie auf den zugigen Bahnsteig, schlägt den Kragen hoch und dreht sich noch einmal um. Sie schaut dem Ballon, der immer noch durch den Waggon schwebt, ein letztes Mal nach. Vielleicht hätte sie doch eine Station weiter …

Dann schließt sich die Tür und die Bahn setzt sich mit leichten Luftzug wieder in Bewegung. Ein wenig traurig sieht sie dem Zug nach, bis er im Tunnel verschwunden ist. Dann lächelt sie. Dieser Montagmorgen war kein Tag wie jeder andere. Dieser Morgen war etwas Besonderes.

Ja, Schatz …

Heike Meckelmann

Sie erhob sich, schaltete den Fernseher aus und öffnete die Schlafzimmertür. Auf dem Rückweg schloss sie das Fenster und zog die Jalousie herunter. Dann legte sie sich gereizt ins Bett zurück.

Es waren immer die gleichen Anweisungen, die ihr Mann im immer gleichen, ruhigen Takt seit Jahren vermittelte und die sie mit dumpfem Gefühl in der Magengrube erwartete. Dabei war es ihr in den ersten Jahren einfach nicht aufgefallen. Hatte er sich so verändert oder hatte sie nicht zugehört. Ja, wer die rosarote Brille aufsetzte, übersah so manches.

»Schatz, wenn du den Fernseher ausmachst, öffne bitte die Tür und lass das Rollo ganz runter, ich kann sonst nicht schlafen.«

Sie antwortete dann stets monoton: »Ja, Schatz …«

Ging ihm das nicht langsam selbst auf den Keks? Anscheinend nicht. Denn als am nächsten Morgen das Frühstück beendet war, rief er sie in die Küche, vor dem Geschirrspüler hockend, den Zeigefinger wie die Hexe aus *Hänsel und Gretel* heranwinkend in die Höhe gestreckt. »Komm mal her!« Wieder erfasste sie dieses betäubende Gefühl, das ihre Mundwinkel herabfallen ließ. »Meinst du, es ist richtig, *wie* du den Geschirrspüler einsortiert hast?«

Verdattert sah sie ihn an. Da hockte er in Jeans, akkurat gebügeltem Hemd und sportlich gegelten Haaren und führte sich auf wie ein Feldwebel. Eigentlich müsste er eine Uniform tragen, dachte sie, stand vor ihm und starrte schluckend auf den Geschirrspüler. Wieder fühlte sich ertappt, wie ein Schulkind, das vom Lehrer gerade eine saftige Predigt erhalten hatte. Ja, wieso eigentlich? »Wieso? Alles nach Vorschrift«, sagte sie mit klopfendem Herzen, als wüsste sie, was folgen würde. Sie starrte ihn trotzig an, als könnte sie damit seinem unausweichlichen Vortrag entgehen. »Ich hab gelesen, dass man Geschirr nicht zu geordnet einsortieren soll. Dann wird das Geschirr nicht sauber!« Herausfordernd starrte sie ihn an, während er alle Teller und Tassen systematisch neu anordnete und das Gerät siegessicher schloss.

»Völlig unökologisch. Da passt viel mehr hinein, wenn man es *logistisch* macht! Aber das könnt ihr Frauen ja nicht.« Damit war für ihn die Sache erledigt, für sie allerdings nicht. Das Rumoren in ihrer Magengrube deutete darauf hin, dass etwas in ihr gärte, das kein gutes Ende nehmen konnte. Die Worte, die ihrem Mund entwichen, klangen belanglos: »Ja, Schatz …«

Sie schnaufte. Ihr Gesicht glich einer Maske zu Halloween, dabei war doch fast Weihnachten. Mit zusammengepressten Lippen und wutentbranntem Blick lief sie in den Hauswirtschaftsraum, vernahm das zähe Piepen der Waschmaschine, die ihren Dienst offensichtlich beendet hatte. Das war ihr gerade recht. Sie öffnete das gläserne Bullauge, zerrte die Wäschestücke aus der Trommel und pfefferte sie in den Korb. Dann marschierte sie schnurstracks in den Garten, allein, um ihrem Ehegatten nicht zu begegnen. Sie bückte sich, hängte die nassen Stoffteile kreuz und quer an die gespannte Leine. Ihr war es in diesem Moment egal, ob die Kleidungsstücke ordentlich aufgereiht im Wind flatterten. Es würde sowieso bald anfangen zu schneien. Sie fröstelte, in leichter Bluse und Jeans bei null Grad Temperatur. Wahrscheinlich war die Wäsche bis dahin steif gefroren. Als sie kurze Zeit später eine Bluse aufhängen wollte, spürte sie den warmen Atem ihres Liebsten im Nacken.

»Hab ich irgendwas Falsches gesagt?«, murmelte er betreten. Mit nicht zu widerstehendem Hundeblick sah er sie von der Seite an.

»Nein, lass man. Lass mich einfach einen Moment in Ruhe!« Für sie war die Sache zwar nicht erledigt, aber sie hatte keine Lust, sich einer weiteren Diskussion auszusetzen.

Sie wendete sich ihrer Wäsche zu, atmete tief durch und wollte sich gerade bücken, als in väterlichem Ton: »Meinst du nicht, dass du die Wäsche falsch herum aufhängst?«

Wie erstarrt blieb sie in der Bewegung stehen, ließ die gelbe Bluse zurück in den Wäschekorb fallen, hob den Korb an und drückte ihn ihrem Mann schwungvoll in die Arme. »Ja, Schatz. Dann mach mal selbst!« Schnaubend stapfte sie in Pantoffeln durch den Schnee davon. Darauf hatte sie gerade noch gewartet. Die eine Attacke war noch nicht verarbeitet, da folgte bereits die nächste.

Da stand er nun, mit dem Wäschekorb in der Hand und sah ihr verdutzt nach. »Was hab ich denn jetzt schon wieder Falsches gesagt?«, rief er fragend und brachte die letzten Kleidungsstücke akribisch geordnet an die Wäscheleine.

Ein paar Stunden später hatten sich die Wogen nahezu geglättet und sie machte sich daran, für das Mittagsessen zu sorgen. Draußen schneite es jetzt und sie stellte fest, dass es der Wäsche egal war, ob sie links oder rechtsherum an der Leine hing. Sie musste lachen, stellte den Topf mit den Kartoffeln auf die Herdplatte für den großen Suppentopf. Mit neuem Schwung und der Weihnachtsmelodie summend, stellte sie die Herdplatte an. Höchste Stufe, Stufe drei. In zwanzig Minuten müssten sie gar sein, dachte sie. Der Rest war schnell erledigt. Heute Nachmittag könnte ich eigentlich Plätzchen backen, überlegte sie, als plötzlich ihr Mann, dem sie noch immer nicht gänzlich verziehen hatte, hinter ihr stand, ihr lächelnd über die Schulter guckte und …

»Schatz, die Kartoffeln kochen über! Und überhaupt, die Platte ist falsch. Da geht die gesamte Energie verloren. Verschwendung«, frohlockte er und zog den Topf auf die passende Platte. Sie schleuderte das Tuch, welches sie gerade in der Hand hielt, ins Becken, und stapfte mit hochrotem Gesicht aus der Küche. »Mann, was ist denn jetzt schon wieder? So macht man das, um Energie zu sparen! Ihr redet doch ständig alle von Energiesparmaßnahmen und CO^2«, rief er ihr nach.

Sie stand, wie vom Donner gerührt im Flur, zwang sich, Ruhe zu bewahren und antwortete, so ruhig sie konnte: »Ja, Schatz …«

Irgendwann hatte sie irgendwo gelesen, dass man, wollte man in Frieden mit seinem Partner leben, nur mit diesen zwei Worten antworten solle, dann hätte man Frieden im Haus. Das war zwar eine Kolumne, für Männer geschrieben, quasi als Gebrauchsanleitung für ihre Frauen, aber was für Männer galt, konnte ja für Frauen nicht weniger nachhaltig sein. Entschlossen ließ sie ihren Ehemann mit seinem Getue allein, verschwand im Wohnzimmer und setzte sich in ihren Ohrensessel. Sie betrachtete ihre Weihnachtsdekoration … gelungen, dachte sie und lehnte sich entspannt zurück. Weder Geschirrspüler noch Waschmaschine würden sie aus der Fassung bringen, das hatte sie sich geschworen. Sollte er selbst damit klar kommen.

Und das tat er, ohne zu murren. Wie selbstverständlich räumte er, mit männlicher Überlegenheit, Geschirrspüler und Waschmaschine ein, faltete getrocknete Wäsche akribisch und hängte neue in den eiskalten Wind. Eventuell sollte ich ihn öfter Dinge selbst erledigen lassen, dann merkt er irgendwann, wie viel Arbeit in alldem steckt und was ich leiste, dachte sie und schloss die Augen.

Der Nachmittag verlief schweigsam. Bis sie auf die Toilette musste. Sie hatte gerade die ersten Stufen der Treppe hinter sich gebracht, da hörte sie ihn bereits laut tönen.

»Denk dran Liebling, die Klospülung nur halb drücken, sonst läuft viel zu viel Wasser durch. Wasser ist teuer.«

Ein paar Sekunden hielt sie auf der Treppe inne, schnaubte und zählte langsam bis zehn. Dabei ballte sie ihre Hände zu Fäusten, bis die Knöchel weiß hervortraten. »Als wenn ich das nicht wüsste.«, murmelte sie leise. Laut sagte sie, und es fiel ihr verdammt schwer: »Ja, Schatz …« Wie befohlen drückte sie, nachdem sie fertig war, die Spülvorrichtung nach Anweisung. Hätte ich sowieso gemacht, stellte sie verkniffen fest. Sie äffte ihn quäkend nach, als sie, eine Fratze ziehend, mit herausgestreckter Zunge ihr Spiegelbild betrachtete.

Das Wasser aus der Leitung tröpfelte währenddessen dank Perlator spärlich, aber preisgünstig aus dem Wasserhahn über ihre Hände, pieselte wie der Springbrunnen in Nachbars Garten vor sich hin. Sie verwendete natürlich dementsprechend wenig Seife, weil es sonst unmöglich war, den Schaum zu entfernen. Ganz im Sinne des Herrn. Aber es würde mir schon richtig Spaß machen, das Wasser wie einen Wasserfall sprudeln zu lassen. Sie grinste. Am Ende ließ sie es dann jedoch bleiben. Das Donnerwetter, das ihr Mann dann auslösen würde, wäre zu viel für den heutigen Tag.

Mittlerweile war es Abend, sie saß am Sekretär im Büro und schrieb einen Brief, den sie längst an ihre Freundin hatte schicken wollen. Jetzt war die passende Gelegenheit und die Ruhe. Aber wider Erwarten drangen plötzlich Worte zu ihr, die das Fass zum Überlaufen brachten.

»Schatz, machst du alle Fenster zu, ich hab den Kaminofen angemacht, sonst zieht sämtliche Wärme nach draußen.«

Das darf doch wohl nicht wahr sein. Kann er nicht einmal damit aufhören? Sie ließ den Stift aus der Hand fallen, schob den Stuhl derart grob zurück, dass der hochglanzlackierte Holzfußboden Riefen zurückbehielt und stand schnaubend mit verkniffenen Augen auf. »Ja, Schatz«, rief sie genervt. Vorbei mit der Idylle. Jetzt reicht's, ich kann nicht mehr! Sie spürte die Kälte im Zimmer und die Kälte in ihrem Herzen, das vor lauter Frost zu zerspringen drohte. Das Liebesbarometer war abgekühlt unter null. Eiszeit.

Als sie ins Schlafzimmer ging, um ihren Auftrag auszuführen, nahm sie die Eiseskälte auch hier wahr, schloss das Fenster und dachte: Man bräuchte nur mal die Heizung anzustellen, dann wäre es auch richtig warm. Wir haben schließlich Winter. Aber auch das war in diesem Haus untersagt.

»Die Wärme steigt von unten nach oben und das ist ausreichend.«, äffte sie seinen Kommentar nach, der klang wie ein alter Leierkasten. Dass die Tapeten im Zimmer sich hinter dem Heizkörper langsam, aber sicher von den Wänden lösten, lag natürlich am schlechten Tapetenkleister. Na ja, hätte er ihn mal etwas satter aufgetragen, schmunzelte sie mit hochgezogenen Augenbrauen, die ihre Verachtung zeigten. Gegen die Argumente ihres Ehemannes kam sie nicht an. Diesen Kampf würde sie, wie viele andere, verlieren.

Und sie wollte es auch nicht mehr. Als reichte es immer noch nicht, schrie er plötzlich. »Kommst du mal in den Keller!« Eine böse Vorahnung ließ sie blass werden und schnellstens nach unten eilen. Herz schlug bis zum Hals. Ihn jetzt warten zu lassen, wäre eine absolute Katastrophe, ein *no go*. Oh Gott, was hab ich jetzt wieder angestellt?

Er wartete mit bleichem Gesicht und Zorn im Blick. »Hast du zuletzt etwas aus dem Eisschrank genommen?« Er stand da, wie ein Vampir, der ihr den letzten Tropfen Blut aussaugen wollte und deutete mit dem Finger stur auf die vereisten Laden des Gefrierschrankes. Sie konnte sich nicht daran erinnern, die Tür nicht richtig geschlossen zu haben. Wenn er es sagte, musste wohl so sein. Herr, vergib mir, denn ich wusste nicht, was ich tat, schickte sie ein lautloses Stoßgebet zum Himmel.

»Weiß nicht, wieso? Nein!«, antwortete sie. Ihr schwante nichts Gutes. Das Gute hatte sich aus diesem Keller mit Sicherheit verabschiedet.

»Weil alles angetaut ist«, schnaubte er und zerrte an den völlig vereisten Schubladen des Eisschrankes. Dann schlug er mit der flachen Hand die Eiskristalle herunter. »Da kann ich doch nichts für«, sagte sie kurz und fühlte sich wie eine Schwerverbrecherin, die gerade einen Mord begangen hatte und auf ihre Hinrichtung wartete. »Wenn ich am Schrank war, dann hab ich ihn auch mit Sicherheit wieder richtig geschlossen.« Angriff schien die beste Verteidigung. Sie guckte nur kurz in seine Richtung, dann senkte sie den Blick. Ihre Schultern senkten sich. Sie fühlte sich leer und ausgebrannt.

Die Liste der Vorhaltungen schien endlos und sie wusste, dass morgen ein neuer Tag mit neuen Vorhaltungen begann. Sie schlich wie ein geprügelter Hund nach oben.

Der Ehegatte hingegen klopfte weiterhin Eis von den Schubladen, schimpfte wie ein Straßenfeger. »Das kannst nur du gewesen sein. Pass nächstes Mal einfach besser auf«, rief er ihr hinterher, während sie sich auf den Weg ins Schlafzimmer begab.

»Hab ich die Tür vielleicht wirklich offen gelassen?« fragte sie sich. Da war sie wieder. Die Unsicherheit, das schlechte Gewissen. Leise, ohne dass er es hören konnte, antwortete sie: »Ja, Schatz ...«

Stunden später hatte sie sich ein wenig gefangen. Sie war bitter enttäuscht von den ewigen Zurechtweisungen. Sie bewegte sich ins Wohnzimmer und schaltete den Fernseher ein. Obwohl sie sich nicht konzentrieren konnte, schaute sie beharrlich den Weihnachtsfilm, den sie so gern ansah. Ihr Mann trat ins Zimmer. Sie setzte sich sofort aufrecht hin und verspannte bis in die Zehenspitzen. Da war wieder diese Kraftanstrengung. Was folgte jetzt? Sie kauerte auf ihrem Sofa und versuchte, nicht in seine Richtung zu gucken, um nur keinen Fehler zu begehen.

»Möchtest du auch etwas trinken?« Er deutete mit einem Kopfnicken auf die Flasche Rotwein und die Gläser in seinen Händen.

Eigentlich wollte sie nicht, aber des lieben Friedens willen willigte sie schließlich ein. »Ja, Schatz.«

Er schenkte ihr das Glas voll und setzte sich auf seinen geliebten Ohrensessel. Aber kaum dass er saß, sprang er mit Schwung wieder vom Sessel hoch. »Ich hab dir doch gesagt, dass du den Stopper zwischen die Tür stellen musst, damit die Wärme nach oben ziehen kann!« Hatte sie es doch gewusst. Er konnte nicht ohne.

Der Türstopper, ein rundes, Teil, das aussah wie ein zu groß geratener Puck, verhinderte, dass die Tür zufallen konnte. Er schob ihn jeden Abend zwischen Tür und Schwelle und öffnete damit die Tür fast gänzlich. Dass dadurch die gesamte Kälte vom Flur ins Wohnzimmer drang, störte ihn anscheinend nicht. Saß er doch in der Nähe des Bollerofens auf seinem heißgeliebten Sessel.

»Mir ist aber kalt«, flüsterte sie.

Er antwortete versöhnlich: »Dann hol ich dir eine Wolldecke.«

Dabei hatte sie sich schon einen dicken Pullover und eine Strickjacke übergezogen. Trotzdem waren ihre Beine eiskalt. Es reichte. Mit einem »Schatz, ist schon gut!«, stand sie auf, verließ das Wohnzimmer, stieg die Treppe hinauf und setzte sich auf das Bett. Es reichte. Sie guckte aus dem Fenster und folgte dem Weg der Schneeflocken, die sich auf die Fensterscheibe setzten. Dann ging sie schlafen.

Am nächsten Tag tat ihr Göttergatte, als wäre nichts gewesen. Typisch Mann. Und sie ging ihm, so gut es eben ging, an diesem Tag aus dem Weg.

Am Abend ging er joggen, wie er es jeden Abend tat. Als er nach einer Dreiviertelstunde zurückkehrte, lief er die Treppe nach oben, um zu duschen. Sie wusste, dass es exakt eine halbe Stunde dauerte, bis er erfrischt und rasiert das Bad verlassen würde, um seinen Gesundheitsdrink einzunehmen, auf den er so schwörte. »Schatz, den solltest du auch versuchen … damit wirst du hundert Jahre alt.«

Mit sanftem Lächeln und stoischer Gelassenheit rührte sie das zermahlene weiße Pulver in den grünen Smoothie. sie hatte ihn natürlich fast ausschließlich mit den Zutaten zubereitet, die er akkurat auf einen Zettel geschrieben und sorgfältig an die Kühlschranktür geheftet hatte. Fast! Damit wirst du endlich mal richtig schlafen, ohne dass dich irgendetwas stören kann, dachte sie und goss das giftgrüne Getränk in ein Glas … perfekt. Die Zeit reichte. Sie drehte sämtliche Heizkörper im Haus bis zum Anschlag, schaltete sämtliche Elektrogeräte, wie Geschirrspülmaschine, Herd und Backofen ein, öffnete alle Fenster und Türen. Zu guter Letzt drehte sie die Wasserhähne auf. Ach ja, nicht zu vergessen den vom Eis befreiten Eisschrank im Keller. Ha! Damit die Tür auch offen blieb, stellte sie einen leeren Einkaufskorb in die geöffnete Gefrierschranktür. Soll schön viel Eis produzieren, das kann er heute zum Abendbrot lutschen, kostet gar nichts. Falls er dazu noch Gelegenheit findet, stellte sie zufrieden fest. Und für die Klospülung in der Gäste-Toilette hatte sie auch eine Idee gefunden. Sie stopfte Papier zwischen den Schalter, sodass die Spülung ununterbrochen Wasser verschwendete. Es machte richtig Spaß, Dinge zu tun, die ansonsten absolut verboten waren. Wenn er nicht an seinem Drink verreckte, dann spätestens an einem Herzinfarkt, wenn er das Chaos im Haus entdeckte. Sie lachte ein kehliges Lachen.

Es klöterte, klapperte und rauschte aus allen Ecken. Das konnte ihr Herzallerliebster allerdings nicht hören, übertönte doch das Geräusch des Haartrockners im Badezimmer sämtliche Nebengeräusche.

Diesmal schlug sie ihn mit seinen eigenen Waffen. Sie lief leichtfüßig die Stufen nach oben, öffnete die Badezimmertür und log, ohne mit der Wimper zu zucken. »Ich fahr kurz zu meiner Freundin, bin bald wieder da.« Summend schnappte sie ihre längst gepackte Reisetasche und lief leichtfüßig die Treppen hinunter. Fröhlich pfeifend eilte sie durch den Flur und streifte ihre Jacke über, als sie ihn rufen hörte.

»Und mach die Tür richtig zu, wenn du gehst. Du weißt ja, sonst drückt der Wind …!«

Sie öffnete mit einem Lächeln die Haustür, griff nach ihrer Tasche: »Ja, Schatz …«, und verschwand auf Nimmerwiedersehen …

Wie jedes Jahr

Heike Meckelmann

Irgendwo in einem gemütlichen Einfamilienhaus auf einer kleinen Insel in der Ostsee. Die Stimmung im Haus ist seit Tagen geheimnisvoll und angespannt. Überall leises Geraschel, Geflüster und geheimnisvolles Treiben. Heute aber erlebt sie ihren Höhepunkt. Es ist Heiligabend. Der 24. Dezember, wie jedes Jahr.

Der Tannenbaum steht seit gestern Abend auf der roten, runden Weihnachtsdecke an seinem Stammplatz an der Wand zwischen Ess- und Wohnzimmer. Liebevoll geschmückt in allen Farben traditioneller Weihnachtsvorstellungen, hängen rote, blaue, grüne und golden glänzende Kugeln mit allerhand lieblichem und strahlendem Beiwerk am fast drei Meter hohen, wunderbar gerade gewachsenen, tiefgrünen Weihnachtsbaum, der mit seinen vollen, ausladenden Tannenzweigen herrlichen Duft im Raum verbreitet. Auf vergoldeten Kerzenhaltern stecken ebenso goldfarbene Kerzen. »Dieser Baum ist an Schönheit kaum zu übertreffen«, denkt Mutter glücklich mit roten Wangen, »perfekt!« ***Wie jedes Jahr***.

Sie steht etwa einen Meter vom Baum entfernt und betrachtet stolz das am Vorabend liebevoll vollendete Werk. Den Christbaum schmücken ist ihre Arbeit, die sie sich seit jeher nie aus den Händen nehmen lässt. Tradition eben! Das hatte schon ihre Mutter so gemacht.

Fast drei Stunden braucht sie in diesem Jahr, um jede Kugel wie mit dem Lineal ausgemessen am richtigen Zweig, farblich aufeinander abgestimmt zu platzieren. Immer wieder hält sie ein wenig Abstand, um ihr Werk zu begutachten. Dazu gibt es amerikanischen Eierpunsch, ein paar leckere, selbstgebackene Kekse und im Fernseher den ebenso amerikanischen, schwarz-weißen, alten Weihnachtsfilm

»Ist das Leben nicht schön«. Ja, in diesen wunderbaren Momenten ist das Leben schön.

Vater ist ***wie jedes Jahr*** mittlerweile auf dem Sofa eingenickt. Liegt es am Eierpunsch oder an der akribischen Werkelei von Mutter, die sich Stunde um Stunde hinzieht?

Es ist ihr nur recht, dass er schläft. Hauptsache, niemand stört ihren Eifer. Ein zufriedenes Seufzen kommt aus Mutters Mund und sie lächelt glücklich.

oOo

Und jetzt ist endlich Heiligabend. Das Genörgel der Halbwüchsigen überhört sie geflissentlich, obwohl es ihr mehr zusetzt, als sie zugeben möchte. Die Gans schmurgelt seit Stunden im Backrohr, bei 130 Grad, mit Fleischthermometer im Bauch, und Honigmarinade auf der Haut. der Tisch ist elegant in Rot- und Grüntönen gedeckt, das Tafelsilber poliert, die alten handgeschliffenen Weingläser stehen im richtigen Winkel neben den Tellern. ***Wie jedes Jahr***.

Ihre Wangen sind vor lauter Aufregung und emsig beendeter Arbeit glühend rot, aber das scheint sie überhaupt nicht zu stören, denn: *Weihnachten ist ihr Fest*. Immer wieder das gleiche Prozedere, die gleichen Handgriffe. Aber erst, wenn alles genauso ist, wie sie es sich vorgestellt, dann ist Weihnachten, ***wie jedes Jahr.*** Und wehe, irgendjemand unterbricht das Prozedere dann ... und das Meutern aus dem oberen Stockwerk kratzt langsam, aber sicher an ihren Nerven.

Es gibt mit Maronen und Äpfeln gefüllte Gans, dazu stundenlang geschmorten, nach Zimt und Preiselbeeren duftenden Rotkohl und selbst zubereitete Kartoffelknödel. Und zum Nachtisch: Bratäpfel, gefüllt mit Marzipan und Nüssen, angeheitert mit einem guten alten Rum, die im Bratrohr des alten Kachelofens im Weißweinbett gegart werden, mit selbst hergestellter Vanillesauce, die Mutter stets frisch vor dem Verzehr zubereitet. Mhm ... Düfte aus »Tausend und einer Nacht« ziehen seit Stunden durch das ganze Haus. Alles ist perfekt. Es klingelt an der Tür, Oma! ***Wie jedes Jahr.***

Sie freut sich, dieses Fest im Kreise ihrer Lieben feiern zu können. Wozu hat man schließlich Familie. Und jeder freut sich, dass sie da ist. Außer Mutter! Erträgt sie die Nörgeleien ihrer Schwiegermutter nun doch schon seit mehr als 20 Jahren. Die Kinder sitzen oben im Kinderzimmer und vertreiben sich die Zeit mit lauter Musik und Geschrei. Wie war es doch schön, als die Kinder noch klein und das Spielen sich mehr auf das Lauschen an der Tür beschränkte, in der Hoffnung, sie könnten erfahren, wann denn endlich der Weihnachtsmann käme. Sie dürfen das Zimmer allerdings auch heute erst verlassen, wenn Mutter das Glöckchen läutet.

Es gibt schließlich genaue Abläufe in diesem Haus auf der Insel in der Ostsee am 24. Dezember, die niemand unterbrechen darf, sonst ... und dazu gehört, dass erst, wenn das Weihnachtsglöckchen schellt und das Ave Maria jubilierend aus den Lautsprechern der Musikanlage erklingt, auf das allerdings jeder gern verzichten würde, ja, dann dürfen sie herunterkommen. Dann ist Bescherung! ***Wie jedes Jahr***.

Gut gelaunt, festlich angezogen, hübsch frisiert und mit roten Wangen, schaut Mutter ihren Mann von der Seite an, der in diesem Moment im Wohnzimmer steht und mit Zündhölzern die goldfarbenen Kerzen des Weihnachtsbaumes anzündet. Auch er schick von Mutter eingekleidet, auch seine Wangen gerötet. Das mag an der Aufregung oder aber an dem überheizten Wohnzimmer liegen, dessen Kachelofen seit Stunden unerträgliche Wärme im Raum verteilt, weil Oma es so möchte. Weil sie stets friert, wenn sie zu Besuch kommt. Aah, das Glöckchen klingelt, die Musik ertönt, die Kerzen brennen, ***wie jedes Jahr.***

Das Poltern auf den Treppenstufen ist nun nicht mehr zu überhören. Die Kinder kommen heruntergestürzt. Das Christkind hat geläutet. Der Weihnachtsmann war da. Auch wenn ihn der kleine Tim nur einmal bisher zu Gesicht bekam – und das war kein Spaziergang! Es gab schon auch eine gewaltige Predigt und die Drohung mit der ach so berühmten Rute, da Tim natürlich nicht immer ein Mustersohn war. Aber Schwamm drüber. Heute ist Heute.

Die Tür wird aufgerissen und beide Kinder schauen mit erwartungsvollen Augen ins Zimmer. Auch wenn es jedes Jahr irgendwie gleich ist, so ist es doch auch jedes Mal wieder anders. Die Geschenke sind sorgsam von Mutter verpackt unter dem Tannenbaum angeordnet worden und jedes der Geschwister versucht, seine auszumachen. Der Kleine ist sich sicher, dass ihm die größten Geschenke zustehen, seine große Schwester hält sich in Anbetracht der allgemein zu wenigen Geschenke eher beleidigt zurück, und dem ältesten, der noch immer sein Handy in Händen hält, ist es wie sowieso gleichgültig, ***wie jedes Jahr***.

Alle versammeln sich auf Mutters eindringlichen Wunsch hin um den Baum, werfen einen bedeutungslosen Blick darauf, um dann dasselbe mit dem wahrlich wunderschön gedeckten Tisch zu machen, auch ***wie jedes Jahr***. Mutter steht daneben und schluckt, in ihr fängt es an zu brodeln, während Oma die Bestecke zurechtrückt und betont, dass sie besser das Silberbesteck hätte herausholen sollen, schließlich sei Weihnachten, und die Gläser wären ebenfalls nicht ordentlich poliert.

Der erwartete Applaus für Mutter und ihre Mühen bleibt also aus. Irgendwie auch ***wie jedes Jahr***. Vater wischt sich angestrengt den Schweiß von der Stirn, ruckelt am Schlips und öffnet den obersten Hemdknopf. Oma schaut griesgrämig und betont im gleichen Augenblick, wie kalt es im Raum sei. Dann versammeln sich alle in Erwartung auf das feudale Essen um den Tisch und setzen sich auf ihre Stühle. Bis auf Mutter, die die Kartoffelknödel angestrengt in Walnussbutter schwenkt und sie dann in einer Schüssel mit Goldrand auf den Tisch stellt. Der Rotwein ist eingegossen und die Gans, oh, was ist mit der Gans? Aus dem Ofen qualmt es und dicke Schwaden verlassen beim Öffnen selbigen. Die Haut ist kaum noch als knusprig und goldbraun zu bewerten, sie ist furztrocken und rabenschwarz.

Vater wartet am Tisch bereits mit dem Tranchiermesser darauf, selbige zu zerteilen, was nun natürlich in Frage gestellt ist. Natürlich nicht ***wie jedes Jahr***.

Oma stimmt mit dem Rest der Familie beharrlich das Gebet an und das Festessen kann, nachdem die verbrannte Haut entfernt wurde, eigentlich beginnen. Rundherum Gesichter, die mit krauser Nase auf das Essen schauen. Mutter sitzt mittlerweile ohne weitere Erwartung enttäuscht auf ihrem Stuhl. In ihren Augen schimmern Tränen. Sie hat sich so viel Mühe gegeben, gekocht, was das Zeug hält, jetzt kocht, nein brodelt es in ihr. Vater hält das Gänsemesser in der Hand, als die große Schwester plötzlich aufschreit und mit dem Zeigefinger auf den leuchtenden Weihnachtsbaum deutet. Alles dreht sich in die gleiche Richtung, Richtung Tannenbaum.

Wie gesagt, der Baum fast drei Meter hoch, ausladend und gerade. Allerdings muss man auch betonen, dass der Tannenbaumständer nicht unbedingt für einen Baum dieser Größe geeignet ist. Deshalb wird er mit zwei schweren Steinen zusätzlich beschwert, nur so zur Sicherheit. Und er bekommt eine Schlinge aus Draht um den Hals, natürlich gut unter Weihnachtsgeschmeide versteckt. Mit einem Haken, der wiederum an der Wand befestigt ist, wird der Baum dann sozusagen verankert. Moment mal … Schlinge, Haken? Vater lässt das Messer sinken, schluckt trocken und schaut wohl wissend auf das, was gleich passieren wird: Der Baum fängt an, sich zentimeterweise, in Zeitlupentempo gefährlich nach rechts zu neigen. Es knirscht vom Fußboden her, die Steine, die alles halten sollen, rutschen vom Ständer und das gesamte Gewicht des Baumes verneigt sich weiter. Die Christbaumspitze aus fast dreißig Jahre altem vergoldeten Glas verabschiedet sich als erstes und knallt mit lautem Geklirre gegen den Rundbogen, der Wohn- und Esszimmer trennt.

Erstarrte Gesichter. Niemand rührt sich, alle wie gelähmt. Nur der Baum bewegt sich immer noch in minimaler Geschwindigkeit weiter nach rechts, bis er nur Sekunden später völlig den Halt verliert und mit lautem Knall mitsamt sämtlich glänzender Weihnachtsdekoration auf dem Dielenboden landet. Ein paar Mal schwingt er noch nach, dann ist Stille, absolute Stille! Hat Vater doch glatt vergessen, ihn an der Wand zu verankern, ***dieses Jahr***!

Keiner sagt ein Wort. Alles steht und schaut ungläubig auf den am Boden liegenden Weihnachtsbaum. Das Wasser des Tannenbaumständers ergießt sich über den Fußboden und vermischt sich mit tausend kleinen Scherben, zerbrochenen Glasengeln und Sternen. Die Weihnachtstanne streckt alle noch vorher sorgfältig dekorierten, tiefgrünen Zweige von sich und rührt sich nicht mehr.

Nur langsam kommt Leben in alle Anwesenden. Und als Oma, »Oh Gott, ich hab's gewusst. Wäre ich bloß zu Hause geblieben!« ruft und sich geschockt die Hand vor den Mund hält, zerreißt es endgültig die Stille. Vater kriegt sich als erster wieder ein, hebt das Gänsemesser vom Boden auf, stellt sich breitbeinig vor den Baum und fängt schallend an zu lachen. »Oh du fröhliche, oh du selige, gnadenbringende Weihnachtszeit«, stimmt er lauthals das Weihnachtslied an und nach anfänglicher Verwunderung stimmen alle ein. ***Wie jedes Jahr***! Alle, außer Mutter.

Der Tannenbaum liegt danieder und wird nur von ihr mitleidig von der Seite betrachtet. Schweigsam rührt sie nach dem Essen in ihrer Vanillesauce und gießt sie über die geschmorten Bratäpfel. Ein Lächeln huscht über ihr Gesicht. Niemand würde jemals wieder ihren Plan durcheinander bringen. Nicht an Weihnachten. Wie gut, dass sie noch das Rattengift im Keller liegen hatte, für alle Fälle. Die Nachspeise ist süß genug … niemand wird merken, was sie noch hineingegeben hat. »Fröhliche Weihnachten Euch allen«, sagt Mutter. Und guten Appetit. »Weihnachten ist schön, ***wie jedes Jahr***!«… oder?

Mörderisch süsse Versuchung

Heike Meckelmann

Es ist Samstagnachmittag, kurz vor fünf. Die Stadt ist nach vielem Tohuwabohu wieder leer, Weihnachten und Silvester, längst vorbei. Da Hilde sich in der gesamten Vorweihnachtszeit all die herrlichen Köstlichkeiten auf bunten Tellern, Marzipankringel, umhüllt von zuckersüßem Fondant, glänzende Schokoladenweihnachtsmänner und köstlich veredelte Pralinen schweren Herzens verkniffen hat, will sie heute *ordentlich* zuschlagen. Fünf ganze Kilo hat sie trotz vieler Gelüste verloren. Was für ein Erfolg! Dabei ist sie nicht dick. Nur ein wenig, sagen wir, weiblicher als der Durchschnitt. Ein göttliches Stück Marzipannusstorte schwebt ihr vor Augen, ihr Lieblingskuchen, der die Entbehrungen der letzten Wochen und ihre steigende Gereiztheit durch den andauernden Hunger versüßen soll. Unentwegt reibt Hilde sich in Erwartung des leckeren Backwerks den Bauch. Dieses Tortenstück wird ihre Seele streicheln und ihren Verzicht belohnen.

Hilde steht voller Vorfreude und mit knurrendem Magen vor ihrer Lieblingsbäckerei. Eine Duftwolke frischgebackener Brote und klebrig-süßer Backwaren wabert durch die Luft, als die kurvige Frau mit den blonden, schulterlang gewellten Haaren das Geschäft betritt. Auf ihrem Kopf eine erdbeerrote Baskenmütze, die ihren Kleiderstil unterstreicht, der sich aus einem marineblauen Wollmantel und einem ebenfalls erdbeerroten Schal komplementiert. Versonnen schließt sie für einen Moment die Augen, um den Wohlgeruch mit bebenden Nasenflügeln in sich aufzusaugen. Das Geschäft …? Ein Sammelsurium aus verwitterten Holzregalen und antik wirkenden Mahagonitresen vor dicken, golddurchtränkten Tapeten im Paisley Muster. Irgendwie fehlt diesem Laden die Leichtigkeit der Küste, alles wiegt irgendwie schwer, der Zeit entflohen und am falschen Platz. Hintertupfingen, irgendwo im Nirgendwo. Aber das Backwerk … wie aus einer anderen Welt. Hilde späht auf die Wand mit den Holzregalen, in denen sich goldbraune Meterbrote, kugelrunde Laibe und eckige, knusprige Kastenbrote eng aneinanderreihen. Darunter, in geflochtenen Körben, ausgeschlagen mit weißen Papierdeckchen, verschiedenste Brötchen sämtlicher Couleur. Sie lassen Hildes Herz wild anfangen zu schlagen, vernebeln ihre Sinne. Sie fährt sich mit der Zunge über die prallen Lippen. Vor ihr noch fünf Personen, die sich ebenfalls nach köstlichem Backwerk verzehren. Die Lust, sich das ein oder andere mitzunehmen, wirkt verführerisch. Hilde inhaliert noch einen kräftigen Zug und wähnt sich mit geschlossenen Augen im Paradies angelangt. Jetzt erst wird ihr bewusst, welchen Verzicht sie wochenlang geübt hat, nur um in ihren Bikini zu passen, den sie in ein paar Tagen im sonnigen Süden tragen wird. Sie hatte sich in der gesamten Vorweihnachtszeit nicht einen einzigen der herrlich duftenden Weihnachtskekse gegönnt, um nicht doch am Ende in Versuchung zu geraten.

Die Schlange rückt einen halben Meter näher zum Tresen, als ein Kunde mit verzücktem Grinsen und Kuchentablett den Laden verlässt. Vier der hungrigen Mäuler stehen geduldig vor ihr. Hilde versucht an den Leuten vorbei in den Kuchentresen zu spähen, hält nach ihrer heiß geliebten Marzipannusstorte Ausschau. Stellt sich auf ihre Zehenspitzen, um einen Blick zu erhaschen … nichts! Aber bei dem Gedanken daran läuft ihr das Wasser im Mund zusammen. Sie schluckt. Eine korpulente Frau mit leuchtenden Augen und von Vorfreude glänzender Lippen drängt mit einem »Mmh« und ausladendem Kuchentablett an ihr vorbei. Die hat's nötig, denkt Hilde und schiebt sich einen Schritt nach vorn. Sie selbst besitzt keine Modellmaße, so ist das nicht. Jedoch bekämpft sie seit Jahren, immer zur Urlaubszeit, die weiblichen Kurven und kaschiert sie, so gut es eben geht. *Nur* für die bevorstehende Reise kaufte Hilde sich ein wunderschönes blaues Kleid mit herrlich aufgedruckten Sonnenblumen und bereits morgen säße sie im Flieger Richtung Sonne.

Die Schlange wird kürzer, die Duftnoten intensivieren sich. Noch drei Personen, dann ist sie endlich an der Reihe. Ihr Herz hüpft vor Freude. Vor ihr tänzelt ein Mann mit grüner Pudelmütze auf dem Kopf, wippt in Erwartung auf und ab. Hungrig, ungeduldig? Hilde nagt wie ein Karotten knabberndes Kaninchen auf ihrer Unterlippe herum. Der Kerl macht sie nervös. Sie reckt ihren Körper in die Höhe, um die Kuchenauslagen sichten zu können. Fehlanzeige. Der Mann mit der grünen Pudelmütze nimmt ihr die Sicht.

Hinter ihr füllt sich die Schlange erneut. Kaffeezeit! Hilde wirft einen Blick auf ihre Armbanduhr und stöhnt. Ein Pärchen unterhält sich händchenhaltend über den Skiurlaub, der vor ihnen liegt. Hier im Ort allerdings gab es bisher keinen Schneefall. Es ist nur eisig kalt draußen und regnet andauernd. Aber Schnee? Ja, der Klimawandel. Hilde beneidet die jungen Leute. Sie selbst freut sich auf ihren Urlaub im Süden; endlich der unangenehmen Kälte und Feuchtigkeit entfliehen.

Der junge Mann mit der Pudelmütze ist gleich dran. Die ist Trend, denkt sie. Wahrscheinlich selbst gehäkelt. Egal, wohin Hilde kommt, überall wird munter drauflos gehäkelt. Selbst Hilde, die ansonsten im Finanzamt arbeitet, ist von der Hysterie angesteckt und hortet mittlerweile über fünfzig Eigenkreationen in einem großen Weidenkorb. Fein säuberlich nach Farben und Formen sortiert. Was damit geschehen soll? Sie weiß es nicht. Der Pudelmützige wendet sich um. Hilde sieht in sein hungriges, hageres Gesicht. Der hat ein Stück Kuchen bitter nötig, denkt sie, schämt sich gleichzeitig für ihre Gedanken. Die eine ist zu dick, der andere zu dünn, dabei ist es ihr genau genommen, völlig egal. Er reckt seinen Hals in Richtung Kuchenbuffet und bewegt sich voran, als der Mann vor ihm den Laden verlässt.

Hilde erkennt immer noch nicht, welches Backwerk sich in der Auslage befindet. Ihre Marzipantorte ist normalerweise vorrätig. Ihr

Appetit ist mächtig. Der Magen knurrt. So überlegt sie, ob nicht für den Abend Croissants angebracht wären, von denen sie zwei oder auch drei mit auf die Reise nehmen kann. Als Reiseproviant sozusagen. Das nächste Riesentablett verlässt die Bäckerei. Nur der dünne Mann mit der Pudelmütze steht noch vor ihr. Ungeduldig läuft ihr das Wasser im Mund zusammen, sie kann es kaum erwarten, vernimmt ihr eigenes Schmatzen. Hinter ihr stehen jetzt bereits sieben Personen, die lauthals ihren Unmut kundtun.

»Man hätte ja ein paar mehr Verkäuferinnen hinter den Tresen stellen können, bei dem Andrang«, dröhnt eine männliche Stimme wütend im Hintergrund.

Hilde nickt bedächtig, der mit der Mütze zahlt, packt sein Kuchentablett und zieht grinsend an ihr vorbei zum Ausgang. Sie rückt voller Elan ein Stück weiter, um endlich den lang ersehnten Blick in den Kuchentresen zu werfen, holt zu ihrer Bestellung aus und erstarrt ... Ihr Mund steht sperrangelweit offen und in ihren Augen sammeln sich Tränen ... Tränen der Wut. Hilde schnaubt. Die gesamte Auslage ... leer!

»Also wenn Sie noch etwas möchten?«, holt die Frau des Bäckers aus, »es gibt noch Brot und Brötchen. Kuchen ist aus!« Ihre Wangen glühen und sie schluckt nervös, während sie ihre Hände knetet und auf die Brotregale deutet. Brot? »Ich will kein Brot ... ich will Nusstorte«, quiekt Hilde und errötet dermaßen, dass ihr Gesicht aussieht, wie die Hautlappen eines Truthahnes. »Ansonsten habe ich noch ein paar Tüten Kekse!«, versucht die Bäckersfrau Hilde zu beruhigen.

»Das ist nicht Ihr Ernst!«, kreischt Hilde und ihrem Blick ist anzusehen, dass mit ihr in diesem Moment nicht gut Kuchen essen wäre. »Ich will jetzt *sofort* Marzipantorte!« Die Bäckersfrau zuckt mitleidig die Schultern, traut sich kaum, ihr etwas zu entgegnen.

»Ich bekomme auch nichts mehr rein, tut mir leid! Der Kunde vor Ihnen kaufte das letzte Stück *Marzipannusstorte*!« Da steht Hilde mit knurrendem Magen, hassverzerrter Miene und schnaubt. Das

Warten hat sich für sie nicht gelohnt. Hinter ihr lautstarkes Gepöbel. Auf einmal wird sie erschreckend ruhig und verlässt hocherhobenen Hauptes den Laden.

Am selben Abend noch packt sie mit einer Scheibe Brot zwischen den Zähnen ihren Koffer und hievt ihn anschließend in den Kofferraum.

Nach einer durchwachten Nacht säubert sie um halb sechs Uhr am nächsten Morgen akribisch ihre Hände. Sie schaut ein letztes Mal in den Spiegel. Das blaue Kleid mit den Sonnenblumen steht mir hervorragend, denkt sie, lächelt, und fährt wenig später leise summend zum Flughafen.

Als eine Stunde später der erste Kunde die Bäckerei betritt, bleibt er wie erstarrt vor der Kuchenauslage stehen. Der Länge nach, sanft gebettet auf Marzipannusstorte und Sahneschnitten liegt die Bäckersfrau. In ihrem Körper … steckt mittig des Brustbeines ein mindestens 30 Zentimeter langes Küchenmesser. Dieses Backwerk würde heute niemand mehr kaufen … und Hilde … ist längst auf dem Weg in den Süden.

Von Aus- und Umwegen

Alex Roller

Schluss! Übelkeit schraubt sich meinen Rachen empor, ich schlucke sie hinunter. So wie ich seine verachtenden Blicke geschluckt habe. Wütend, vielleicht verzweifelt, drücke ich mich gegen die Strohballen, es spielt keine Rolle. Nicht mehr. Ich richte die Waffe aus, kneife die Augen zusammen, halte den Atem an …

Der Aufprall ist dumpf. Geht im Rauschen des Blutes in meinen Ohren unter. Der Ruck reißt mir die Waffe aus der Hand.

oOo

Die Frau mit den kühlen Händen erinnert mich an jemanden. Die roten, gewellten Haare, länger als meine, im Nacken zu einem üppigen Zopf gebunden, die traurigen grünen Augen umrahmt von Sommersprossen. Eine Schauspielerin? Ich suche nach dem Namen der Filmreihe, in der sie eine Dorfpolizistin gegeben hat. Tatort Nord? Nord-West? Irgendetwas mit Nord. Ich komme nicht darauf.

Mein Gehirn arbeitet in Zeitlupe.

»Verfluchtes Timing!«, brummt die Frau.

Ich kann den Sinn der Worte nicht erfassen. Wo bin ich?

Blank geputzte Knöpfe, Luftschlitze. Das Licht um mich herum flimmert, als sickere es durch einen der dünnen Vorhänge, die meine Großmutter abends vor ihre Fenster zog. Erst jetzt werde ich gewahr, dass ich im Auto sitze. Besser gesagt: liege. Mein Oberkörper hängt über der Mittelkonsole. Lediglich der Gurt, der durch den dünnen Stoff der Bluse schmerzhaft in meine Rippen schneidet, verhindert, dass ich auf den Beifahrersitz sinke. Ich hebe den Kopf. Ein langer Riss durchzieht die Frontscheibe, verschwindet aus meinem Blickfeld, als die Frau sich durch die geöffnete Fahrertür über mich beugt.

Sie ist jung. Jünger als ich, Ende zwanzig vielleicht. Mit schnellen Bewegungen hantiert sie an meinem Gurt. Die Frontscheibe ist mit etwas abgedeckt. Durch vereinzelte Lücken sickern Sonnenstrahlen, formen Punkte auf dem Armaturenbrett. Was sind das für Spritzer? Blut? Erst jetzt nehme ich den herb-sauren Geruch wahr, der im Wagen hängt, die grünen Scherben auf den Polstern und Kunststoffverkleidungen. Kein Blut! Rotwein. Die Scherben stammen von einer Flasche. Absurderweise erinnere ich mich plötzlich an das Tosen des Meeres, seinen salzigen Geruch, daran, wie sehr ich den Wind auf der Haut liebe.

Als ich die Augen erneut öffne, brennt mir die Sonne erbarmungslos auf das Gesicht. Ich blinzle, versuche, mich zu orientieren.

»Bleiben Sie liegen!«

Wieder diese Frau. Obwohl sie vehement protestiert, halte ich den Kopf oben. Ich liege auf der Erde. Auf brockiger, von hellen Stoppeln übersäter Erde. Geschätzte drei Meter von mir entfernt dominiert ein bulliges Fahrzeug mein Blickfeld. Braun mit schwarzen Felgen, die in der Sonne glitzern, der Kotflügel eingedrückt. Über der vorderen Hälfte des Wagens verteilt: unzählige sonnengelbe Halme. Vermutlich von dem Strohberg, in den sich die gestauchte Motorhaube des Land Rovers bohrt. Der SUV meines Mannes, registriere ich, habe sofort seine puterroten Wangen vor Augen, wenn er sich aufregt. Gut, dass er nicht hier ist.

An diesem Gedanken stimmt etwas nicht, ich weiß es. Irritiert versuche ich mich aufzusetzen, werde von der Frau mit den roten Haaren zurück in die Rückenlage gedrängt.

»Das machen Sie besser nicht.« Sie scheint mit sich zu ringen. »Ich rufe einen Krankenwagen.« Im Aufrichten wirft sie ihren Zopf nach hinten, eilt, kaum dass sie steht, zum Strohberg, den ich mit einem Mal als einen überdimensionalen Oberkörper mit Armen erkenne. Um die Brust geschnallt ein Transparent: »UMGEHUNGSSTRAßE NEIN DANKE!« Vermutlich hatte auf dem Strohkörper ein riesiger Kopf gethront, der sich beim Aufprall des Wagens gelöst und in einer Flut aus Halmen auf die Motorhaube ergossen hat. Wie die Gischt des Meeres über die Felsen …

Ich bin versucht erneut wegzudämmern. Etwas am Anblick der Frau in ihrer dunklen, gebügelten Hose, dem ebenso akkuraten Hemd lässt mich erahnen, dass das keine gute Idee ist.

Fetzen der vergangenen Nacht wabern durch meinen Kopf. Das Meer, der Wein. Ich blicke der Frau hinterher. Die dunkle Kleidung – eine Polizeiuniform! Das wippende Haar ...

Die Wucht der Erinnerung schnürt mir die Luft ab. Mit Hochdruck werden sämtliche Bilder der letzten vierundzwanzig Stunden in meinen Kopf gespült: Das Gesicht meines Mannes im Mondlicht, der Fremde im Wald, das Haar ... »Scheiße!« Schlagartig setze ich mich auf.

Die Frau mit dem Zopf ist sofort alarmiert, kehrt zu mir zurück. Geradezu ärgerlich überhäuft sie mich mit Vorwürfen. Ich registriere es kaum, hefte meinen Blick an das Heck des Wagens.

»Es geht mir gut«, versichere ich ihr. Mit zittrigen Händen fingere ich mir die Haare aus dem Gesicht, ziehe die vom Rotwein besudelte Bluse glatt. Ist die Kofferraumabdeckung unter der Heckscheibe geschlossen? Hat sie den Aufprall überstanden? Schweiß perlt meinen Nacken hinab, zum dritten Mal innerhalb weniger Stunden. Ich muss hier weg, bevor es zu spät ist!

Mühsam stemme ich mich in die Höhe.

»Nicht doch! In Ihrem Zustand!«

Ich schwanke. Sie fasst mich grob am Arm, stützt mich.

»Geht schon«, stoße ich hervor, presse meine Füße in die dunkle Erde. Es muss gehen! »Ich brauche keinen Krankenwagen.« Ich lächle, um sie zu überzeugen – oder zumindest mich. Schon Letzteres gelingt mir nicht. Eine Polizistin!

Immerhin, die Abdeckung ist geschlossen. Von der Motorhaube und den Beulen abgesehen, scheint der Land Rover unversehrt zu sein, ruht auf seinen vier Rädern, qualmt nicht, verliert keine Flüssigkeiten. Würde der Motor anspringen?

Aus den Augenwinkeln heraus beobachte ich die Rothaarige, wie sie ihre Hände knetet, dass die Knöchel weiß hervortreten. Wo ist ihr Partner? Sind Polizisten nicht grundsätzlich zu zweit unterwegs?

Ich schaue mich um. Soweit das Auge reicht: sonnenbeschienene Landschaft. Abgeerntete Äcker, ein verlassener Feldweg. Nicht einmal ihr Streifenwagen ist zu sehen.

Das Denken strengt mich an. Zu viele Stunden habe ich nicht geschlafen. Vermutlich war ich am Steuer eingenickt.

Hart massiere ich meine Schläfen. Selbst wenn es mir gelänge, den Wagen zu starten, die Frau mich wider Erwarten nicht aufhielte ... Der Duft des fremden Mannes schießt zurück in mein Bewusstsein. Die Lust auf den Augenblick. Gier nach Leben, meinem Leben, das ich dem Tod abgerungen habe! Selbst wenn es Stunden, gar Minuten sind, die mir bleiben ... Ich muss hier weg!

Oder die Polizistin.

oOo

Kostspielige Lederschuhe, enganliegende Hose. Dem Zucken ihrer Knie nach hält sich die Frau nur mit Mühe auf den schlanken Beinen. Ihre geschnürte Bluse setzt ein strammes Dekolleté in Szene. Das Outfit für ein Rendezvous, nicht für einen Hofladeneinkauf hier in der Pampa. Ihr Gesicht: Totenblass. Spuren eines Schocks. Oder sie hat den Rotwein nicht nur auf der Kleidung, sondern auch intus. Das würde erklären, wieso sie auf gerader Strecke von der Straße gerauscht ist. Andererseits …

Herr Gott, was mache ich! Sie lebt. Sie pfeift auf einen Arzt. Was also juckt sie mich? Es ist eh alles vorbei.

»Bring es endlich zu Ende!«, brülle ich mich innerlich an. Es nutzt nichts. Der Polizistinnen-Instinkt in mir hat sich festgebissen. Etwas stimmt hier nicht. Die Frau stiert ihr demoliertes Auto an, als säße Gevatter Tod persönlich auf der Rückbank. Probehalber mache ich ein paar Schritte auf den Rover zu … Als hätte es den Unfall nie gegeben, springt sie an meine Seite.

Bis auf einen umgeworfenen Korb, eine graue Wolldecke und die Reste einer Flasche, deren Scherben sich im Wagen verteilt haben, entdecke ich nichts im Innenraum. Ich wende mich dem Seitenfenster des Hecks zu. Die Abdeckung ist aus einer der Halterungen gesprungen, bildet eine schmale Lücke zur Seitenverkleidung. Mit der Stirn an der kalten Scheibe erhasche ich einen Blick auf ein Paar verdreckte Herren-Turnschuhe, achtlos daneben geworfene Socken, ein Seil, den Saum eines abgewetzten Hosenbeins und … Ich schaue noch einmal – eiskalt läuft es mir den Rücken hinab.

oOo

Ihr Haar duftet nach Jasmin, mit einer Note Grapefruit, stelle ich fest, so dicht folge ich der Polizistin. Ihre Waffe im Halfter ist keine Armlänge von mir entfernt. Wie ferngesteuert strecken sich meine Finger. Zentimeter, Millimeter … Ruckartig ziehe ich die Hand zurück.

»Sei keine Idiotin«, fahre ich mich innerlich an, »Schnapp dir die Pistole!« Schaffe ich das überhaupt? Mein Herz hämmert gegen meine Brust. Ich will leben, um jeden Preis! Das hat mir die vergangene Nacht gezeigt. Aber ich will auch nicht noch mehr Menschen weh tun. Ich kann doch keine unschuldige Frau töten!

Die Polizistin marschiert zur Rückseite des Wagens, versucht, die Heckklappe zu öffnen. Wie versteinert verfolge ich ihre Bewegungen. Gleich ist es vorbei. Gleich habe ich meine letzte Chance vertan!

Das Schloss muss durch den Aufprall verklemmt sein – wie durch ein Wunder bleibt die Klappe geschlossen. Vor Erleichterung kippe ich gegen den Wagen – ein Fehler.

Mit einem scheinbar hämischen Schnalzen schnappt die zweite Halterung der Kofferraumabdeckung aus der Verankerung, springt zurück. Weiß vor Entsetzen starrt die Polizistin durch die Heckscheibe ins Innere.

Ehe die Beamtin begreift, was sich ihr präsentiert, sitze ich hinter dem Lenkrad, knalle die Tür zu. Mit gezogener Waffe stürzt sie an meine Seite, reißt am Griff – keinen Wimpernschlag zu früh, rastet die Türverriegelung ein.

Durch das mit Rotwein bespritzte Seitenfenster schauen wir uns in die Augen. Das war es also. Den Finger am Abzug presst die Polizistin die Hand um den Griff der Waffe.

Sie schießt nicht. Nicht auf mich, nicht auf die Reifen oder in die Luft. Überhaupt nicht. Sauerstoff strömt in meine Lunge. Mit schweißnassen Fingern hämmere ich den Startknopf hinunter. Der Wagen bleibt still.

»Komm schon«, beschwöre ich ihn und versuche es ein zweites Mal. »Komm!« Beim ersten Motorengeräusch lege ich den Rückwärtsgang ein, gebe Gas. Die Karosse bäumt sich auf, der Wagen bewegt sich keine Hand breit über den Boden. Im Rückspiegel sehe ich hinter der Scheibe Matsch aufspritzen. Unter 1000 Land Rovern hat sich ausgerechnet mein Mann den einen ohne Allrad-Antrieb ausgesucht. Die Polizistin an meiner Seite rührt sich nicht. Ich gehe vom Gas, versuche es mit weniger Kraft noch einmal. Immer noch nichts. Erst beim dritten Mal löst sich der Wagen von der Strohpuppe, mit einem gequälten Röhren springt er aus der Kuhle.

Zeitgleich hechtet die Polizistin los, sprintet wie eine Hundertmeterläuferin neben mir her. Was um Himmels willen hat sie vor? Ich trete das Gaspedal durch, hoffe, sie abzuschütteln. Das Stroh rutscht von der Frontscheibe die Haube hinunter. Der Wagen schlingert. Entsetzt stelle ich fest, dass er kaum an Tempo zulegt. Im ruckelnden Ausschnitt der Heckscheibe suche ich verzweifelt die Landstraße, drehe mich schließlich noch weiter nach hinten um ... Der rote Schopf taucht so abrupt auf, dass ich automatisch in die Eisen gehe. Ein Ruck. Mein Oberkörper wird gegen die Rückenlehne geworfen. Der Wagen steht. Im Rückspiegel: Nichts als sonnenbeschienene Felder. Und Stille.

Erst als ich mich zwinge, das Auto zu verlassen, auf das Heck zugehe, vernehme ich das Schaben, registriere, wie sie sich an der Stoßstange aufsetzt. Obwohl sie sich mühelos bewegt, ist ihr Gesicht schmerzverzerrt.

»Warum?« Mit der Schulter an den Rover gelehnt, kauert sie auf der Erde, lässt das Kinn auf den Kragen ihrer Uniform sinken. Sofort reißt sie es wieder hoch. »Verdammte Scheiße, warum bremst du?«, schreit sie.

Wie bitte?

Entschlossen schwenkt sie ihre Dienstwaffe in meine Richtung. Ich springe zur Seite, will mich hinter den Wagen ducken, da begreife ich: Sie hält sie mir hin!

»Erschieß mich!«

Ich bin so schockiert, dass ich überhaupt nichts tue.

oOo

»Erschieß! Mich!«, flehe ich noch einmal. »Oder ich rufe Verstärkung.« Mit offenem Mund steht sie in ihrem Abendoutfit da, hält sich am Dach des Wagens fest. Mit der Pistole in der Hand donnere ich vom Boden aus den Handballen gegen den Kofferraum.

Sie zuckt zusammen.

»Du hast das fertiggebracht und willst dich ausgerechnet bei mir drücken?« Mein Puls hämmert so brutal das Blut durch meine Adern, dass es schmerzt. Den flehenden Blick meines sterbenden Bruders vor Augen, spüre ich den Hass meines Vaters überall in meinem Körper. Ich rapple mich auf. »Ich würde es selbst tun. Aber dort, hinter der Strohpuppe … wenn du nicht hineingerast wärst!« Ich blicke auf die Waffe, würge den bitteren Geschmack in meiner Kehle hinunter. Mit einem Mal bin ich mir sicher: »Ich würde mir das Ding noch immer an die Schläfe pressen. Verdammt! Ich kann nicht schießen! Nicht auf Einbrecher, nicht auf dich …«

Von der Wucht dieser Erkenntnis übermannt, kralle ich mich an die Heckklappe des Autos, starre auf die zwei toten Männer, deren Gliedmaßen sich grotesk umeinanderwinden. Galle und Verzweiflung brechen sich Bahn, bezwingen die Wut. Ich würge, spucke aus. Einmal, zweimal … Als die Krämpfe abebben, hält die Fremde mich im Arm, flüstert beruhigende Worte, streicht mir über den Rücken. Wie ein Schwamm sauge ich die Berührungen auf – seit ich versagt habe, hat das niemand getan.

Da kommen die Tränen, heiß, brennend. Zum ersten Mal, seit dem Tod meines Bruders. Sie perlen vom Kinn in meine Hände – dieselben Hände, die zögerten, bis das Messer des Eindringlings an der Kehle meines unschuldigen Bruders lag. Dieselben Hände, in die sich Michis lockiger Schopf bettete, bis sein Blick erlosch. Die Hände, die seither auf alles eindreschen wollen.

Ich schleudere die Waffe zu Boden, zerre an meinem Kragen, will mir die Uniform, die ich nicht verdiene, vom Leib reißen, während sich meine Eingeweide zusammenpressen, als wäre auch ich eine Strohpuppe, in deren Bauch sich eine vom Weg abgekommene Karosse bohrt.

oOo

Ich ziehe die schluchzende Frau an meine Brust, wiege sie wie ein Kind, während mir auf verstörende Weise bewusst wird, dass ich zum dritten Mal in vierundzwanzig Stunden hätte tot sein können. Erschossen. Wie im letzten Fernsehkrimi, den ich mit meinem Mann gesehen habe, dem mit der rothaarigen Schauspielerin.

Sie könnten Zwillinge sein. Die Polizistin, die sich in diesem Augenblick von mir frei macht, und die Frau aus dem Film, dessen Name mir noch immer nicht einfallen will. Ihre traurigen grünen Augen verfinstern sich. Wie aus dem Nichts donnert sie mir ihre Fäuste auf die Brust. Schreit, dass sie es nicht verdient hat, zu leben. Ich reiße die Arme hoch, versuche, sie mir vom Leib zu halten. Es ist absurd. Unwirklich. Fantasiere ich? Bewusstlos, im Krankenwagen, nach dem Unfall?

Vielleicht bin ich längst tot?

Die Sonne brennt auf meinem Schädel. Ich spüre ihre Schläge, den Schmerz auf meiner Haut, das Zittern meiner Knie, spüre, dass ich noch da bin. Lebe, atme. Dass ich nicht aufgeben kann! Ich will in den Wagen springen, davonjagen. Auch wenn sie nicht im Stande ist, auf mich zu schießen: Wie viel Zeit würde es mir verschaffen? Sie kennt mich, hat sich das Kennzeichen gemerkt ... Sie könnte mir die ersehnte Zukunft zur Hölle machen.

Alles in mir wehrt sich, dennoch ducke ich mich unter ihren Fäusten weg – sie will es nicht anders. Ich packe den Griff der Waffe.

oOo

Als ich im Wagen sitze, schaue ich ein letztes Mal auf die Überreste der Strohpuppe, den Schriftzug UMGEHUNGSSTRAßE NEIN DANKE. Auf die Landstraße zurück kann ich nicht.

Entschlossen starte ich den Land Rover. Ich hätte gern auf das Seil um die Handgelenke der jungen Frau neben mir und die Verschnürung am Griff der Beifahrertür verzichtet, einen anderen Ausweg für uns gefunden. Ich brauche Zeit. Zeit, ihr zu erklären, dass mein Handeln jenseits von Paragrafen und Moral Notwehr entsprach. Dass mein Mann es war, der mich vergiften wollte, der Fremde mich angegriffen hat, nicht ich ihn. Dass ich kein schlechter Mensch bin – genau wie sie. Dass wir uns helfen können.

Als der Wagen sich in Bewegung setzt, hat die Polizistin sich beruhigt, lehnt wie ein Häufchen Elend an der Seitenscheibe. In stiller Eintracht ruckeln wir im Sonnenlicht über den Acker auf den Feldweg zu. Eine Polizistin, zwei Tote und ich.

Manche Dinge kann man nicht umgehen.

Fataler Fehler

Astrid Plötner

Der Mond schien hell, in seiner vollen Pracht, haushohe Fichten schimmerten in seinem fahlen Licht, der sternenklare Himmel wirkte über der kleinen Waldlichtung wie ein Dach mit funkelnden Diamanten. Die Nacht fühlte sich kalt und klamm an. Nils zitterte vor Anstrengung und Erregung. Kleine Nebelwölkchen stoben aus seinem Mund, während er schwer an der Last schleppte, die über seiner Schulter hing. Sie drückte ihn nieder, zwang ihn immer wieder dazu, schwer atmend zu verharren. Seine Lungen, vom Asthma geplagt, brodelten bedenklich, bevor er seinen Weg fortsetzen konnte. Er ging gebeugt, sein Rücken schmerzte, Schweiß sammelte sich an seiner Stirn, lief ihm an den Schläfen hinab. Mühsam schleppte er sich weiter. Kleine Äste knackten unter seinen schweren Schuhen. Nur noch wenige Schritte und endlich hatte er das Zentrum der Lichtung erreicht.

Hier war der ideale Platz! Nicht mehr lange, dann war ein Kapitel seines Lebens abgeschlossen. Ein Kapitel ohne Happy End. Nils drehte sich einmal um die eigene Achse, blickte zum Himmel, bis er den Mond wie eine große, perlmuttfarbige Perle in seiner Fülle vor sich hatte, dann ließ er seine Last sanft auf den weichen, moosüberzogenen Waldboden gleiten. Er rollte den Teppich auseinander und bettete Lena in dessen Mitte, sodass sie vom Mondlicht angestrahlt wurde. Gierig wie ein Ertrinkender nutzte er danach sein Asthmaspray und brauchte eine Weile, bis er wieder zu Atem kam.

»Es hätte nicht so enden müssen!«, murmelte er und blinzelte die aufkommenden Tränen weg. »Wir waren doch einmal glücklich!« Er sank neben ihr auf die Knie und griff nach ihrer Hand. Sanft legte er sie an seine Wange und weinte.

Ihre Augen waren geschlossen, stahlblaue Augen, in die er sich vor einer Ewigkeit verliebt hatte. Langsam beruhigte Nils sich wieder, beugte sich über seine tote Ehefrau und faltete ihre Hände über ihrem Bauch.

»Wie friedlich du jetzt aussiehst«, flüsterte er. Der Hauch seines Atems waberte über ihr Gesicht. Nils seufzte und dachte an die zurückliegenden Monate. Nach zehn Jahren Ehe hatte sich Gleichgültigkeit zwischen ihnen breitgemacht. Lena begleitete ihn nicht mehr auf seinen Geschäftsreisen, was er noch hätte verkraften können. Aber schließlich ließ sie ihn sogar allein in den Urlaub fliegen. Dabei hatte er die Zeit auf Mallorca als Chance gesehen, ihr wieder näher zu kommen. Aber Lena blockte all seine Annäherungsversuche ab. Sie verbrachte die Abende vorm Fernseher, war launisch und abweisend. Oft sagte ihr Schweigen mehr als tausend Worte. Sogar das hätte Nils ausgehalten, in der Hoffnung, irgendwann würden sie sich wiederfinden. Doch es kam erschreckend anders.

Ein Windhauch wehte Lena eine Strähne ihres blonden Haares in die Stirn, kleine Blätter tanzten über den milchig schimmernden Waldboden. »Warum?«, murmelte er. »Warum nur hast du mir das angetan?«

Sie konnte nicht anders als schweigen. Ein roter Ring umschloss ihren Hals und hob sich deutlich von ihrer blassen Haut ab. Nils seufzte schwer.

Plötzlich glaubte er, weit hinter sich am Rande der Lichtung, dort wo die Bäume dicht standen und das Dunkel kaum mit den Augen zu durchdringen war, ein Geräusch zu vernehmen. Das Bersten zerbrochener Zweige! Gehetzt blickte er sich um. Sein Herz klopfte wild. Er war hier in der Einöde, wo sich eigentlich keine Menschenseele so spät in der Nacht herumtrieb.

Wer oder was hatte das Geräusch verursacht?

Ein aufgeschrecktes Tier? Ein lästiger Zeuge? Nils lauschte in die Stille der Nacht. Das heftige Pochen seines Herzens schien den Wald wie ein Trommelwirbel zu erfüllen. Ansonsten blieb alles friedlich.

Nils beruhigte sich, warf einen letzten Blick auf Lena und drückte sich langsam in den Stand. Er presste seine Hände in die Leisten und reckte sich. Irgendwie musste er sein Werk zu Ende bringen. Er entnahm dem Leinenbeutel, den er sich quer über die Schulter gehängt hatte, einen Klappspaten, setzte sich eine Stirnlampe auf den Kopf und begann mit der Arbeit. Die feuchte Erde schmatzte, während er den Spaten hineinstach, und dem Boden Erdklumpen für Erdklumpen entriss.

Beim Graben schweiften seine Gedanken zu jenem Abend, als er von einer Geschäftsreise früher nach Hause gekommen war. Es war Lenas Geburtstag und gleichzeitig ihrer beider Hochzeitstag. Nils hatte Lena mit seiner frühzeitigen Ankunft überraschen wollen, ihr zeigen wollen, dass er sie immer noch liebte, dass ihre Liebe noch eine Chance verdient hatte. Er betrat das Haus voller Vorfreude mit vierzig Baccara-Rosen in der Hand und einem Diadem aus Weißgold in der Innentasche seines Jacketts. Nils sah sich die Wohnungstür aufschließen.

Es folgte eine Überraschung! Im Flur standen Kerzen, pfeilförmig aufgestellt und flackernd in die Richtung des Schlafzimmers zeigend, umrahmt von tausenden roten Rosenblütenblättern. Was sollte das bedeuten?

Zuerst hatte er gedacht, Lena habe geahnt, dass er früher nach Hause käme und dass sie ihm einen festlichen, liebevollen Empfang habe bereiten wollen. Er schlich leise zur Schlafzimmertür. Noch jetzt fühlte er das kalte Holz, als er sein Ohr an das Türblatt presste, und schließlich voller Entsetzen lauschte. Ihm wurde schwindelig, als er an diesen Moment dachte. Nils konnte das Gefühl, dass ihn damals beherrscht hatte, kaum beschreiben. Er spürte keine Eifersucht, nein, er fühlte einen Stich, wie mit der scharfen Klinge eines langen Dolches, der sein Herz in zwei Teile trennte. Ein Teil von ihm war an diesem Nachmittag gestorben. Genau wie sein Vertrauen und jegliche Hoffnung. Das vergnügte Lachen von Lena und seinem älteren Bruder Steffen hinter der geschlossenen Schlafzimmertür war ihm dämonisch vorgekommen.

»Dieser Wichser!«, fluchte Nils angeekelt und spuckte beim Graben in die von ihm ausgehobene Grube. Steffen hatte schon immer ein Auge auf Lena geworfen, hatte die Enttäuschung kaum verbergen können, als Lena sich für ihn, Nils, entschied. Die erneut aufkommende Wut ließ ihn schneller arbeiten. Er keuchte und schwitzte, seine Lungen brodelten. Er schuftete, bis er völlig entkräftet war und sich auf den Stiel des Spatens stützen musste, den er in den schmatzenden Boden trieb.

Plötzlich glaubte er wiederum berstende Zweige zu hören. Trotz Luftnot hielt Nils den Atem an und lauschte in die Stille des Waldes. Er schaute aus der inzwischen knapp achtzig Zentimeter tiefen Grube und drehte sich langsam um. Dunst waberte über die Lichtung. Die Natur schien zu schlafen, kein Laut war zu hören. Nur die Spitzen der Nadelbäume senkten sich im seichten Wind, als würden sie ihn mahnen. Nils stieß keuchend die Luft aus. Ein Kratzen im Hals brachte ihn zum Husten. Er beugte sich aus der Grube und griff zu dem Leinenbeutel, in dem sich eine Wasserflasche befand. Gierig trank er sie halbleer, warf sie achtlos von sich und blickte Lena an.

»Warum musstest du mich betrügen?«, rief er. Ihr lustvolles Lachen hinter der Schlafzimmertür rauschte durch seinen Kopf wie ein ungebremster Intercity. Sofort waren die Bilder jenes Abends wieder greifbar nah. Er hatte das Haus fluchtartig und unbemerkt verlassen. Im Hotel fand er keinen Schlaf. Als er am nächsten Tag nach Hause kam, war Lena abweisend. Die Wohnung war aufgeräumt. Nichts deutete auf die Romantik des Vorabends, den sie mit Steffen verbracht hatte. Keine Kerzen, keine Rosenblätter. Aber auch kein klärendes Gespräch. Kein einziges Wort. Von da an gab es zwischen ihnen nur noch stillen Hass. Die Zweisamkeit wurde zur Qual. Nils verließ morgens das Haus, aß auswärts, kam abends zurück, legte sich schweigend ins Bett. Seit ihrem Hochzeitstag sprachen sich nicht mehr miteinander.

Als er heute Abend von der Arbeit heimgekommen war, saß Lena auf dem Balkon und telefonierte. Ihr Haar glänzte im silbrigen Mondlicht. Als sie ihn kommen sah, beendete sie hektisch das Telefonat. Vermutlich mit Steffen. Ihn hatte sie nur mit einem bösen Blick gestraft und das machte ihm abermals deutlich, dass er sie verloren hatte. Verloren an seinen eigenen Bruder.

»Nicht mit mir!« Nils schrie die Worte in die Nacht. »Niemals gebe ich dich frei!« Seine Stimme hallte laut über die Lichtung. Ein paar Vögel stoben erschrocken aus den Bäumen. »Hier wird dich niemand finden! Hier gehörst du mir ganz allein!« Er kletterte voller Wut zurück in die Grube und setzte seine Arbeit fort, während seine grausame Tat sich in sein Gedächtnis schob.

Plötzlich hatte er gewusst, was zu tun war und zu Hause nach dem Kellerschlüssel gegriffen. Er eilte die Stufen hinab. Der Keller war sein Revier, da kannte er sich aus, da hielt er penibel Ordnung. Alles war korrekt sortiert. Das, was er suchte, lag in der mittleren Schublade seiner Werkbank. Eine Rolle von grün ummanteltem Draht, die er zum Anbinden der Heckenrosen und zu allerlei anderen Arbeiten benötigte. Er nahm die Kneifzange, schnitt einen guten Meter von der Rolle ab und entfernte mit einem Cuttermesser mühsam das grüne Plastik, bis nur der blanke Draht übrigblieb. Danach war Nils zurück in die Wohnung geschlichen.

Lena saß immer noch im Dunkeln auf dem Balkon, scheinbar völlig entspannt, die Beine übereinandergeschlagen. Sie bemerkte ihn nicht, zumindest sah sie sich nicht nach ihm um, als er sich ihr von hinten näherte. Einen Moment blieb er reglos stehen, starrte sie an. Ihr glänzendes Haar, ihre aufrecht sitzende und so stolz wirkende Gestalt. Wenn sie sich ihm in diesem Moment zugewandt hätte, wäre er vor ihr auf die Knie gefallen und hätte sie um Verzeihung gebeten. Für alles, was auch immer sie in die Arme von Steffen getrieben hatte.

Aber sie hatte sich nicht umgedreht.

Mit einer raschen Bewegung warf er den Draht über ihren Kopf hinunter bis zum Hals. In Sekundenschnelle zog er die Enden zusammen. Lena hatte keine Chance aufzuspringen, keine Chance zu schreien, keine Chance, ihre Finger unter den Draht zu schieben. Sie versuchte krampfhaft sich mit den Händen an den Armlehnen des Stuhls hochzudrücken. Als das nicht gelang, trat sie wild mit den Füßen um sich und versuchte gleichzeitig, ihre Finger in seine Arme zu krallen.

Nils hatte eine übermenschliche Kraft entwickelt. Der Draht schnitt schmerzhaft in die Innenfläche seiner Hände, aber er zog die Schlinge weiter zu.

Lena röchelte.

Er schloss die Augen, spürte ihr letztes Aufbäumen, ehe sie auf dem Balkonstuhl zusammensackte. Eine Weile verharrte Nils und schnappte selbst nach Luft. Dabei schielte er zu den Nachbarhäusern, die weit entfernt von seinem Grundstück, und nicht so dicht wie seines am Rande des Waldes lagen. Aber alle Fenster blieben dunkel. Niemand schien Lenas Todeskampf beobachtet zu haben. Mit letzter Kraft hatte Nils seine Ehefrau ins Wohnzimmer auf den Plüschteppich gezogen, in den er sie später eingerollt und auf die Lichtung geschleppt hatte.

Die Grube, die er erschuf, war jetzt bereits über einen Meter tief und gerade so breit und lang, dass ein Mensch hineinpasste. Jedenfalls tief genug, um die Waldtiere oder freilaufende Hunde am Ausbuddeln der Leiche zu hindern. Nils wischte sich mit dem Hemdsärmel den Schweiß von der Stirn, da spürte er plötzlich etwas Hartes, Kaltes in seinem Nacken. Er zuckte zusammen, spürte gleichzeitig einen festen Druck, der ihn zunächst erstarren ließ. Vorsichtig drehte er sich um und sah im Licht der Stirnlampe in die hasserfüllten Augen seines Bruders.

Steffen hatte eine Pistole in der Hand, die auf ihn zielte. »Raus da«, befahl er und deutete auf die Grube.

Mühevoll kletterte Nils aus der Gruft und starrte seinen Bruder verständnislos an. »Was tust du hier?«, fragte er überrascht.

»Ich bin dir gefolgt«, erklärte Steffen. »Ich beobachte dich schon eine Weile vom Waldrand her. Lena hat mich am Abend angerufen, sie sagte dein Verhalten sei noch merkwürdiger, als die Tage zuvor und sie habe Angst vor dir.«

»Das hat sie gesagt?«, fragte Nils ungläubig.

Steffen nickte und ließ ihn nicht aus den Augen. »Ich hatte sogleich ein mulmiges Gefühl. Ich habe sie gefragt, ob ich zu euch kommen soll, aber Lena wollte nicht. Sie hat dir nichts Böses zugetraut.«

Nils wurde blass. Sein schlechtes Gewissen trieb ihm den Schweiß auf die Stirn. »Sie hat mich betrogen!«, presste er heraus.

»Du bist ein Idiot!«, erwiderte Steffen.

»Ihr zwei habt es miteinander getrieben!«, verteidigte sich Nils.

Steffen schüttelte den Kopf. »Du fantasierst! Lena hat nie jemand anderen als dich geliebt. Aber dein Verhalten hat sie fertiggemacht. Weißt du, wie oft sie sich bei mir ausgeheult hat, weil sie sonst mit niemandem darüber sprechen wollte?«

»Ich habe euch doch gehört«, schrie Nils.

»Kannst du gar nicht«, erwiderte Steffen ruhig.

Nils ließ sich nichts vormachen. Er hatte sich nichts eingebildet. Die Kerzen, die Rosenblätter, das Lachen hinter der Schlafzimmertür. Das war echt gewesen!

»Sie hat deine ignorante Art nicht ertragen. Dieses Schweigen!«, sagte Steffen.

Aber Lena hatte doch nicht mit ihm geredet!

»Heute war es besonders schlimm für sie. Deshalb hat sie mich angerufen. Mir ließ das Telefonat keine Ruhe und ich habe sie später noch einmal zurückgerufen. Als sie das Gespräch nicht entgegennahm, habe ich mich ins Auto gesetzt. Ich habe gezögert, mitten in der Nacht bei euch anzuklingeln. Plötzlich kam mir mein Verhalten übereilt und blödsinnig vor. Ich habe in meinem Auto gesessen, und dabei aus einiger Entfernung auf euer Haus gestarrt. Ich bin als Kriminalbeamter längere Observationen gewohnt. Hätte ich doch sofort etwas unternommen, vielleicht würde Lena noch leben.«

Nils blickte Steffen an. Am liebsten hätte er sich die Ohren zugehalten.

»Schließlich sah ich, wie du den Wagen aus der Garage gefahren hast. Ich dachte, Lena sei mit dir im Auto und so bin ich euch gefolgt.«

Das Gefasel seines Bruders interessierte ihn nicht. Nils blickte zum Himmel. Der Mond tauchte die Lichtung in bleiche Unwirklichkeit. »Was hast du jetzt vor? Willst du dich dafür rächen, dass ich dir die Geliebte genommen habe?«

»Warum hast du sie getötet? Warum hast du nicht mit ihr geredet? Du bist so ein niederträchtiges Schwein! Lena hat dich geliebt! Sie hat dich so geliebt, dass es mir wehtat.«

Nils atmete schwer, er schnappte nach Luft, seine Lunge schmerzte. Er fühlte sich von seinem Bruder ungerecht behandelt, glaubte daran zu zerplatzen. »Lena und du, ihr habt mich betrogen. Das brauchst du gar nicht zu leugnen. An unserem Hochzeitstag habt ihr es im Schlafzimmer getrieben. Ich wollte sie überraschen, bin früher nach Hause gekommen, da habe ich das romantische Liebesnest entdeckt.« Nils verzog das Gesicht und fügte sarkastisch hinzu: »Hübsch dekoriert mit Kerzen und Rosenblütenblättern.«

Steffen sackte in sich zusammen, dennoch hielt er die Pistole weiterhin auf ihn gerichtet. Nach einer unendlichen Weile des Schweigens, flüsterte er kaum hörbar: »Du bist so dumm. Lena hatte fest daran geglaubt, dass du früher nach Hause kommst. *An unserem zehnjährigen Hochzeitstag und meinem vierzigsten Geburtstag wird er mich nicht im Stich lassen. Ich weiß, dass er mich auch noch liebt.* Das hat sie gesagt.« Seine Stimme schwoll an, als er fortfuhr: »Wir wollten dich überraschen. Zuerst haben wir den Flur dekoriert, sie hat die Kerzen liebevoll aufgestellt, ich habe sie angezündet, dann haben wir das Schlafzimmer aufgehübscht, das Bett voller Rosenblüten, ringsherum Kerzen. Damit der Durchzug sie nicht verlöschen konnte, haben wir die Tür geschlossen. Ich wollte euch nur kurz gratulieren und wäre dann verschwunden. Aber es wurde Abend, es wurde Nacht, du kamst nicht. Ihre Enttäuschung kannst du dir gar nicht vorstellen. Sie wollte euch eine neue Chance geben, nachdem eure Ehe so gelitten hatte. Deine häufigen Geschäftsreisen machten sie fertig, bei denen sie allein zu Hause saß, weil sie keine Lust hatte mitzufahren und sich dort zu langweilen.«

Nils hielt es nicht aus, er glaubte nicht, war er hörte und doch wusste er, es war die Wahrheit. Er ertrug es nicht. Seine Atemwege brannten. Was hatte er nur getan? Was für einen fatalen Fehler hatte er begangen? Nils japste. Seine Atemnot kam geballt.

Die Waffe von Steffen zielte weiterhin auf seine Brust.

Nils hielt es nicht länger aus. Blitzschnell griff er in die Innentasche seiner Jacke, berührte den rettenden Gegenstand darin. Gleichzeitig hörte er den Schuss, erkannte seinen verhängnisvollen Fehler, bemerkte wie die Kugel seinen Oberkörper traf. Seine Hand umklammerte das Asthmaspray, während er langsam neben Lena auf den Teppich sank. Er kippte zur Seite und lag mit dem Kopf dicht neben ihrem. Die Stirnlampe erlosch. Seicht wehte ihr samtiges Haar in sein Gesicht, als streichele sie seine Wangen. Nils spürte kaum Schmerzen. Als Steffen den Teppich um sie beide wickelte und in das Loch rollte, wurde es dunkel um ihn. Seine Sinne verabschiedeten sich langsam. Er bemerkte kaum noch, dass das Loch sich wieder mit Erde füllte. Sein letzter Gedanke galt der Lichtung in der Nacht, beschienen vom hellen Mondlicht, das ihrer beider letzte Ruhestätte von nun an bescheinen würde.

Der Geist von Marwood House

Eine Kurzgeschichte zur viktorianischen Aschenblut-Krimireihe

Ina Linger

»Wenn man es genau nimmt, kommuniziere ich, sobald ich meine Gabe einsetze, mit Geistern. Da wäre es doch unklug, zu behaupten, dass es keine Geister gibt, oder nicht?« Cedar sah ihren Begleiter mit hochgezogenen Brauen an, während sie den dicken Schal um ihren Hals zurechtrückte und anschließend den Kragen ihres fellgefütterten Herrenmantels aufstellte.

Der eisige Wind des Winterabends stach in ihr Gesicht wie tausende Nadeln und ließ die Kälte sogar bis in die tieferen Schichten ihrer Kleidung dringen, was eine wahre Meisterleistung dieser Naturgewalt war. Schließlich trug sie unter dem wärmenden Mantel noch Weste, Hemd und ein umgedrehtes Korsett, das ihre Brüste für die Außenwelt unsichtbar und sie mit der zusätzlichen Hilfe einer blonden Perücke und eines gezwirbelten Schnauzbartes zu einem jungen Mann machte. Man hatte für diesen überaus mysteriösen Fall nach *Mister* Miller, dem fiktiven Partner der Detektei *Neill & Miller*, verlangt, weil man der weiblichen Detektivin Cedar Neill trotz ihrer erstaunlichen Erfolge in den vergangenen Monaten immer noch nicht zutraute, besonders gefährlich wirkende Fälle allein zu lösen.

Selbstverständlich hatte ihr Klient, Lord Marwood, sich etwas anders ausgedrückt.

»Ich kann doch eine junge, hübsche Frau nicht in eine solch gefährliche Umgebung schicken, Ms Neill«, hatte er gesagt und sie dabei auf eine äußerst unangenehmen Weise von oben bis unten gemustert, lüsternes Belecken der Lippen mit eingeschlossen. »Beauftragen Sie doch bitte Ihren Partner, Mr Miller, damit, am kommenden Freitagabend zu meinem Anwesen zu kommen. Er soll sich das Ganze mal aus der Nähe und zu einer für die Ermittlung angebrachten Zeit ansehen. Die Phänomene zeigen sich leider erst mit Einsetzen der Dämmerung.«

Cedar hatte nur milde gelächelt, genickt und sich die notwendigen Notizen gemacht. Klarzustellen, dass sie durchaus wehrhaft und die Lösung der meisten Fälle allein ihrer Intelligenz, ihrem Geschick und der Nutzung ihrer besonderen Gabe zuzuschreiben war, ersparte sie sich in letzter Zeit. Es lohnte sich nicht, mit ihren Klienten zu diskutieren oder gar zu streiten, denn die Menschen entstammten nun mal einer Gesellschaft, in der Frauen als geistig minderbemittelte, übersensible, schwächliche Wesen angesehen wurden, die dringend der Führung männlicher Vertreter eines sich selbst überhöhenden Patriarchats bedurften. Gegen dieses Gedankengut anzukämpfen war zweifelsohne notwendig, gehörte jedoch zu einem anderen Bereich ihres Lebens. Für ihre Arbeit war es deutlich wichtiger, vor Annahme des Falls festzustellen, ob ihr Klient zahlungsfähig und bezüglich der Entlohnung auch möglichst großzügig war.

Auf Lord Marwood traf beides zu und weil er sich zusätzlich bereiterklärt hatte, fast den gesamten Lohn im Voraus zu bezahlen, war es Cedar nicht schwergefallen, über seine Bemerkungen hinwegzuhören und sich am heutigen Abend, verkleidet als Mr Miller, auf den Weg zum sagenumwobenen Marwood House zu machen. Natürlich war sie nicht so waghalsig, den Fall allein zu bearbeiten, nicht nach den letzten Ereignissen, die es bis auf die Titelseite der Hauptstadtzeitung geschafft hatten.

»Ich kann dir nicht so ganz folgen«, erwiderte ihr Freund, der Erfinder und Wissenschaftler Tiw Boritschka, auf ihre Bemerkung hin stirnrunzelnd, dabei den Halteriemen seiner schweren Arbeitstasche über der Schulter justierend. »Du erzählst doch niemandem von deiner Gabe, wie sollen die Leute dich da eines fehlerhaften Denkens überführen?« Auch er zog nun den Kragen seines Mantels hoch, blickte dabei an der dunklen, rissigen Fassade der dreistöckigen Großstadtvilla hinauf, auf die sie sich zubewegten. »Davon abgesehen *sprichst* du nicht wirklich mit Geistern, sondern erhältst durch das Berühren von Asche Visionen durch eine unerklärliche Verbindung mit den Energierückständen Verstorbener im Äther.«

»Ist das nicht dasselbe?«, erwiderte sie.

Tiw bedachte sie nun mit einem Blick, der nur allzu deutlich machte, wie sehr ihn ihre Frage empörte, und sie hob rasch eine Hand. »Schon gut. Das war selbstverständlich ein Scherz«, log sie. »Geister gibt es nicht – das ist mir ganz klar.«

»Zumindest nicht in der Form, wie die meisten Leute sie sich vorstellen«, fügte Tiw zufrieden hinzu. »Oder wie sie vonnöten wäre, um lebende Menschen zu töten oder zu entführen, wie in diesem Fall behauptet wurde.«

»Ganz genau«, stimmte Cedar ihm etwas zu enthusiastisch zu – nicht nur, um weiter zu überspielen, dass sie keineswegs gescherzt hatte, sondern auch, weil sie unbedingt glauben wollte, dass die Gruselgeschichten, die sich um das Haus rankten wie giftiger Efeu, Hirngespinste abergläubischer Menschen waren.

Marwood House war eines der ältesten und größten Häuser am Stadtrand von Levior, der Hauptstadt Asgerans. Anfang des achtzehnten Jahrhunderts war es für den geisteskranken Herzog Brighton Marwood erbaut worden, der angeblich bei einem geselligen Abend mit seinen aristokratischen Freunden seinen Butler vor den Augen der Gäste mit einem Bratenmesser erstochen hatte, weil diesem beim Servieren des Essens etwas Soße auf den Gehrock des Hausherren getropft war. Da der Herzog ein Cousin des damaligen Königs war und ihm nach einer eingehenden Untersuchung des königlichen Leibarztes eine Geisteskrankheit attestiert wurde, hatte man ihn für den Mord weder gehängt noch eingesperrt, sondern auf das damals noch außerhalb der Stadt liegende, für ihn neu erbaute Anwesen verbannt. Zwanzig Jahre lebte er dort angeblich friedlich und glücklich, bis er an einem Herzinfarkt starb. Auffallend war jedoch, dass genau in dieser Zeitspanne einige Menschen aus den umliegenden Dörfern verschwanden und nie wieder auftauchten. Jedes Jahr, ungefähr zum Todestag des Butlers, gab es eine neue Vermisstenanzeige bei der Polizei. Erst nach Brightons Tod, hatte das ein Ende gehabt. Das klang durchaus verdächtig und war *der* Nährboden für die schlimmsten Gruselgeschichten über das blutige Treiben des Herzogs, der am Ende von den Geistern seiner Opfer heimgesucht und buchstäblich zu Tode erschreckt worden war.

»Na, schau mal einer an, wer es doch noch zu unserem nächtlichen Abenteuer geschafft hat«, riss Tiw Cedar aus ihren düsteren Gedanken und wies mit dem bärtigen Kinn zum Eingang des Hauses, vor dem sich zwei Männer angeregt unterhielten.

Der große, dünne Mann mit Zylinder und Pelzmantel war eindeutig Lord Marwood und der andere hochgewachsene, deutlich jüngere Kerl … Cedar konnte nichts dagegen tun – ihr Herz machte ein paar ungestüme Sprünge und ihr stockte kurz der Atem. Zumindest Letzteres entging ihrem Begleiter nicht. Glücklicherweise missinterpretierte er ihre Reaktion.

»Das sind nur Naro und vermutlich Lord Marwood«, beruhigte er sie. »Keine Geister. Das kaputte Licht der Laterne mag kurz einen anderen Eindruck erweckt haben, aber wenn du genau hinsiehst …«

»Schon gut, ich habe das erkannt«, erwiderte sie eilends und versuchte dabei, die Turbulenzen in ihrem Inneren in den Griff zu bekommen. Das war doch wirklich albern. Der kleine Ausrutscher im Flur ihrer Wohnung vor ein paar Tagen bedeutete nichts und es war ja nun wirklich nicht so, dass sie noch nie zuvor von einem Mann geküsst worden war. Gut, vielleicht nicht auf diese Weise, aber es gab keinen Grund der Sache so viel Gewicht zu geben, solche Aufregung zu empfinden.

Manaro hatte sie nun auch wahrgenommen und bedachte sie wie gewohnt mit einem strahlenden Lächeln, das Lord Marwood dazu brachte, sich ebenfalls umzudrehen.

»Ah, Sie müssen Mr Miller sein«, begrüßte ihr Klient sie freundlich, noch bevor sie die beiden erreicht hatte und streckte ihr die behandschuhte Hand entgegen. »Es freut mich, Sie endlich kennenzulernen.«

Cedar gab sich Mühe, seine Finger möglichst kernig zu drücken. »Ebenso, Lord Marwood«, erwiderte sie in ihrer tiefsten Tonlage und ignorierte geflissentlich Manaros Schmunzeln. »Darf ich Ihnen meinen Mitarbeiter Mr Boritschka vorstellen?«

»Mr Trevalyen hat mir schon verraten, dass Sie heute zu dritt sein werden, um dem ganzen Spuk auf den Grund zu gehen«, äußerte ihr Klient und bot auch Tiw die Hand, der jedoch lediglich dessen Fingerspitzen kurz erfasste. Marwood schien das nicht zu stören, denn er wandte sich mit weiterhin freundlicher Miene erneut Cedar zu. »Ich bin ehrlich gesagt sehr froh, dass sie heute nicht allein sind, Mr Miller. Wenn Sie das Haus betreten, werden Sie verstehen, warum. Ich bin wirklich kein abergläubischer Mensch und habe seit jeher gegen diese albernen Gerüchte über meinen Urgroßvater angekämpft, aber nach diesem schrecklichen Unglück … Ich gebe das nicht gern zu, aber in Marwood House, da … da haust irgendetwas. Etwas Böses, das es nicht gut mit den Menschen meint, die auch nur einen Fuß über die Schwelle setzen. Ich möchte sehr gern daran glauben, dass die Sache mit dem Arbeiter nur ein Unfall war, aber die Umstände sind ausgesprochen seltsam, finden Sie nicht auch?«

Cedar nickte. »Sie berichteten Ms Neill aber nicht nur von dem verunglückten Handwerker, sondern auch von gruseligen Geräuschen, einem Kratzen in den Wänden, einem Klopfen und Heulen in den frühen Abendstunden, das die Arbeiter, die das Haus renovieren sollten, sehr verängstigt hat, nicht wahr?«

»Ja, und wir wissen nicht, woher das kommt. Mein Bruder und ich erbten Marwood House von unserem nach langem Leiden kürzlich verstorbenen Vater, wissen Sie. Wir waren uns uneins, was das weitere Vorgehen bezüglich des Anwesens angeht, konnten uns aber vor knapp zwei Wochen darauf einigen, dass wir es renovieren und anschließend zum Verkauf anbieten werden. Nun, was sage ich ›einigen‹ – mein älterer Bruder Darius hat sich von mir ordentlich abfinden lassen, bevor er sich auf seine große Weltreise machte, bei der er wahrscheinlich sein gesamtes Vermögen verprassen wird. Er sagte, ihn hielte nichts mehr in Asgeran, weil seine Frau ihn nach einem laut Aussage der Nachbarn sehr heftigen Streit vor einem halben Jahr über Nacht verließ und nie wieder auftauchte. Die Arbeit mit dem Haus bleibt jetzt natürlich allein an mir hängen.« Marwood seufzte tief. »Und nun auch noch der Ärger mit dem Unglück. Ihre hübsche Mitarbeiterin hat Sie doch sicherlich bis ins Detail darüber informiert, nicht wahr? Sie wirkte durchaus aufgeweckt und fleißig.«

»Das ist sie«, bestätigte Cedar mit einem verkrampften Lächeln. »Sie berichtete, dass es so aussah, als sei der Arbeiter durch das Fenster im zweiten Stock gestoßen worden, dabei war keiner seiner Kameraden bei ihm.«

»Genau. Alle anderen Handwerker hielten sich zu dieser Zeit im Erdgeschoss auf. Hinzu kommt, dass der Verunglückte zuvor urplötzlich spurlos verschwand und die anderen Männer sich große Sorgen um ihn machten – eben weil sie diese gruseligen Geräusche wahrgenommen hatten. Erst mit dem Sturz aus dem Fenster tauchte Mr Pilhem wieder auf. Er prallte mit dem Kopf auf den Fliesen der Terrasse auf und war sofort tot. Ein Jammer, denn er war der Mutigste der Gruppe und wollte den Geräuschen auf den Grund gehen. Nun glauben sie alle, dass die Geister ihn für das Herumschnüffeln im Haus bestraften, und wollen dort nicht mehr arbeiten. Niemand will das. Deswegen bitte ich Sie inständig, Mr Miller, finden Sie heraus, was wirklich passiert ist, und beweisen Sie mir und dem Rest der Welt, dass es keine Geister gibt. Ich habe Sie dafür bereits im Voraus großzügig entlohnt. Das hat Ihnen Ihre Bürokraft auch gesagt, nicht wahr?«

»Sie ist keine Bürokraft, sondern selbst eine hervorragende Ermittlerin«, fühlte Cedar sich gezwungen, nun doch klarzustellen. »Aber Sie hat es mir selbstverständlich ausgerichtet.«

»Gut.« Lord Marwood nickte zufrieden. »Ich habe Mr Trevalyen bereits den Schlüssel ausgehändigt und würde mich dann jetzt zurückziehen. Bitte melden Sie sich doch per Fernsprecher bei mir, wenn Sie mit der Arbeit fertig sind. Wir können uns im Anschluss für ein abschließendes Gespräch und die Restzahlung ihres Lohnes erneut zusammensetzen.«

Cedar hatte nichts dagegen einzuwenden und nach ein paar freundlichen Abschiedsworten eilte der Lord von dannen, als könne er diesen Ort nicht schnell genug verlassen.

Ein Klimpern brachte sie dazu, sich Manaro zuzuwenden, der den Hausschlüssel auf ihrer Augenhöhe von seinem ausgestreckten Zeigefinger baumeln ließ. »Willst du oder soll ich?«, fragte er mit der für ihn so typischen, unpassenden Fröhlichkeit. Mord und Totschlag, verstümmelte Leichen, blutrünstige Killer – nichts davon konnte ihm seinen Esprit, seinen Humor und seinen Charme nehmen. Offenkundig war auch die mögliche Anwesenheit von Geistern kein Grund zur Sorge.

Cedar antwortete nicht auf seine Frage, sondern pflückte den Schlüssel wortlos von seinem Finger, um die wenigen Treppenstufen zur Eingangstür des Hauses zu erklimmen. Flink drehte sie den Schlüssel im Schloss herum und drückte die Tür auf. Ein lautes Knarren ertönte und wurde auf durchaus schaurige Weise von den Wänden der Eingangshalle zurückgeworfen. Da war es überaus tröstend, zu hören und zu fühlen, wie Manaro und Tiw hinter sie traten, um mit ihr in die Dunkelheit des Hauses zu starren.

Es raschelte und klapperte hinter Cedar und nur wenig später fiel das Licht einer kleinen Petroleumlampe in die Eingangshalle. Tiw, der die Lampe entzündet hatte, reichte sie an Cedar weiter und fischte innerhalb weniger Minuten noch zwei weitere davon aus seiner großen Tasche.

Cedar atmete tief durch, straffte die Schulter und machte den unvermeidlichen Schritt über die Schwelle des ›Geisterhauses‹. Das Licht der drei Lampen genügte, um sich auch am Abend gut in dem Haus umsehen zu können, und nahm den Gruselgeschichten ihre Kraft. Im Grunde sah Marwood House auch nicht anders aus als die meisten anderen Prachtvillen, in denen Cedar aufgrund ihrer ehemaligen Tätigkeit als Dienstmädchen gehaust hatte, abgesehen davon, dass der Boden schmutzig und zumindest hier in der Eingangshalle bereits sämtliche Möbel und Dekorationen entfernt worden waren. Hellere, rechteckige Bereiche an den Wänden wiesen auf fehlende Gemälde oder Wandteppiche hin, Kratzspuren auf den Fliesen des Bodens auf das ungeschickte Herumrücken von Sofas und dergleichen. Eine Treppe an der Seite führte hinauf in das nächste Geschoss und es gab drei Türen, die den Zugang zu weiteren Räumen im Erdgeschoss boten.

Andere Geräusche außer denen, die ihre kleine Truppe selbst verursachte, waren noch nicht zu hören.

»Teilen wir uns auf oder gehen wir zusammen die Zimmer und Flure ab?«, fragte Tiw in die Stille hinein.

Cedar wandte sich stirnrunzelnd zu ihm um. Er hatte seine Frage offenbar ernst gemeint, denn er inspizierte seine Umgebung eher neugierig als verängstigt.

»Mir wäre es lieber, wenn wir erst einmal zusammen blieben«, gab sie dennoch zurück. »Unabhängig davon, ob man nun an Geister glaubt oder nicht, ist das Haus offenbar zumindest an mancher Stelle baufällig und drei Paar Augen sehen mehr als eines.«

»Einverstanden«, verkündete Tiw und schulterte sich erneut seine Tasche, während Manaro nur nickte.

»Ich schlage vor, wir suchen zuerst nach der Terrasse, auf die der Arbeiter stürzte, und schauen uns dort alles genau an«, sagte Cedar und setzte sich nach erneutem Nicken der anderen sofort in Bewegung. Manaro war ein wenig schneller als sie und öffnete ihr galant die Tür, auf die sie zugehalten hatte.

»Nach Ihnen, Mr Miller«, sagte er grinsend und Cedar schlüpfte an ihm vorbei hinein in einen kleinen Salon, wie das Licht ihrer Lampe ihr sofort preisgab. Hier waren die Möbel nur teilweise weggeräumt worden. Ein Sessel stand nebst eines kleinen runden Tisches noch vor dem Kamin und an der gegenüberliegenden Seite hing das riesige Gemälde eines grimmig dreinblickenden Aristokraten mit weißer Perücke, wie man sie vor rund hundert Jahren gern getragen hatte. Zweifellos war das Brighton Marwood. Ein Mörder, dessen Gemälde ein Ehrenplatz in einem Salon erhalten hatte. Unglaublich.

Eine Tür, die auf eine Terrasse führte, gab es hier nicht und so hielt Cedar auf die nächste Zimmertür zu.

»Du bist während des Gesprächs mit dem Lord ungewöhnlich still gewesen«, merkte sie an, bevor sich Manaro schon wieder an ihr vorbeidrängen und die Tür für sie öffnen konnte.

»Ich war zu fasziniert, um etwas zu sagen«, erwiderte er schmunzelnd.

Sie zog irritiert die Brauen zusammen. »Wovon?«

»Von diesem kunstvoll gezwirbelten Bärtchen, das auf deiner Oberlippe auf und ab getanzt hat. Einfach schön, insbesondere mit der kleinen abstehenden Ecke.«

Cedars Hand fuhr erschrocken zu der Stelle, auf die sein Finger wies, und drückte das Ende wieder fest an die Haut. »Wieso hast du nicht schon früher etwas gesagt?«

»Ich denke, das hätte sich vor dem Lord etwas schwierig gestaltet, aber sei beruhigt, ich vermute, er hat das für den neusten modischen Kniff gehalten. Die Leute lassen sich ja erstaunliche Sachen mit ihren Bärten einfallen. Ist nicht jeder so ein Langweiler wie Tiw.«

»Praktisch und ordentlich ist nicht mit langweilig gleichzusetzen«, ertönte die Stimme des Genannten direkt hinter Cedar. »Aber wahrscheinlich bist du nur neidisch, dass dir Milchgesicht kein Bart wächst. Du hast halt die weiche Haut einer Frau – was wohlgemerkt nichts Negatives ist.«

Die letzte Bemerkung ging wohl in Cedars Richtung, doch sie reagierte nicht darauf, war sie doch zu sehr damit beschäftigt, zu verdrängen, in welchem Zusammenhang sie ganz genau gefühlt hatte, dass auch bei Manaro sehr wohl Barthaare sprossen.

Sie hatten nun das zweite Zimmer durchquert und endlich, nach dem Öffnen der nächsten Tür das große Wohnzimmer erreicht, das einen Zugang zur Terrasse besaß. Durch die großen Fenster konnte man die marmorne Balustrade von eben dieser erkennen und Cedar beeilte sich, vor Manaro an den Flügeltüren zu sein und diese zu öffnen. Was sich anschließend ihren Augen bot, war weniger schön. Kaum mehr als zwei Meter von ihr entfernt befand sich inmitten eines Scherbenmeeres eine große Lache getrockneten Blutes. Der Arbeiter war gestern mit voller Wucht auf dem Boden aufgeschlagen.

Cedar brauchte einen Moment, um sich zu sammeln. Tiw ging es anscheinend anders, denn er schob sich an ihr vorbei, lief durch die Scherben zum Geländer und sah von dort aus nach oben. »Ja, das Fenster wurde noch nicht ersetzt. Wird kalt da oben sein. Ich vermute, dass er rückwärts durch das Fenster fiel und sich nicht mehr in der Luft drehen und mit den Händen abfangen konnte. Womöglich ist das aber auch besser so, weil er wahrscheinlich ohnehin durch die schweren Knochenbrüche und inneren Verletzungen gestorben wäre.«

Cedar gesellte sich zu ihrem Freund und sah ebenfalls hinauf zu dem Fenster. Ein paar Glasteile steckten noch im Rahmen und wackelten gefährlich im Wind.

»Das bestätigte der Arbeiter, mit dem ich sprechen konnte, bevor ich herkam«, äußerte Manaro, der nun ebenfalls an sie herantrat. »Er stand hier draußen mit einem anderen Mann, um zu rauchen, als Pilhem rückwärts durch das Fenster brach und nur wenige Meter entfernt von ihnen auf dem Boden aufschlug. Er behauptet auch, dort oben einen Schatten gesehen zu haben, der aus dem Fenster flog und in der Dunkelheit verschwand wie ein Geist.«

Im Augenblick konnte man in dem ehemaligen Fenster nichts als Schwärze erkennen. Ein unangenehmer Schauer rann Cedars Rücken hinab, als von dort oben ein seltsames Geräusch ertönte, langgezogen und jämmerlich wie das zarte Aufheulen eines körperlosen Wesens.

»Hört ihr das auch?«, fragte Manaro alarmiert.

»Ja. Klingt für mich wie der Wind, der durch einen Hohlraum bläst«, erwiderte Tiw gelassen. »Wir werden hier keine Geister finden, Naro, sondern ganz natürliche, logische Erklärungen für diese Geräusche und das Unglück.«

»Von Geistern war meinerseits keine Rede«, stellte Manaro mit leichtem Ärger in der Stimme klar. »Ich habe nur gefragt, ob ihr dasselbe Geräusch hört wie ich.«

»Du hast schon ein bisschen ängstlich geklungen.«

»Habe ich nicht.«

»Ich kenne dich lange genug, um das herauszuhören.«

»Dann hast du offenbar ein Problem mit deinen Ohren.«

»Meine Ohren funktionieren hervorragend.«

»Wir sollten nach oben gehen und uns das Fenster von dort aus ansehen«, griff Cedar rasch in den Streit ein. »Wahrscheinlich können wir auch dort das Heulen irgendwo lokalisieren.«

Manaro, der gerade noch etwas erwidern hatte wollen, presste die Lippen zusammen und nickte grimmig, bevor er ihnen voran zurück ins Haus lief.

»Nur der Richtigkeit halber«, raunte er Cedar zu, als sie zu ihm aufgeschlossen hatte, »ich habe keine Angst vor Geistern, denn die gibt es nicht.«

»Da bin ich beruhigt«, gab sie mit einem halben Schmunzeln zurück und schüttelte in Tiws Richtung den Kopf, weil der schon wieder Luft holte. Erstaunlicherweise half die Geste und sie konnten ohne einen weiteren Streit bis in die zweite Etage hinauflaufen.

Tiw behielt mit seiner Aussage recht. Es war dort oben eiskalt, weil der Wind ungehindert kalte Luft ins Innere des Hauses hineintrug. Ihr Atem bildete nun auch hier Wölkchen in der Luft und sorgte zusammen mit dem sich wiederholenden Heulen für eine durchaus furchteinflößende Stimmung, die noch gesteigert wurde, als sie tatsächlich mit einem Mal ein Kratzen in der Wand direkt neben sich vernahmen. Cedar machte instinktiv einen Schritt zur Seite, stieß gegen Manaro, der daraufhin Tiw rammte. Der Wissenschaftler stolperte bedrohlich nahe an das nicht mehr vorhandene Fenster heran und wurde im nächsten Moment von Manaro am Arm zurückgerissen.

»Verfluchter Rattenschiss!«, keuchte Tiw, der sich reflexartig an seinen Freund geklammert hatte und nun mit geweiteten Augen durch das Loch in der Wand in den Garten des Anwesens starrte. »Da sehr ihr mal, wo eure Schreckhaftigkeit hinführt!«

»Es tut mir unendlich leid«, hauchte Cedar betroffen, während die beiden Männer endlich den nötigen Abstand zu der Unglücksstelle herstellten.

»Ist ja nichts passiert«, beruhigte Manaro sie.

Tiw sah ihn entrüstet an, sagte jedoch nichts weiter dazu. Vielleicht lag das aber auch daran, dass erneut das Kratzen in der Wand zu hören war und ihrer aller Augen prompt zu der Stelle flogen.

»Was zum Teufel ist das?«, stieß Cedar aus und machte dieses Mal einen Schritt auf die Wand zu anstatt von ihr weg.

»Ganz bestimmt kein Geist«, mutmaßte Tiw und war fast zur selben Zeit wie Manaro an ihrer Seite.

»Vielleicht Ratten?«, schlug Letzterer vor.

»Hm, ich habe da eine andere Vermutung«, erwiderte Tiw. Zu Cedars Erschrecken, schlug er mit der flachen Hand gegen die Wand. Das Kratzen wurde lauter und von einem anderen seltsamen Geräusch begleitet. Zudem schien es sich nach oben zu bewegen und … Cedar blieb ein Schrei im Halse stecken, als aus einem bisher unentdeckten Loch etwas Dunkles schlüpfte und sich auf sie stürzte. Sie hob abwehrend die Hände und duckte sich zeitgleich mit ihren Freunden, denn es war nicht nur *ein* schwarzes Ding, sondern ein regelrechter Wasserfall an kleinen Ungetümen, die mit dem nächsten Atemzug um ihren Kopf herumflatterten und dann auf das Fenster zuhielten.

Einen kleinen Moment brauchte Cedars vor Angst erstarrter Verstand noch, um zu begreifen, was dort hinaus in die Nacht flog, und so war es Manaro, der die Erklärung mit einem einzigen Wort fand: »Fledermäuse!«

»Exakt«, stimmte Tiw ihm zu, dabei seine Brille richtend, die ihm durch die eigenen hektischen Abwehrbewegungen auf der Nase verrutscht war.

Manaro bedachte ihn mit einem kritischen Stirnrunzeln. »Als ob du das von Anfang an gewusst hast.«

»Natürlich. Ich sagte, ich hätte eine andere Vermutung.«

»Das ist nicht sehr präzise.«

»Ich hätte das später schon noch weiter ausgeführt.«

»Wo kamen die denn her?«, unterbrach Cedar ihre Begleiter ein weiteres Mal, hob eine Hand und klopfte nun selbst gegen die Wand. Dahinter war eindeutig ein Hohlraum. »Ist da etwa ...«

»Ein Geheimgang dahinter!«, nahm Manaro ihr die Worte aus dem Mund. »Das könnte erklären, warum Mr Pilhem spurlos verschwand. Er wollte doch den unheimlichen Geräuschen auf den Grund gehen. Wahrscheinlich entdeckte er die geheimen Wege im Haus und verschwand darin.«

»Dann muss er auch irgendwo hier rausgekommen sein«, schloss sich Tiw ihren gemeinsamen Überlegungen an. Mit den Händen die Wand abtastend bewegte er sich erneut Richtung Fenster. Cedar tat es ihm nach, lief dabei aber in die andere Richtung, während Manaro seltsamerweise den Boden absuchte.

»Es ist durchaus möglich, dass auch Pilhem eine Begegnung mit den Fledermäusen hatte und sie vielleicht mit der Grund sind, warum er aus dem Fenster stürzte«, ließ Cedar ihre Begleiter an ihren Überlegungen teilhaben.

»Hier drüben ist eine Bodendiele locker und steht ein bisschen heraus«, enthüllte Manaro ihnen den Grund für das Betrachten des Bodens. »Womöglich stolperte der arme Mann darüber, während er nach den Fledermäusen schlug, und verlor endgültig das Gleichgewicht.«

»Hierher!«, meldete sich Tiw aufgeregt. Mit wenigen Schritten waren Cedar und Manaro bei ihm. »Ich habe gegen die Wand gedrückt und sie kam mir ein Stück entgegen.«

Tatsächlich hatte sich eine geheime Tür in der Blumentapete einen Spalt weit geöffnet. Dieser ließ sich problemlos vergrößern. Kalte Luft strömte ihnen entgegen, die einen vertrauten beißend süßlichen Geruch an ihre Nasen herantrug. Cedar suchte Manaros Blick, der ihr mit einem gequälten Gesichtsausdruck zunickte. Offenkundig nahm er dasselbe an wie sie.

»Das gefällt mir gar nicht«, ließ sich Tiw vernehmen. »Sagtet ihr nicht, dieses Mal ginge es nicht um Mord?«

»So hieß es zumindest seitens des Lords und der Augenzeugen«, erwiderte Cedar, während sie bereits ihre Lampe in den Gang hinter der Wand hielt. Er war sehr schmal und würde sie dazu zwingen, hintereinander zu laufen. »Wenn du willst, kannst du hier bleiben und dich weiter im Haus umsehen.«

Tiws Augen hinter den Brillengläsern verengten sich, als würde er tatsächlich über diesen Vorschlag nachdenken, doch am Ende schüttelte er den Kopf. »Ich bin zu neugierig«, gestand er. »Der Wissenschaftler in mir will sehen, wohin der Gang führt. Was ist mit dir, Naro?«

Cedar sah ihren anderen Begleiter stirnrunzelnd an.

»Selbstverständlich gehe ich mit«, verkündete dieser.

»So so«, merkte Tiw an. »Na, dann …« Er wies auf den Eingang.

Cedar war die erste, die sich in den schmalen Gang wagte, auf knarrende Holzdielen trat und Spinnenweben zur Seite schob. Sie musste sich nicht umdrehen, um zu wissen, dass es Manaro war, der ihr auf dem Fuße folgte, sie fühlte es einfach. Das Licht ihrer Lampen warf flackernde Schatten auf die Wände zu ihren Seiten, enthüllte ihren Augen, dass nur eine davon gemauert und die andere aus Holz gebaut worden war.

»Interessant …«, sprach Tiw aus, was auch sie dachte. »Der Gang gehört gar nicht zum ursprünglichen Gebäude. Jemand hat erst im Nachhinein die zweite Wand eingebaut.«

»Fragt sich wieso«, murmelte Cedar.

»Ich bin mir nicht sicher, ob wir die Antwort darauf wirklich finden wollen«, setzte Manaro hinzu. »Sie hängt zweifellos mit dem Geruch nach Verwesung zusammen.«

»Das Gefühl habe ich leider auch«, stimmte Cedar ihm zu. »Was ist das da vorn?« Sie streckte den Arm mit der Lampe weit aus, sodass deren Licht auf die Konstruktion am Ende des Ganges fiel. Sie sah aus wie ein Flaschenzug und davor befand sich ein hölzernes Geländer.

Cedar blieb stehen, wohl etwas zu ruckartig, denn Manaro lief in sie hinein und gab ein leises ›Uff‹ von sich. Ihr selbst war der Körperkontakt keineswegs unangenehm. Das alles war so gruselig, dass es unglaublich tröstend war, nicht nur zu wissen, sondern auch zu fühlen, während ihrer Ermittlungen nicht allein zu sein. Manaro schien es ähnlich zu gehen, denn er machte keinerlei Anstalten, wieder mehr Abstand zwischen sie beide zu bringen.

»Geht da eine Treppe hinunter?«, raunte er ihr angespannt ins Ohr.

»Treppe?«, echote Tiw. Der Wissenschaftler spähte nun über ihre andere Schulter. »Tatsächlich und der Flaschenzug führt in eine Art Schacht direkt neben der Treppe. Lasst mich mal durch.«

Eine Antwort wartete ihr Freund gar nicht erst ab, drückte Cedar stattdessen einfach gegen Manaro und die Wand und quetsche sich auf diese Weise an ihr vorbei. Der Geruch von Lavendel, den Manaros Kleidung grundsätzlich verströmte, überlagerte den Verwesungsgestank für einen Moment und Cedar gestattete es sich kurz, ihre Nase noch näher an den Hals ihres Freundes heranzubringen und seinen ganz eigenen unwiderstehlichen Geruch zu inhalieren, bevor sie Tiw folgte.

Der Wissenschaftler stand längst an dem Flaschenzug und starrte hinab in den Schacht. »Viel kann man nicht erkennen, weil da unten kein Licht ist«, verkündete er, seine Lampe ein Stück hinunter haltend, »aber ich glaube, Schacht und Treppe gehen weit hinunter, womöglich sogar bis zum Keller.«

»Und der Verwesungsgeruch kommt eindeutig von dort unten«, fügte Cedar mit wachsendem Unbehagen an. Sie hob den Blick, sah erst Tiw und dann Manaro fragend an.

»Du willst runtergehen«, schloss Letzterer mit erstaunlich blassem Gesicht.

»Uns wird nichts anderes übrigbleiben«, erwiderte sie. »Was immer dort unten auch ist – ich wette, es ist für den Tod des Arbeiters verantwortlich, denn es hat ihn so sehr erschreckt, dass er vollkommen den Kopf verlor, die Fledermäuse aufschreckte und dadurch wiederum noch mehr in Panik geriet, was meiner Meinung nach in Kombination mit der losen Diele zu dem Sturz aus dem Fenster führte.«

»Genau das vermute auch ich«, fügte Manaro an und fuhr sich etwas nervös mit der Hand durch das dichte Haar.

»Wir müssen aber nicht alle runter«, äußerte Tiw und da war keinerlei Spott in seiner Stimme. »Du kannst auch zurück in den Hausflur gehen und dort auf uns warten, Naro.«

Cedar runzelte irritiert die Stirn und Tiws Brauen schossen in die Höhe. »Oh!«, gab er von sich. »Sie weiß nicht Bescheid?«

Manaro seufzte leise und deutete ein Kopfschütteln an.

»Worüber weiß ich nicht Bescheid?«, hakte Cedar verwirrt nach.

»Er mag keine engen Räume und Flure«, erklärte Tiw. »Ich staune, dass er es überhaupt bis hierher geschafft hat.«

»Aber …« Cedars Augen huschten nur kurz zu Manaro. »Wir mussten uns schon zuvor in einem kleinen Raum verstecken und es wirkte nicht so, als hätte er damit ein Problem.«

»Wahrscheinlich hat er sich auf dich konzentriert, um Ruhe zu bewahren«, mutmaßte Tiw. »Aber normalerweise gerät er recht schnell in Panik – oder begibt sich erst gar nicht in eine solche Situation.«

»Ich bin übrigens noch anwesend«, schaltete Manaro sich mit leichter Verärgerung in der Stimme ein. »Und ja – ich mag keine

Enge, aber ich habe das unter Kontrolle, solange ich nicht allein gelassen werde. Und nein, ich werde dir auch später nicht erzählen, warum ich diese Aversion habe, Cedar.«

Cedar schloss den Mund wieder und ersparte es sich, weiter nachzufragen. Zumindest für den Moment. Manaro sprach selten bis nie über seine Vergangenheit, dennoch hatte sie sich fest vorgenommen, nach und nach seine Geheimnisse zu lüften. Nur war momentan nicht die richtige Zeit dafür.

»Das heißt dann wohl, wir gehen alle runter«, schlussfolgerte Tiw munter. »Auch schön. Will Mr Miller wieder vorgehen?«

»Selbstverständlich«, erwiderte Cedar, obwohl ihr Herz bereits deutlich schneller klopfte.

Die Treppe war schmal und hatte längst ihre besseren Tage gezählt. Das Holz der Stufen ächzte bedrohlich bei jedem Schritt und auch das Geländer knarrte und knackte, als wollte es jeden Moment auseinanderbrechen. Zudem ging ein kalter Luftzug durch den Schacht, der den Flaschenzug in Schwingungen versetzte und Geräusche wie von einem überdimensionalen Windspiel erzeugte – begleitet von einem Klopfen und Heulen. Sie hatten eindeutig die Quelle der gespenstischen Laute gefunden.

Auf einem Treppenabsatz blieb Cedar stehen, streckte die Hand warnend in Richtung der ihr folgenden Männer aus, die sofort auf ihren jeweiligen Treppenstufen innehielten.

»Grundgütiger!«, stieß Manaro entsetzt aus und er hatte auch allen Grund dazu.

Das Geländer war auf dem Treppenabsatz abgerissen und da dieser sehr schmal war, musste man sich sehr vorsichtig bewegen, um nicht selbst abzustürzen. *Ein* falscher Schritt, *eine* falsche Bewegung …

Cedar verdrängte den Gedanken eilends und lief weiter, nun noch vorsichtiger als zuvor, Lampenlicht und Augen auf jede einzelne Stufe richtend, um ja keinen Fehltritt zu machen. Erst als sie nach einigen Metern das Ende der Treppe erreichte und wieder festen Grund unter den Füßen hatte, konnte sie wieder richtig atmen. Zumindest solange sie Manaro und Tiw ansah, die nun ebenfalls die letzten Stufen überwanden. Ein Blick zur Seite genügte, um ihr erneut den Atem zu nehmen und entsetzt einen Schritt zurückzumachen.

Vor ihr befand sich die mit dem Flaschenzug verbundene Bretterplatte, deren Funktion wohl darin bestand, schwere Dinge hinabzutransportieren. Schwere Dinge wie eine bereits verwesende Frauenleiche.

»Was zum …«, hörte sie Manaro keuchen.

»Bei allen Dämonen der Unterwelt!«, setzte Tiw ebenso atemlos hinzu.

Cedar hatte sich einigermaßen gefasst. Mit einem mulmigen Gefühl im Magen trat sie näher an die Tote heran. Sie trug ein Reisekleid aus edlem Stoff und Schmuck, der einiges an Wert besaß. Das war mit Sicherheit eine Adlige. Ihr Gesicht war eingefallen, die Haut pergamentartig und grau. Zudem war es bereits von Ratten und anderen Tieren angeknabbert worden. Die Augen und ein Teil der Oberlippe fehlten, genauso wie ein linkes Ohrläppchen. Woran sie gestorben war, war dennoch gut zu erkennen. Ihr blondes Haar war blutverkrustet und von der Schläfe aus zog sich eine tiefe, mehrere Zentimeter lange Wunde bis hin zur Kopfmitte. Von welcher Waffe diese Verletzung stammte, war nicht schwer zu erraten, denn diese lag direkt neben ihr: ein Beil, dessen Klinge von geronnenem Blut überzogen war.

»Wer kann das sein?«, fand auch Manaro nun seine Sprache wieder und trat erneut neben sie. »Gibt es gegenwärtig irgendwelche vermissten adligen Frauen in Levior?«

»Vermisste nicht, aber angeblich weggelaufene«, gab sie zurück.

»Oh. Du meinst Lady Marwood? Die Frau des Bruders von Lord Marwood, der sich plötzlich auf Weltreise begeben hat?«, hakte Manaro nach, während Tiw um die Leiche herumlief und seine Lampe aus irgendeinem Grund weiter nach oben hielt, als eigentlich nötig war.

»Genau die«, bestätigte Cedar. »Jetzt wissen wir, warum er sich aus dem Staub gemacht hat.«

»Das ist ein großer Irrtum«, mischte Tiw sich ein.

Cedar schaute zu ihm hinüber, doch da er sie nicht ansah, folgte sie seinem Blick und gab im nächsten Moment ein erschrockenes Keuchen von sich.

Über ihnen in den Seilen des Flaschenzuges hing eine weitere Leiche. Eine, die deutlich ›frischer‹ aussah als die Frau auf den Brettern. Ein Mann, dessen Kleidung eine ebenso deutliche Sprache sprach wie die der Frau und sein Gesicht ... es war zwar graublau angelaufen und schrecklich verzerrt, dennoch war die Ähnlichkeit zu Lord Marwood nicht zu übersehen.

»Darius Marwood«, hauchte Cedar und in rasanter Geschwindigkeit fügten sich die Puzzleteile dieses grauenvollen Rätsels zusammen.

»Seine Frau ist deutlich länger tot als er selbst«, äußerte Manaro. »Was denkt ihr? Hat er sie in dem von seinem Bruder erwähnten heftigen Streit getötet und die Leiche ins Haus seines Vaters gebracht, um sie dort zu verstecken?«

Cedar nickte nachdenklich. »Das war auch der erste Gedanke, den ich hatte. Die meisten Morde werden leider innerhalb der Familie verübt.«

»Was ist mit dem Bruder, also dem noch lebenden Lord Marwood?«, wandte Tiw ein. »Können wir ihn als Täter ausschließen? Immerhin ist er nun Alleinerbe.«

»Ich denke schon«, erwiderte Cedar. »Er hat nicht nur die Arbeiter ins Haus geholt, sondern auch noch mich engagiert, um sicherzustellen, dass der verunglückte Arbeiter wirklich nur verunglückt ist. Das würde niemand machen, der zwei Menschen umgebracht und hier versteckt hat.«

»Gutes Argument«, lobte Manaro sie und sie fühlte, wie ihre Ohren wärmer wurden.

»Ich stimme dir übrigens zu«, sagte sie rasch, um ihre Verlegenheit zu überspielen, »Darius Marwood hat seine Frau vermutlich im Streit getötet und anschließend den Leichnam im Haus seines kranken

Vaters versteckt. Aber als sein Bruder nach dessen Tod darauf drängte, das Haus zu renovieren und zu verkaufen, musste er noch einmal herkommen, um die Leiche anderswo unterzubringen.«

»Vermutlich ist er in der Hektik durch das Geländer oben gebrochen, hat sich in den Seilen verfangen und selbst erhängt«, fügte Manaro hinzu.

»Das klingt nach einer sehr plausiblen Erklärung«, setzte Tiw hinzu. »Ich sagte doch, es gibt keine Geister. Die Geräusche kamen von unserem Schaukler hier, dem Wind im Schacht und den Fledermäusen in den Wänden …« Er hielt inne, runzelte die Stirn und bückte sich, um etwas vom Boden aufzuheben, das wie ein Buch aussah.

»Was hast du gefunden?«, wollte Cedar wissen.

Der Wissenschaftler trat an Manaro und sie heran. »Ein altes, in Leder gebundenes Notizbuch …« Er schlug es auf und blätterte in den vollgeschriebenen Seiten herum.

Fast gleichzeitig gaben sie alle drei angewiderte Geräusche von sich, denn es befanden sich auch ein paar Zeichnungen auf den Seiten. Zeichnungen von Mordfantasien und Leichenschändung.

»Steht vorn ein Name drin?«, fragte Cedar mit ihrer Fassung ringend.

»Ja. Brighton Marwood.«

»Der verrückte Herzog«, setzte Manaro hinzu. »Ist das da eine Namensliste?«

Tiw nickte, fuhr mit dem Finger über die Zeilen. »Ich wette, dass sich hier all die Leute wiederfinden, die zu seiner Zeit in Marwood House als vermisst gemeldet wurden.«

»Was macht das Buch hier unten?«

»Vermutlich hat Darius es gefunden und in der Tasche gehabt«, überlegte Cedar laut. »Es fiel bei seinem verhängnisvollen Sturz heraus. Die Frage ist, warum er es dabei hatte.«

»Warte …« Manaro nahm das Buch aus Tiws Fingern und blätterte nun selbst darin herum. »Du hast doch vermutet, dass Darius sich durch den geplanten Verkauf des Hauses gezwungen fühlte, die Leiche seiner Frau abzuholen und anderswo zu verstecken. Vielleicht war sie aber zuvor gar nicht hier unten, sondern in einem anderen Raum des Hauses untergebracht und er hat den Geheimgang und den Flaschenzug erst durch das Buch entdeckt.«

»Das würde bedeuten, dass er hier ein gutes Versteck vermutete und … oh!«

»Oh?«, hakte Tiw nach.

Cedar trat ein paar Schritte zurück, betrachtete den Boden vor sich nun deutlich genauer und wurde schließlich fündig. »Da!«, stieß sie aus, wies auf vier Linien am Boden, die sich zu einem Rechteck zusammenfügten. Eine Bodenklappe aus Metall, wie sie durch genaueres Hinsehen feststellte. Keiner ihrer Begleiter stellte mehr eine Frage. Stattdessen fegten sie Sand und Staub zur Seite und legten am Ende sogar ein im Metall versenktes Schloss frei.

Manaro stemmte die Hände in die Hüften und sah hinauf zu Darius, der in seinem tödlichen Netz aus Seilen sacht hin und her schaukelte. »Glaubt ihr, er hat den Schlüssel für die Klappe bei sich?«

»Die Frage ist doch viel eher: Wollen wir diese Tür wirklich öffnen?«, fügte Tiw hinzu. »Vielleicht wäre es besser, jetzt die Polizei einzuschalten.«

Manaro suchte Cedars Blick. »Dein Fall – deine Entscheidung.«

Für einen kurzen Moment wog sie ihre Optionen ab, doch am Ende kam für sie nur Eines in Frage. »Ich will die Ermittlungen richtig abschließen«, verkündete sie mit fester Stimme. »Und das heißt, dass ich Antworten auf *alle* meine Fragen brauche.«

Manaro nickte verständnisvoll, obwohl ihm anzumerken war, dass auch er nicht allzu erpicht darauf war, den Schrecken unter der Tür freizulegen. »Klettern wir rauf zu Darius oder holen wir ihn runter, falls er wirklich den Schlüssel hat?«, fragte er in die Runde.

»Keins von beidem«, gab Tiw zurück, stellte entschlossen seine Tasche auf den Boden und begann darin herumzuwühlen.

»Nehmen einen Erfinder mit und kommen nicht auf die Idee, seine Fertigkeiten einzusetzen«, murmelte er kopfschüttelnd, während er ein paar Ampullen mit verschiedenen Flüssigkeiten aus einem ledernen Etui herausholte. »Dabei ist das Knacken eines alten, rostigen Schlosses doch ein Klacks.«

Er kippte erst den Inhalt der einen und dann den der anderen in das Schloss. Ein Zischen und Blubbern war zu hören, Dampf stieg auf und ein ekelhafter chemischer Gestank breitete sich aus.

»Nicht anfassen!«, kommandierte Tiw, der bereits ein Brecheisen aus seiner Tasche gezaubert hatte und dieses nun in einer der Rillen ansetzte. Es knackte und im nächsten Moment hob sich die Falltür.

Cedars Atem stockte, als ihre Freunde diese mit einiger Mühe ganz aufklappten und ein muffiger Geruch in ihre Nase stieg. Mit klopfendem Herzen lehnte sie sich vor, leuchtete mit der Lampe in die Dunkelheit. Der Anblick, der sich ihr bot, war grauenvoll. Totenschädel und menschliche Gebeine füllten den ganzen, höchstens sechs Quadratmeter großen Raum fast vollständig aus. Das war kein gewöhnlicher Stauraum eines Kellers, sondern eine Grabkammer.

»Also sind die Gerüchte wahr gewesen«, merkte Manaro an. »Brighton Marwood war in der Tat ein geisteskranker Massenmörder, der nie seine gerechte Strafe erhalten hat.«

»Und Darius Marwood dachte sich, er tut es seinem mörderischen Verwandten gleich, tötet seine Ehefrau, bevor sie ihn verlassen kann, und versteckt die Leiche im Familienanwesen«, ergänzte Cedar. »Nur hat das Schicksal ihm ein Schnippchen geschlagen und am Ende doch für seine Tat bezahlen lassen.«

»Nicht nur das«, fügte Manaro hinzu. »Die schlimmen Morde von damals kommen endlich ans Licht und die Toten können ihren Frieden finden.«

»Ach komm schon, bist du echt der Meinung, dass Geister hier in irgendeiner Weise ihre Finger im Spiel hatten, Naro?« Tiw musterte seinen Freund kritisch. »Wir wissen doch jetzt, woher die ganzen

Geräusche kamen und wie all diese Menschen zu Tode kamen, einschließlich des Arbeiters.«

Manaro hob die Schultern. »Wer weiß. Es ist doch seltsam, dass so viele ›Unglücke‹ auf einmal geschahen, findet ihr nicht? So als wollte irgendeine höhere Macht, dass diese Morde endlich aufgeklärt werden.«

Cedar konnte nichts anderes tun, als zu nicken. Seltsam war die ganze Sache schon, aber manchmal war es eben so. Manchmal blieben die Dinge mysteriös und man konnte nichts anderes tun, als sie hinzunehmen.

»Dann glaubt ruhig daran«, gestand Tiw ihnen mit einem Abwinken zu. »Ich vertraue weiterhin auf meine Wissenschaft und meinen Instinkt. Letzterer sagt mir, dass es nun an der Zeit ist, die Bühne zu verlassen und Platz für die Polizei zu machen. Heißt: Ich werde jetzt vorsichtig die Treppe erklimmen und nicht nur diese Katakombe, sondern auch dieses vermaledeite Haus schleunigst verlassen. Und danach will ich einen heißen Tee und ein leckeres Essen – wo, ist mir egal. Ihr habt beide ganz nette Bleiben.«

Mit diesen Worten schulterte er sich seine Tasche und setzte seine Ankündigung in die Tat um. Cedar und Manaro sahen sich kurz an und folgten ihm dann. »Der erste Fall, den wir an einem einzigen Tag gelöst haben«, sagte sie zu ihrem Freund auf dem Weg nach oben. »Wir können stolz auf uns sein.«

»Ja, das können wir«, stimmte er ihr lächelnd zu. »Die Frage ist nur, ob Lord Marwood das genauso sieht. Es wäre durchaus möglich, dass er … etwas verärgert ist und wir vielleicht auch nicht den Lohn erhalten, den du mit ihm ausgemacht hast.«

»Wieso? Das Geisterproblem ist doch gelöst«, erwiderte sie ein wenig trotzig, obwohl sie genau wusste, dass er durchaus recht haben konnte.

»Das schon, aber der gute Mann hat jetzt zwei neue Probleme«, gab ihr Freund breit grinsend zurück. »Der Ruf seiner Familie ist zerstört und Marwood House wird er niemals verkaufen können.«

»Ja, unschön für ihn«, stimmte Cedar ihm ebenfalls grinsend zu. »Aber nicht für mich. Denn die aufgeweckte, fleißige Bürokraft war so klug, den größten Teil des Lohns schon im Voraus einzustreichen. Frauen sollte man niemals unterschätzen.«

»Nein, das sollte man wirklich nicht«, stimmte Manaro ihr zu und ergriff sanft ihre Hand. »Nur damit ich oben im engen Gang nicht in Panik gerate«, erklärte er.

»Natürlich«, gab sie schmunzelnd zurück und gemeinsam setzten sie den Weg nach oben fort, ohne sich von dem Luftzug irritieren zu lassen, der den Hauch eines Dankes an ihre Ohren heranzutragen schien.

Asana des Todes

Marie Bastide

So ein schöner Tag. Die Straße windet sich hügelauf, hügelab zwischen Tannenwäldern, ein riesiges Winterheer in grünen Mänteln mit weißen Säumen und Kappen. Auf beiden Seiten türmen sich hellbraune Schneewände, aus denen die Katzenaugen der Leitpfosten müde hervorblinzeln. Über den Wipfeln ein Blau, das vom Sommer erzählt.

Esther fährt langsam, nicht nur, weil sie als Städterin keine Erfahrung mit Landstraßen hat, sondern auch, weil sie durchaus die Ästhetik des Augenblicks zu würdigen weiß. Und vielleicht auch, um sich Zeit zu lassen mit der Ankunft an diesem Ort, den sie freiwillig nie besuchen würde, und der jetzt den Wendepunkt ihrer Karriere als Redakteurin markiert. Bergauf wie die Straße – oder steil bergab in die Freistellung.

»Esther,« hat ihr Chef am Mittwoch gesagt und ihr dabei eine schwere Hand auf die Schulter gelegt: »Du und ich, wir wissen beide, dass du in letzter Zeit nicht in Hochform gewesen bist. Deine Artikel waren zum Gähnen. Kein Biss, kein Pfiff. Mädel, das war doch mal anders!«

Worauf Esther hätte sagen können, dass man aus einem Drittliga-Fußballturnier keinen WM-Krimi herauskitzeln kann und aus einer Kaninchenzüchter-Jahresversammlung kein Catwalk-Drama. Sie hätte sagen können, dass man ihr nur noch die langweiligen Themen überlässt, in der Redaktionskonferenz. Dass sie müde ist. Verbittert und eifersüchtig auf die Yuppies und Hipsters, die die langhaarigen, Kette rauchenden Kollegen abgelöst haben. Aber es stimmt ja: Mit knapp über vierzig ist sie ein Dinosaurier unter aalglatten Schwänen,

Wortspielbruch inbegriffen. Also hat sie statt einer Antwort nur vor sich hingeschaut.

Und als der Chef ihr dann einen Hochglanzprospekt hingehalten und gesagt hat: »Schau mal, ich mag dich, Esther. Ich geb dir noch mal ne Chance. Fahr da hin, schau dir das an. Heute hat die Yogamatte für viele die Kirchenbank ersetzt. Also finde was Spannendes und schreib einen packenden Bericht über dieses neue Yogazentrum mitten im Bayerischen Wald. Ich hab den Artikel am Montagmorgen auf dem Tisch. Ok?«, da hat Esther nach dem Faltblatt gegriffen und leise geantwortet: »Danke, Fritz.«

Jetzt fährt sie schon eine halbe Ewigkeit durch Wälder, vorbei an vereinzelten Weilern, liegengebliebene Brocken einer weitergewanderten Zivilisation. Dann endlich ein Hinweisschild, neonbeleuchtet. *Hatha Yoga Zentrum. Ashram Retreat.*

Nach zwei Kilometern durch einen düsteren Hänsel-und-Gretel-Wald plötzlich ein glänzendes Eisentor in einer hohen, weiß getünchten Mauer.

Was aussieht wie ein Hochsicherheitstrakt ist der Eingang zum Yoga Zentrum, ihrem Ziel für drei Tage.

An einer Säule vor dem Tor wird ihr Gesicht gescannt, dann öffnen sich die beiden Eisenflügel und schließen sich lautlos, nachdem Esther durchgefahren ist. ›Hotel California‹ fällt ihr dazu ein, und sie fängt leise an zu summen.

An der Rezeption wird sie freundlich begrüßt und vom Pressereferenten auf ihr Zimmer – oder in ihre Zelle? – geführt. Spartanischer Luxus. Bett, Kissen, Decke, Nasszelle mit Ayurveda-Seifen. Fön und Saunatücher.

»Mach es dir erstmal gemütlich. Wir sehen uns beim Abendessen.«

Das ist dann ganz passabel. Nur, dass Esther statt Wein die Wahl zwischen zwei Kräutertee-Varianten hat. Gesüßt oder ungesüßt. Als sie mit der Zigarette in der Hand auf die Terrasse will, erklärt ihr eine Mitarbeiterin (die gleiche, die ihr auf ihr freundliches Grüß Gott geantwortet hat: »Ja, wenn ich ihn sehe«), Rauchen bringe schlechtes Karma und sei hier nicht erwünscht.

Der Höhepunkt des Abends ist das gemeinsame *Chanten* im zentralen Versammlungsraum. Dabei werden unterschiedliche Gottheiten mit Ghee übergossen, während alle, im Schneider-, ach nein, im Lotussitz auf Kissen am Boden hockend, monotone Gesänge intonieren, deren Worte, wie bei einem riesigen Karaoke, auf eine Leinwand projiziert werden. Mantras, hat ihr der Pressereferent erklärt.

»Himmel, was soll ich denn hier schreiben?«, denkt Esther verzweifelt. Und fängt an, die Umsitzenden zu betrachten. Links neben ihr ein Mann um die fünfzig, schlank, früher mal sportlich, jetzt mit einem Wulst über dem Gürtel seiner Designerjeans. Bürohengst in gehobener Stellung und Midlife Crisis, analysiert Esthers geübter Blick. Auf ihrer rechten Seite ein Pärchen Mitte zwanzig. Beide cool und auf Understatement gebürstet. Sowas wäre noch vor zehn Jahren in ein Survivalcamp gegangen. Aber gut, was ist dieses Ashram schon anderes? Schräg vor ihr sitzt eine blonde Frau, deren Silhouette Esther bekannt vorkommt, ohne dass sie sagen könnte, warum. Es muss die Ausstrahlung sein, die sogar nach hinten wirkt. »Jetzt fange ich auch schon an zu spinnen.« Esther lacht in sich hinein, wirft noch einen Blick auf die Leinwand. Om Namah Shivaya. Angeblich eines der bekanntesten Mantras, sagt ihr Handy. Das darf sie eigentlich gar nicht dabeihaben, und das Pärchen neben ihr schaut sie vorwurfsvoll an. Kaum ein paar Stunden da, und schon hat sie gegen alle Spielregeln verstoßen. So wird das nichts mit dem Sensationsbericht.

Egal. Sie steht auf, klettert über den Mann mit Bauch und schiebt sich an der Wand entlang Richtung Ausgang. Viele Köpfe drehen sich nicht nach ihr um. Die meisten sind völlig in einer Welt versunken, von deren Existenz Esther weder etwas ahnt noch etwas wissen will. Spiritualität war ihr schon immer ein Gräuel. Kurz vor der Tür spürt sie einen bohrenden Blick im Rücken. Die blonde Unbekannte schaut ihr direkt in die Augen. Und diesen Blick hätte Esther überall erkannt. Auch in einem vollen, nach ranzigem Fett, Schweiß und Räucherstäbchen stinkenden Ashramsaal. Irmgard.

Ausgerechnet Irmgard, die ebenso geniale wie faule Kommilitonin damals auf der Journalistenschule. Esther zittert, während sie bei offenem Fenster ihre Zigarette qualmt, um den Rauchmelder nicht zu irritieren. Es ist bitterkalt im Bayerischen Wald. Und so still, hier sagen sich nicht mal Fuchs und Hase gute Nacht. Geschweige denn Eulen. Nur ein Käuzchen heult einsam über den mondschattigen Fluren, sein Ruf schwingt sich hinauf in einen Himmel, der von so vielen Sternen übersät ist, dass die Luft zu funkeln scheint. »Oh nein«, denkt Esther, »demnächst schreibe ich Schnulzen statt investigativer Reportagen. Vielleicht hat Fritz recht, und ich bin wirklich am Ende.«

Hinter ihr beginnt der Rauchmelder zu fiepen. Sie wirft die Zigarette aus dem Fenster, hüllt sich in Schal, Daunenjacke und Decke und fällt schnell in einen unruhigen Schlaf.

Es ist noch stockdunkel, als ein Mantra durch die Lautsprecher in den Fluren tönt und die Bewohner zur ersten Yoga Stunde ruft. Ohne Kaffee! Esther nimmt alles nur durch einen Schleier wahr. Den kalten Raum, den Buddha mit den Räucherstäbchen, die roten, grünen, pinken Matten, und darauf pinke, grüne, rote Gestalten, um Frische bemüht, aber nur langsam und ächzend in Bewegung kommend. Man hat sie der Gruppe der Ü50 zugeordnet, bemerkt Esther lakonisch. Wohl wegen des Rauchens. Aber als sie versucht, sich durch den Sonnengruß zu räkeln, von Tadasana, der Bergpose, über Kobra und Hund und wieder zur Ausgangspose, ist sie froh, nicht mit den beiden Coolen von gestern Abend zusammen zu sein. Das wäre zu peinlich geworden.

Bis zum Frühstück vergehen noch zwei Stunden in meditativer Stille – regelmäßig unterbrochen von Esthers grummelndem Magen. Und auch da wieder nur Tee! Sie mustert mit unverhohlener Neugier die anderen Gäste. Es sind rund dreißig. Alle gut gekleidet, wohlgenährt und offenbar auch gut betucht. So ein Retreat Wochenende kostet leicht ein paar Tausend Euro – und das ohne die Massagen und Einzelstunden, die quasi ein Muss sind.

»Wenn ich bei einer Einzelstunde Mäuschen sein könnte, zwischen einer knackigen Novizin und einem nicht ganz ehrwürdig ergrauten Yogi – dann hätte ich wenigstens was für die Klatschspalte.« Aber Esther fürchtet, dass sowas hier nicht passiert. Dafür sind die Yogis und Yoginis alle zu bieder. Geradezu spießig, auf ihre spirituelle Art.

Esther steht auf und macht eine Erkundungstour auf dem weitläufigen Gelände. Große, helle Räume mit hohen Fenstern, Matten, Altären. Und alles riecht nach Räucherstäbchen.

Durch einen nicht ganz zugezogenen Vorhang kann sie unbeobachtet einer Einzelstunde zuschauen. Was sie sieht, ist Yoga in höchster Vollendung. Zumindest beinahe. Mit Unterstützung des Yogi versucht eine blonde Frau sich an den schwierigsten Asanas der Welt. Das weiß Esther nicht, aber ihr ungeübtes Auge erkennt sofort, dass das an Akrobatik grenzt. Kurbasana, Shalabhasana, Padmasana Mayurasana und Vrichikasana. Dabei gelingt es ihr nur mithilfe des Yogi, die Fußspitzen auf den Hinterkopf zu legen, jedoch nur kurz. Dann fällt sie unsanft zur Seite, das Kinn knallt hart auf den Boden.

»Aua«, denkt Esther. »Yoga kann ja richtig gefährlich werden.« Allerdings ist der Frau nichts weiter passiert, und der Yogi führt sie, einen Arm fürsorglich um ihre Schulter gelegt, aus dem Raum.

Schade. Das wäre doch eine Schlagzeile gewesen.

Nach dem Mittagessen schwänzt Esther die Yogastunde, aus Recherchegründen, wie sie dem Pressereferenten erklärt. Sie will mit ein paar Gästen über ihre Erfahrungen auf dem spirituellen Weg sprechen.

»Dann musst du unbedingt mit Prana reden. Sie kommt schon seit Jahren hierher.«

»Prana?«

»Ich bring dich zu ihr. Sie hatte heute Morgen eine anstrengende Stunde und ruht sich gerade aus. Aber für dich hat sie bestimmt Zeit.«

Prana liegt auf einer weichen Bank in einem sonnendurchfluteten Raum, umhüllt von sanfter Handpan Musik.

Prana öffnet langsam die Augen und dreht sich zu Esther um. Es ist Irmgard. »Esther. Nach so vielen Jahren. Ausgerechnet hier. Was für eine Überraschung.« Leise, im Singsang-Einklang mit der Musik. »Ich freue mich, dich zu sehen. Erinnerst du dich noch an mich? Aber natürlich! Wie kannst du dein schlechtes Gewissen vergessen? Die einzige Zeugin deines kleinen Betrugs, auf dem du aber offenbar dein Berufsleben ganz gut aufgebaut hast.«

Während Esther unbedingt einen guten Abschluss haben wollte, hatte sich Irmgard einen Spaß daraus gemacht, mühelos die besten Texte zu schreiben, die verrücktesten Stories zu finden und die Anderen, die Ernsthaften, in den Schatten zu stellen. Esther hatte ihr für ihre damaligen Verhältnisse ein Vermögen gezahlt, damit sie ihr die Examensarbeit schrieb.

»Und jetzt bringt Buddha dich zu mir. Was bezweckt er wohl damit? Ich weiß: Es geht mir momentan finanziell nicht sehr gut. Diese ganzen Retreats gehen ziemlich aufs Geld. Weißt du was, Esther? Hilf mir doch mit ein paar Zehntausend aus. Dann vergesse ich ganz schnell wieder, dass ich dir damals deine Arbeit geschrieben habe. Lass dir ruhig Zeit. Wir sprechen heute Abend. Jetzt muss ich meine Asanas üben. Das sind die allerschwersten. Übrigens darfst du mich auch gerne in deinem netten Bericht über den Ashram erwähnen!«

Esther dreht sich wortlos um und geht aus dem Raum. So, das war's. Kein Artikel, und jetzt auch noch eine Erpressung. Der sie nichts entgegensetzen kann. Für die sie keinen Cent übrig hat. Das Ende ihrer Karriere kommt plötzlich viel schneller auf sie zu als gedacht.

Oder?

Vom Mut der Verzweiflung getrieben, geht Esther zu dem Yogaraum, in dem Prana-Irmgard schon heute morgen ihre Asanas geübt hat. Das Fenster ist noch offen. Irmgard ist allein. Sie liegt bäuchlings am Boden, legt das Gewicht auf ihre angewinkelten

Unterarme und hebt die Beine im 90 Grad-Winkel nach hinten. Rollt den Oberkörper auf und nähert die gestreckten Fußspitzen ihrem Hinterkopf. Sie ist hochkonzentriert und bemerkt nicht, dass Esther hinter ihr steht und mit einem entschlossenen Griff Pranas Kopf fest nach hinten reißt. Es knackt leise. Dann sackt Irmgard leblos in sich zusammen.

Esthers Exklusivstory mit dem Titel »Tödliches Asana im Luxus Ashram« sprengt alle Verkaufsrekorde. Fritz ist begeistert, und plötzlich schauen die Yuppies und Hipster sie sogar mit einer Mischung aus Ehrfurcht und Bewunderung an.

»Vielleicht ist an dieser Sache mit der Spiritualität doch was dran?«, denkt Esther. »Oder warum ist mir Irmgard gerade dort über den Weg gelaufen?«

Haltet den Dieb!

Marie Bastide

Die Sonne geht hinter den Hügeln unter. Bruno hat jedes Zeitgefühl verloren, aber sein grummelnder Magen sagt ihm, dass er schon viele Stunden umherirren muss. Andererseits kann er sich gar nicht erinnern, wann er zum letzten Mal so richtig satt war. Sicher nicht, seitdem der Unbekannte ihn direkt vor der Haustür mitgenommen hat. Gegen seinen Willen. Aber der Mann war so viel stärker gewesen als Bruno. Er hat versucht, sich zu wehren, aber der Mann hat ihn einfach auf den Arm genommen und gezischt: »Still jetzt, oder ich muss dir wehtun.«

Da hat Bruno sich in das Unvermeidliche ergeben. Irgendwann hat der Mann ihn dann wieder auf den Boden gesetzt und ihn mit fester Hand hinter sich hergezogen. Sie sind lange gelaufen, bis in eine Gegend, in der Bruno noch nie vorher war. Endlich sind sie vor einem Wohnwagen stehen geblieben. »Rein mir dir«, hat der Mann gesagt. Drinnen roch es muffig und ranzig, eine unappetitliche Mischung aus Schweiß, schmutzigen Socken und altem Fett. Eklig. So roch es bei Bruno daheim nie!

Unsanft hat der Mann ihn in eine Ecke geworfen, ihm einen Kanten Brot und Wasser hingestellt und ist dann wieder gegangen, aber nicht, ohne die Tür zweimal abzusperren. Das hat Bruno genau gemerkt. Irgendwann ist er vor Erschöpfung eingeschlafen.

Am nächsten Morgen ist der Mann wiedergekommen. Es gab nochmal etwas Brot, diesmal in Wasser eingeweicht. Normalerweise würde Bruno sowas nicht anrühren. Aber der Hunger hat es runtergetrieben. »Warum bin ich hier? Wann kommen Eva und Tim und holen mich ab? Sie hätten mir doch sagen können, dass sie weggehen und ich woanders bleiben soll. Das haben sie bisher immer gemacht!«

Bruno war ratlos, er war einsam, und er fror. Keine Decke, kein Kissen. Nur der harte Boden. Vielleicht ist er entführt worden, und jetzt wartete der Mann auf das Lösegeld?

Als sich der Himmel verdunkelte und dicke Schneeflocken zu fallen begannen, sagte der Mann: »Los jetzt. Es ist soweit.« Er hievte sich einen großen Rucksack auf den Rücken, nahm Bruno wieder auf den Arm und trug ihn zu einem Auto. »Du machst keinen Mucks, sonst dreh ich dir den Hals um,« droht er, als Bruno leise zu wimmern begann. »Spar dir das Geheule für später.«

Bruno mochte sich nicht ausmalen, was der Mann damit meinte. Ihm war jämmerlich zumute. Fünf Jahre lang war er nur von Liebe umgeben gewesen, von zärtlicher Aufmerksamkeit. Aber obwohl er so klein war, war er gut erzogen. Also gehorchte er dem Mann. Sie fuhren eine ganze Strecke, und als sie schließlich ausstiegen, waren sie mitten im Großstadtgewühl. Überall eilende Menschen, ein ununterbrochener Strom von Autos, Bussen und Motorrädern, Hupen schrillten, Bremsen kreischten. Wütende Stimmen fluchten. Keiner nahm sich die Zeit, um den wunderschönen Baum zu bewundern, der mitten auf dem großen Platz stand, geschmückt mit Lichtern und Sternen. So einen Baum hatte Bruno schon gesehen. Jedes Jahr im Winter stand er auch ganz in der Nähe von seinem Zuhause. Wie gerne wäre Bruno stehengeblieben, um den Baum näher zu erkunden.

Aber der Mann zog ihn weiter. »Los, wir haben's eilig.« Dann holte er sein Handy aus der Tasche und flüsterte heiser und kaum hörbar: »Charly? Ich bin jetzt vor der Bank. Wie weit bist du? Du parkst um die Ecke, und in genau 5 Minuten fährst du direkt vor den Hintereingang. Olli hat ihn aufgelassen. Maske nicht vergessen, hörst du? Du könntest ja Corona haben, hehehe.«

Die hässliche Lache ließ Bruno die Haare zu Berge stehen.

»So, mein Kleiner. Showtime,« sagte er dann und riss Bruno unvermittelt hoch. Plötzlich hatte er ein Messer in der Hand und versetzte Bruno einen Schnitt ganz unten am Bein. Bruno schrie auf und fing an, fürchterlich zu jammern.

Der Mann zog sich eine schwarze Maske über, riss mit Bruno unterm Arm die Glastür zur Schalterhalle auf, stürmte in den Raum und rief: »Hilfe, er ist verletzt!«

Brunos Blut rieselte auf den Boden, er heulte, die wenigen Leute, die kurz vor Schluss noch in der kleinen Bankfiliale waren, schauten erst hin, dann schnell weg und verließen eilig das Gebäude, um bloß nicht helfen zu müssen. Eine junge Frau kam hinter einem Schalter hervor, einen Erste-Hilfe-Koffer in der Hand.

»Das ist ein Überfall,« zischte der Mann. »Tu, was ich sage, und es passiert nichts. Vergiss deinen Kollegen, der kommt nicht mehr. Wir gehen jetzt mit dem Hund nach hinten, und du gibst mir alles Geld, an das du schnell rankommst. Wenn du das nicht machst, ersteche ich erst den Hund und dann dich.«

Die Frau lief durch einen Gang in ein kleines Zimmer, der Mann mit dem blutenden Bruno hinterher. Dann setzte er ihn ab, öffnete den großen Rucksack und bedeutete der verängstigten Angestellten, das Geld aus dem Tresor hineinzupacken. Diese Gelegenheit nutzte Bruno, um wegzulaufen, so schnell seine drei unverletzten Beinchen ihn tragen konnten. Vom Ende des Ganges her spürte er einen Luftzug. Richtig, die Hintertür war offen. Nur einen kleinen Spalt, aber der war für den Zwergdackel groß genug. Hinter sich hörte Bruno einen scharfen Pfiff, aber er rannte weiter und kauerte sich atemlos unter einen Busch. Es war inzwischen schon so dunkel gewesen, dass sein schwarzes Fell nicht von den Blättern zu unterscheiden war.

Wie lange ist das her? Ist das wirklich erst heute passiert? Bruno kann nicht mehr. Sein Bein schmerzt, aber zum Glück blutet die Wunde nicht mehr. Durch wie viele Menschenbeine hat er sich hindurchgewunden? Er will nur noch schlafen. Schlafen und nicht mehr aufwachen.

Da vorne: ein großes Tor. Dahinter warmes Licht und leckere Düfte. Dort war er doch schon mal? Mit Eva und Tim? In einem anderen Leben ... Bruno schleppt sich durch den Eingang und steht auf einem mittelalterlichen Weihnachtsmarkt. An diesem Winterabend ist er gut besucht, und große und kleine Leute drängen sich an den Buden, suchen sich einen Christbaum aus, trinken Punsch und Glühwein und essen Waffeln und Striezel. Es riecht nach Zimt und Bratwurst. Bruno wird schlecht vor Hunger und Müdigkeit. Ein Mann mit einem großen Stock stolpert beinahe über ihn.

»Sch...köter!«, schimpft er und tritt mit seinem Stiefel nach Bruno. Der jault auf.

»Bruno, Bruno!« Evas Stimme überschlägt sich beinahe. »Lassen Sie sofort meinen Hund in Ruhe. Bruno, nicht weglaufen. Bruno, bleib!«

Aber Bruno denkt gar nicht daran, wegzulaufen. Er kauert sich auf den Boden und wartet, bis Eva bei ihm ist. Sie hebt ihn hoch.

»Meine Güte, du bist ja verletzt.«

»Nicht so schlimm«, denkt der Dackel und leckt seiner Besitzerin übers Gesicht. »Tim, Tim, ich habe Bruno gefunden.«

Da kommt Tim auch schon gelaufen. Er wirft den kandierten Apfel, den er in der Hand hält, zu Boden und nimmt seiner Mutter den zitternden Bruno ab. »Bruno«, flüstert er und vergräbt sein Gesicht im nassen Hundefell.

Nachspann:

»Servus, liebe Hörerinnen und Hörer. Heute habe ich hier auf Radio Menzing eine ganz besondere Vorweihnachtsstory für euch. Vor einer Woche wurde die Filiale der Stollbergbank in Neuhausen überfallen. Die Täter hatten offenbar einen Bankangestellten als Komplizen. Kurz vor Schalterschluss erbeuteten sie immerhin 200 Tausend Euro in kleinen Scheinen. Dabei griffen sie zu einem ganz besonderen und brutalen Trick. Sie hatten einen Dackel gestohlen, den sie absichtlich verletzten, um für Aufruhr zu sorgen.

Das Tier konnte während des Überfalls entkommen.

Die Täter allerdings auch.

Der Dackel wurde rein zufällig von seiner Besitzerin gefunden. Als diese ein paar Tage später mit ihm in der Stadt unterwegs war, fiel der Hund plötzlich ganz gegen seine Gewohnheit einen Mann an und biss ihn in die Wade. Der Mann konnte sich losreißen und weglaufen, aber die Besitzerin hatte geistesgegenwärtig ein Foto von ihm gemacht.

Der Mann konnte als einer der Bankräuber und Hundekidnapper überführt werden, dank der exzellenten Spürnase von Dackel Bruno. Dafür erhält er von der Stollbergbank eine Belohnung und einen Ehrenplatz in der Fotogalerie der Bankzentrale. Frohe Weihnachten allerseits.«

Die pure Lust

Marie Bastide

»Tschüss, Schatz. Ich bin spätestens um 19 Uhr wieder da«, flötet die Ehefrau.

»Was, 19 Uhr? Jetzt ist es gerade mal drei. Was hast du den ganzen Nachmittag über vor?«, fragt ihr Mann.

»Schatz«, leichte Ungeduld in ihrer Stimme, »ich bin bei Franck. Er ist nicht einfach ein Friseur, er ist ein Coiffeur, ein echter Haar-Künstler. Deshalb nimmt er sich für jede Kundin genau die Zeit, die er braucht, um ihre innere Schönheit nach außen leuchten zu lassen. So steht's auf seiner Webseite, und genau so ist das auch. Jetzt schau mich nicht so an, ich kannte Franck schon, da hatte ich keine Ahnung, dass es dich irgendwo gibt. Deine Eifersucht ist hier wirklich fehl am Platz. Weißt du was, ruf deinen Freund Harald an und triff dich mit ihm im Fitnessclub. Der ist praktisch bei Franck um die Ecke. Dann kannst du mich abholen und mit deiner schicken Frau ins Schumanns gehen, auf einen Cocktail, und dich in den neidischen Blicken der Leute baden.«

Bevor sie Tom kennengelernt hatte, hatte sie ihr Single-Dasein in vollen Zügen genossen und nichts anbrennen lassen, wie man so schön sagt. Und Franck war immer hautnah dabei gewesen. Die Schmetterlinge im Bauch, die heißen Tränen und die kalte Wut, - sie hatte alles mit ihm geteilt, ihm immer alles MITgeteilt. Sie waren weit mehr als Friseur, pardon Coiffeur und Kundin. Über die Jahre hatte sich zwischen Waschtisch, Trockenhaube und Scheren eine Art Freundschaft entwickelt. Aseptisch und asexuell, trotz der weit über tausend Berührungen. Sie genoss ihre Termine bei Franck, und egal, wie eifersüchtig Tom auch sein mochte, auf den Luxus, ihre Haare dem besten Friseur der Stadt anzuvertrauen, wollte und würde sie nicht verzichten.

Sie hatte sich der zugegeben einzigen Macke ihres ansonsten praktisch perfekten Ehemanns schon oft genug gefügt. Der wunderbare Putzmann war einer unzuverlässigen Haushaltshilfe mit Staubblindheit und der Vorliebe für die Hausbar ihrer Arbeitgeber gewichen. Wenn sie den Wagen zur Inspektion brachte, achtete sie darauf, zu dem einzigen mit einer Frau besetzen Schalter zu gehen. Das gleiche galt für die Supermarktkasse. Wobei der stets zart gebräunte, glutäugige Filialleiter nicht nur schöner, sondern auch schneller war als die weiblichen Angestellten.

Aber bei Franck war Schluss. Sollte Tom doch endlich lernen, mit seiner völlig unbegründeten Eifersucht umzugehen!

In Francks Salon war kurz vor Weihnachten ungewöhnlich viel Betrieb. Normalerweise organisierte er seine Termine mit geradezu pedantischer Präzision. Aber Franck war eitel. Zum Beispiel, wenn Frau von Bodmer ihm am Telefon entgegenflötete: »Ach bitte, Franck, Sie müssen einfach ein Minütchen für mich finden. Die Horner-Backridges kommen am ersten Feiertag. Wenn Sie meine Haare nicht stylen, verkrieche ich mich in der Besenkammer!« Also hatte er die von Bodmer noch reingezwängt, terminlich und räumlich, denn der Salon war mit nur drei Plätzen pures Understatement. Und dann schneite auch noch Susi Schwan von Sunny TV herein. Die vergaß nie, vor der Kamera zu erwähnen, dass »der liebe Franck« ihr wieder so eine tolle Frisur gezaubert hatte.

Kurz, um fünf saß sie immer noch in dem einzigen eleganten und dementsprechend unbequemen Besuchersessel. Um sechs endlich ging die Bodmer, unmittelbar gefolgt von einer glücklich glucksenden Susi.

»Uff! Sorry, Schätzchen, tut mir unendlich leid! Du weißt ja selbst, sowas ist mir bei dir noch nie passiert. Und auch bei keiner anderen. Aber jetzt habe ich nur noch Augen und Hände für dich. Komm, wir trinken erst mal ein Glas Champagner, zur Entspannung.«

Entspannung war genau das, was sie brauchte. Ihr Nacken fühlte sich an, als hätte ihn eine Horde Elefanten als Trampelpfad benutzt, Während sie sich mit dem kalt prickelnden Schampus zuprosteten, schaute sie auf die Uhr über der Tür und dachte flüchtig an Tom, der jetzt wahrscheinlich mit Harald beim Training war. Soll ich ihn anrufen und sagen, dass er mich nicht vor acht abzuholen braucht? Ach was, dann störe ich ihn nur beim Rudern oder was er sonst gerade macht. Wenn er da ist, ist er da. Muss er sich halt beim Warten langweilen. Dann sieht er wenigstens, dass seine Eifersucht total unbegründet ist.

Franck färbt ihr mit gekonnten Griffen die Haare. Nach einer dank der zweiten Flasche Champagner kurzweiligen Einwirkzeit geht's ans Auswaschen.

Mit geschlossenen Augen und zurückgelehntem Kopf lässt sie sich von Franck massieren. Schläfen, Nacken, die empfindlichen Stellen hinter den Ohren. »Ooohhhh ja, Franck, das tut so gut. Ooohhh jaaa. Bitte, mach weiter, bitte, ja, jaaaaaa«, stöhnt sie genussvoll mit vom Alkohol angerauter Stimme und einen Tick lauter als nötig.

Beide sind so in den Augenblick vertieft – sie in den entspannenden Genuss und der Coiffeur in seine Arbeit – dass sie das Klingeln der Salontür überhört haben müssen. Plötzlich steht Tom vor ihnen, Schweißperlen auf der hochroten Stirn. »Ich hab's ja gewusst«, schreit er. »Ich hab dich schon an der Tür stöhnen hören. Jetzt tut nicht so unschuldig. Ihr seid ja wie die Tiere. Treibt es auf dem Friseurstuhl.«

Und schon stürzt er, eine Schere in der Hand, auf Franck zu. Instinktiv hebt sie ihren Fuß, um Tom einen Tritt zwischen die Beine zu versetzen. Tom taumelt, rutscht auf dem nassen Boden aus – Franck hat vor Schreck die Brause über den Rand des Waschbeckens fallen lassen, und rund um den Stuhl hat sich eine Lache gebildet – und stürzt so ungeschickt, dass er sich die Schere in den Bauch rammt.

Nachdem der Krankenwagen mit Tom und Blaulicht in die nächste Klinik gefahren und die unter Schock stehende Kundin und der Coiffeur vom Notarzt mit einem Beruhigungsmittel versorgt worden waren, kehrte Ruhe ein, im Salon.

Eine zeitlose Weile saßen die beiden auf der Couch in Francks privatem Bereich und nippten an frischem, eisgekühltem Champagner. Die Luft war schwer von edlen Räucherkerzen, und der vergoldete Buddha auf der Marmorsäule senkte dezent den Blick, als die zwei ausgehungert und nach betäubender Nähe lechzend endlich übereinander herfielen, ganz so, als hätten sie sich bereits tausendmal berührt.

Wie viel ist das Leben wert?

Noah Fitz

Dicke Regentropfen fallen aufs Autodach. Die Windschutzscheibe ist längst von meinem warmen Atem beschlagen. Das stete Prasseln der Tropfen wirkt beruhigend auf meine anfangs aufgewühlte Stimmung. Mit beiden Händen klammere ich mich am Lenkrad fest, wie auf der Suche nach Halt. Die Finger verkrampfen sich, die Gelenke knacken wie trockene Zweige. Meine Augenlider werden mit jedem Atemzug schwerer.

Die Stille, die mich plötzlich umgibt: Sie ist erdrückend. Ich blinzle, als ich bemerke, dass der Regen plötzlich aufgehört hat, gegen das Blech zu trommeln. Mit der rechten Hand fahre ich mir über das Gesicht und die Augen. Meine Kehle ist trocken. Das Schlucken fällt mir schwer. Ein kurzer Blick auf die Mittelkonsole verrät mir, dass der Kaffeebecher leer ist.

Das Herz rast in meiner Brust, die Gedanken im Kopf. Alles fühlt sich falsch an.

Die Augen brennen.

Gedankenverloren fahre ich mir mit der Zungenspitze über die spröden Lippen und drehe den Kopf. Fast bereue ich es, mich bewegt zu haben, denn hinter meiner Stirn explodiert ein Feuerwerk aus Schmerzen, die nicht zu beschreiben sind.

Meine linke Hand tastet hilflos nach der Türklinke.

Ich muss hier raus und an die frische Luft.

Mein Atem geht schneller.

Ich habe wieder eine Panikattacke. Seit Wochen plagen mich diese unbeschreiblichen Angstzustände – vor allem im Schlaf. Schweißgebadet und völlig hilflos wache ich mitten in der Nacht auf. Allein. Im leeren Bett, denn meine Frau hat mich wegen eines anderen verlassen.

Was ist das Leben denn wert, wenn man allein ist?

Diese Frage habe ich mir in den letzten Tagen sehr oft gestellt und bisher keine Antwort darauf gefunden.

Endlich finden meine klammen Finger den Türgriff und ich ziehe daran.

Nach einem leisen Klacken und mit etwas Kraftaufwand öffnet sich die Wagentür einen Spalt weit. Sofort strömt frische Luft ins Wageninnere und streichelt mein Gesicht, das von feinen Schweißperlen benetzt ist. Wie gern würde ich jetzt eine Zigarette rauchen, doch ich habe auf Wunsch meiner Frau aufgehört. Auch Alkohol trinke ich nicht mehr. Nur wegen ihr habe ich mein Leben geändert, aber das ist alles nichts mehr wert.

Und was macht sie? Sie lässt mich allein, mit meinen Gedanken und meiner Krankheit.

Sie dachte, sie hätte einen Mann geheiratet, einen richtigen Kerl, keinen Waschlappen. Das waren ihre Worte, als ich ihr gestand, dass ich meinen Job verlieren könnte, weil ich nicht gut genug dafür sei. Mir gehen die Ideen für ein neues Buch aus. Sie meinte eiskalt, mein Burnout sei nur Einbildung und ich solle mich zusammenreißen. Dann knallte sie die Tür meines Arbeitszimmers zu und ließ mich mit meinen Sorgen allein.

Mein Schädel brummt. Mein Gehirn, betäubt von zu vielen Beruhigungstabletten, die ich heute geschluckt habe, fühlt sich an wie ein nutzloses Stück Fleisch, wie ein Fremdkörper.

Wie benebelt und mit weichen Knien steige ich aus dem Wagen, und meine Füße versinken in einer kalten Pfütze. Dreckiges Wasser dringt in meine Schuhe, doch das ist mir egal.

Ein trauriges Lächeln umspielt meine Lippen. Heute habe ich etwas geschrieben, doch es war kein neues Buch, nicht mal der Anfang davon, sondern ein Abschiedsbrief an meine Frau. Das, was ich vorhabe, wird ihr beweisen, dass ich ganz sicher kein Waschlappen bin. Feiglinge bringen sich nicht selber um. Doch ich werde mein Leben beenden, den Freitod wählen, dem argen Schnitter begegnen und selbst auf den Kahn springen, mit dem der Fährmann mich über den Jordan bringt. Und ich werde sie dafür verantwortlich machen.

O ja, sie wird sich noch wundern, wird es bereuen, so mit mir umgegangen zu sein!

Mein Abschiedsbrief landete nämlich nicht auf einem Zettel, der leicht vernichtet werden kann. Stattdessen habe ich ein Posting in einem sozialen Netzwerk gemacht und die Privatsphäre-Einstellungen deaktiviert, sodass alle Welt sehen kann, wer für meinen Niedergang verantwortlich ist. Sie wird ihres Lebens nicht mehr froh werden.

Ich muss mich mit beiden Händen an der Tür festhalten, denn der Boden unter meinen Füßen beginnt sich zu bewegen und die Welt um mich herum dreht sich.

Ein Gefühl von Übelkeit steigt mir in die Kehle. Angewidert schlucke ich den Brechreiz und die bittere Galle hinunter.

Langsam hole ich tief Luft durch die Nase und schließe für einen Moment die Lider, doch dann öffne ich sie schnell wieder, denn alles um mich herum dreht sich umso schneller. Als hätte ich eine ganze Flasche Whiskey geleert, taumle ich auf die Brücke zu.

Das Licht der Scheinwerfer erhellt mir den Weg.

Der dunkle Himmel ist heute Nacht ungewöhnlich klar. Wie mit Diamanten besetzt funkelt das Firmament und die dünne Sichel des Mondes scheint heute besonders hell.

Mit jedem Atemzug bessert sich mein desolater Zustand. Die frische, kühle Luft tut mir gut.

Fast bereue ich es, diese Entscheidung getroffen zu haben, aber diesmal ziehe ich es durch.

Jeder meiner Schritte verursacht ein feuchtes Knirschen, denn der Weg ist hier unbefestigt.

Der linke Schuh bleibt im Schlamm stecken und der Fuß rutscht heraus. Ich bücke mich, greife nach dem Schuh, versuche ihn aus dem Matsch zu ziehen, aber der Schlamm lässt ihn nicht los.

»Fuck you«, schimpfe ich, richte mich mit schmerzverzerrtem Gesicht wieder auf und laufe einfach weiter, eben nur noch mit einem Schuh.

Was solls! Der Wind frischt auf und bläst mir den Kopf frei, aber der Gedanke, heute mein Leben zu verlieren, kann mir nicht mehr genommen werden.

Endlich erreiche ich die schmale Brücke. Ein Warnschild weist die Fußgänger darauf hin, dass dieser Streckenabschnitt für Unbefugte gesperrt ist.

Mit einem müden Lächeln ignoriere ich die Warnung und schlüpfe unter der Schranke hindurch, die sogar mit einem Schloss versehen ist.

Hier ist der Boden fester. Feine Steinchen mit ihren scharfen Kanten bohren sich schmerzhaft in die Sohle meines nackten Fußes. Ich ignoriere den Schmerz und halte mich am rostigen Geländer fest. Leicht außer Atem werfe ich einen Blick nach unten.

Das blanke Metall der Schienen glänzt im Mondlicht. Zwei dünne parallele Linien verlieren sich in einem weiten Bogen irgendwo in der Dunkelheit.

Wie tief geht es hier eigentlich runter?, frage ich mich. *Reicht diese Höhe aus?*, drängt sich eine weitere Frage auf und nistet sich zusammen mit einem mulmigen Gefühl in meinem Kopf ein. *Und wenn ich mich verletze? Wie lange würde ich dann dort liegen, bis ein Zug kommt und die Sache beendet?* Bei all diesen Fragen wird es eng um meine Brust und meine Kehle schnürt sich zu.

Angespannt lausche ich in die Stille, doch das Blut in meinem Kopf rauscht wie ein tosender Wasserfall und …

Das Geländer vibriert leise und die Schienen scheinen zu summen. Dieses Geräusch erfüllt mich mit neuer Hoffnung, und dann sehe ich in der Ferne das helle Licht der Scheinwerfer auf mich zukommen.

Ich muss mich beeilen.

Meine Hände zittern und meine Beine knicken wieder ein, aber ich schaffe es tatsächlich, über das Geländer zu klettern. Nach kurzer Anstrengung stehe ich auf den Fersen am Rand der baufälligen Brücke und klammere mich mit beiden Händen am kalten Rohr fest.

In Gedanken zähle ich bis drei, dann erfasst mich das grelle weiße Licht und ich lasse los. Kopfüber stürze ich in die Tiefe.

Der Aufprall bleibt wider Erwarten aus.

Fühlt sich so der Tod an?

Ich spüre in mich hinein, aber da ist – nichts.

Ich spüre nichts!

Fast ein wenig enttäuscht versuche ich mich umzusehen.

Auf der Suche nach dem berüchtigten Tunnel, der von Menschen beschrieben wird, die eine Nahtoderfahrung hatten und dem Tod nur knapp entgangen sind. Die Dunkelheit verschluckte mich und alle Geräusche um mich herum.

Nach einer gefühlten Ewigkeit merke ich, dass ich noch lebe.

Ernüchtert raffe ich mich auf, stelle fest, dass ich mich bei dem Sturz nicht einmal verletzt habe und krabble auf allen vieren die Böschung hinauf zur Brücke. Der Aufstieg ist kein Problem. Nur leicht aus der Puste stehe ich wieder auf der Brücke, schaue nach unten zu dem Gleis und traue meinen Augen nicht.

Der Anblick des leblosen Körpers raubt mir den Atem und fast den Verstand. Mein Herz setzt für einen Moment aus. Der starre Blick der toten Augen, der leicht geöffnete Mund und die verrenkten Gliedmaßen jagen mir eine eisige Gänsehaut über den Rücken.

Aber wie ist das möglich?

Bin ich tot oder nicht?

Schnell taste ich mich mit beiden Händen ab und horche nach meinem Herzschlag. Das ständige Pochen ist immer noch da.

Nein, ich kann nicht tot sein. Aber wer liegt dann da unten auf den Gleisen?

Mit einem unterdrückten Schrei wache ich auf und finde mich hinter dem Steuer meines Autos wieder.

Heftig blinzelnd halte ich die Hand schützend vor die Augen. Das gleißende Sonnenlicht brennt schmerzhaft auf meiner Netzhaut.

Am ganzen Körper zitternd, wage ich einen zaghaften Blick in den Rückspiegel. Das Spiegelbild meines müden Gesichts mit den von dicken Tränensäcken umgebenen Augen starrt mich an. Das einst dunkle Haar ist an den Schläfen grau geworden. Die Stirn von tiefen Falten durchzogen. Ich bin müde und erschöpft. Alles fühlt sich noch falsch an. Und doch will ich nicht mehr sterben.

Ich will leben! Zum ersten Mal seit langer Zeit habe ich das Bedürfnis zu erfahren, wie es ist, wirklich alt zu werden. Das Leben ist zu kostbar, um es einfach wegzuwerfen.

»Nicht heute«, flüstere ich meinem Spiegelbild zu und lehne mich mit einem zufriedenen Seufzer zurück.

Heute nicht, wiederhole ich in Gedanken. Ich werde diese Nacht und diesen Albtraum nutzen, um ein neues Buch zu schreiben.

Gerade will ich den Motor starten und nach Hause fahren, als mir siedend heiß einfällt, dass ich mein Posting so schnell wie möglich löschen muss. Der Verzweiflung nahe, greife ich nach dem Handy in der Halterung, wische über das Display und wähle mich ein.

Zu spät … Mehr als hundert Aufrufe und dreißig Kommentare.

Mit pochenden Schläfen und brummendem Schädel schreibe ich einen weiteren Text. »*Wie viel ist das Leben wert?*«, lautet die Überschrift. Darunter gebe ich meinen Lesern die Antwort: *»Eine Menge, das sage ich euch! Und ich habe eine Idee für ein neues Buch!«*

Schnell poste ich diesen Beitrag.

Noch nie habe ich in so kurzer Zeit so viel Aufmerksamkeit bekommen wie nach meinem scheinbar gefakten Abschiedsbrief. Die Menschen lieben es, anderen beim Sterben zuzusehen, stelle ich fest, starte den Motor und fahre los.

Ich werde noch heute anfangen, ein neues Buch zu schreiben …

Auf der Flucht

Patrick Woywod

Sie waren da. Laute Schläge hämmerten gegen die Tür. Von draußen drangen Stimmen zu ihm durch. Ittus vernahm Rufe wie »Da drinnen ist er!«, »Er hat die Tür verschlossen!« und »Tötet ihn!«.

Entsetzt richtete er sich auf. Schnell ergriff er seine Tasche und hängte sie sich um. Gleichzeitig erhob er sich hastig vom Bett. Sein Herz raste vor Angst. Kaum war er fähig, einen klaren Gedanken zu fassen. Übereilt stieß er das billige Bett um und schob es vor die Tür. Ansonsten gab es in dieser kleinen Absteige keine weiteren Möbel und Waffen hatte er nicht. Nicht hier, jedenfalls.

Auf der anderen Seite der Zimmertür sah dies anders aus: Eine erste Axt krachte gegen die Tür.

Ittus hatte keine andere Wahl. Die einzige Fluchtmöglichkeit stellte das Fenster dar. Die Angst drohte ihn zu lähmen. Seine Sicht verschwamm, seine Hände zitterten, sein Körper stand kurz vor der Ohnmacht. Er versuchte, sich zusammenzureißen. Nur halb bewusst griff er sich den dreibeinigen Schemel neben dem Fenster, stieß dabei die Waschschüssel herab und warf ihn durch die Scheibe. Glas klirrte. Zu spät fiel seinem nun fast tierischen Verstand ein, dass er das Fenster auch hätte öffnen können. Damit hielt er sich nun aber auch nicht mehr auf.

Ein Blick durch die Öffnung offenbarte ihm, dass er sich noch immer im zweiten Stockwerk befand. Gegenüber ragte die Abfallrampe einer Metzgerei aus der Wand des Nachbarhauses. Sein Glück sollte es sein, in diesem Moment nicht mehr überlegen zu können. Denn gerade als er durch die Fensteröffnung kroch, krachte es mehrmals laut hinter ihm. Während Ittus hinüber zur Rampe sprang und schmerzhaft aufkam, wurden die Eindringlinge in seinem Zimmer von den Trümmern der Tür und dem Bett aufgehalten. Als der Rutsch die Rampe herab endlich von Abfällen gebremst und aufgefangen wurde, strömten sie oben in das Zimmer.

Ächzend sich richtete Ittus auf. Arme und Beine schmerzten nun fürchterlich, zerschnitten von Scherben, geprellt von der Landung, abgeschürft von dem Rutsch. Doch dafür blieb keine Zeit, humpelnd machte er sich von dannen. Zum Glück kannte er sich auch bei Nacht gut aus in der Stadt. Schließlich war er oft genug im Dunkeln unterwegs gewesen.

Er stolperte die Gasse entlang, über einen Hinterhof, eine weitere Gasse hindurch und immer so fort, bis ihn seine Füße nicht mehr weiter trugen und er meinte, endlich weit genug entfernt zu sein.

Erst dann ließ er sich versteckt zwischen Kisten hinter einem Lagerhaus nieder. Mittlerweile war die Angst abgeklungen, sein Blut raste nicht mehr. Vielmehr verlangte sein ganzer Körper nur noch nach Ruhe. Doch diese konnte er sich vorerst nicht gönnen. Während er sich die Schnitte und Abschürfungen besah, verscheuchte er eine Ratte, die im Schatten herumschnüfelte, und dachte nach. Bald schon kam er zu dem Schluss, dass nur Munish ihm noch helfen könne.

Es machte keinen Sinn, weiter hier zu warten. Jede verstrichene Stunde ließ den Morgen näherkommen. Nun, in der Nacht wäre es einfacher für ihn. Vorsichtig richtete er sich wieder auf und stützte sich an der Wand ab, als ihm plötzlich schwindlig wurde. Nachdem dies nachgelassen hatte, stolperte er bis zu dem Durchgang zu seinem Versteck, den einige Kisten formten. Vorsichtig sah er um die Ecke herum auf den weiten Hof hinter dem Lagerhaus, auf welchem Kistenstapel einen Irrgarten formten. Immer noch war hier niemand zu sehen. Hoffentlich hatten sie seine Spur verloren. Doch erhellte auch kein Licht den Platz, schien kein Mond am Himmel. Und langsam kroch Nebel durch die Gassen der Stadt. Er musste sich hier irgendwo im Hafen befinden. Das gab ihm zumindest einen Anhaltspunkt, wo er nun hingehen musste.

So gut es mit den Schmerzen ging, schlich Ittus zum Ausgang dieses Lagerplatzes, der nun düster und nebelverhangen wie ein Totenreich dalag. Eine morsche alte Tür in einem losen Bretterzaun war das Tor aus diesem Reich seiner kurzweiligen Sicherheit hinaus in den Hafen. Doch schon richteten sich ihm Unheil verheißend die Nackenhaare auf. Hastig blickte er sich um, doch war nichts zu sehen. Er rüttelte an der Tür, wollte diesen Platz so schnell wie nur möglich verlassen. Hinter sich hörte er etwas krachen und verfiel in Panik. Ruckhaft öffnete sich ihm schließlich die Tür. Schnell eilte er hindurch, ohne Vorsicht schloss er sie hinter sich. Die Schmerzen für einen Moment vergessend, floh er in die Nacht. In seinem Rücken vermeinte er noch kurz Kinderlachen zu hören.

Wie er solche Blagen hasste. Die sollte man alle mit einem Stein um den Hals in den nächsten Fluss werfen.

Dann war er in einem anderen Teil des Hafenviertels. Hier und da erleuchtete eine Laterne die breiteren Wege, doch er blieb in der Dunkelheit. Einsame Wanderer sah er auf der Hauptstraße, viele das Vergnügen suchend. Der Sinn für Freude, für die Fleischeslust, selbst für Gesellschaft war Ittus nun aber vergangen. Einmal vermeinte er eine Gruppe Gestalten mit Äxten und Fackeln zu sehen, die die Straße entlang polterten und Spaziergänger nach ihm ausfragten. Der Nebel spielte ihm hier jedoch einen Streich; es war nur eine Bande Trinker.

Ittus ging weiter und endlich kam er an das gesuchte Haus. Von hinten, aus dem Hof heraus näherte er sich ihm. Nicht eines der Fenster dort droben fand er erleuchtet. Umso besser für ihn. Das Fenster von Munishs Laden ging in diesen Hinterhof. Es war unverschlossen. Behutsam schob Ittus es auf und quälte sich trotz der Schmerzen kriechend wie ein Wurm hinein. Drinnen verblieb er eine Weile keuchend am Boden. Ob er dies alles überhaupt überstehen würde?

oOo

»Munish – Munish! Wach auf! Jetzt wach auf!«, sprach Ittus immer wieder, immer drängender und rüttelte dabei am Bett des Gesuchten.

»Was? - Wer?«, kam es von diesem, bevor sich sein Geist aus dem Traumreich löste, ab da aber war er schnell wach und griff nach dem Dolch an seinem Bette.

»Munish! Ich bin es! Ittus! Du musst mir helfen!«, drängte jener weiter.

Nur langsam erkannte Munish so recht, wer da eigentlich vor ihm stand. Und trotz der seltsamen Umstände, trotz der plötzlichen Störung war er schon einiges von Ittus gewöhnt. Nach einer Weile fand er sich selber wieder, wie er aufstand und, weiterhin nur mit einem Nachthemd bekleidet, mit Ittus hinunter in den Laden ging. Im Geschäftsraum entzündeten sie nur eine Kerze, nach Ittus' Bitte, nicht zu sehr aufzufallen, und setzten sich an den Tisch.

»Ittus, was willst du eigentlich hier?«, fragte Munish argwöhnisch und immer noch verschlafen.

»Du musst mir helfen! Du musst mich retten! Sie sind hinter mir her!«, entfuhr es Ittus, der sich in den Tisch verkrallt hatte und immer wieder zum Straßenfenster sah, ob nicht jemand käme.

»Langsam – du brichst hier einfach mitten in der Nacht ein und verlangst irgendwelche Sachen von mir. Ich muss gar nichts. Jetzt sag mir erstmal, worum es geht. Ich hatte mich so über Schlaf gefreut. Der Tag war so anstrengend gewesen. Also, wer sind sie? Und warum retten?«, sprach Munish, zwischendurch immer wieder gähnend.

»Ich weiß nicht wer sie sind. Vielleicht geprellte Kundschaft. Oder die, denen ich meine Besuche abstattete. Du weißt schon. Ist doch egal. Was tut das zur Sache? Ich war draußen im Gasthaus, wo ich mich morgen mit einem Kunden treffen wollte, hatte mir ein Zimmer gemietet, war schon fast eingeschlafen, da hörte ich sie. Sie berieten sich. Sie wollten mich töten. Doch ich war schneller! Ich konnte entkommen! Nun bin ich hier – du musst mich verstecken!«, erzählte Ittus, mal drängend, mal flehend, doch stets mit Angst.

»Weißt du … ich habe gehört, was du dir diesmal geleistet hast. Ich weiß, warum du dich an niemanden sonst wenden kannst. Diesmal bist du etwas zu weit gegangen. Doch ich werde dir helfen. Unserer – Freundschaft – wegen. Aber das wird teuer für dich«, sprach Munish, der wusste, dass Ittus keine andere Wahl hatte.

Ittus dachte kaum darüber nach. Er besaß nicht viel. Doch das Wenige von Wert musste reichen, um ihn zu retten. So verriet er Munish das Versteck und sie wurden sich einig. Anschließend überzeugte Munish den verängstigten Ittus, der nun jedem Retter vertraut hätte, dass eine sofortige Flucht nicht möglich war. Doch gäbe es jemanden, der Ittus unerkannt aus der Stadt bringen könnte. Nun sollte er sich erst einmal erholen. Bis zur nächsten Nacht müssten sie noch warten.

Hierauf entbrannte dann doch noch ein erneutes Gespräch, denn Ittus wollte so schnell wie möglich die Stadt verlassen. Schon glaubte er, Schläge an der Haustür zu hören, doch Munish beruhigte ihn: Er würde ihn im Keller verstecken, wo keiner ihn finden könnte und früher wäre eine Abreise wirklich nicht möglich. Zögernd willigte Ittus ein, vertraute er doch auf Munish.

Und dieser tat wie geheißen. Ittus hörte noch, wie sich die Falltür zum Keller über ihm schloss und das Kratzen und Schleifen von etwas Schwerem, das Munish darauf schob um den Eingang zu blockieren und zu verstecken. Dann war er in völliger Finsternis allein. Nicht einmal ein Licht hatte Munish ihm mitgegeben.

Es dauerte eine Weile, bis Ittus sich dort zurechtfand. Der Boden war bloßer Lehm. Wasser tropfte von der Decke und verwandelte die oberste Schicht in eine glitschige Masse. Ittus musste sich sehr vorsichtig bewegen, um nicht auszurutschen. Einmal hörte Ittus eine Ratte quietschen. Kein Fenster bot Licht, doch er ertastete etwas, das sich wie ein Stoffhaufen anfühlte; Hort der Ruhe und Gemütlichkeit. Erschöpft fiel er drauf. Er bemerkte die Wanzen nicht, denn schnell war er eingeschlafen.

oOo

Ein Hämmern weckte ihn. Ein Hämmern, das nur von schlagenden Äxten stammen konnte. Gleichzeitig vernahm er Rufe, böse

Rufe nach seinem Leben. Sie waren da, sie hatten ihn gefunden, sie brachen durch die Falltür. Entsetzt kroch er durch die schlammige Dunkelheit, doch gab es kein Entkommen. Er versteckte sich in der tiefsten Ecke dieser feuchten Dreckhöhle und erwartete voll tiefer Angst sein Ende. Und dann waren sie über ihm. Braune, gesichtslose Schlammwesen. Sie leuchteten schwach, Knochen steckten in ihren schlammigen Körpern, hier und da ragte ein Ast heraus. Sie ließen ihre Äxte auf ihn niederfahren.

oOo

Nass vor Schweiß und Deckenwasser erwachte er. Schnell erkannte er das Verschwinden dieser Nachtmahre des Traumes. Er war immer noch im Keller und allein. Wie spät es wohl war? Wann käme Munish wohl endlich? Seine Wunden schmerzten. Nun juckten sie auch noch.

Vielleicht nur wenige Augenblicke, vielleicht auch erst Stunden später vernahm er endlich, wie die Falltür von ihrer Last befreit und geöffnet wurde. Tageslicht fiel in den Keller. Es war nicht Nacht? Und wer kam da? Das war nicht Munish! Entsetzt erkannte Ittus zwei Wachmänner. Er leistete keinen Widerstand. Es gab keine Fluchtmöglichkeit mehr. Sie schleppten ihn hoch in den Laden. Männer und Frauen standen da, von weiteren Wachtmännern im Zaum gehalten. Wut und Hass verzerrten ihre Gesichter zu hässlichen Fratzen.

»Da! Da ist er! Tötet ihn, wie er meine Kinder getötet hat!«, schrie eine Frau und viele Stimmen fielen ein. »Bringt ihn um!«

Doch Ittus warf nur einen flehenden Blick hinüber zu Munish, der abseits stand. Dieser schüttelte den Kopf.

Einer der Wachmänner sagte: »Diesmal bist du zu weit gegangen, kleiner Dieb. Du wirst nie wieder jemanden überfallen. Dafür wirst du hängen!« Dann wandte er sich an Munish. »Gut gemacht. Wir werden diesmal vergessen, dass du seine Waren gekauft hast.«

Und ohne einen weiteren Blick für Ittus zu haben verließ Munish den Raum, während der Mörder von den Wachmännern vor der Rache seiner Opfer geschützt werden musste.

Das Attentat

Beatrice Braun

I.

Shandours Feuerball raste durch die Dunkelheit und schlug kurz hinter Jasil in den offenstehenden Torflügel ein. Das Krachen splitternden Holzes zerriss die Stille. Shandour machte eine hastige Handbewegung und schoss einen weiteren Feuerfluch, der fauchend durch die Tordurchfahrt raste. Er verwünschte sich für sein nachlässiges Zielen, denn er hatte den flüchtenden Fae verfehlt. Verbissen hastete er über den Schlosshof und verfolgte den Attentäter zum Tor hinaus. Er fragte sich, wieso das Tor überhaupt offenstand und wo die verdammten Wachen waren. Den Fae allein zu verfolgen, könnte ein Fehler sein. Das wusste er. Aber als er das Torhaus erreichte, war der Schurke schon halb über die angrenzende Wiese gelaufen und hielt auf den Waldrand zu. Wenn der Kerl diesen erreichte, würde es schwer werden, ihn zu finden. Fae konnten Bäume zu ihren Verbündeten machen. Er musste ihn unbedingt vorher erwischen. Zum Glück beleuchtete der Mond die Landschaft.

Er fragte sich, warum der Bastard nicht flog, aber im Dickicht des Waldes wären seine großen Flügel wohl nur hinderlich. Shandour verwandelte sich blitzschnell in einen Habicht und verfolgten den Flüchtenden mit raschen, kräftigen Flügelschlägen. Der Zauberer verwandelte sich gern in diesen Vogel, denn Habichte waren wendige Schnellstarter.

Der Schurke hatte ihn bemerkt und versuchte panisch, den Waldrand zu erreichen. Bevor er sich jedoch zwischen die ersten Bäume flüchten konnte, ging Shandour in den Sturzflug über. Noch ehe er den Boden erreichte, verwandelte er sich in seine eigentliche

Gestalt zurück und warf sich auf den Flüchtenden. Er überwältigte ihn sofort durch einen Schockzauber.

»Hab ich dich, du miese Ratte!«

»Herr, ich habe nichts getan!«

Shandour fesselte den Faediener. Er band ihm die Hände zusammen, aber auch die großen Flügel verschnürte er sorgfältig mit einem stabilen Seil, auf dass Jasil ihm nicht davon fliegen konnte.

»Der König hat dir immer vertraut. Wie konntest du das nur tun, du elender Bastard!«, rief Shandour.

»Ich bin unschuldig! Ich schwöre es!« Der Diener fiel vor Shandour auf die Knie. »Bitte Herr, Ihr müsst mir glauben! Ich habe Euren Vater nicht angegriffen! Als ich zu ihm kam, lag er schon verletzt am Boden. Aber ich sah den Täter, Herr! Wir müssen ihn suchen. Er kann noch nicht weit sein!«

»Wieso bist du geflohen, wenn du nichts mit der Sache zu tun hast?«

»Weil auf einmal alle riefen, ich sei es gewesen. Das hat mir Angst gemacht!«

»Wie sah der Täter aus, den du gesehen hast?«

»Er trug einen weiten grünen Umhang.«

»Und weiter?«

»Mehr konnte ich nicht erkennen, Herr. Ich sah ihn nur von weitem, als er davonlief.«

»Natürlich!«, sagte Shandour sarkastisch und zerrte Jasil auf die Füße.

oOo

Als Shandour mit seinem Gefangenen zurück zum Schlosshof kam, waren die Wachen wieder da.

»Ist das der Angreifer, Herr?«

»Das wird sich noch zeigen! Wieso wart ihr nicht auf eurem Posten?«, fuhr Shandour sie an.

»Angeblich sollte es am südlichen Tor einen Dämonenangriff geben, aber als wir dort ankamen, war es nur falscher Alarm.«

»Und deshalb lasst ihr das Tor unbewacht offen stehen?«

»Nicht doch, Herr! Das Tor war zu. Und ein paar von uns sollten auch hierbleiben.«

Shandour wandte sich ab. Er musste sich zusammenreißen, um nicht vor Wut den ganzen Hof zusammenzubrüllen. Auch sein Vater würde toben, wenn er von dieser Nachlässigkeit erfuhr. Aber wie immer würde er wissen, was zu tun ist und alles aufklären.

»Bewacht diesen Kerl!«, schnauzte er und hastete zum Schloss. Er musste wissen, wie es seinem Vater ging. Er rannte die breite Treppe hinauf und mehrere Korridore entlang. Diener wichen zur Seite, um ihn vorbei zu lassen.

Das Schlafgemach seines Vaters stand offen. Es war voller hochrangiger Würdenträger, die das Bett umringten.

»Wie geht es ihm?« Shandour hörte, wie dünn seine Stimme klang.

Anstatt zu antworten, fielen die Anwesenden alle gleichzeitig auf die Knie.

»Nein ...« Shandour brachte nicht mehr als ein zittriges Flüstern heraus.

Der Haushofmeister räusperte sich. »Majestät, wir versichern Euch unseres aufrichtigen Beileides zum Tod Eures geliebten Vaters, unseres hochverehrten Königs!«

Wie ferngesteuert ging Shandour zum Bett. Sein Vater lag ganz friedlich auf den seidenen Kissen. Shandour war, als müsse er jeden Moment die Augen öffnen, überlegen lächeln und alle Probleme aus der Welt schaffen. Shandour hatte das Gefühl, ihm würde der Boden unter den Füßen weggezogen.

II.

Shandour fand in dieser Nacht keinen Schlaf. Sein Vater der König war ermordet worden! Diese Tatsache war beinahe zu monströs, um sie zu erfassen. Was sollte nun werden? Was sollte er tun?

Er war nun König. Diese enorme Aufgabe war in ihrer Größe schlicht zu viel für ihn, um sie in Gänze überhaupt zu erfassen. Sobald er an den Tod seines Vaters dachte, überfiel ihn eine so tiefgreifende Panik, dass er vor Angst zu ersticken drohte.

Unzählige Fragen pulsierten in seinem Kopf. Besonders das offenstehende Haupttor ließ ihm keine Ruhe. Er ging persönlich, um die Wachen zu befragen. »Wer hat die Männer vom Tor abgezogen?«

»General Toss befahl uns zum Südtor.« Der Hauptmann der Torwache war ein alter Soldat, der nicht viele Worte machte.

»Wie wurde der Befehl überbracht?«

»Der General kam persönlich.«

»Was hat der General dann am Südtor getan?«

Der Soldat zögerte. »Wenn ich's mir recht überlege, ist er nicht bis zum Südtor bei uns gewesen.«

»Wo ist er hingegangen?«

Der Soldat kratzte sich am Hals. »Das kann ich nicht sagen. Wir rannten wie der Teufel und es war dunkel.«

»Wann kam der General Toss zu euch?«

»Nicht lange, bevor Ihr den Gefangenen brachtet. Wir liefen sofort los. Als am anderen Tor alles ruhig war, sind wir wieder zurückgekommen.« Der Wachmann zuckte mit den Schultern. »Keine halbe Stunde hat das gedauert.«

»Wo ist General Toss jetzt?«

Der Soldat schüttelte den Kopf. »Ich habe ihn seitdem nicht mehr gesehen.«

»Wenn ihr ihn seht, schickt ihn zu mir!«

Shandour machte sich auf den Rückweg. Was war hier nur los? All diese Ungereimtheiten.

Als er die Eingangshalle des Palastes durchschritt, eilte ein Diener auf ihn zu. »Majestät, ich wollte Euch die Reithandschuhe Eures Bruders übergeben. Er hat sie gestern Abend bei Eurem Vater vergessen. Es herrscht doch jetzt so viel Unruhe überall. Ich wollte nicht, dass sie verloren gehen. Er schätzt doch diese Handschuhe ...«

»Mein Bruder war gestern Abend hier?«, unterbrach Shandour den Diener.

»Ja Majestät, er hat mit Eurem Vater gespeist.«

Shandour zog irritiert die Augenbrauen zusammen. »Ach, wirklich?«

»Ich hatte eigentlich den Auftrag, auch Euch zu diesem Mahl zu laden, aber es kam nicht dazu ...« Der Diener zögerte. »Es gab offenbar einige Unstimmigkeiten zwischen dem König und Eurem Bruder, weshalb das Essen abgesagt wurde. All die wunderbaren Speisen standen ...«

»Was meinst du mit Unstimmigkeiten?«

Der Diener zögerte. »Nun ja man könnte sagen, dass sie einen Disput hatten. Und zwar einen äußerst heftigen, wenn ich so sagen darf ...«

»Worüber stritten sie?«

»Das entzieht sich meiner Kenntnis, Majestät. Ich würde mir nie erlauben, zu lauschen.«

III.

»Komm mit! Ich vernehme die Verdächtigen und brauche deine Beobachtungsgabe.« Shandour hatte seinen Freund Setan aus dem Bett holen lassen, der einer der vielen Berater des alten Königs gewesen war.

»Was denn, du willst jetzt in der Nacht anfangen? Wäre es nicht besser, du würdest dich erst mal ausruhen?«

»Ich lasse Jasil zum Thronsaal bringen und vernehme ihn auf der Stelle. Er behauptet, er habe den Täter in einem grünen Umhang gesehen.«

»Tatsächlich?«

Wenig später brachten die Wachen den gefesselten Diener in den prunkvollen Thronsaal. Sie wollten ihn vor Shandour auf die Knie zwingen, aber er sank ganz von allein wie ein Häuflein Elend in sich zusammen. »Herr, ich hätte Eurem Vater niemals etwas zuleide tun können. Das versichere ich Euch!«

Einer der Wachen stieß ihm den Lanzenschaft in den Rücken. »Du nennst ihn Majestät, du Wurm!«

»Natürlich, verzeiht mir, Majestät! Aber ich habe nichts getan!« Jasil begann zu weinen. Tränen hinterließen Spuren auf seinem Gesicht und seine Nase lief. Er schluchzte laut.

Shandour wandte sich an die umstehenden Diener. »Gebt ihm etwas zu trinken.« Umgehend wurde dem Gefangenen ein Becher gereicht. Der Diener trank hastig und schien sich etwas zu beruhigen. »Also, erzähle mir noch einmal ganz genau, was du gesehen haben willst!«, sagte Shandour.

»Majestät, ich wollte Eurem Vater seinen Schlaftrunk bringen. Aber als ich ins Zimmer ...« Der Diener wurde von einem heftigen Hustenkrampf geschüttelt. Unvermittelt schien er keine Luft mehr zu bekommen. Verzweifelt griff er sich an den Hals, seine Augen quollen hervor.

»Holt sofort einen Heiler!«, befahl Shandour. Zwei Diener rannten hastig davon.

Jasil stürzte zu Boden. Sein Gesicht lief blau an und die Gliedmaßen zuckten unkontrolliert.

»Wo bleibt der Heiler, verdammt noch mal!«, brüllte Shandour und lief zu dem sich windenden Gefangenen. Er versuchte es mit einem Heilungszauber. Wenig später hörten die Krämpfe des Feendieners auch tatsächlich auf. »Sag mir, was du gesehen hast!«, rief Shandour erneut.

Sein Freund trat neben ihn und berührte ihn an der Schulter. »Es ist zu spät.« Setan deutete auf die starren Augen des Dieners. »Er ist tot.«

IV.

»Er wurde vergiftet!« Shandour durchsuchte gerade den Schreibtisch seines Vaters gründlich nach Hinweisen. »Jemand wagt es, einen Zeugen in meinem Beisein zu vergiften!«

»Ja. Die Zeichen sind eindeutig«, antwortete Setan.

»Hast du die Diener befragt, die ihm das Getränk gegeben haben?«

»Ich habe sie mir ordentlich vorgenommen, das kannst du mir glauben. Aber sie wissen nichts. Es kann auch schon früher geschehen sein.« Setan zuckte mit den Schultern. »Vielleicht in seiner Zelle oder auf dem Weg hierher.«

Shandour schlug mit der Faust auf den Tisch. »Er hatte den Attentäter also doch gesehen und man wollte ihn zum Schweigen bringen. Dieser Teufel mit dem grünen Umhang!«

»Vielleicht. Aber nicht unbedingt. Es besteht auch die Möglichkeit, dass er sich selbst umgebracht hat. Vielleicht um einer möglichen Folter zu entgehen.«

Shandour schüttelte den Kopf. »Er wirkte so verzweifelt.«

Setan lächelte. »Du bist noch jung und arglos. Aber lass dich nicht von Äußerlichkeiten täuschen.« Er wies auf die geöffneten Schubladen. »Hast du etwas gefunden?«

Shandour schüttelte den Kopf. »Weißt du, dass mein Bruder gestern bei unserem Vater war?«

»Ich habe davon gehört. Er kam unangemeldet.«

»Sie sollen gestritten haben, weißt du worüber?«

Setan schüttelte den Kopf.

»Hast du noch etwas herausgefunden?«, fragte Shandour und zog die nächste Schublade heraus. »Ich habe dir von den fehlenden Wachen am Tor erzählt. Wieso wurden diese Befehle erteilt? General Toss ist nicht auffindbar!«

»Damit bin ich noch nicht weiter gekommen. Die Aussagen der Wachen widersprechen sich«, erwiderte Setan.

»Ich habe in Erfahrung gebracht, dass General Toss letzten Monat degradiert worden ist. Ihm wurde das Kommando über die Südtruppen entzogen«, sagte Shandour.

»Es soll wohl einige Ungereimtheiten mit der Heereskasse gegeben haben.«

»Verdammt noch mal, wir haben nichts Handfestes!« Shandour gab die Suche auf und lief aufgeregt durch das Zimmer.

»Ich habe etwas gefunden, was in eine ganz andere Richtung weißt«, meinte Setan ernst.

»Tatsächlich!« Shandour fuhr herum. Setan zögerte. »Also?«, fragte Shandour.

»Mein König, es fällt mir nicht leicht, dies zu offenbaren.«

»Nun sag schon!«

»Dies befand sich in der Hand deines Vaters, als er starb.« Er legte das Fundstück auf den Tisch vor dem König. »Weißt du, was das ist?«

Shandour blickte verwirrt. »Eine Feder?«

»Ja, aber nicht irgendeine Feder. Das ist keine Vogelfeder. Das ist eine Feder von einem Faeflügel. Dein Vater muss sie kurz vor seinem Tod vom Flügel des Mörders gerissen haben!«

Shandour nickte. »Also war es doch der Diener.«

Setan wiegte zweifelnd den Kopf. »Jasil hatte braune Flügel. Diese Feder aber ist weiß.«

»Du meinst, es waren noch andere Eindringlinge hier im Palast? Aber unser Verhältnis zu den Fae ist gut! Mein Vater hatte sogar Fae als Berater und Diener - so wie Jasil.«

»Ja, ich weiß. Aber dein Vater ist tot und jemand mit Faeflügeln war zum Zeitpunkt seines Todes bei ihm. Wie sonst ließe sich die Feder erklären?«

Schwerfällig ließ sich Shandour auf einen der prachtvollen Sessel fallen und schwieg betroffen.

»Eines ist jedenfalls klar,« meinte Setan. »Dieses Attentat kann nicht das Werk eines Einzelnen gewesen sein.« Er blickte Shandour in die Augen. »Was mir aber noch mehr Sorgen macht, ist, dass das Gift auch dich hätte treffen können!«

»Mich?«

»Ja, natürlich! Das Wasser war aus einer beliebigen Karaffe, wie es Dutzende im Schloss gibt. Es ist nicht gesagt, dass das Gift für den Diener bestimmt war. Die Karaffe stand im Thronsaal und dort sollte es vielleicht den König treffen und das bist du!«

Shandour spürte, wie ihm die Angst in den Nacken kroch.

Setan setzte sich Shandour gegenüber und blickte ihn an. »Du musst dich der Tatsache stellen, dass es ein Komplott gab, deinen Vater zu ermorden und dass wohl das Faereich seine Hände im Spiel hat. Und nun scheinen die Attentäter auch dir nach dem Leben trachten!«

Schockiert lauschte Shandour den Ausführungen des Freundes. Beinahe war er erleichtert, dass es keine Verschwörung innerhalb des Reiches gab. Gleichzeitig beschloss er, die Mörder seines Vaters bluten zu lassen!

V.

Setan betrat seine Gemächer und verschloss die Tür sorgfältig. Er wollte nicht gestört werden.

Er hatte einen sehr langen Tag hinter sich und sehnte sich nach seinem Bett. Aber eine Kleinigkeit musste er noch erledigen. Er beugte sich über seinen breiten Sessel und zog einen grünen Umhang zwischen den Polstern hervor. Er trug ihn zum Kamin, in dem ein prächtiges Feuer brannte, und warf den Umhang in die Flammen. Als Nächstes zog er eine weiße Feder aus seiner Tasche. Er fuhr mit der Hand darüber. Die weiße Feder verlor augenblicklich ihre magische Farbe und wurde wieder braun. Der arme Jasil hatte sie verloren, als er sich in Krämpfen am Boden wand. Er warf auch sie ins Feuer. Sie verglühte sofort.

Er ging zu einer unscheinbaren Kommode, die neben seinem Bett stand und zog das unterste Schubfach auf. Darin lag ganz hinten eine kleine Marmorplatte. Vor seinem geistigen Auge tauchte wieder jener Abend auf - vor all den Jahren. Er hatte gewusst, dass die Fae kommen würden. Fluchtartig hatte er verschwinden müssen und nur das Nötigste zusammenraffen können. Bevor er aus der Tür gerannt war, hatte er im Vorbeigehen noch jene kleine Marmorplatte an sich gerissen. Sie hatte die Wand der Eingangshalle geschmückt. Er nahm die kleine Platte in die Hand und strich zärtlich über ihre Oberfläche. Sie zeigte sein wunderschönes Haus, das er vor so langer Zeit hatte verlassen müssen. Nun würde er bald wieder darin wohnen.

Setan lächelte. Es würde den Fae noch leidtun, dass sie ihn in Schimpf und Schande davon gejagt hatten.

Lange dunkle Winternächte

Ein Abenteuer mit Cass Lynch, der segelnden Detektivin

Marsali Taylor

Übersetzt von Jürgen Hammerich

»Also«, sagte Kriminalinspektor Gavin Macrae, während er den Rest des Whisky-Notvorrats auf der *Khalida* ausschlug, »hat sie ein felsenfestes Alibi, es sei denn, dass irgendetwas in deiner Aussage es erschüttert.«

»In meiner Aussage?«, sagte ich entgeistert.

»Ihr Mann starb«, sagte er, »während sie und ihre beiden Söhne direkt vor dir in deiner Einführungsveranstaltung für den Segelkurs saßen, während du über passende Kleidung, Sicherheitsregeln auf dem Wasser und das anschließende Lagern der Boote geredet hast.«

Er sah müde aus, mit einem leichten Stirnrunzeln zwischen den waagerechten Augenbrauen und seinem dunkelroten Haar, das um die Ohren herum zerzaust war. Er trug noch immer den scharlachroten Kilt und das dunkle Jackett, was einen halboffiziellen Besuch bedeutete.

»Da waren fünfzig Leute«, wandte ich ein und goss den letzten halben Zentimeter Bell's-Whisky in sein Glas. »Ich bin mir nicht einmal sicher, wer sie war.«

»Mausgraues Haar«, sagte Gavin, »Pferdeschwanz. Dreiunddreißig. Aus Sullom. Zwei Jungen, acht und neun, mit glattem schwarzen Haar im Fassonschnitt.«

»Ich erinnere mich definitiv an die beiden Jungs«, sagte ich. »Die Sorte, die du am Pier festbinden musst, wenn du Anweisungen gibst, sonst wären sie schon halbwegs die Bucht hinauf, bevor du ihnen gesagt hast, was sie tun sollen.«

Jedenfalls waren sie voller Begeisterung. Sie waren gute zehn Minuten vor sieben durch die Tür gestürmt wie von der Leine gelassene Windhunde.

Gavin seufzte und kostete den Bell's. »Erinnere mich, dass ich dir nächstes Mal eine Flasche ordentlichen Whisky mitbringe. Ich musste dabei sein, als eine Polizeibeamtin die beiden befragte. Die Jungen gegen die Polizei: 10:0.«

»Die Mutter trug eine rosafarbene Steppjacke«, sagte mein Besatzungsmitglied Anders. »Ein sehr leuchtendes Rosa. Sie hatte eine große Umhängetasche aus Leder und sie sah gehetzt aus. Sie kam gleich nach den Jungen herein.«

Ich schüttelte den Kopf. »Erzähl mal weiter, wieso du an Mord glaubst«, sagte ich. »Oder wenigstens, weshalb du glaubst, dass sie es war.«

»Es ist Mord«, sagte Gavin, »weil jemand sehr heftig mit einem glatten zylindrischen Gegenstand auf seinen Kopf geschlagen hat, wahrscheinlich mit einer Flasche. Als er dann am Boden lag, wurde er noch mehrmals getroffen. Wer auch immer das war, hat die Tatwaffe entsorgt. Das ist auch eines unserer Probleme. Wir haben keinerlei Spuren davon bei ihr, an und in ihrem Auto und im Haus gefunden.«

»Und wieso dann sie?«

»Weil er ein cholerischer Kontroll-Freak war, der jeden Tag um fünf sein Essen auf dem Tisch erwartete. Weil er übermäßig streng zu den Jungen war, während sie sie über alles liebte. Weil er nicht mochte, dass sie ausging. Weil sie versuchte, ihn zu verlassen, vor Weihnachten war das, und er sie zurückholte. Weil sie Krimis liest, speziell die mit unwiderlegbaren Alibis. Sieh mal, lass mich erklären. Mein Bauchgefühl sagt mir, sie hat's getan, aber ich weiß nicht wie.«

Anders lehnte sich bequem in seiner Ecke zurück. ›Ratte‹, sein Haustier, balancierte mit gekrümmtem Schwanz die vordere Kante des Regals entlang und sprang behände auf seine Schulter, von wo sie heruntersah wie einer dieser mittelalterlichen Wasserspeier mit den grotesken Gesichtern. Ich beugte mich nach vorn und schob die

Kabinenlampe beiseite, um meine Ellbogen auf dem Kartentisch abzustützen.

»Nun«, begann Gavin, »er lebte noch, als sie zusammen das Haus verließen; das haben die Jungen übereinstimmend ausgesagt. Er war in der Küche, um sich einen Tee zu machen. Sie kam zusammen mit den Jungs in deiner Veranstaltung an. Außerdem hat sie ihn von da aus angerufen, um ihm zu sagen, bis wann es dauern würde.«

Da machte es klick bei mir. Eine nervös aussehende Frau am Telefon, die von einer bestimmenden männlichen Stimme überfahren wurde. Sie sagte ihm ›Zehn Minuten‹ und beendete den Anruf hastig.

»Ein halbes Dutzend Leute bei der Veranstaltung haben gehört, wie sie anrief und er antwortete.«

Ich nickte. »Ich kann sie jetzt unterbringen. Sie hat ganz bestimmt mit einem Mann gesprochen. Sie war direkt neben mir platziert. Ich wollte die Veranstaltung beginnen und musste ihretwegen warten.«

»Von den anderen Eltern, die den Mann kannten, würde eine Person beschwören, dass es seine Stimme war.«

»Nimm mal an«, sagte ich, »dass sie nur mit einem Anrufbeantworter sprach. Das könnte so gewesen sein. Ich erinnere mich, dass ich dachte, er würde sie niedermachen, und sie beendete das Gespräch viel zu schnell, als dass wir den langen Piepton hätten hören können.«

»Nein. Sein Handy hat so ein automatisches Teil und auf dem Festnetzanschluss ist ihre Stimme zu hören.«

»Also war er zu dem Zeitpunkt definitiv am Leben«, sagte Anders, »und sie saß die ganze Zeit in unserer Veranstaltung und hörte zu. Ich bin mir da ganz sicher. Ihre rosa Jacke war so ein Blickfang; wenn sich das Ding bewegt hätte, hätte ich es bemerkt.«

»Besteht nicht die Möglichkeit«, fragte Gavin nachdenklich, »dass sie sich einmal kurz hinausgeschlichen hat, die Jacke aber über dem Stuhl hängen ließ?« Wir schüttelten beide den Kopf. Er nahm einen Schluck von dem Bell's und runzelte die Stirn. »Wenn es jemals eine bescheuerte Idee gab, dann diese, aber es zeigt, wo ich jetzt stehe.«

»Es war wirklich eine kurze Veranstaltung«, sagte ich. »Der Segelunterricht fängt wieder an für die Acht- und Neunjährigen und die Älteren, hier sind die Formulare, bringen Sie sie zusammen mit dem Scheck vor der ersten Unterrichtsstunde vorbei. Selbst wenn sie sich hinausgeschlichen hätte, hätte sie nicht die Zeit gehabt, nach Sullom zu fahren, ihn umzubringen und zurück zur Veranstaltung zu kommen.«

»Nach der Veranstaltung«, fuhr Gavin fort, »war sie mit den Jungen bei Frankies Imbiss, Pommes essen. Ich habe das so verstanden, dass das schon ein Extravergnügen für die Jungen war und ziemlich außergewöhnlich für eine Frau, die telefonisch hatte durchsagen müssen, wo sie war und wie lang das dauern würde. Sie gingen da also hinein, stellten sich an, kauften die Pommes und setzten sich und aßen. Mein gemeines Polizistenhirn sagt natürlich, dass sie es machte, weil sie wusste, dass ihr Mann tot war und weil sie auf einen Anruf wartete.«

»Ein Komplize oder eine Komplizin?«

Gavin schüttelte den Kopf. »Ihre Schwiegermutter, die ihr sagte, dass sie die Leiche ihres Sohnes neben der Küchentür gefunden hatte.«

»Was hat die denn da gemacht? Besteht die Möglichkeit, dass sie es war?«

»Er war ihr Liebling. Nach der Aussage der Frau kam die Schwiegermutter jedes Mal, wenn sie das Haus verließ, den Hügel herunter und kontrollierte, wie gut die Schwiegertochter Staub gewischt, gesaugt und abgewaschen hatte, um ihrem Sohn Bericht zu erstatten, damit er dafür sorgen konnte, dass seine Frau die Ärmel aufkrempelte. Ich wundere mich, dass sie nicht auch ermordet wurde, aber ich glaube, das Auffinden der Leiche war Bestrafung genug.«

»Also«, sagte ich, »könnte die Frau sich auf eine Zeugin stützen, die die Tatsache bestätigt, dass er getötet wurde, während sie außer Haus war. Wie schnell war die Polizei da? Kam die Frau früher zurück als die Beamten?«

»Oh ja, gute fünf Minuten früher.«

»War die Schwiegermutter die ganze Zeit bei ihr?«

»Nein. Sie kam aus dem Haus und brachte die Jungen gleich in ihre Wohnung, das hatten sie am Telefon abgesprochen. Die Frau war für vielleicht fünf Minuten allein, Zeit genug, um die Waffe zu verstecken, aber wir haben das Haus und den Garten praktisch auseinandergenommen und trotzdem keine Spur davon gefunden. Neben der Tür steht eine Plastiktüte vom örtlichen Co-op-Markt mit Flaschen, aber die sind alle sauber.«

»Das war aber genügend Zeit«, sagte ich, »um die Ansage auf dem Anrufbeantworter neu aufzunehmen. Solch ein herrischer Mann würde doch nicht die Stimme seiner Frau auf dem Anrufbeantworter zulassen.«

»Du glaubst, sie brachte ihn um, bevor sie das Haus verließ? Aber die Jungen haben ausgesagt, dass sie mit ihnen zusammen herauskam.«

»Die rannten doch immer vorweg. Die waren dabei, ins Auto zu klettern und sich zu streiten, wer vorne sitzen würde, während sie ihren Mann in der Küche erschlug. Du hast doch gesagt, dass er dabei war, sich einen Tee zu machen, also wird er ihr den Rücken zugekehrt haben. Die Flasche hochheben, zack. Und zehn Sekunden später kam sie nach ihnen aus der Tür.«

Gavin setzte sich ein wenig aufrechter hin und legte die Stirn in Falten. »Sie hätte keine Zeit gehabt, die Flasche gründlich genug zu säubern, um die Spurensicherung zu täuschen, und die Flasche ist auch nicht im Auto.«

Ich versuchte mir vorzustellen, wie ich es anstellen würde, die Flasche zu entsorgen, mit der ich gerade meinen Ehemann getötet hatte. »Ich hätte sie sie in eine Supermarkttüte gesteckt und dann in die große Umhängetasche. Ihr könnt sie immer noch finden.« Ich blickte über den Jachthafen auf den Altglascontainer des Segelvereins. »Sie könnte das Ding einfach eingeworfen haben, als sie daran vorbeikam, während die Jungen wieder wie üblich voran-stürmten. Ich hoffe nur für euch, dass sie die Flasche in der Plastiktüte gelassen hat. Anderen-falls werden eure Kriminaltechniker mit Puzzlespielen aus grünem Glas beschäftigt sein.«

»Das ist zu kompliziert«, stöhnte Gavin, »und wir werden nie die Erlaubnis bekommen, die Jungen ordentlich ins Kreuzverhör zu nehmen, um nachzuweisen, dass sie tat-sächlich nicht gleichzeitig mit ihnen das Haus verlassen hat. Nicht ohne Suggestivfragen, die die Antwort zunichte machen.«

»Ich glaube, sie hat das auch bedacht«, sagte ich. »Schließlich hatte sie vor Weihnachten versucht, ihn zu verlassen, und jetzt haben wir April; viel Zeit, um die Einzelheiten auszuarbeiten. Er hätte ihr erlauben sollen, mit Bauchtanz anzufangen oder mit der Herstellung von Buntglasfenstern, anstatt sie im Haus festzuhalten und ihr Gelegenheit zu geben, über todsichere Methoden nachzugrübeln, wie sie ihn umbringen könnte, die ganzen langen dunklen Winternächte.«

Die Stille der See

Ein Abenteuer mit Cass Lynch, der segelnden Detektivin

Marsali Taylor

Übersetzt von Jürgen Hammerich

Es war der schönste aller schönen Sommertage: ein blaues Himmelsgewölbe, verziert mit Wolken, deren Farbe an Makrelen erinnerte, die Hügel im sanften Grün eines Sommers auf Shetland, die See tanzendes Gold. Ein zu schöner Tag, als dass man ihn ungenutzt verstreichen lassen sollte, und außerdem war mir die Welt an Land zu geschäftig. Die Vögel in den Bäumen piepsten ohne Pause, und die Seeschwalben zwitscherten am Strand. Auf der anderen Seite der Bucht von Aith arbeitete sich ein Traktor ein grünes Feld hinauf und herunter, und von jenseits der Papa-Little-Insel war ein metallisches Rasseln zu hören. Ich wollte die Stille der See, mit nichts als dem Schlagen der Wellen gegen den Bootsrumpf, den geblähten Segeln und dem Knarren der Takelage.

Also rief ich nach den Katzen und ging hinunter zum Pier, wo meine *Khalida* vertäut war. Ich ließ den Blick über das Wasser zu Papa Little's Ostküste und dem vom Meer erhellten Himmel dahinter streifen. Was ich brauchte, war ein kurzer Abstecher durch den Røna-Sund, vorbei am Leuchtturm von Muckle Roe auf den orange flammenden Klippen, vorbei an der Landspitze von Vementry, und dann hinaus aufs offene Meer.

›Katze‹ nahm seinen üblichen Platz beim Niedergang ein und ›Kätzchen‹ kuschelte sich zwischen seine Vorderpfoten, ihre rosa Schwimmweste hob sich gegen seine weiße Brust ab. In der Ruhe der Bucht von Quiensetter setzte ich die Segel, drehte die *Khalida* leicht nach Nord und nahm Kurs auf Brae entlang der Papa Little Insel.

Sobald ich die Landzunge umrundete, wurde mir klar, dass das metallische Rasseln von einem Muschelkutter bei den Schwimmern herrührte, welcher den Fang einholte. Die Winsch hob jeden einzelnen Strang voller Muscheln, erntete ihn ab und ließ ihn wieder ins Wasser fallen. Mehrere Möwen kreisten erwartungsvoll über dem Boot und andere schaukelten auf dem Wasser um es herum. Um sich den Tag zu verschönern, hatten die Jungs bei der Arbeit das Radio an, lauter als der Maschinenlärm.

Einer von ihnen winkte mir zu.

Der Lärm verringerte sich hinter mir, als ich in den Røna einbog, obwohl es noch fast eine Meile bis Red Ayre dauerte, bis ich nicht mehr zwischen Musik und Moderatorenansagen unterscheiden konnte. Ich wich einigen neuen Hummerbojen aus, bog auf eine gerade Strecke ein und lehnte mich mit einem Seufzer zurück. Frieden.

Ich wollte gerade den Kessel aufsetzen, als ich im Rücken ein irritierendes Summen wahrnahm, wie eine Fliege an der Fensterscheibe. Es wurde lauter und ein 5-Meter-Festrumpfschlauchboot raste vorüber, wobei es auf den Wellen hüpfte, weshalb die Passagierin kreischte und die Haltegriffe umklammerte. Ein Teenager mit seiner Freundin auf einer Spritztour. Er war passend angezogen mit einer schwarzen Jacke, aber sie trug nur einen leichten Anorak über einem Top in Neon-Orange. Keiner der beiden trug eine Schwimmweste. Sie rasten in Richtung Norderavoe, den Meeresarm, der hinter den Geschützen einen Einschnitt in die Insel von Vementry bildet und dann in eine Bucht unterhalb des Grabhügels ausläuft. Das Brummen wurde sanfter, der Motor lief im Leerlauf, aber dann hörte ich plötzlich das Boot zurücksetzen, wobei die Drehzahl hochgejubelt wurde. Meine Vermutung war, dass sie für ein Picknick vor Anker gingen, aber wenn er dermaßen schnell zurücksetzte, würde der junge Mann den Ring aus dem Bug reißen. Er schien mir einer jener Autofahrer zu sein, die die allerkleinste Strecke mit Höchstgeschwindigkeit zurücksetzen, dabei die Mitfahrer nach vorne schleudern, und dann in einer

Abgaswolke losrasen. Aus dem Meeresarm hörte ich das Echo eines platschenden Geräusches und Gekreische, als wäre das Mädchen zum Schwimmen ins Wasser gesprungen, hätte dann aber gemerkt, dass das Wasser viel kälter als gedacht war.

Ich kümmerte mich nicht weiter um sie und segelte an der Öffnung des Meeresarms und der kleinen Insel unterhalb der Geschütze vorbei auf den weiten Atlantik. Ich setzte den Wasserkessel auf und bestrich ein paar Haferkekse mit Butter. Die Katzen naschten an den Keksen und rollten sich auf den Holzlatten im Sonnenschein zusammen. Ich lehnte mich zurück, legte die Füße auf die Ducht gegenüber und entspannte. Die Ruhe war einfach herrlich nach acht Wochen auf einem Großsegler mit siebzig Teenagern, die permanente Musikbeschallung brauchten, sogar im Schlaf, wenn man die Zahl derer sah, die mit Kopfhörern schliefen. Der Beginn jeder Wache war ein Kampf darum, dass sie die Kopfhörer einpacken sollten, aber sie würden das Schiff nie kennenlernen, solange sie nicht anfingen, ihm zuzuhören. Ich hörte das leichte Klimpern der Laterne unter Deck, die mit jeder Welle mitschwang, und lächelte in mich hinein. *Zuhause*, an Bord meines eigenen Schiffes.

Als wir schon recht dicht an Papa Island waren, schien es mir Zeit umzukehren. Gavin, mein Partner, ein Polizist, würde gegen Viertel vor sechs zu Hause sein, und ich würde erst nach vier zu Hause ankommen.

Ohne Probleme ging es vor dem Wind zurück bis zur Mündung der Røna, aber als wir dort ankamen, begann der Wind dort wie durch einen Trichter zu pfeifen, sodass ich die Segel reffen musste. Die *Khalida* krängte und die Cockpitabdeckung fiel mit einem Scheppern herab. ›Kätzchen‹ hob entrüstet den Kopf und sprang in Richtung Kabine und ›Katze‹ folgte ihr in einem würdevolleren Tempo. Ich holte meine Jacke hervor.

Gerade war ich dabei, meine Schwimmweste darüber zu zerren, als ich einen orangefarbenen Fleck im Wasser direkt voraus sah.

Ich griff die Ruderpinne in der Annahme, es handele sich um eine Hummerboje, die ich nicht bemerkt hatte, sah dann aber, dass es etwas Flacheres war, eher wie ein auf dem Wasser treibendes Stück Plastik. Es gab schließlich genügend Plastik im Meer. Ich nahm den Bootshaken und sah beim Näherkommen, dass es ein T-Shirt war, eins dieser leichten Nylonteile in Neon-Orange. Zweifellos von dem Mädchen im Boot. Ich stellte mir vor, wie sie es auszog, bevor sie schwimmen ging, und über ihrem Kopf herumwirbelte, ohne zu bedenken, dass der Wind es ihr aus der Hand reißen würde. Ich fischte es auf und ließ es auf den Cockpitboden fallen. Ich würde sie vielleicht auf dem Heimweg treffen.

Ich hatte gerade die Mündung der Røna erreicht, als das Funkgerät sich mit einem Knacken bemerkbar machte. Es war das Seenotrettungsboot im Gespräch mit der Küstenwache. Sie waren unterwegs; Kanal 67. Ich stellte das Gerät darauf ein und lauschte, aber es gab nichts außer dem entfernten Dröhnen des Seenotrettungsbootes, während es mit heulendem Motor und zwei Brandungswolken die Bucht von Aith hinaufraste und durch den Røna auf mich zu rauschte. »Erreichen die Bucht von Northeravoe«, stellte ein Besatzungsmitglied über Funk fest. Das Schiff wurde langsamer, Besatzungsmitglieder in Gelb kamen an Deck und begannen das Beiboot klarzumachen. Als das Seenotrettungsboot dann in die Bucht von Northeravoe einbog und anhielt, ließen sie das Gummi-Beiboot zu Wasser und stiegen ein.

Die nächste Nachricht über Funk lautete, dass sie dabei waren, das Opfer an Bord des Seenotrettungsbootes zu bringen. Sie würden das weibliche Opfer zur Landungsbrücke von Aith bringen. Es zeigte keine Lebenszeichen mehr.

oOo

»Krampf«, sagte Gavin. Seine Miene war voller Bedauern und er nahm sich noch ein Stück meiner selbstgemachten Pizza. »Gut. Ist das Rezept für Scones die Grundlage?«

»So ist Pizza eben leicht zu machen auf einem Boot«, sagte ich. »Weiter.«

»Einer dieser blöden tragischen Unglücksfälle. Sie ging zum Schwimmen ins Wasser, sagte der Junge, und sie planschte und japste nach Luft, aber er dachte, das läge nur am kalten Wasser. Dann ging sie unter und er erkannte, dass es ernst war. Als er das Boot wieder im Wasser hatte und sie erreichte und herauszog, da atmete sie nicht mehr. Er versuchte, sie wiederzubeleben, aber sie reagierte nicht, weshalb er die Küstenwache anrief.«

Ich legte die Stirn in Falten und Gavin hob ruckartig seinen rostbraunen Kopf.

»Sie sind an mir vorbei«, sagte ich langsam. »Als ich raussegelte. Ungefähr halb zwölf. Sie sind dann in die Bucht von Northeravoe. Was haben sie dort gemacht, was sagt er dazu?«

»Er schien ziemlich unter Schock zu stehen, der Junge«, sagte Gavin. »Ein Johnson aus Lunna. Aaron Johnson. Seine Zeitangaben waren vage.«

»Halb zwölf«, wiederholte ich. Ich ging in meinem Gedächtnis bis in meine Schulzeit zurück. »Da war ein Johnson-Junge in meiner Klasse. Samuel. Eine irgendwie altmodische Familie. Gehörten nicht der Staatskirche an, irgendetwas Exotischeres. Der hatte, glaube ich, einen kleinen Bruder namens Aaron. Die Schwestern hießen Ruth und Dorcas und sie feierten Geburtstage nicht.«

»Sie legten in Brae kurz nach elf ab. Da war Aaron sich sicher. Die Nachrichten waren gerade vorbei, als er den Automotor abstellte, nachdem sie das Boot zu Wasser gelassen hatten. Sie kreuzten ein bisschen im Minn, dann fuhren sie zum Picknick in diese Bucht, und dann passierte es.«

Ich starrte ihn an, ohne ihn zu sehen, während ich mich zu erinnern versuchte, wobei mir etwas schlecht wurde. Ich hatte sie planschen und rufen gehört. Krampf konnte so leicht auftreten, besonders wenn das Wasser so kalt wie bei uns war. »Aber…«, sagte ich,

»warum hat er so lange dafür gebraucht, den Seenotrettungskreuzer zu alarmieren?«

Gavins Augen verengten sich und sein Blick war auf mich konzentriert. Er kramte sein schwarzes Notizbuch aus der Tasche über dem Schottenrock hervor. »Erzähl mal, wann nach deiner Einschätzung was passierte. Du hast dein Logbuch wie üblich geführt?«

Ich nickte. »Ich hatte gerade das Leuchtfeuer von Roe passiert, als ich den Mittagseintrag machte. Ich war davon noch fünfzehn, zwanzig Minuten entfernt, als sie an mir vorbeifuhren und in die Bucht von Northeravoe.«

»Zwischen zwanzig vor zwölf und viertel vor also?«

»Ich hörte, wie das Boot langsamer wurde und sie den Anker auswarfen. Dann hörte ich Planschen und Kreischen, wie wenn das Wasser viel kälter als erwartet ist.« Ich machte eine Pause und schluckte. »Ich nehme an, dass sie dann…«

Gavin blätterte in seinem Notizbuch. »Er hat nichts von Ankerwerfen gesagt. Er sagte, sie hätten das Boot auf den Strand gesetzt und gepicknickt und die Gegend ein bisschen erkundet, dann hätte Evonne vor der Heimfahrt noch schwimmen gehen wollen. Da gibt es eine Landspitze mit Zugang zu tieferem Wasser und sie sei von dort hineingesprungen.«

In mir keimte ein kalter Verdacht auf und ich wusste, dass das auch bei Gavin der Fall war. »Was für ein Typ Schwimmer war sie?«, fragte ich. »Was hatte sie an im Wasser?«

Diese Fragen hatte Gavin auch gestellt. »Sie hat in der Schule schwimmen gelernt, seitdem an einem heißen Tag mal ein bisschen im Wasser geplanscht. Sie trug ihre Unterwäsche, einen Sport-BH und Höschen.« Sein Gesicht war regungslos, während er darüber nachdachte. »Er zog ihr ihre Sachen wieder an in der Hoffnung, dass Wärme ihr gut tun könnte, und die Kleidung war trocken, abgesehen von der Feuchtigkeit der Unterwäsche und der Haut. Sie wurde bestimmt nicht in dieser Kleidung ins Wasser geworfen. Da bin ich mir sicher.«

Es war aufschlussreich, dass er so sorgfältig hingeguckt hatte.

»Evie war schwanger«, fügte er hinzu. »Eine Hochzeit war in Sicht, auf Betreiben von Aarons eigener Mutter und seiner künftigen Schwiegermutter. Ein verbreitetes Gefühl in der Gemeinde war, dass da Schrotflinten im Spiel waren. Dass es so etwas heutzutage noch gibt…« Er machte eine Pause und sah mich abwartend an.

Ich schüttelte langsam den Kopf. »Ich sah sie, als sie an mir vorüberfuhren«, sagte ich nochmal. Die Geschichte fügte sich jetzt in meinem Kopf zusammen. »Sie war solche Bootstouren nicht gewohnt, sie nahm das wie eine Fahrt auf dem Jahrmarkt und trug keine Schwimmweste. Dann fuhren sie in die Northeravoe-Bucht und ich konnte sie nicht mehr sehen, aber noch hören. Du weißt, wie Wasser Geräusche verstärkt, und ich wollte meine Ruhe haben. Und ich wartete darauf, dass sie anhalten würden. Ich hörte, wie er langsamer wurde. Dann setzte er mit großer Geschwindigkeit zurück. Ein Motor im Rückwärtsgang klingt doch ganz anders. Ich nahm an, er würde Anker werfen wie so ein jugendlicher Möchtegern-Rennfahrer. Aber nimm mal an, sie näherten sich erst der inneren Bucht und waren noch in tiefem Wasser.« Ich konnte es vor meinem geistigen Auge sehen. »Er könnte die Fahrt verlangsamt und sie gebeten haben, nach vorne zu gehen und zu gucken, wie tief das Wasser war, oder auf Felsen zu achten, während sie in die Bucht einfuhren. Sie wäre dann ganz vorn gewesen und hätte sich nach vorn gebeugt. Er schaltete in den Leerlauf. Das habe ich gehört. Er hätte das Boot dann noch zehn Meter oder so treiben lassen, sie wäre versunken gewesen in der Beobachtung des Wassers und er hätte dann den Rückwärtsgang reingehauen.«

»Ein heftiger Ruck nach hinten, um sie nach vorne fliegen zu lassen.«

Ich konzentrierte mich auf meine Erinnerung. »Ich habe keinen Anker rasseln gehört vor dem Zurücksetzen. Wenn er allerdings einen Anker an einem Tau statt einer Kette gehabt hätte, hätte ich sowieso nichts gehört. Ich habe kein Spritzen beim Eintauchen gehört, nur das Planschen und Rufen eines Schwimmers.«

Der Junge in der schwarzen Jacke musste so weit zurückgesetzt haben, dass das Boot für sie unerreichbar war, und hatte dagesessen und zugesehen, wie sie ertrank. Dann, als er sicher war, dass sie tot war, hatte er sie an Bord des Bootes gezogen. Er hatte ihre vollgesogene Kleidung ausgezogen und ins Meer geworfen, wo sie untergehen sollte. Dann hatte er das Boot auf Land gesetzt und gewartet, bis er sicher war, dass Wiederbelebungsmaßnahmen keinen Erfolg mehr haben würden. Zuletzt zog er ihr trockene Kleidung an und rief die Küstenwache.

»Ich segelte hinaus und aß zu Mittag und machte mich nach zwei auf den Rückweg. Ich fand das orangefarbene Top, das sie getragen hatte und welches jetzt im Wasser trieb. Die Strömung hatte Zeit genug gehabt, es in den Røna-Sund zu treiben.« Ich machte mit meinem Kinn eine Vorwärtsbewegung in Richtung des Landungsstegs. »Ist an Bord der *Khalida*.« Ich überlegte einen Augenblick. »Ein knalliges Orange unter einer leichten Jacke. Die Jungs auf den Muschelkuttern waren in Cole Deep an der Arbeit. Die werden das Boot auch bemerkt haben, seine Geschwindigkeit und das hübsche Mädchen mit dem wehenden Haar. Die werden wahrscheinlich sogar gewusst haben, wer sie war. Und sie werden auch die Farbe ihres Tops bemerkt haben.«

»Wenn er frische Kleidung mitgenommen hat, um sie ihr anzuziehen, dann war das Vorsatz«, sagte Gavin. Er seufzte und holte sein Telefon heraus. »Kriminalmeisterin Peterson, bitte... Freya? Der Fall von heute Nachmittag. Ich habe hier neue Indizien. Machst du dich bitte auf den Weg und nimmst den jungen Mann in Gewahrsam für eine weitere Vernehmung?« Er machte eine Pause, hörte zu und nickte dann. »Ja. Sag ihm, er soll seinen Anwalt mitbringen.«

WAS DA KREUCHT UND FLEUCHT

Ein Abenteuer mit Cass Lynch, der segelnden Detektivin

Marsali Taylor

Übersetzt von Jürgen Hammerich

»Petersons Schwester rief dann in Lerwick an«, sagte Kriminalinspektor Gavin Macrae, während er sich selbst bei der rapide schwindenden Whisky-Notfallreserve der *Khalida* bediente. »Ich muss dir eine anständige Flasche Whisky mitbringen, Cass. Dieser Bell's ist ja ein furchtbares Zeug.«

»Wenn du auf hoher See wärest und dir ohne Betäubung ein Zahn gezogen werden müsste, würdest du dich nicht so anstellen«, sagte ich.

»Ich bin froh, dass ich nicht zu deiner Crew gehöre; das würde dem Ganzen ja noch die Krone aufsetzen.« Er lehnte sich in seiner üblichen Ecke in der Kabine der *Khalida* zurück, wo die hängende Kerzenleuchte einen warmen Schein auf sein Gesicht und die hölzernen Regale dahinter warf. »Wo war ich stehen geblieben?«

»Ein toter Mann auf dem Berg oberhalb von Gonfirth«, half ich nach. Die *Khalida* war mit dem Heck nach Süden am Kai festgemacht und durch die Luke neben meiner Schulter konnte ich die grüne Kuppe jenes Berges, des Sneugie of Grobsness, gerade über den dunklen Heiderücken der Linga-Insel hinweg sehen. Mein Besatzungsmitglied, Anders, und ich hatten dort vorher schon den Helikopter der Küstenwache gesehen, als er über dem Fundort der Leiche kreiste.

»Ja, Peterson war anscheinend ein bisschen unsicher auf den Beinen geworden und als er morgens nicht zu Hause war, dachte seine Schwester, er könnte gestürzt sein. Aber als die Küstenwache dann vor Ort war, entdeckten sie blaue Lippen, ein gerötetes Gesicht und einen umgekippten Becher von einer Thermosflasche. Blausäure-Vergiftung.«

»Was wollte er nachts in den Hügeln? Es ist keine Lämmerzeit.«

»Er war auf der Suche nach Eiern einer kleingefleckten Haubenmottenart«, sagte Gavin resigniert. »Er wollte in einem Streit mit einem anderen Mottenforscher etwas beweisen.«

»Motten?«, fragten Anders und ich im Chor.

Draußen kreischten die Seemöwen vor sich hin, während sie sich auf dem Ufer niederließen, und da war der grüne Geruch von frisch gemähtem Gras. Gavin sah Anders an, der sich in der einen Ecke zurücklehnte, während sein Haustier ›Ratte‹ mit einem gutmütig aussehenden Schnurrbart auf seiner Schulter saß wie ein schwarz-weißer mittelalterlicher Wasserspeier, und dann mich. Ich saß seitlich schräg zum Kartentisch. Mein dunkles Haar kräuselte sich noch wild um mein Gesicht nach einem ungeplanten Bad von einem der Dinghis aus während des Segelkurses am Abend.

»Niemand, zu dessen Art zu leben regelmäßige äußerliche Anwendungen von kaltem Salzwasser gehören«, sagte er in seinem sanften, breiten Highland-Akzent, »hat das Recht, friedfertige Insektensammler zu kritisieren.«

Wir ignorierten das. »War die Blausäure in der Thermosflasche?«, fragte ich.

»Ja. Er mochte seinen Kaffee stark und schwarz. Ich hätte trotzdem angenommen, er hätte sie schmecken können, aber seine Schwester sagte, sein Geschmackssinn sei zuletzt nicht mehr so gut gewesen.«

»Hat *sie* den Kaffee gemacht?«, fragte Anders.

Gavin schüttelte den Kopf. »Sie sagte, *er* hätte ihn gemacht, und nichts spricht dagegen. Er ging oft nachts in die Hügel, seit er im Ruhestand hierher gezogen ist; er war früher Biologielehrer, weshalb er sich für Käfer und Insekten und insbesondere Motten interessierte. Er hatte eine Broschüre über die Motten auf Shetland geschrieben und im Haus stehen mehrere viktorianische Vitrinen voller aufgespießter Insekten. Er hinterließ sie dem Museum hier auf Shetland, aber die schienen nicht gerade dankbar dafür zu sein.« Er seufzte. »Und einer der Verdächtigen ist ein anderer Insektologe, der vehement bestreitet, dass die kleingefleckten Dings hier heimisch ist. Der stammt auch aus England, dieser Typ, und ist eine große Nummer in der Mottenwelt.«

»Logiert der bei Peterson?«

»Gott im Himmel, nein, das hätte Mord und Totschlag bedeutet. Sie hatten eine dieser bissigen Beziehungen unter Akademikern, wisst ihr, Briefe in der *Times*, die anfangen mit ›Während ich zögere, anderer Meinung als ein so bedeutender Wissenschaftler wie *X* zu sein …‹ *Aber* heute hat er ihn besucht und die leere Thermosflasche stand nach Aussage der Schwester ausgespült und griffbereit auf der Arbeitsplatte. Er hätte nur noch die Blausäure einfüllen müssen, bevor dann der Kaffee darauf gekommen wäre.«

Ich betrachtete meine abgenutzte Thermosflasche, die auf so mancher Nachtwache mein Leben gerettet hatte. »Bei der Polizei habt ihr Feldflaschen, oder? Mit Tee in Styroporbechern«, sagte ich.

»Was so Tee genannt wird«, stimmte Gavin zu. Er warf mir einen misstrauischen Blick zu. »Ist dies ein alter Thermosflaschen-Brauch auf Shetland, von dem ich noch nie gehört habe und den ihr hervorholt, um mich aus dem Konzept zu bringen?«

»Oh, nein«, sagte ich sanft. »Also geht deine Theorie so, dass sein Konkurrent unter den Mottenforschern die Blausäure nach Schottland mitgebracht hat für den Fall, dass er nachweislich unrecht hat, was das kleingefleckte Dingsbums angeht?«

Gavin zog ein Gesicht, welches deutlich ausdrückte, was er davon hielt.

»Also würde ich ihn ausschließen«, sagte ich. »Er hätte den Kaffee sowieso nicht vergiften können, und es ist ein lausiges Motiv.«

»Wieso hätte er den Kaffee nicht vergiften können?«, wollte Gavin wissen.

»Weil er schon in der Thermosflasche war«, sagte ich und beließ es dabei.

»Was ist mit der Schwester?«, sagte Anders. »Wir haben nur ihre Aussage, dass er den Kaffee selbst gemacht hat.«

»Eine unterdrückte, ›Ja-Bruder‹ dienernde, verhuschte Person«, sagte Gavin. »Sie und ihr Mann zogen hier in den Norden, als der Mann auch pensioniert wurde. Laut den Nachbarn hatte er sich hier gut eingelebt, aber als er vor ein paar Monaten starb, musste sie zu ihrem Bruder ziehen, weil sie alleine nicht zurecht kam. Sie ist aus Birmingham«, fügte er hinzu, mit dem leichten Mitleid des Landbewohners für jeden, der wegen eines verstopften Abflusses oder einer herausgesprungenen Sicherung gleich zu den Gelben Seiten griff. »Der Aussage der Nachbarn zufolge konnte sie keine Hummel aus dem Haus vertreiben, ohne in Panik zu geraten.«

»Was ist mit der Blausäure?«, fragte ich. »Wo kam die her? Vermutlich kann man die nicht einfach über dem Ladentisch kaufen.«

»Nicht mehr, nein. Vor ein paar Jahren ging das noch, in Dosen, um Wespennester zu vergiften.«

»Wespennester«, wiederholte ich. »Wozu ist es sonst noch gut?«

Gavin sah mich wieder erstaunt an. »Nichts, soweit ich weiß. Wie's der Zufall will, haben wir eine schöne glänzende Dose von dem Zeug im Kuhstall des Nachbarn gefunden, säuberlich versteckt zwischen den Farben.«

»Ach ja?«

»Ja«, sagte Gavin. »Fingerabdrücke von einem unbekannten Mann, mit Schmierflecken von Handschuhen am Rand. Die Abdrücke stammten weder vom Insektenforscher noch vom Nachbarn noch vom Toten.«

»Wie kam der Nachbar denn mit dem Toten aus?«, fragte Anders.

»Zufällig hat er sich auch mit ihm gestritten, weil er die Lämmer mit seiner Mottenjagd störte.«

»War er von Natur aus streitsüchtig oder erst in letzter Zeit?«

»Erst in letzter Zeit«, sagte Gavin. »Das Alter, Vergesslichkeit, Querulantentum, solche Dinge. ›Etwas speziell‹ hat seine Schwester ihn genannt.«

»Okay, okay«, sagte ich. »Schlechter Gleichgewichtssinn, Vergesslichkeit, Reizbarkeit, schlechte Laune. Es kann nicht wirklich Spaß gemacht haben, mit ihn zusammenzuleben, besonders, wenn man auch noch die fehlenden Lichter der Großstadt und den Mangel an Klempnern in den Gelben Seiten berücksichtigt. Wenn es Alzheimer im Anfangsstudium war, dann hätte sie ihn noch auf Jahre hinaus am Hals gehabt, wobei sich sein Zustand verschlechtert hätte, wenn er nicht passenderweise gestorben wäre. Hat sie vor, nach Birmingham zurückzuziehen?«

»Sie hat zu viel geweint, als dass sie dazu etwas hätte sagen können.«

»Nun, bevor sie das macht«, schlug ich vor, »sieh mal nach, ob sie nicht etwas von ihrem Mann hat, was du für Fingerabdrücke nutzen könntest. Sie könnten zu denen auf der Dose passen, der schönen glänzenden Dose, die sicherlich nicht seit letztem Jahr in einem Kuhstall gestanden hat – dann wäre sie ordentlich verrostet. Was bedeutet, dass sie unter der Treppe in ihrer Sozialwohnung war, zusammen mit dem Rest des Zeugs von ihrem Mann. Als sie sie mitnahm zum Haus ihres Bruders, muss sie die Dose mit Handschuhen angefasst haben, was wiederum bedeutet, dass sie schon an einen Verwendungszweck gedacht hatte.«

»Die Beseitigung von Wespen«, sagte Anders.

»Hier auf dem Land gibt es keine Wespen«, sagte ich. Gavin hob den Kopf und verengte die Augen. »Nur in Lerwick, und du hast gesagt, die Blausäure sei sonst zu nichts gut, also wird sie nicht dem Nachbarn gehört haben. Als sie hierherzogen, habe die Schwester und ihr Mann sie sicher aus Birmingham mitgebracht, weil sie mit Wespen rechneten. Und du wirst mir nicht erzählen wollen, dass eine Frau, die nicht einmal eine Hummel verscheuchen konnte, sich an ein Wespennest herantrauen würde. Und was den Kaffee angeht …«

»Mach weiter«, sagte Gavin, »was haben wir Styroporbecher-Nutzer nicht bedacht?«

»Bevor du eine Thermosflasche füllst«, sagte ich, »wärmst du sie mit heißem Wasser an. Falls also der Mottenforscher-Konkurrent Blausäure hineingefüllt hätte, dann wäre sie ausgespült worden. Die Ja-Bruder-dienernde, verhuschte Frau hat den Kaffee gemacht und mit dem Wespengift ihres verstorbenen Mannes vergiftet.«

»Eine gute Theorie«, stimmte Gavin zu. »Die Fingerabdrücke ihres Mannes auf der Dose und ein Arztbericht über den Bruder könnten den Staatsanwalt überzeugen.« Er schob sein Glas von sich weg und verzog das Gesicht. »Hast du diesen Whisky wirklich nicht mit irgendetwas angereichert?«

»Meine Zähne sind alle in Ordnung, keiner muss gezogen werden«, sagte Anders und nahm das Glas. Rattes Schnurrbart bewegte sich leise als Zeichen der Missbilligung. »Ich trinke ihn für dich aus.«

Der Fussball

Carola Christiansen

Meine Eltern benehmen sich seltsam. Sie weinen. Erwachsene weinen doch nicht?! Nur, wenn etwas richtig Schlimmes passiert. Jemand muss gestorben sein! Ich habe Angst.

Wer soll mich beschützen, wenn die Monster unter meinem Bett herauskriechen? Wer, wenn die anderen mich in der Schule hänseln, weil ich zu klein bin, zu langsam, zu dumm?

Wer soll mir helfen?

Obwohl – in die Schule gehe ich schon seit einer Woche nicht mehr. Niemand geht mehr in die Schule, das behaupten zumindest Mama und Papa. Dabei war es doch so furchtbar wichtig.

Lernen! Nicht für die Schule, haben sie immer gesagt – für's Leben … Und nun? Plötzlich alles egal!

Mein großer Bruder ist jetzt ein Soldat. Soldaten gehen auch nicht mehr in die Schule. Mama und Papa haben furchtbar geweint, als er losgezogen ist. Wieder! Dabei hat er doch am Computer schon Krieg gespielt. Mama hat sich geärgert, doch er wollte nicht aufhören. Er fand es so toll. Nun darf er in echt spielen! Da müssten sich doch alle freuen! Nein. Geheule. Das Schlimme ist, das darf ich eigentlich niemandem verraten, er hat selbst auch geheult!

Erst hab ich's nicht geglaubt, seine Schultern haben so komisch gezuckt, ich dachte, er lacht vor Freude. Nein. Er hat geheult, wie ein Baby! Fast so schlimm wie Mama. Aber dass Papa auch …

Die Welt ist völlig verrückt. Mitten in der Nacht zerrt Mama mich aus dem Bett. Es ist schrecklich laut, die Geräusche machen mir Angst, und wir gehen in den Keller. Nicht einmal in unseren Keller, wir gehen in einen Nachbarkeller. Das ist sicherer, sagt Mama.

Wieso? Ich möchte schlafen! Wovor überhaupt sicher? Geht es um die Monster unter meinem Bett? Warum machen die plötzlich so einen Krach?

Als Mama und Papa irgendwann schlafen, bin ich mucksmäuschenstill wieder aufgestanden. Ich schleiche mich nach oben, an allen schnarchenden Nachbarn vorbei, draußen ist es fast hell. Ich habe dann lange überlegt, was ich zuerst tun möchte, wo ich jetzt die Gelegenheit habe, weil sie endlich beide fest schlafen. Früher, und das ist noch gar nicht lange her, eine Woche vielleicht, bin ich immer mit meinem Fußball losgezogen. Ich habe nur ganz kurz überlegen müssen – Fußball ist immer das Größte! Ich würde endlich wieder mit meinen Freunden kicken, ich hab die echt vermisst! Selbst auf die andere Gang freute ich mich, die, die uns immer den Ball geklaut hat!! Also auf Zehenspitzen und Socken nix wie raus aus der Bude und den Fußi holen.

Komisch ist schon, was da vor der Tür alles herumliegt. Häuser sind eingekracht. Was ist da bloß passiert? Da sind richtige Löcher drin. Bomben? Das hat Papa gesagt. Die werfen Bomben auf uns. Wer sind die? Die Feinde. Aber wer? Aliens? Wieso machen die alles kaputt? Wenn da noch jemand drin gewesen wäre!

Jetzt habe ich aber keine Zeit mehr, ich renne durchs Treppenhaus nach oben zu unserer Wohnung. Den Schlüssel habe ich natürlich noch. Nur schnell den Ball holen. Überall sind Löcher in den Wänden. Steine und anderer Krempel liegen auf der Treppe. Und draußen sind wieder diese schrecklichen Geräusche. So ein schrilles Summen und ein fürchterliches Knallen und Krachen. Fast wie ein Gewitter. Doch davor habe ich natürlich keine Angst! Ich bin ja kein Baby! Vielleicht sind da draußen nur Blitze und Donner. Elektrizität. Das habe ich von Mama gelernt. Kein Grund, sich zu fürchten. Mit dem Ball unter dem Arm laufe ich wieder nach draußen. Es sieht alles so anders aus. Überall liegen Steine, der Fußweg und die Straße sind aufgeplatzt wie die Wassermelonen, die wir letzten Sommer vom Balkon geworfen haben.

Plötzlich überkommt mich so ein starkes Gefühl. Ich möchte bei Mama und Papa sein. Warum bloß? Ich wollte doch zu meinen Freunden. Ich kann gar nichts dagegen tun. Es hat gerade besonders laut gescheppert, vielleicht liegt es daran. Heule ich jetzt etwa auch? Das fehlt noch. Ich sehe mich um. Es ist niemand auf der Straße. Kein Erwachsener und schon gar keiner meiner Freunde. Doch eins ist klar: ich heule jetzt wirklich!

Ich habe doch Angst. Und ich bin ganz allein.

oOo

Plötzlich schreckt sie aus dem Schlaf. Ein besonders lauter Einschlag in der Nähe. Sie streicht sich die Haare aus dem Gesicht und sieht zu ihrem Mann, der ebenfalls gerade die Augen öffnet. Ihr Blick fällt auf das Lager neben ihnen. Sie braucht einen Moment, um das Bild zu verarbeiten. Der Platz ist leer. Im Dunkel kann sie nicht weiter in den Raum schauen, doch sie sieht es in den aufgerissenen Augen ihres Mannes, er hat es ebenfalls bemerkt. Beide richten sich auf. Sie flüstert den Namen ihres Sohnes. Erst fragend, dann zunehmend panisch, bis ihr Flüstern zu einem Schrei anschwillt. Rundherum tauchen müde Gesichter auf. Verwirrt, erschrocken und dann erbost. Wer wagt es, ihnen die wenigen kostbaren Stunden des Vergessens zu rauben? Die Ruhe, derer ihre ausgezehrten Körper und Seelen so dringend bedürfen. Einige Mienen spiegeln Mitgefühl wider, doch die meisten sind einfach resigniert und todmüde. Ihr Mann nimmt sie in die Arme.

»Schsch, wir finden ihn. Vielleicht musste er mal verschwinden.«

Einige leise Stimmen fragen: »Was ist passiert?«

»Unser Sohn ist verschwunden! Wir gehen ihn suchen.«

Seufzend schälen sich mehrere schemenhafte Gestalten aus ihren Decken. »Wir helfen euch!«

Die anderen fallen erschöpft zurück auf ihre Lager.

oOo

Erst bin ich nur gelaufen, doch jetzt renne ich. Erst habe ich meinen Fußi festgehalten, doch jetzt habe ich ihn verloren. Ich renne so schnell, dass ich husten muss und keine Luft bekomme. Ich muss stehenbleiben. Die Luft brizzelt so komisch, kleine leuchtende Teilchen fliegen durch die Luft.

Eigentlich sieht es ganz schön aus, doch der Gestank ist fies, und ich kriege nicht genug Luft in mich hinein. Ganz verbogen stehe ich da, ich keuche und sehe den Eingang zum Keller, in dem Mama und Papa bestimmt noch schlafen.

Es ist so heiß! Die Luft tut weh. Auf meiner Haut und auch, wenn ich nach Luft schnappe. Ich versuche trotzdem zu atmen. Plötzlich sehe ich Mama, Papa ist dicht hinter ihr. Ich versuche zu rufen, aber meine Stimme ist wohl verbrannt.

Ich kann sie nicht hören. Doch ihre Münder sind weit offen, als wenn sie schreien würden. Komisch. Sind ihre Wörter auch verbrannt? Geht das? Sie heulen schon wieder, das sehe ich ganz deutlich.

oOo

Sie sinkt auf die Knie, presst den Körper ihres Sohnes fest an sich, wiegt ihn vorsichtig. Ihr Mann kniet hinter ihr, umfasst sie schützend mit beiden Armen. Tränen strömen über sein Gesicht.

Sie lächelt. Hört nicht auf vor- und zurückzuschaukeln. Flüstert leise Worte in die Ohren des Kindes. Die kleine Schar müder Helfer steht betreten um sie herum. Schweigend. Schließlich tritt einer aus dem Kreis heraus und reicht ihr die Hand. Sie übersieht die Hand erst und schlägt sie dann zur Seite. Die Umstehenden lauschen nervös den Einschlägen, die näherzukommen scheinen. Kein guter Ort zum Verweilen. So groß das Mitgefühl ist, niemand möchte hier und jetzt von einer Bombe zerrissen werden.

oOo

Mama hat mich gestreichelt, wie ein Hauch so sanft. Jetzt fliege ich. Ich sehe sie unter mir, sie weint. Papa auch. So viele Tränen. Ich seufze. Es hört sich seltsam an, hier oben. Ich sehe, wie zerstört unsere Stadt ist. Ich sehe die vielen Menschen, die weinen. Unser ganzes Land müsste eigentlich überflutet sein. Überall liegen Körper ohne

Leben. Erwachsene, aber auch Kinder. Ich versuche meine Freunde zu erkennen, doch alles beginnt zu verschwimmen.

Da sehe ich meinen Fußi. Tief unter mir. Er kullert durch die Straße, wie von einer unsichtbaren Schnur gezogen. Im nächsten Augenblick höre ich einen gewaltigen Knall und Flammen schlagen hoch und versuchen mich zu erwischen. Doch sie können mir nichts anhaben.

Nie mehr.

Düstere Absichten

Ana Dee

Tim befand sich auf dem Nachhauseweg und kickte missmutig einen Stein vom Gehweg. Am liebsten würde er seine Rückkehr bis zum Abend hinauszögern, weil der Tag alles andere als gut verlaufen war. Wie sollte er seinen Eltern nur beibringen, dass er die Mathematikklausur komplett in den Sand gesetzt hatte? Schon die zweite schlechte Note in Folge, sie würden kaum erfreut sein.

Der Himmel war wolkenverhangen und grau, genau passend zu seiner Stimmung. Bis zum Wohnhaus war es nicht mehr weit und seine Laune hatte einen neuen Tiefpunkt erreicht. Wenn er nicht innerhalb der nächsten halben Stunde nach Hause kommen würde, wäre seine Mutter schon bald in Sorge.

Plötzlich kam ein Hund um die Ecke gefegt und sprang freudig an ihm hoch.

»Lucky, wo kommst du denn her?«, rief Tim und beugte sich hinunter, um den kniehohen Mischling zwischen den Ohren zu kraulen. Lucky stupste ihn mit seiner feuchten Nase an und schleckte ihm einmal quer übers Gesicht. »Hey, sofort aufhören«, lachte Tim und hatte für einen kurzen Moment seine Sorgen vergessen. »Lucky, willst du mich nach Hause begleiten?«

Der Hund wedelte noch einmal freudig mit seiner Rute und setzte seinen Weg in die entgegengesetzte Richtung fort.

»Dann eben nicht«, sagte Tim schulterzuckend.

Genau in diesem Moment hielt ein weißer Kastenwagen neben ihm. Ein bärtiger Hüne sprang heraus, umrundete das Fahrzeug und lief direkt auf Tim zu. Bevor Tim irgendetwas sagen konnte, wurde er von kräftigen Armen gepackt und zum Wagen gezerrt.

»Nur ein einziges Wort von dir, und deine Eltern sind schon morgen Geschichte«, zischte der bärtige Hüne, öffnete die Flügeltüren am Heck und stieß den Jungen hinein. »Handy und Rucksack!«, sagte er und streckte fordernd die Hand aus.

So eingeschüchtert, wie Tim war, befolgte er die Anweisung ohne Widerworte. Das Letzte, was er sah, bevor die Türen wieder verschlossen wurden, war ein dunkler Schatten. Nur Sekunden später setzte sich das Fahrzeug in Bewegung und Tim wurde nach hinten geschleudert. Er stieß sich den Kopf an einem der Radkästen und die Tränen schossen ihm in die Augen. Das hatte verdammt wehgetan. Plötzlich spürte er an seinem Handrücken etwas Feuchtes, das ihn anstupste.

»Lucky?«, rief er erstaunt und tastete behutsam neben sich. Tatsächlich, der Hund saß neben ihm. »Wie bist du denn hierhergekommen?«

Der Schatten! Lucky musste im letzten Moment am Bärtigen vorbei in den Transporter gesprungen sein.

»Was machen wir denn nun?«, flüsterte Tim und versuchte, während der rasanten Fahrt irgendwo Halt zu finden. Seine Gedanken schossen kreuz und quer. Die Kerle hatten ihn einfach gekidnappt und er kannte nicht einmal den Grund dafür. »Sie dürfen dich nicht finden. Sobald sie die Türen öffnen, musst du ganz schnell ins Freie springen«, flüsterte er.

Lucky würde ganz sicher den Weg nach Hause finden. Und für den Notfall hatte seine Besitzerin, Ida, an seinem Halsband eine winzige Kapsel mit ihrer Telefonnummer befestigt. Dumm nur, dass Lucky nicht erzählen konnte, was mit ihm passiert war.

Aber dann kam Tim eine Idee. Seine Mutter hatte ihm gestern einen großen Wunsch erfüllt und ihm ohne einen besonderen Grund die Schachtel mit einer Smartwatch in die Hand gedrückt. Normalerweise gab es außer der Reihe keine Geschenke und er hatte sich riesig gefreut. Vielleicht könnte eben diese Uhr seine Rettung sein. Aber dann fiel ihm ein, dass sein Handyguthaben aufgebraucht war. So konnte er seine Eltern natürlich nicht anrufen. Er ballte die Hände zu Fäusten und überlegte fieberhaft. Es musste doch etwas geben, wozu diese dumme Uhr nützlich war.

Lucky leckte seinen Arm, als wolle er ihn beruhigen. Aber natürlich! Tim löste den Klettverschluss vom Handgelenk und befestigte die Smartwatch an Luckys Halsband. »Bitte, du darfst sie nicht verlieren«, flehte er. »Versprich mir, dass du so schnell wie du kannst nach Hause läufst, ja?«

Lucky wackelte mit seinem Hinterteil und fiepte leise.

»Sobald sich die Türen öffnen, musst du rausspringen. Hast du mich verstanden?«

Lucky winselte erneut, als der Wagen zum Stehen kam. Waren sie am Ziel angekommen? Er hörte das Klappen einer Autotür, dann setzte sich das Fahrzeug wieder in Bewegung.

Tim hatte furchtbare Angst, dass die Kerle Lucky erwischen könnten. Sobald sie die Uhr am Halsband bemerkten, könnte das ziemlich viel Ärger geben. Aber was hätte er sonst tun sollen? Fieberhaft suchte er nach einer Lösung, aber seine Sinne waren wie blockiert. Was sie wohl mit ihm vorhatten? Ihn umbringen? War er nur ein Zufallsopfer? Oder hatten sie ihn schon seit Tagen im Visier?

Zitternd beugte er sich nach vorn, umschlang Luckys Hals und drückte sein Gesicht in das flauschige Fell. Der vertraute Geruch und einzelne Haare kitzelten seine Nase. »Du musst auf dich auspassen«, flüsterte er. »Dann kannst du mich retten.«

Nur wenig später verminderte der Wagen seine Geschwindigkeit, bis er schließlich stehenblieb und das Motorengeräusch erlosch. Tim konnte sich nicht länger an Lucky festklammern. Ängstlich lauschte er den Geräuschen und vernahm erneut das Klappen der Autotüren. Inzwischen müsste die Dämmerung eingesetzt haben und Tim wünschte sich nach Hause zurück. Seine Eltern waren sicher schon in Sorge. Nur einen Atemzug später wurden die Hecktüren aufgerissen.

»Lauf!«, rief Tim, aber Lucky rührte sich nicht von der Stelle. Erst, als er ihm einen sanften Klaps versetzte, sauste Lucky nach vorn und sprang in die Freiheit.

»Verflucht, wo kommt dieser Köter auf einmal her?«, brüllte der bärtige Hüne und knallte die Hecktüren wieder zu. »Wir müssen ihn einfangen.«

Tim kroch in die hinterste Ecke und lauschte den Stimmen der Männer. Noch nie in seinem Leben hatte er so eine große Furcht verspürt und sein Herz flatterte wie ein wildes Vögelchen in seiner Brust. »Ich will doch nur wieder nach Hause«, murmelte er unter Tränen.

Mittlerweile war es ganz still geworden, die Stimmen verstummt. Ob sie Lucky erwischt hatten? Nein, das durfte nicht sein. Die Zeit verstrich quälend langsam, während er im Dunklen hockte und sich fragte, warum die Typen ausgerechnet ihn gekidnappt hatten. Seine Eltern waren nicht reich, eben ganz normale Leute. Sie gingen morgens zur Arbeit, wie alle anderen auch, und hatten keine Reichtümer angehäuft. Es reichte geradeso für eine hübsche Eigentumswohnung, einen gebrauchten Volvo und eine Urlaubsreise im Jahr.

Warum also hatten sie gerade ihn ausgewählt?

Nach einer halben Ewigkeit näherten sich scharrende Schritte und die Hecktüren wurden wieder geöffnet. Tim erstarrte vor Angst und machte sich ganz klein.

»Los, raus!«

Der Tonfall des Bärtigen duldete keinen Widerspruch und Tim kletterte nach draußen. Ein sternenklarer Himmel wölbte sich über ihm. Wie schön wäre es, jetzt in seinem Zimmer zu sitzen und mit seinen Freunden zu zocken.

»Hallo, nicht einschlafen.«

Tim wurde vom Bärtigen derb in den Rücken gestoßen und stolperte vorwärts. Es musste sich um ein verlassenes Fabrikgelände am Rande der Stadt handeln, denn sie liefen zwischen hohen, leer stehenden Hallen entlang. Am Ende des eingezäunten Grundstückes befand sich ein heruntergekommenes Haus, dessen Eingangstür mit einer Stahlkette und einem Vorhängeschloss gesichert war. Der Bärtige öffnete die Tür und schob Tim in den dunklen Flur, der modrig roch. Sie liefen auf eine Stahltür zu, die in einen schmalen Raum führte. Tim wurde hinein gestoßen und die Tür fiel hinter ihm ins Schloss. Er hörte, wie der Schlüssel herumgedreht wurde, dann war es still.

Sofort lief er zum Fenster. Als er jedoch das Gitter davor entdeckte, starb auch der letzte Funken Hoffnung. Das hier würde bitter enden.

oOo

Helene blickte nervös auf die Uhr. Tim hätte schon längst aus der Schule zurück sein müssen und hatte auf keine ihrer Nachrichten reagiert, was ziemlich ungewöhnlich war. Sie hatte bereits Arvid angerufen, weil sie sich Sorgen machte. Als es klingelte, sprang sie auf und eilte zur Tür. Vielleicht war es Tim, der nur den Schlüssel verbummelt hatte. Aber überraschenderweise stand ihre Nachbarin vor der Tür.

»Hallo Helene, hast du vielleicht Lucky gesehen?«

»Lucky?«

»Ja, er ist mir wieder ausgebüxt.«

Ida und Lucky waren ein unzertrennliches Team und liebten einander abgöttisch. Idas Enkelin hatte den Hund von einem ihrer Roadtrips durch Osteuropa mitgebracht, wo er ein elendes Dasein als Straßenhund gefristet hatte. Lucky war Ida sehr ergeben, doch ab und zu sehnte er sich danach, allein durch die Straßen zu streunen und nutzte jede sich bietende Gelegenheit, um auszureißen. Nach ein oder zwei Stunden kehrte er erschöpft, aber selig wieder nach Hause zurück.

»Tut mir leid, Ida, aber ich kann dir leider nicht weiterhelfen. Ich warte auf Tim, er ist schon seit zwei Stunden überfällig.«

»Ist er vielleicht bei einem seiner Freunde?«

»Ich habe schon herumtelefoniert, er ist wie vom Erdboden verschluckt.«

»Hm, das klingt gar nicht gut.«

Genau in diesem Moment kam Arvid die Treppen herauf und betrat den Flur. »Gibt es Neuigkeiten?«, fragte er.

»Nein, nichts.«

Arvid nahm Helene tröstend in den Arm und küsste sie zur Begrüßung flüchtig auf die Wange. »Hast du schon überall angerufen? Was sagt die Schule?«

»Tim ist bei keinem seiner Freunde. In der Schule habe ich gerade noch den Hausmeister erwischt, alle anderen sind bereits nach Hause gegangen.« Ein leichtes Zittern erfasste sie. »Wir sollten keine Zeit verschwenden und die Polizei verständigen.«

»Eine schwierige Entscheidung«, erwiderte Arvid. »Wir wissen doch beide, dass Tim manchmal die Zeit vergisst.«

»Aber so spät ist er noch nie nach Hause gekommen.«

»Du hast recht, ich werde mich darum kümmern.« Er zog sich mit dem Telefon ins Wohnzimmer zurück.

»Wenn ich irgendetwas tun kann, dann melde dich bitte«, sagte Ida leise. »Ich hoffe sehr, dass Tim sich nur verspätet hat.«

»Danke, das hoffe ich auch.«

Helene drückte die Tür ins Schloss und lehnte sich mit dem Rücken an die Wand. Sie ahnte, dass etwas passiert sein musste. Tim war ein verträumter Junge, lebte oft in seiner eigenen Welt. Aber er hatte seine Eltern noch nie so lange warten lassen. Sie lauschte Arvids Stimme, der gerade das Aussehen von Tim beschrieb. Nur wenige Minuten später hatte er das Gespräch beendet und Helene ging zu ihm.

»Was haben sie gesagt?«

»Kommissar Lennard Engholm wird gleich vorbeikommen, um mit uns persönlich zu sprechen. Außerdem wollen sie den Laptop von Tim mitnehmen und einen Blick in sein Zimmer werfen.«

»Mir ist alles recht«, erwiderte sie und begriff allmählich, wie ernst die Lage tatsächlich war. Schluchzend fiel sie Arvid um den Hals. »Ich halte dieses sinnlose Warten nicht mehr aus.«

Arvid umfasste ihre Schultern und löste sich sanft von ihr. »Ich werde jetzt die Krankenhäuser anrufen, okay?«

Sie nickte. »Daran habe ich noch gar nicht gedacht.« Hoffnung flammte auf. »Vielleicht ist er gestürzt und hat sich ein Bein gebrochen.«

»Dann hätten sich Tim oder einer der Ärzte sofort gemeldet«, erwiderte Arvid sanft.

»Im meinem Kopf herrscht ein heilloses Durcheinander. Stunde um Stunde vergeht, ohne dass es ein Lebenszeichen von ihm gibt. Was könnte ihm nur zugestoßen sein?«

»Wir dürfen nicht vom Schlimmsten ausgehen.«

»Das sagt sich so leicht.« Sie ließ sich resigniert auf den Sessel sinken und kämpfte erneut mit den Tränen. »Ich hätte nie gedacht, dass uns das einmal passieren könnte.«

»Vielleicht gibt es einen triftigen Grund, dass Tim noch nicht zu Hause ist.«

»Aber welchen sollte es geben? Ihm muss etwas zugestoßen sein.«

»Während wir auf den Kommissar warten, werde ich dir einen Beruhigungstee kochen«, sagte Arvid. »Du kannst in der Zwischenzeit ein aktuelles Foto von Tim heraussuchen, damit eine Suchaktion eingeleitet werden kann werden kann.«

Er wandte sich ab und verschwand in der Küche. Sie hörte, wie er den Wasserkocher füllte und das leise Klappern von Geschirr. Mühsam erhob sie sich, um das Smartphone zu holen. Erst letzte Woche hatte sie Tim fotografiert. Ihr Sohn wuchs so schnell heran, dass sie jede Sekunde in Erinnerung behalten wollte.

»So, da bin ich wieder«, sagte Arvid und stellte die Tasse auf dem Couchtisch ab. »Mit extra viel Honig.«

Sie schaute dankbar zu ihm auf. »Du bist ein Schatz.«

»Hast du ein Foto herausgesucht?«

Sie zeigte es ihm. »Findest du das gut?«

»Ja.« Sein Blick verdunkelte sich und er schluckte. »Verdammt, wann kommt endlich dieser Kommissar?«

Wie auf Kommando klingelte es an der Tür. Erneut sprang Helene auf und eilte in den Flur. Sie ließ den Kommissar eintreten und begleitete ihn ins Wohnzimmer.

»Bitte, nehmen Sie doch Platz.«

»Vielen Dank.« Lennard Engholm schien ein erfahrener Beamter zu sein und musterte sie über den Rand seiner Brille hinweg. »Ihr Mann hat mir die wichtigsten Fakten bereits am Telefon mitgeteilt. Ist Ihr Sohn schon einmal so lange weggeblieben?«

»Nein, noch nie. Ich bin ganz außer mir vor Sorge.«

»Können Sie mir aus dem Bauch heraus einen Grund nennen, warum er nicht nach Hause gekommen ist?«

»Wie meinen Sie das?«, fragte Helene irritiert.

»Zum Beispiel eine schlechte Note, weil er sich vor einer möglichen Standpauke fürchtet.«

»Ich glaube, die wenigsten Eltern sind darüber erfreut«, meldete sich Arvid zu Wort. »Wir haben zwar meistens enttäuschte Gesichter gemacht und ihm gesagt, dass er im Unterricht weniger träumen und sich mehr anstrengen soll. Aber er musste nie eine Strafe fürchten.«

»Also können wir Gründe dieser Art ausschließen?«

»Auf jeden Fall«, antwortete Helene.

»Dann müssen wir weiter forschen. Sie gehen beide einer beruflichen Tätigkeit nach?«

»Ja, ich arbeite als Bibliothekarin und mein Mann in einem Autohaus«, sagte Helene.

»Also verfügen Sie über ein ganz normales Einkommen?«

Sie bejahte.

»Haben Sie sich Feinde gemacht? Einen erbitterten Nachbarschaftsstreit vielleicht?«

»Nein, nichts dergleichen«, antwortete Arvid. »Wir haben noch nie in einer so freundlichen und hilfsbereiten Nachbarschaft gewohnt wie in diesem Viertel.«

»Glauben Sie, dass Ihr Sohn einfach nur die Zeit vergessen haben könnte?«

»Nein, niemals, das hatten wir doch schon erwähnt«, sagte Helene aufgewühlt. »Ihm muss etwas zugestoßen sein.«

»Die ersten achtundvierzig Stunden sind die wichtigsten und Sie müssen mir schon auf die Sprünge helfen, die Zeit läuft uns davon. Selbst das klitzekleinste Detail könnte hilfreich sein.«

Die Türklingel unterbrach das Gespräch. Helene eilte in den Flur und öffnete die Tür. Ida hielt Lucky auf dem Arm.

»Schau mal, wer wieder da ist«, sagte sie überglücklich.

»Das freut mich für dich, aber du musst mich bitte entschuldigen. Der Kommissar sitzt im Wohnzimmer, um uns wegen Tim zu befragen.«

»Tim ist immer noch nicht aufgetaucht?«, fragte Ida erschrocken.

»Ja.«

Helene wollte gerade die Tür schließen, aber Ida sich mit der Schulter dagegenstemmte.

»Warte bitte einen Moment. Lucky hat etwas mitgebracht, mit dem ich nichts anfangen kann.«

»Ida, hat das nicht bis später Zeit?« Helenes Stimme hatte schroffer geklungen, als sie es beabsichtigt hatte.

»Vielleicht könnte es wichtig sein.«

»Ida, bitte …«

Arvid tauchte neben ihr auf. »Gibt es ein Problem?«, fragte er.

»Ja … nein …« Ida wirkte resigniert. »Könntest du wenigstens einen Blick auf Luckys Halsband werfen?«

»Nicht jetzt, Ida. Bitte hab Verständnis dafür.«

»Es könnte aber wichtig sein«, begehrte sie auf.

Lennard Engholm drängte sich an Helene und Arvid vorbei ins Treppenhaus. »Was ist los?«, fragte er.

»Mein Hund ist wieder ausgerissen und als er nach Hause gekommen ist, hatte er dieses Ding um seinen Hals.« Ida deutete auf die Uhr.

»Kennen Sie diese Uhr?«, wandte sich Engholm an Helene und Arvid.

»Ja«, hauchte Helene. »Die habe ich Tim gestern geschenkt.«

»Ein ziemlich teures Geschenk. Hatte Ihr Sohn Geburtstag?«

»Nein, ich wollte ihm eine Freude machen.«

»Einfach so?«

Engholm musterte sie aufmerksam, als sie mit zittrigen Fingern die Uhr vom Halsband des Hundes löste.

»Nein, natürlich nicht. Wir haben am Wochenende eine verdammt hohe Summe im Lotto gewonnen und am Montag den Schein eingelöst. Ich habe Tim eine preiswerte Smartwatch gekauft, weil wir den Gewinn noch nicht ausgezahlt bekommen haben.«

»Und warum sagen Sie das erst jetzt?«

»Weil es nicht mit seinem Verschwinden zusammenhängen kann. Mein Mann und ich, wir haben niemandem davon erzählt.«

»Würden Sie die Uhr bitte mit Tims Handy verbinden.«

»Ja, natürlich.« Arvid nahm Helene die Uhr aus der Hand.

»Wenn wir das Handy orten können, sind wir schon einen Schritt weiter«, sagte Engholm. »Ist es eingeschaltet?«

Arvid nickte.

Engholm ließ sich alle Daten geben und setzte sich mit seinem Team in Verbindung.

»Die Kollegen sind bereits unterwegs«, sagte er nur wenige Minuten später.

»Gott sei Dank.« Helene drückte Ida dankbar die Hand. »Entschuldige, dass ich dich so angefahren habe.«

»Schon gut.« Ida setzte Lucky ab. »Braucht ihr mich noch?«

»Es wäre nett, wenn Sie sich zur Verfügung halten könnten«, bat Engholm.

»Kein Problem, ich bin direkt nebenan.«

Engholm, Arvid und Helene kehrten ins Wohnzimmer zurück.

»Wie wird es jetzt weitergehen?«, fragte Helene.

»Ich warte auf den Rückruf der Kollegen, ob sie Tim gefunden haben.«

Arvid legte seine Hand tröstend auf ihre Schulter. »Endlich kommt Bewegung in die Sache.«

Helene konnte seinen Optimismus nicht teilen. Es war grausam, stundenlang zu warten, und tausend Gedanken schossen ihr gleichzeitig durch den Kopf. Wie war Tims Uhr an Luckys Halsband gekommen? Und warum? Schade, dass der Hund nicht sprechen konnte.

Als Engholms Smartphone klingelte, zuckte sie erschrocken zusammen.

»Schlechte Nachrichten«, brummte er verstimmt. »Der Rucksack und das Handy lagen auf dem Boden eines leer stehenden Hauses. Von Ihrem Sohn fehlt weiterhin jede Spur.«

»Ich habe es gewusst.« Schluchzend schlug Helene die Hände vors Gesicht. Das Warten zermürbte sie und sie ging in die Küche, um eine Kanne Kaffee zu kochen. Es würde garantiert eine lange Nacht werden. Nach einer halben Stunde verabschiedete sich Engholm von ihnen und ließ sie allein zurück.

Genau in diesem Moment, als Helene die benutzten Tassen in die Geschirrmaschine stellte, klingelte es erneut. Voller Hoffnung lief sie in den Flur. Das konnte nur Tim sein.

»Ida?«

»Entschuldigt die Störung, aber Lucky ist dermaßen nervös, dass ich ihn nicht beruhigen kann. Irgendetwas stimmt nicht mit ihm, er kratzt ununterbrochen an der Tür.«

»Tut mir leid, aber ich kann dir jetzt wirklich nicht helfen.« Sie wusste, wie harsch sie geklungen hatte, aber sie war so verzweifelt.

Arvid erschien neben ihr und hörte Ida aufmerksam zu. »Die Wege von Tim und Lucky haben sich gekreuzt und er wollte mit der Uhr auf sich aufmerksam machen. Vielleicht will uns Lucky etwas Wichtiges zeigen.«

»Glaubst du, dass mein Lucky das kann?«, fragte Ida ungläubig.

»Warum nicht? Wir müssen alles versuchen. Vielleicht ist Tim verletzt und nur Lucky kennt den Weg.«

»Soll ich mitgehen?«, fragte Ida. »Allerdings bin ich sehr langsam unterwegs.«

»Wenn du uns Lucky anvertraust, würden Helene und ich uns auf den Weg machen«, sagte Arvid.

»Kein Problem.«

Lucky bekam von Ida sein Geschirr samt langer Leine umgelegt, dann verließen Arvid und Helene das Haus. Lucky legte ein ordentliches Tempo vor und zerrte an der Leine. Schon drei Straßen weiter rang Helene keuchend nach Luft. Aber die Aussicht, Tim aus einer misslichen Lage zu befreien, spornte sie an. Alles war besser, als untätig herumzusitzen und auf einen erlösenden Anruf zu warten.

Arvid war deutlich durchtrainierter und hatte kein Problem mit Luckys Geschwindigkeit. Bereits nach wenigen Minuten hatten sie das Viertel verlassen und die Gegend veränderte sich.

»Er läuft direkt auf das Industriegebiet zu«, sagte Arvid.

»Ist das ein gutes oder ein schlechtes Zeichen?«, fragte Helene atemlos.

»Das werden wir gleich erfahren.«

Lucky hatte die Nase noch immer fest auf den Boden geheftet und strebte voran. Arvid gab ihm durch die lange Leine immer mehr Spielraum. Der kleine Kerl hechelte bereits, behielt aber das hohe Tempo bei. Er führte sie direkt auf ein verlassenes Firmengelände und drehte sich nach ein paar Metern suchend im Kreis. Es schien, als hätte er die Spur verloren.

»Was nun?« Helene schaute Arvid fragend an.

»Schhhhh …«

Er legte den Zeigefinger auf seine Lippen und deutete an, leise zu sein. Auch Lucky spitzte die Ohren. Dann schnellte er nach vorn und die Leine spannte sich. Helene folgte Arvid und Lucky mit gemischten Gefühlen. Würde diese Aktion überhaupt etwas bringen?

Plötzlich stoppte Arvid seine Schritte. »Könnt ihr das hören?«

Während Lucky wie verrückt an der Leine zerrte, blieben sie stehen, um zu lauschen.

»Das ist die Stimme von Tim«, sagte Helene aufgeregt. »Er ruft um Hilfe.«

Plötzlich erschien wie aus dem Nichts der helle Lichtkegel einer Taschenlampe, der direkt auf sie zukam.

»Wir müssen hier weg, sofort!«

Arvid holte die Leine ein und machte kehrt, Helene folgte ihm. Sie flüchteten querfeldein und als sie sich weit genug entfernt hatten, blieben sie stehen.

»Irgendetwas stimmt hier nicht und ich glaube, dass Tim gefangen gehalten wird. Wir sollten die Polizei informieren und nach Hause gehen.«

Helene wollte widersprechen, aber Arvid zog sie mit sich. Dann blieb er stehen und wählte Engholms Nummer, um ihn zu informieren.

»Aber ich kann Tim doch nicht allein zurücklassen«, protestierte sie, nachdem er das Gespräch beendet hatte.

»Solange wir nicht wissen, mit wem wir es zu tun haben, ist das keine gute Idee«, sagte Arvid.

Helene verließ mit ihm und Lucky das Fabrikgelände und ihr wurde schwer ums Herz. Was war sie nur für eine schlechte Mutter. Am Ende konnte sie nicht mehr genau sagen, wann und wie sie nach Hause gekommen war. Lucky stürzte sich auf seinen Wassernapf und leerte ihn innerhalb von Sekunden. Dann saßen sie in Idas Küche, als Helenes Handy klingelte. Voller Hoffnung nahm sie das Gespräch an, als sich eine verzerrte Stimme meldete, die sie aufforderte, den gesamten Gewinn abzuheben, in einer Reisetasche zu verstauen und diese auf dem Sportplatz am Rande der Stadt neben dem Schuppen zu deponieren. Erst dann würde sie Tim wiedersehen. »Und keine Polizei!« Damit endete das Gespräch.

»Oh mein Gott, was sollen wir nur tun?«

»Ich werde sofort den Kommissar anrufen«, sagte Arvid und wählte seine Nummer. Er erreichte Engholm sofort, redete und nickte hin und wieder zustimmend.

»Und? Was hat er gesagt?«

»Wir sollen zur Bank fahren und so tun, als ob wir Geld abheben.«

Helen warf einen beunruhigten Blick auf die Uhr. »Die Bank wird gleich schließen.«

»Jetzt ist Eile angesagt«, rief Arvid. »Wir müssen zwei Taschen benutzen und eine davon mit Zeitungspapier und Gewichten präparieren, damit sie prall gefüllt wirkt.«

»Gut, dann machen wir das so.«

Sie verließen Idas Wohnung und Arvid schnappte sich die beiden Reisetaschen aus der Abstellkammer. Helene raffte alle Zeitschriften zusammen, die sie finden konnte und stopfte eine der Taschen damit aus. Anschließend legte sie noch ihr Bügeleisen hinein, damit es die Tasche beim Tragen nach unten zog. Im Dunkeln verließen sie das Haus und huschten, hoffentlich ungesehen, zu ihrem Wagen. Mit durchdrehenden Reifen scherte Arvid aus der Parklücke und fuhr in Richtung Bankfiliale.

Helene knetete nervös die Hände. Würde Engholms Plan aufgehen? Der Kidnapper hatte ihr gedroht, nicht die Polizei einzuschalten. Aber genau das hatten sie getan. Außerdem war der Lottogewinn noch gar nicht an sie überwiesen worden.

Inzwischen hatte Arvid die Bank erreicht und sie sprangen aus dem Fahrzeug. Der Filialleiter war gerade dabei, die Tür abzuschließen und Helene hämmerte mit der Faust gegen die Scheibe.

»Bitte, es ist dringend!«, flehte sie und wurde erhört.

Arvid zahlte einen Zwanziger auf Tims Konto ein, während Helene mit den Taschen beschäftigt war. Dann verließen sie die Bank und fuhren auf dem schnellsten Weg zum Sportplatz, wo Arvid die Tasche deponieren sollte.

»Ich halte das alles nicht mehr aus«, sagte Helene.

»Wir haben es ja gleich geschafft.«

Arvid drückte ihre Hand, dann stieg er aus. Er nahm die Tasche vom Rücksitz und überquerte die Rasenfläche des Sportplatzes, um zum Schuppen zu gelangen. Helene hielt den Atem an, als sie sah, wie Arvid die Tasche abstellte. Dann kehrte er zum Wagen zurück und stieg wieder ein.

»Was meinst du?«, fragte sie bang.

»Ich verlasse mich auf Engholm.«

Er startete den Motor und sie fuhren schweigend zurück. Jetzt konnten sie nur noch warten.

Ida bat sie wieder in die Küche, wo sie eine Kleinigkeit zubereitet hatte. »Ihr habt sicher noch nichts gegessen«, sagte sie und schenkte den Tee in die Tassen. Lucky lag in seinem Körbchen und schlummerte erschöpft. Nur hin und wieder zuckte eines seiner Pfötchen im Schlaf.

Es ging bereist auf Mitternacht zu, als endlich die erlösende Nachricht ein traf. Tim konnte befreit und zwei Verdächtige verhaftet werden.

Nachdem Arvid und Helene sich bei Ida bedankt hatten, machten sie sich auf den Weg ins Krankenhaus, wohin man Tim zur Beobachtung gebracht hatte. Helene konnte ihre Erleichterung kaum in Worte fassen. Das war gerade noch einmal gut gegangen. Sie würde sich bei Lucky und Ida mit einem Geschenk bedanken, das war das Mindeste, was sie tun konnte. Kein Geld der Welt konnte das Aufwiegen, was sie gerade an Dankbarkeit empfand. Es waren die kleinen Dinge, die das Leben erst lebenswert machten.

oOo

»Hallo Mama, hallo Papa«, rief Tim, als seine Eltern das Krankenzimmer betraten.

»Ich bin so froh, dass du wieder da bist«, sagte seine Mutter überglücklich und umarmte ihn. »Lucky hat uns den Weg gezeigt, die Idee mit der Uhr war goldrichtig.«

»Ich weiß«, erwiderte Tim und schmiegte sich an seine Mutter. »Warum habt ihr mir nichts von dem Lottogewinn erzählt?«

»Genau aus diesem Grund, damit du sicher bist. Wir sollten auch weiterhin Stillschweigen bewahren, versprichst du mir das?«

Tim nickte.

Seine Mutter strich ihm liebevoll durchs Haar, während sein Vater seine Hand hielt. »Es tut mir leid, dass wir dich nicht sofort befreien konnten. Ich hoffe, es ist nicht zu schlimm für dich gewesen?«

»Na ja, es geht schon.« Er wollte unbedingt tapfer sein, damit sich seine Eltern nicht so viele Sorgen um ihn machten. Außerdem hatte er fest daran geglaubt, dass Lucky ihn nicht im Stich lassen würde. »Wisst ihr schon, wer hinter all dem steckt?«

Sein Vater nickte. »Der Betreiber des Tabakladens, bei dem wir das Los gekauft haben, hat das Ganze inszeniert. Er hatte sich unsere Zahlen gemerkt.«

»Wow, krass …«, entfuhr es Tim.

»Aber er und sein Komplize sind bei der Geldübergabe verhaftet worden«, sagte seine Mutter.

»Hauptsache, es ist vorbei«, murmelte Tim und sein Kopf sank auf das weiche Kissen. Auf einmal fühlte er sich grenzenlos müde und schloss die Augen. Von nun an würde er Lucky jeden Tag ein Leckerchen vorbeibringen und mit ihm spazieren gehen, um sich bei ihm zu bedanken.

Vollmondmord

Isa Klink

Das Mondlicht glitzert silbern auf der Wasseroberfläche.

Ich halte für einen Moment inne, schaue zu der runden Scheibe am Himmel auf und denke an Lissy. Früher habe ich es geliebt, unsere kleine Welt im sanften Licht des Vollmonds zu erkunden. Heute hingegen erscheint mir das Glitzern ein böses Omen zu sein.

Ja, seit geraumer Zeit geschehen unheilvolle Dinge bei Vollmond. Was genau vor sich geht, kann bislang niemand sagen. Meist offenbart es sich erst in der Morgendämmerung, dass wieder jemand fehlt. Dass es erneut jemanden von uns erwischt hat.

Anfangs traf es nur die Alten. Wir nahmen an, der betagte Frieder sei an einem stillen Ort entschlafen, Rosalie sei einer plötzlichen Erkrankung erlegen, Karls schwaches Herz hätte den Kampf gegen das Alter endgültig verloren.

Doch dann verschwand plötzlich einer der Jungen. Keiner konnte sich erklären, wo er abgeblieben war. Patrick war einfach weg.

Die Tage kamen und gingen und mit jeder Vollmondphase verschwanden weitere von uns. Das Unheimliche daran ist: Wir haben nie eine Leiche gefunden! Ja, die ganze Angelegenheit ist äußerst mysteriös. Tatsache aber ist – mit den hellen Nächten geht der Tod einher. Unmerklich und leise.

Manche meinen, ein tödlicher Virus sei die Ursache dafür. Das Virus greife um sich und raffe jeden dahin, der nicht genügend Abwehrkräfte besitzt. Peter behauptet gar, den Verlauf der Krankheit zu kennen. Die Infizierten hätten in den Tagen vor ihrem Verschwinden allesamt auffällig geweitete Augen gehabt. Dies sei das erste Stadium der Erkrankung. Danach gehe es ganz schnell. Die Haut würde sich röten und schuppen, kurz darauf würde der Leib anschwellen und sich aufblähen. Dies sei ein Zeichen dafür, dass die inneren Organe angefangen hätten, sich zu weiten. Wenn die maximale Ausdehnung erreicht wäre, würden die Organe schließlich platzen. Zuletzt würde der gesamte Leib aufbrechen. Es käme einer inneren Sprengung gleich. Zurück blieben Fleischreste und Hautschuppen.

Diese Vorstellung ist natürlich grauenhaft. Aber so irre es klingt, es würde zumindest erklären, weshalb wir nie irgendwelche Leichen gefunden haben.

Was allerdings dagegen spricht, ist der zeitliche Aspekt. Weshalb sollte die Krankheit nur bei Vollmond auftreten? Das macht in meinen Augen keinen Sinn.

Nein, ich habe eine ganz eigene Theorie. Leider will davon niemand etwas hören, weil der Gedanke so beängstigend ist. Aber nun ja ... Was, wenn wir es hier ganz einfach mit einem Mörder zu tun haben? Einem Massenmörder. Wenn meine These stimmt, dann wählt der Vollmondmörder seine Opfer willkürlich aus. Er scheint blitzschnell und schlagkräftig zuzuschlagen. Bislang gibt es jedenfalls niemanden, der seinen Angriff überlebt hat. Auf das Fehlen der Leichen habe ich auch keine Antwort. Vielleicht versteckt er sie ja in einer der umliegenden Höhlen.

Bislang haben mich die rätselhaften Vorfälle in unserer Kolonie ehrlich gesagt nur am Rande beschäftigt. Die Todesnachrichten haben mich zwar betroffen gemacht, aber da ich die Opfer nicht näher kannte, verdrängte ich die Geschehnisse so gut es ging. Doch jetzt, jetzt muss ich mich damit beschäftigen. Weil Lissy verschwunden ist. Meine geliebte, wunderbare, bezaubernde Lissy!

Ich kann nicht glauben, dass es sie erwischt hat. Das kann nicht sein. Darf nicht sein. Lissy ist im besten Alter und kerngesund. Als ich sie das letzte Mal gesehen habe, waren ihre Augen nicht im Geringsten geweitet. Sie waren schön wie immer, tief dunkel und mit diesem besonderen Glanz, der sich nur in Lissys Augen findet.

Ihr Körper war nicht aufgedunsen, sondern schlank und zart, ja geradezu grazil.

Ich habe bereits stundenlang nach ihr gesucht, doch sie ist wie vom Erdboden verschluckt. Der einzige Ort, an dem sie jetzt noch sein könnte, ist die tiefe Höhle. Wenn sie dort tatsächlich ist, kann ich mir nicht vorstellen, dass sie diesen Ort freiwillig betreten hat. Niemand, der klar bei Verstand ist, geht dort aus freien Stücken hinein. Einige wagemutige Höhlenforscher haben berichtet, dass sie aus einem Gewirr von dunklen Gängen besteht. Gänge, die weit in die Tiefe führen. Verliert man dort die Orientierung, ist die Gefahr groß, von der Höhle verschluckt zu werden und nie wieder ans Licht zurückzufinden. Auch wenn es unwahrscheinlich ist, dass Lissy sich dort befindet, muss ich alle Möglichkeiten in Betracht ziehen.

Eigentlich wäre es vernünftiger, die Erkundigung der Höhle bei Tag vorzunehmen. Aber da könnte es für Lissy ja schon zu spät sein, falls sie Hilfe braucht.

oOo

Dort ist sie, die tiefe Höhle. Zumindest der Eingangsbereich ist noch recht geräumig. Je tiefer man allerdings in die Höhle vordringt, desto niedriger wird die Decke und desto schmaler wird der Gang. Wenigstens reflektieren die Kiesel am Boden das Mondlicht.

»Lissy? Lissy? Bist du hier?« Nichts. Kein Laut ist zu hören.

Dort kommt eine Gabelung. Hm, links oder rechts? Intuitiv würde ich eher den linken Gang nehmen. Mal sehen …

Wie dunkel es hier ist! Das Mondlicht reicht nicht einmal aus, um den ersten Wegabschnitt ausreichend zu erhellen. Und weiter hinten? Da wird es stockfinster! »Lissy?« Nichts. Mist! Der Gang wird immer enger. Soll ich wirklich noch weiter? In diese Schwärze hinein? Was erwartet mich da? Ich muss unwillkürlich an meinen letzten Albtraum denken …Ich schwamm seltsamerweise im Meer und begegnete dort einer riesengroßen Muräne. Blitzschnell kam die hässliche Bestie aus der Dunkelheit hervorgeschossen und ehe ich mich versah, war ich umgeben von tausenden Zähnen, messerscharfen Zähnen.

Rasch verdränge ich das Bild. An solch einem Ort sollte man nicht an Albträume denken, ganz gleich, wie absurd sie auch sein mögen.

»Lissy? Bist du da?«

Aua! Jetzt bin ich an der Wand entlang geschrammt! So, jetzt ist es aber wirklich genug.

Ich dreh um! Raus hier!

Warum sollte sie so tief in diese Höhle eingedrungen sein? In dieses schwarze Loch? Sie ist ja nicht lebensmüde.

Puh, bin ich froh, dass ich wieder draußen bin! Das war eine Schwachsinnsidee. Hätte ich mir wirklich sparen können.

Und was jetzt? Ich wüsste nicht, wo ich noch suchen sollte. Am besten, ich schlafe jetzt für ein paar Stunden und suche weiter, wenn es hell ist. Andererseits ... Der Gedanke, dass sie gerade jetzt irgendwo in Not ist und meine Hilfe braucht, ist unerträglich!

Hm, vielleicht – vielleicht ist sie ja bei den Seerosen. Mensch, dass ich da nicht gleich draufgekommen bin! An heißen Tagen habe ich sie dort manchmal schon angetroffen. Zum Glück ist der Platz nicht allzuweit entfernt.

oOo

Was ...? Was ist das dort hinten? Tatsächlich, bei den Seerosen bewegt sich was. Könnte das ...?

»Lissy?« Oh ja, ich fasse es nicht! Sie ist es! Sie ist es! Ach, mir fällt ein Stein vom Herzen! Gleich, gleich bin ich bei ihr. »Lissy, ich komme!«

Wie wunderschön sie ist! Ihr Schwanz bewegt sich in der Strömung wie ein zarter Schleier und ihre orangefarbenen Schuppen glänzen im Mondlicht wie Gold. Ah, jetzt dreht sie sich um und erkennt mich.

»Lissy, ich habe dich überall gesucht! Was machst du hier denn ganz allein? Das ist doch gefährlich!«

Sie öffnet gerade den Mund, um etwas zu erwidern, als ich den schwarzen Schatten über ihr bemerke. Ich erstarre vor Schreck, sehe nur diesen Schatten, der langsam größer wird. Die Silhouette eines riesigen Kopfes mit spitzen Ohren und bernsteinfarbenen Augen zeichnet sich ab.

In diesem Moment wird mir schlagartig klar, was all den Opfern widerfahren ist. Der Vollmond erhellt den Teich so stark, dass sich die Fische im niedrigen Bereich auf einem Präsentierteller befinden. Bei Lissy kommt noch hinzu, dass ihre goldenen Schuppen das Licht besonders stark reflektieren. Die Schönheit ihres Schuppenkleides wird ihr zum Verhängnis werden!

Ich will ihr eine Warnung zurufen, doch ich bin wie gelähmt und bekomme keinen Laut heraus. Hilflos muss ich zusehen, wie eine riesige, getigerte Pranke ins Wasser schlägt und nach Lissy angelt.

Einen Flossenschlag später bohren sich bereits die messerscharfen Krallen in ihren Leib. Während Lissy noch zappelt und sich windet, fährt das Monster die Krallen weiter aus und reißt sie quer durchs Wasser hindurch in die Höhe. Es geht alles blitzschnell.

Zurück bleibt ein Strudel, der schnell schwächer wird. Das Wasser kräuselt sich noch ein wenig, dann ist alles wieder ruhig.

Ungläubig schaue ich zu der Stelle auf, wo Lissy gerade entschwunden ist. Doch da ist nichts mehr zu sehen.

Nichts, außer dem silbernen Glitzern des Mondlichts auf dem Wasser.

Die Gottesanbeterin

Sybille Baecker

Ich bin der Herr dein Gott. Du sollst keine anderen Götter haben neben mir. 2. Buch Mose 20

Kriminalhauptkommissarin Gisela Himmel, ledig, dreiundfünfzig und schon viel zu viele Jahre im Dienst, hätte den Zettel am liebsten in kleine Stücke zerrissen. Es war der dritte mit genau demselben Wortlaut innerhalb von sechs Monaten. Den ersten hatten sie vor einem halben Jahr gefunden. Einen weiteren vier Monate später. Diesen hier am Tag zuvor.

»Himmel, wie lange willst du noch auf diesen Zettel starren?« Ihr Kollege Gottlob Keller sah sie mit gerunzelter Stirn von seinem Schreibtisch auf der anderen Seite des Büros an.

»Weißt du, was das ist?« Sie wedelte mit dem Asservatentütchen durch die Luft.

»Ein Beweismittel.«

Sie legte das Tütchen wieder vor sich auf den Schreibtisch und strich es glatt. »Das erste Gebot.«

»Erzähl mir was Neues.«

»Anfangs dachten wir, es handele sich um eine Beziehungstat.«

»Ja«, bestätigte Keller. »Und was denken wir jetzt?«

»Drei Morde in sechs Monaten, alle anscheinend aus demselben Motiv.«

Ihr Kollege grinste süffisant. »Dein Scharfsinn ist heute wieder atemberaubend. Ich kann kaum folgen.«

Gisela Himmel schnaufte genervt. Keller mit seinen blöden Sprüchen. Es nagte an ihr, dass nun schon der dritte ungelöste Mordfall auf ihrem Schreibtisch lag. Die Täterin – wenigstens so viel hatten sie inzwischen herausgefunden, dass sie höchstwahrscheinlich nach einer Frau suchten – war gut. Sie arbeitete sauber und sorgfältig und hinterließ kaum Spuren. Die Medien hatten sich auf diesen neuen Mord gestürzt wie die Geier auf das Aas. »Die Gottesanbeterin« hatte man ihr einen einprägsamen Titel verliehen, nachdem die Pressefritzen Wind von der Bibelbotschaft bekommen hatten.

»Von welchem Motiv sprechen wir denn jetzt?«, rief sich Keller wieder in Erinnerung.

»Anbetung.«

»Also doch eine Beziehungstat, also, genau genommen mehrere Beziehungstaten.«

»Vielleicht aber auch eine Serientäterin mit religiösem Hintergrund.«

»Eine Nonne?«

Gisela Himmel zuckte die Achseln.

Das erste Opfer war ein ausgemachter Fußballfan gewesen. Ein kleines, schmächtiges Männlein mit einem übergroßen Herzen für den VfB Stuttgart. Kein Spiel seines Vereins, bei dem er nicht im Stadion gewesen wäre, weder zu Hause noch auswärts. Im Sommer 2014 kam die Krönung seines Fußballfan-Daseins: Er flog nach Brasilien zur Fußball-WM. Dafür hatte er sämtliche Ersparnisse verbraucht und einen Kleinkredit aufgenommen, was seine Angetraute dazu veranlasste, die Fanartikel in die VfB-Bettwäsche zu stopfen, diese ihrem Mann bei seiner Rückkehr in die Hand zu drücken und ihn vor die Tür zu setzen. Da half es auch nichts, dass Deutschland nach vierundzwanzig Jahren endlich wieder einmal Fußball-Weltmeister geworden war.

Der Mann blieb dem VfB treu, kaufte lieber Tickets fürs nächste Spiel, statt seiner Ex Unterhalt zu zahlen. Vor Kurzem fand man seine Leiche. Es war ein seltsamer Anblick, der sich den Sicherheitsleuten in den frühen Morgenstunden am Eingang zur VfB-Fankurve vor der MHP-Arena bot: Den Kopf des Mannes zierte ein aufgeschnittener Lederfußball. Er war damit erstickt worden. Eine Deutschlandfahne hing um seine Schultern, die geliebte VfB-Bettwäsche bedeckte den

Körper, eine Trillerpfeife hing um seinen Hals. Die Botschaft – ein Computerausdruck ohne Fingerabdrücke – wurde durch den hinzugerufenen Arzt entdeckt. Beim Abtasten des erkalteten Körpers entdeckte er jenes Erste Gebot. Der Zettel mit der mahnenden Botschaft war dem Opfer direkt auf Herzhöhe an die Brust getackert worden.

Dass es sich bei dem Täter mutmaßlich um eine Frau handelte, hatte die DNA-Spur verraten, die die Kriminaltechniker am Fußball entdeckt hatten. Eine weibliche DNA. Allerdings passte diese Spur leider nicht zu seiner Beinahe-Ex-Gattin, zwischenzeitlich Witwe, und daher war der Fall noch nicht gelöst.

oOo

Gisela betrachtete das Gesicht des Mannes unter ihr. Ein schönes ebenmäßiges Gesicht: dichte, dunkle Wimpern, sorgfältig gezupfte Augenbrauen, sinnliche Lippen. Er hatte die Augen geschlossen, lächelte entspannt. Sie kniete über ihm, spürte seinen nackten Körper zwischen ihren Schenkeln. Schweiß kribbelte auf ihrem Rücken, die Knie schmerzten, nachdem die Anspannung in ihr nachließ. Sie war einfach nicht mehr die Jüngste.

»Und?« Leonhard von Eichendorf öffnete die Augen. »War ich gut?«

In Anbetracht dessen, dass sie die ganze Arbeit geleistet hatte, war diese Frage eine Frechheit. Sie nickte dennoch. Seine Hände legten sich auf ihre Hüften, griffen in das Fleisch. »Hast du zugenommen?« Er kniff prüfend in die kleinen Fettpölsterchen. »Du musst aufpassen, meine Liebe. In deinem Alter wird man das nicht mehr so schnell wieder los.«

Er machte diesen intimen Moment kaputt. Aber sie sagte nichts. Es war ohnehin ein Wunder, dass ein so attraktiver Mann wie er sich für eine Frau wie sie interessierte.

oOo

»Wo müssen wir ansetzen?« Gisela Himmel hatte die drei Botschaften nebeneinander auf ihren Schreibtisch gelegt. Identisches Papier. Identisches Schriftbild. Identischer Text. Wie viele dieser Zettel hatte die Täterin angefertigt?

»Wenn sie ein Gebot nach dem anderen abarbeiten würde, wüssten wir, dass nach zehn Leichen Schluss wäre«, überlegte Keller laut.

»Meinst du? Sie könnte noch ein paar Gebote hinzufügen. Zum Beispiel: Du sollst nicht so viel Unsinn schwätzen, wenn es um eine ernste Angelegenheit geht.«

»Oh, schlecht geschlafen?«

Gisela warf ihm einen finsteren Blick zu. Ihr Privatleben ging niemanden in der Dienststelle etwas an. Sie dachte an Leonhard. Ein gutes halbes Jahr traf sie sich nun mit ihm. Ihre Wege hatten sich kurz vor dem ersten Mord gekreuzt.

Schweigend verglich sie die Datumsangaben. »Die Abstände werden kürzer. Der erste Mord vor sechs Monaten, der zweite vier Monate später. Und zwischen Nummer zwei und drei liegen gerade mal acht Wochen.«

Der zweite Mord war weniger aufwendig gewesen, ja, geradezu einfallslos im Vergleich zu Mord Nummer eins und insbesondere Mord Nummer drei. Der Tote war ein ausgemachter Autonarr gewesen. Man fand ihn in seiner Garage. Er saß hinter dem Steuer seines liebevoll gepflegten, glänzend polierten, feuerroten Camaros. Ein dünner Schlauch war vom Auspuff durch einen Fensterspalt ins Wageninnere geleitet worden. Der Motor lief.

Durch die stetige Zufuhr der Autoabgase war der Mann von seinem Lieblingsspielzeug mit Kohlenmonoxid tödlich vergiftet worden. Man hätte es für Selbstmord halten können, hätte da nicht die Botschaft auf Herzhöhe an seiner Brust gehangen.

»Narzisstin oder radikale Christin?«, fragte Keller.

»Ich glaube nicht, dass es sich um ein christliches Motiv handelt – denn dann würde unsere Täterin ja gegen das fünfte Gebot verstoßen: Du sollst nicht töten.«

»Ich wusste gar nicht, dass du so bibelfest bist«, spottete Keller.

Gisela quittierte es mit einem grimmigen »Tz«. Eine Narzisstin … Worum ging es der Täterin? Wollte sie angebetet werden oder missfiel ihr der Kult, den Menschen um irdische Dinge trieben? »Wir sollten noch einmal sämtliche Protokolle und Beweise nach Parallelen durchsuchen. Vielleicht hatten unsere drei Opfer eine gemeinsame Bekannte.«

Kellers gute Laune verflog. »Das klingt nach Nachtschicht.«

Die Kommissarin nahm ihr Smartphone, um ihre Verabredung für den Abend abzusagen.

»Deine Arbeit ist dir also mal wieder wichtiger als ich«, beschwerte sich Leonhard.

»Drei Menschen sind tot.«

»Ja, und? Du machst sie nicht wieder lebendig, indem du dich nicht an unsere Verabredung hältst.«

Er hatte ein Talent dafür, ihr ein schlechtes Gewissen zu machen. Er verstand einfach nicht, wie wichtig ihr der Job war. Es war eine gute Arbeit, eine sinnvolle Arbeit. Und er schmollte. Aber es war wohl ohnehin eine Frage der Zeit, wie lange diese Beziehung noch Bestand haben würde. Er war so fürchterlich egozentrisch und selbstverliebt. Allerdings konnte er auch sehr charmant sein und hatte eine Ausstrahlung, die sie in ihren Bann zog, sie immer wieder um seine Gunst betteln ließ. Sie schämte sich für ihre Schwäche, hatte deshalb ihre Beziehung mit ihm vor den Kollegen bisher geheim gehalten. Sie war eine leitende Ermittlungsbeamtin, da konnte sie sich solche Schwächen nicht leisten.

oOo

Im Dämmerlicht betrachtete Gisela Himmel die Fotos der Kriminaltechniker auf ihrem Computer. Sie rieb sich über den steifen Nacken. Zwei Wochen waren seit Mord Nummer drei vergangen und sie waren keinen Schritt weiter. Es musste doch mehr als diesen einen Hinweis auf die Täterin geben. Sie klickte sich durch die Armada von Bildern vom letzten Leichenfundort. Aufnahmen aus allen Winkeln, nah und fern, Großaufnahmen, Detailaufnahmen. Alles. Und doch nichts.

Ein früher Zeitungsausträger hatte Opfer Nummer drei vor dem Gebäude der Stuttgarter Börse gefunden. Der Bau in der Börsenstraße vereinte in sich eine Mischung aus feudaler Fassade und sterilem Glasbau – Tradition und Moderne. Zusammengesunken saß der Tote in einer Ecke, an die Mauer gelehnt. Eine Decke, auf der ein Hundert-Euro-Schein abgebildet war, lag über ihm. Man hätte ihn für einen Penner halten können. Das war er mitnichten. Er war ein äußerst erfolgreicher Börsenspekulant, der den Hals nicht vollkriegen konnte. Zumindest nicht bis zu seinem Tod. Als man ihn fand, war sein Mund voller Ein-Euro-Münzen und in seinem Magen lagerte eine größere Menge unverdauter Cent-Stücke. Letzteres hatte man nicht sofort sehen können. Es stand im Bericht der Rechtsmediziner, die ihn aufgeschnitten hatten. Sie hatten gerätselt, wie diese Cent-Stücke in den Magen gekommen waren. Ein Einzelnes konnte man ja versehentlich verschlucken, wenn man denn so geldgierig war oder eine Wette verloren hatte, aber vierhundertsiebenundachtzig? Spuren in Mund, Rachen und Speiseröhre lieferten Hinweise: Der Spekulant war gekröpft worden wie eine Martinsgans. Die Cent-Stücke hatte man ihm mittels eines Röhrchens und viel Wasser einverleibt. Sicherlich keine Maßnahme, die jemand freiwillig über sich ergehen ließ. Wie die toxikologische Untersuchung ergeben hatte, hatte die Täterin ihr Opfer gefesselt und gemästet. Irgendwann im Laufe der Prozedur war er erstickt.

Die Bilder auf dem Monitor verschwammen vor ihren Augen. Sie war müde und sie hatte ein schlechtes Gewissen. Leonhard schmollte noch immer. Sie würde vor ihm wieder zu Kreuze kriechen müssen, damit er ihr den Arbeitseifer vergab. Vielleicht sollte sie noch kurz bei ihm vorbeifahren? Sie hob den Blick zu ihrem Kollegen.

»Ich mach Feierabend.«

Keller sah von seinen Akten auf. »So früh? Ist doch noch nicht mal zehn.« Die Ironie in seiner Stimme war nicht zu überhören.

»Man kann nicht immer nur arbeiten.«

»Sagte die Workaholikerin.«

»Du arbeitest nicht weniger als ich.«

»Oh doch, du merkst es nur nicht. Eigentlich spiele ich die ganze Zeit Tetris am PC«, feixte Keller.

Sie traute ihm zu, dass er die Wahrheit sagte. »Ich arbeite nun mal gern.«

»Zwischen Leidenschaft und Obsession liegt ein schmaler Grat.«

Oh Gott, jetzt kam er auch noch mit Binsenweisheiten! Gisela verdrehte die Augen. »Obsession« hallte es in ihrem Kopf wider. Leidenschaft, Anbetung, Gier, Eifersucht? Was trieb die Täterin an? Sie stützte das Kinn in die Hände. »Übersehen wir etwas?«

»Wir suchen die ganze Zeit nach einer Frau. Vielleicht ist unsere Gottesanbeterin aber auch ein Gottesanbeter. Die DNA-Spur muss nicht zwangsläufig von der Täterin stammen.«

»Du bist es, oder?«

Keller lachte. »Ja, aber beweis mir das erst einmal.«

Mit diesem Mann konnte man kein ernsthaftes Gespräch führen. Sie nahm die Wagenschlüssel und ließ ihn mit den Akten allein.

oOo

Das Haus lag im Schatten der Bäume. Ein kleines, hübsches Einfamilienhaus in Stuttgart-Botnang. Man brauchte Geld, um sich so etwas leisten zu können. Hinter den Scheiben war alles dunkel, die Rollläden zum Schlafzimmer waren heruntergelassen. Entweder schlief er schon oder er war nicht zu Hause. Vermutlich Letzteres. Sie hatte keinen Schlüssel, um in sein Haus zu gehen und in seinem Wohnzimmer auf ihn zu warten.

Das hätte ihm auch nicht gefallen. Er legte Wert auf seine Privatsphäre. Er kam immer zu ihr, in ihre kleine Stadtwohnung. Sie belustigte ihn. »Auf so engem Raum kann man leben?«, hatte er spöttisch beim ersten Besuch gefragt. Ein einziges Mal war sie in seinem Haus gewesen, ganz am Anfang ihrer kleinen Liaison. Die Einrichtung war ein Spiegel seines Selbst: stilsicher, fehlerfrei, wunderschön. Kein Zimmer, in dem nicht ein Foto von ihm hing:

Leonhard mit seinem Porsche, Leonhard backstage im Theater, mit den Künstlern, Leonhard beim Fallschirmspringen, Leonhard im Urlaub auf einer Yacht, Leonhard unter Wasser beim Tauchen ... Bilder von Familie oder Freunden suchte man vergebens. Er war sich selbst genug.

Während Gisela Himmel in ihrem Wagen saß und wartete, grübelte sie unweigerlich wieder über ihren Fall. Eine Frau – oder ein Mann, zumindest jedoch eine Person, so viel stand fest, die Männer tötete, welche offensichtlich eine Leidenschaft hatten. Ein Hobby, ein Interesse, das sie über alles andere setzten. Sport, Autos, Geld … Was gab es noch? Sie dachte an Leonhard. Er hatte nichts, was er anbetete, außer vielleicht sich selbst.

Kellers Worte kamen ihr wieder in den Sinn: Leidenschaft, Obsession. Sie liebte ihren Job. Ein Grund, warum ihre erste Ehe gescheitert war. Die wenigsten Männer hatten Verständnis für ehrgeizige Frauen. Und Leonhard war nicht besser. Er schmollte, sobald sie ihm – nach seinem Befinden – zu wenig Aufmerksamkeit schenkte. Aber irgendetwas zog sie zu ihm hin, sorgte dafür, dass sie sich immer wieder mit ihm traf.

Es war drei Uhr morgens, als sich die Haustür von innen öffnete. Er war also doch zu Hause gewesen. Warum hatte sie nicht geklingelt, statt wie eine Stalkerin hier im Auto zu sitzen und zu warten? Sie sah eine Frau aus dem Haus huschen. Keine Gazelle, eher ein Vollweib in fließendem Seidenkleid mit tiefem Dekolleté und High Heels an den Füßen. Er sollte es noch einmal wagen, in ihre Hüften zu fassen und zu behaupten, sie hätte zugenommen! Gisela ballte die Hände zu Fäusten und schnaufte durch die aufgeblähten Nasenlöcher, während sie beobachtete, wie die Frau in aller Seelenruhe zu ihrem Auto ging.

»Du mieser Hund«, knurrte Gisela in die dunkle Nacht.

oOo

»Ich bin der Herr dein Gott. Du sollst keine anderen Götter haben neben mir. 2. Buch Mose 20.« Zettel Nummer vier. Kommissarin Himmel hatte Kopfschmerzen.

Sie stand neben Keller im Schlafzimmer. Im Bett vor ihnen lag ein toter Mann. Er trug einen edlen Seidenpyjama. Auf dem Nachttisch waren Handspiegel, Bürste und Cremes drapiert, dazu Champagner und ein Kristallglas. Um ihn herum waren unzählige Fotos auf dem Bett verstreut, die den Mann von allen Seiten zeigten und auf jedem Foto sah er verdammt gut aus. Gut – und selbstgefällig.

Ein Loch in der Stirn zierte das schöne, makellose Gesicht des Opfers. Ein gezielter Schuss aus geringer Distanz, keine Ausfransungen, nicht zu viel Blut. Die saubere Arbeit hätte ihm gefallen.

»Leonhard von Eichendorf, Junggeselle, Privatier«, wusste Keller. »Die Putzfrau hat ihn heute Morgen gefunden. Er ist noch nicht lange tot. Der Rechtsmediziner meint, dass er vermutlich irgendwann zwischen ein und drei Uhr nachts ermordet wurde.«

»Zeugen?«

Keller schüttelte den Kopf.

Sie sah auf den Mann. Auch im Tod war er noch schön.

»Früher oder später kriegen wir sie«, murmelte Keller neben ihr.

Gisela Himmel nickte langsam und wandte sich ab, um den Kriminaltechnikern Platz für ihre Arbeit zu machen. Früher oder später. Vielleicht auch nie.

Anmerkung: Die Europäische Gottesanbeterin ist die einzige in Mitteleuropa vorkommende Vertreterin der Fangheuschrecken. In Deutschland gilt sie als gefährdet und ist durch die Bundesartenschutzverordnung besonders geschützt. Sie darf weder gehalten noch gefangen werden. Das Weibchen ist größer als das Männchen. Gelegentlich kommt es vor, dass das Weibchen noch während oder nach der Paarung das Männchen auffrisst.

Brennende Eifersucht

Viola Eigenbrodt

Seit langer Zeit war Oliver endlich wieder einmal glücklich. Er hatte den Zuschlag für das kleine Hexenhäuschen bekommen.

Es war, wie beinahe alles, was sich in Olivers Besitz befand, auffallend. Es stand an der höchsten Stelle des kleinen Dorfs, das vor gut dreihundert Jahren Menschen gegründet hatten, die wegen ihres Glaubens aus ihrer Heimat vertrieben worden waren. Vertrieben fühlte sich auch Oliver, und zwar von der Gesellschaft, die ihn nicht verstand.

Sein Haus war alt. Zwar nicht dreihundert Jahre, aber über die Hälfte dieser Zeit stand es nun schon da und schaute stolz über die umliegenden Dächer. Sein letzter Besitzer war verstorben und nun sollte es versteigert werden. Als Oliver es zum ersten Mal sah, glänzte es für ihn in der Sonne und er war sofort verliebt. Seiner Bank erschien der Krankenpfleger in Festanstellung kreditwürdig und so konnte er das Häuschen, das auch unbedingt ihn wollte, leicht ersteigern.

Schon als Kind war Oliver an keinem Stöckchen vorbei gekommen, das als Werkzeug hätte verwendet werden können, ohne es aufzulesen und mitzunehmen. Kein Spielzeug überlebte lange, weil er es auseinander schraubte. Er wollte wissen, wie es funktionierte. Da er ohnehin nicht viel geschenkt bekam, fertigte er sich eben selbst welches. Er war sehr geschickt, neugierig und ausgesprochen klug. Schon damals fiel er auf, mit seinen leuchtend grünen Augen und den schwarzen Haaren. Aus ihm wurde später ein groß gewachsener Mann mit sehr breiten Schultern, kräftig und stark wie ein Bär. Gleichzeitig war er schüchtern, vorsichtig. Er kannte den Vulkan, der in ihm loderte, und wollte diesen beherrschen. Seine Familie hatte ihm kein Vertrauen geben können, und so verschloss er sich, zu wertvoll und zu zart war das, was sich in seinem Inneren befand.

Das Leben bot ihm manche Chance, er fand eine Frau, er studierte und fand Arbeit, er hatte ein Herz für außergewöhnliche Maschinen und Fahrzeuge, er entwickelte Ideen und bildete sich stets weiter.

Doch das Misstrauen blieb ihm und so wurde er, trotz eines gewissen Charmes, immer einsamer. Menschliche Enttäuschungen drängten ihn zurück in sein Schneckenhaus und er verschloss sich sogar gegenüber seiner Frau. Sie war nicht der Typ zum Kämpfen, fand nicht die richtige Strategie, die ihn hätte wieder öffnen können und ging nun ihrerseits auf Distanz. Die Ehe zerbrach an innerer Vereisung, die Frau wurde von einem anderen schwanger und Oliver zerbrach – beinahe.

Sein tiefer Glaube bewahrte ihn vor dem Schlimmsten, aber er blieb einsam. Er fühlte sich und er war tatsächlich unverstanden. Sein Hirn war wie der Schaltkreis eines hochkomplexen Motors, ein Irrgarten, ein Labyrinth, dem er manchmal selbst nicht entkam. Seinen Forscherdrang gab er für den Brotjob her und zog sich in sich und die Welt seiner Fantasie zurück.

Dabei war eine seiner größten Ängste, wirtschaftlich vor die Hunde zu gehen, wie er es in seiner engsten Familie hatte erleben müssen. Sein Vater war spielsüchtig und hatte die Familie in den Ruin getrieben. Oliver rettete neben seinem Ingenieursgenie auch sein Händchen für Finanzen und so gelang es ihm, trotz recht geringen Gehalts, mehrere Liegenschaften zu erwerben. Seine Vorliebe für Frankreich machte sich in verschiedenen Ausfertigungen der legendären »Ente« bemerkbar, die er, zur Freude der Spaziergänger im nahe gelegenen Park, um sein Häuschen drapiert hatte.

Obwohl sein Palast von der Grundfläche nicht üppig war, hatte er doch viele Keller und Zimmer, einen Garten, einen scheunenähnlichen Anbau und eine Garage, die der »Jäger und Sammler« mit all den Schätzen bis unter das Dach füllen konnte, die er im Laufe der Jahre angesammelt hatte. Oliver konnte nichts wegwerfen, er kam auch an keinem Sperrmüll vorbei, ohne diesen gründlich zu durchforsten.

Was andere Menschen als Kram und Krempel ansahen, war für Oliver von Wert.

Er brauchte auch seinem Hexenhaus keine Seele zu geben, es hatte bereits eine und freute sich über die vielen Reichtümer, mit denen er es beschenkte. Vom tiefsten Keller, in dem Teile von drei auseinander gebauten VW Käfern ihre letzte Ruhe gefunden hatten, bis ganz nach oben, wo er unter den antiken Schindeln und Holzkonstruktionen seiner Leidenschaft als Kräuterexperte nachging, von Wohn- und Schlafzimmern, Küche, Bad und Terrasse, jede noch so winzige Ecke oder Stelle war bedeckt mit Sachen. Endlich fühlte es sich wirklich gebraucht. Keine Stelle wurde verschwendet, sondern bedeckt. Es durfte sein, wie es war und wurde nicht verändert.

Das Haus war nach seiner ersten Bestimmung hundert Jahre später noch einmal aufgestockt worden, so dass seine Küche nicht, wie bei anderen Häusern, im Erdgeschoss, sondern im ersten Stock lag. Sie bildete das Herz. In ihr zu kochen vermochte ausschließlich Oliver, der übrigens ausgezeichnet Speisen zubereiten konnte, denn sie – ursprünglich eine schöne Einbauküche im Tiroler Bauernstil – war ebenfalls völlig zugestellt. Man robbte durch das Haus wie ein Indianer auf dem Schleichpfad. Ein schmaler Treidelpfad führte von der Eingangsstiege durch sämtliche Räume, wobei man stets befürchten musste, an irgendetwas anzustoßen.

Das Haus wurde zur Gebärmutter, die ihn schütze. Es war durch und durch weiblich. Es duldete keine anderen Götter neben sich, eine andere Frau schon gar nicht. Es brauchte keine Zentralheizung, um Oliver zu wärmen. Ein alter Kachelofen tat seine Pflicht sehr gut. Vor ihm saß der schöne, introvertierte Mann oft und träumte von den zärtlichen Händen einer weichen Frau. Doch das wusste die Casa Lignea nicht, wie sich das Haus nannte, das echtes Fachwerk als Skelett hatte und stolz auf seine natürliche Wärme war.

Sie beide bildeten eine Symbiose, er erhielt und fütterte sie, sie spendete die fehlende Leidenschaft und bot Schutz. Durch ihre Fenster schaute er mit großen Augen in die Welt, denn hier, an der höchsten Stelle des Dorfes, blieb ihm nichts verborgen. Schloss er die Fensterläden, war sie ganz intim und alleine mit ihm, niemand konnte ihre traute Zweisamkeit stören. Jedes Wochenende war er zuhause. Er ging nicht aus, und verlegte sich mehr und mehr auf virtuelle Begegnungen. Nur zu seiner Arbeit fuhr mit seinem sehr alten R4, an dem er regelmäßig herumschraubte und werkelte. Auf ihn war die Casa Lignea gelegentlich etwas eifersüchtig. Aber nur ein bisschen, denn ein Auto stellte für sie keine Konkurrenz dar.

Eines Tages jedoch blieb Oliver über Nacht weg. Genauer gesagt, sogar über zwei Nächte. An einem Samstagnachmittag hatte er seinen vom Onkel geerbten schweinsledernen Koffer gepackt und war losgezottelt. Das war ihr schon unangenehm aufgefallen, denn er hatte ihn lange auf dem Speicher suchen müssen. Obwohl sie das Gepäck sehr gut versteckt hatte, wurde es nach einigem Gefluche und Gesuche schließlich gefunden. Oliver packte nicht nur Unterzeugs, sondern auch ein paar Flaschen seines eigenen Weins ein. Ihm gehörten einige Hektar eines Weinberges in der Nähe. Vielleicht war er eingeladen, tröstete sie sich. Ab und zu kamen einige Gäste zum gemeinsamen Kochen. Wobei auch diese Unterhaltung längere Zeit nicht mehr stattgefunden hatte. Ihr Instinkt warnte sie und sie sollte recht behalten. Oliver kam völlig verändert zurück. Als allererstes suchte er sein Mobiltelefon, das er seit Jahren nicht mehr benutzte. Ein Festnetz besaß er absichtlich nicht. Er meinte, es würde ja doch keiner anrufen. Lignea war entsetzt, das war ein schlechtes Zeichen.

Das kleine Gerät war noch schwieriger zu finden als vor Tagen der Koffer, dafür hatte sie gesorgt. Doch Oliver blieb hartnäckig und fand es. Kaum hing es am Stromnetz, um aufgeladen zu werden, wählte er bereits eine Nummer. Eine Frauenstimme war zu hören und nun turtelte er auch noch mit dieser Stimme herum. Es galt zu hoffen, dass dieses Weibsbild niemals die hiesige Schwelle übertreten würde und überhaupt, die Angelegenheit möglichst schnell wieder beendet wäre.

Ihre Wünsche wurden nicht erhört, am nächsten Wochenende fuhr ihr Oliver schon wieder davon, und so ging es den ganzen langen Sommer, den Herbst, zu Weihnachten und Silvester ließ er sie alleine, in der Kälte und im Dunkeln, und dann passierte der befürchtete Supergau: er brachte die Frau mit.

Lignea gab sich die allergrößte Mühe, so fürchterlich wie möglich zu erscheinen, scheuchte ein paar Mäuse aus ihren Löchern, knarzte mit jeder Stufe der Treppe, jagte die Spinnen auf ihre Netze, und ließ kein Sonnenlicht durch die schwer zu öffnenden Fensterläden. Obwohl es keine Kakerlaken oder sonstiges Ungeziefer in ihr gab, erzeugte sie unangenehme Gerüche durch das morsche Holz. Oliver war nicht bekannt, dass sie nicht mehr so gesund war, wie sie ihm gegenüber tat. Sie drohte an einigen Stellen bereits einzustürzen.

Doch es half alles nichts.Die Frau zog ein, als seine Ehefrau sogar. Oliver hatte ihr eine ganze Zimmerflucht hergerichtet, hatte all sein gesammeltes Hab und Gut in den Kellern, Speicherräumen und übrigen Zimmer gestapelt, nur damit sie mit ihren eigenen Möbeln zu ihm ziehen konnte.

Lignea musste zugeben, dass die Neuzugänge schön waren. Die antiken Holzmöbel passten ausgezeichnet zu ihr. Aber die Frau? Heidi hatte Oliver völlig verändert. Er lachte, er schmuste, er redete. Er war vollkommen auf ihre menschliche Konkurrentin fixiert.

Das Haus war verletzt, beleidigt und sann nach Rache. Nachdem es sich vom ersten Schock erholt hatte, und verstand, dass die neue Herrin nicht mehr so einfach gehen würde, änderte es seine Strategie. Zum Beispiel heizte der Ofen immer schlechter, die Waschmaschine schleuderte plötzlich nicht mehr, der R4 hatte einen Unfall, durch die Fenster in den Zimmern zog es, im Sommer wurde es unerträglich heiß. Die Holzbalken der Decke bogen sich langsam, Stinkwanzen machten sich breit und Oliver fühlte sich von den Plänen, den Rest des Hauses auch noch zu renovieren, komplett überfordert. Doch stand er seiner Gefährtin gegenüber im Wort. Es war die Voraussetzung dafür gewesen, dass sie zu ihm zog.

So wurde allmählich die Stimmung zwischen Mann und Frau im Haus immer schlechter, sie fingen an, viel zu zanken. Lignea sah sich ihrem Ziel wieder näher gekommen, da musste sie feststellen, dass trotz aller Widrigkeiten die Liebe zwischen den beiden mächtiger als alles andere war. Die Frau blieb.

Das Haus begann, Fallen zustellen. Als Heidi an einem sehr kalten Tag von der Arbeit nach Hause kam – Oliver war nicht da – klemmte die Haustüre. Sie ging nicht auf. Zum Glück kannte die Ehefrau zu diesem Zeitpunkt bereits den Geheimzugang durch die Garage, die zwar so vollgestellt war, dass man kaum durchkam, aber Kälte macht erfinderisch.

Kurze Zeit später waren Möbelstücke verrückt, als Heidi vom Einkaufen zurückkam, Dekorationsgegenstände und sogar Kochgeschirr blieb von heute auf morgen verschwunden. Obwohl es keinen Wind gab, klapperten nachts die Fensterläden so sehr, dass die Eheleute aufwachten. Oliver suchte nach dem Grund, konnte aber nichts finden.

Lignea zog nun alle Register.

Seltsame Geräusche ließen die Ehefrau nachts schlecht schlafen. Sie schlief von ihrem Mann getrennt, der nachts arbeitete, damit sie nicht gestört würde, wenn er von der Nachtschicht heim käme. So erschien ihr sogar eine Gestalt, und sie war vor Schreck wie versteinert. Die Figur, von der sie Oliver später erzählte, erkannte dieser als den früheren Hausbesitzer und wunderte sich.

Dann ging die Toilettenspülung im Bad kaputt und musste teuer repariert werden, während Heidi auf dem Weg ins zweite Bad auf der Stiege stürzte. Eine Stufe war unvorhergesehen gebrochen und sie hätte sich um ein Haar das Genick gebrochen. Etwas musste sie geschützt haben, denn es blieb bei blauen Flecken, über ihre gesamte rechte Seite verteilt. Man hätte auch denken können, Oliver wäre ausgerastet. Da es Winter war, blieb ihr die Schande der hämischen Fragen erspart.

Dennoch beruhigte sie sich und Oliver hatte sie nur noch lieber.

Nun außer sich vor Wut entzündete Lignea in ihrem Herzen, in der Küche, ein Feuer. Während Oliver an diesem sehr kalten Tag im Winter einen zusätzlichen kleinen Ofen im Keller mit Scheiten füllte und seine Frau eine heiße Dusche nahm, entfaltete sich der Brand im ersten Stock des alten Holzhauses sehr schnell.

Die Frau bemerkte einen seltsamen Geruch, den sie auf den zweiten Ofen zurückführte, während Oliver nach oben ging und das Unheil sah. Er warnte seine Frau, die aus dem Haus lief und die Feuerwehr rief, während er sich mit Wasser übergoss und auf die Terrasse neben der Küche rannte. Dort wurde er von der nur Minuten später eintreffenden Feuerwehr in letzter Minute gerettet. Das Haus brannte inzwischen lichterloh.

Wenige Tage später stellte man fest, dass zwar das Dach und die Räume Olivers vollständig zerstört worden waren, aber das Zimmer der Frau wie durch ein Wunder unberührt geblieben war. Sie erkannten, dass dort in einem Mitbringsel aus einem Wallfahrtsort ein Schutzgeist gewohnt hatte, das sie kurz vor dem Brand aus Dekozwecken von dem später verwüsteten Dachboden geholt hatte.

Das Haus wurde abgerissen. Doch bis es soweit war, bescherte es Oliver, der seine Schätze aus Garage und Keller retten wollte, noch viele durchwachte Nächte und anstrengende Tage. Oliver kehre nie wieder an diesen Ort zurück.

Ein Schritt in die Ewigkeit

Ingrid Schmitz

Hilde schlich sich auf den Speicher und öffnete vorsichtig die halbhohe Tür, um ihre lieben Kleinen nicht zu erschrecken. Liebevoll stellte sie zwei Teller mit süßen Apfelstückchen, die sie so sehr mochten, auf eine Ecke des Bodens. Sie murmelte beschwörende Worte und blickte in ihre Richtung. Einige wurden unruhig, aber der Rest schlief tief und fest.

oOo

»Ich fahr zu Hilde!«, rief Holger ins Badezimmer, in dem sich seine Frau Hetti aufhielt.

»Schon wieder?« Sie blickte um die Ecke.

»Ja, der alte Drachen hat gerade angerufen. Sie bildet sich diesmal ein, auf dem Speicher wäre ein Untier. Ich stelle ein paar Fallen auf und dann hat sich das ruckzuck erledigt. Wir sollten ernsthaft überlegen, ob wir sie nicht entmündigen lassen und in ein Heim stecken. Wahnvorstellungen hat sie jedenfalls. Ich könnte Dr. Petersen mal fragen, was man da machen kann.«

»Vorsicht! Unterschätze Tante Hilde nicht. Am Ende treibt sie dich in den Wahnsinn. Du weißt genau, dass wir das Haus nur dann übertragen bekommen, wenn wir uns verpflichten, sie bis ans Lebensende zu pflegen. Das will ich gerne für meine liebe Tante tun.« Hetti kam mit erhobenem Zeigefinger unter der Dusche hervor und sah, nur mit der Mörderduschhaube bekleidet, zum Fürchten aus.

»Vielleicht solltest du dich in diesem Aufzug mal unter ihre Dusche schmuggeln. Das gibt einen astreinen Herzinfarkt mit Todesfolge«, dozierte er. Eine Bürste flog ihm entgegen.

»Wenn wir Pech haben, wird sie noch Hundert und wir sind dann so alt, dass wir einen Umzug nicht mehr verkraften«, versuchte Holger nach wie vor zu überzeugen. »Dabei könnten wir den Platz so dringend gebrauchen, jetzt da Marie und Luise immer älter und größer werden und sich nicht länger ein Zimmer teilen können.«

»Sieh erst mal nach dem Untier.« Leicht amüsiert zog sich Hetti in die Nasszelle zurück.

oOo

Holger klingelte an der schweren Eichentüre des Bauernhauses. Hier würde er eine Bank hinstellen und die ollen Rosenstöcke erst einmal rausreißen. Dafür kämen riesige Bambusbüsche hin und ein kleiner Teich musste ebenfalls angelegt werden, mit einem dreistöckigen Wasserfall. Überhaupt würde alles rundum erneuert werden. Aus dem Speicher könnte man ein wunderbares Atelier machen und den Keller zur Bar umbauen. Hoffentlich verfügte die Alte über ausreichend Bargeld, so dass er finanziell dazu in der Lage wäre. Es blieb ihm viel Zeit zum Träumen. Er wusste genau wie lange es dauerte, bis sich der Drachen erhoben hatte ... Es war immer die gleiche Zeremonie: eine halbe Minute stehen bleiben, damit der Kreislauf angekurbelt wurde, einen Schritt nach dem anderen setzen, an der Wand festhalten und vorsichtig die drei Stufen nach unten gehen ... das dauerte. Wenn er es recht bedachte, unter diesen Umständen, mochte er keine Siebzig werden und 130 Kilogramm wiegen.

Vorsichtig öffnete sich die Tür einen Spalt breit. Müde Augen blickten ihm entgegen.

»Ah, da bist du ja endlich. Ich warte schon seit drei Stunden. Das Geräusch wird immer lauter, nicht zum Aushalten! Komm ...«

Holger hasste es, wenn man seinen Arm festhielt. Er versuchte sich zu befreien, aber sie klammerte sich daran und stützte ihr ganzes Gewicht auf ihn. Stolpernd zwängten sie sich die schmale Speichertreppe hinauf. Er lauschte vorsichtshalber erst an der Tür, bevor er eintrat.

Als sie den riesigen, verwinkelten Speicherraum betraten, herrschte Totenstille. Nur der Staub von hundert Jahren flirrte, durch die Sonnenstrahlen sichtbar gemacht. In einem Dachvorsprung befand sich ein Medizinball großes Loch. Auf den Boden waren notdürftig ein paar dünne Bretter genagelt. Es zog fürchterlich.

»Das muss repariert werden«, schimpfte Holger. »Wie soll ich mir denn hier ein vernünftiges Atelier einrichten?« Er lief rot an und versuchte sich zu berichtigen. »Ich meine, wenn es mal so weit kommen sollte, nicht dass du denkst ...«

»Wie wollt ihr euch denn das Haus aufteilen?«, fragte sie hinterlistig.

Holger staunte. Noch nie hatte sie mit ihm darüber reden wollen. Dieses Thema war tabu. Aber nun sprudelte es aus ihm heraus und er beschrieb die Belegung der Zimmer ausführlich, wie vom Blatt gelesen. »Und in welchen Zimmern soll ich leben?«

»Zimmern? Ach so, du meinst welchen Raum wir dir zur Verfügung stellen würden?« Das war eine Fangfrage, das wusste Holger nur zu genau. Vorsicht war angesagt. »Noch ist es ja nicht so weit und dann sehen wir mal.«

oOo

Hilde hatte verstanden und das war auch der Grund, weswegen sie ihn um Hilfe gebeten hatte, aber noch war es nicht so weit. Sie musste ihm auf den Zahn fühlen.

»In welchen Zimmern würde ich wohnen, wenn ich euch das Haus nächste Woche überschreiben würde?«, wiederholte sie, etwas lauter.

Die Frage musste sich ihr stellen. Sie brauchte dringend Hilfe und war nicht mehr fähig einkaufen zu gehen. Alles fiel ihr schwer und sie hätte nur zu gerne gesehen, dass ihre Nichte mit den Kindern zu ihr zog und sie ein wenig bei der Arbeit unterstützte. Hetti würde es sofort tun, aber Holger war das Problem. Er hatte den ganzen Tag nur Malen und Zeichnen im Sinn und war zu faul um einem ordentlichen Beruf nachzugehen.

oOo

Haus überschreiben? Holger strahlte. Aber er ahnte auch, dass eine Gemeinheit dahinter steckte. Lebenslanges Wohnrecht für die Alte? Nicht mit ihm.

Alle Zimmer waren im Geiste vergeben. Da war kein Platz mehr für sie. Tante Hilde musste raus, doch dann bekamen sie das Haus nicht. Schweiß perlte auf seiner Stirn. Er steckte in einer Zwickmühle. Er kannte die Alte gut, sie würde sich das Anrecht auf die ihr zugewiesenen Zimmer schriftlich geben lassen. Noch immer suchte er nach einer unverfänglichen Antwort.

Nachdenklich blickte er auf die fehlenden Dachziegel, auf die maroden Schrägen, auf die wackeligen Dielen. Wie schnell konnte man hier stürzen – konnte sie stürzen.

»In welchen Zimmern würde ich wohnen?«, wiederholte Hilde.

Schweigen.

»Ich habe es geahnt!«, keifte sie. »Du willst mich loswerden! Willst mich hier raushaben.«

Abstreiten war zwecklos. Holger stand reglos da.

Hilde suchte seinen Blick. »Ist gut. Ich räume das Feld. Etwas später. Wir werden es notariell festlegen lassen – nächste Woche.«

Holger vergaß alle Skepsis. Er hätte sie am liebsten umarmt, war überglücklich. Zum ersten Mal nannte er sie »Liebe Hilde« und war erleichtert, sich nicht weiter mit Mordgedanken beschäftigen zu müssen.

»Wenn ich es recht überlege …«, sagte sie.

Holger zuckte zusammen.

»… kamen die Geräusche eher von dort.« Sie zeigte auf eine kleine Speichertür, am Ende des Raumes.

Je näher sie kamen, desto deutlicher drangen tatsächlich raschelnde Laute an Holgers Ohren. Eher flatternde Geräusche. Heftig flatternde Geräusche. Es stank nach Ammoniak.

Holger hustete, öffnete mutig, in gebückter Stellung die Tür.

Er betrat den Raum. Ruckartig riss er die Arme hoch und hielt sie sich schützend vor den Kopf, bevor er laut schreiend in die Tiefe stürzte.

oOo

Auf ihre Tierchen war Verlass. Unzählige Fledermäuse schwirrten nun um Hildes Kopf, umkreisten sie, schwirrten zurück in das Zimmerchen, flatterten nach draußen, völlig verwirrt und in ihrer Tagesruhe gestört. *Ihre* Fledermäuse, die sie über alles liebte, die in ihrem Dachgeschoss an den Balken und in den Nischen eine lebenslange Bleibe gefunden hatten und die es nicht störte, dass der Dielenboden zum Teil fehlte. Sie waren so anspruchslos wie ihre Nichte, auf die sie sich bereits jetzt freute, denn nun stand ihrem Einzug nichts mehr im Wege.

Natürlich hatte Hilde gewusst, wo die Geräusche herkamen, sie war ja nicht blöd. Aber dass ihr Plan so schnell aufging, damit hatte sie nicht gerechnet. Sie musste ja noch nicht einmal nachhelfen. Nun würde sie den Fußboden endlich ausbessern lassen, denn das war ja wirklich lebensgefährlich.

Hinterhältige Spielchen

Astrid Miglar

Ich sitze in meinem teuren Wagen und betrachte das hohe Bauwerk vor mir. Von den Stellplätzen im Kellergeschoss bis zur Spitze des Blitzableiters gehört es meinem Mann Patrick Sandhausen. Im Gebäude befinden sich etwa 30 Unternehmen aus unterschiedlichen Branchen, vom IT-Dienstleister bis zum Fitnessstudio, von der Versicherungsgesellschaft über einen Pharmariesen bis hin zum Spirituosenhersteller. Auch eine prominente Anwaltskanzlei ist seit Jahren Mieter.

Gerade frage ich mich, ob es schlau ist, diese Kanzlei aufzusuchen. Ich bräuchte nur aus dem Wagen zu steigen, das Hochhaus zu betreten und um ein Gespräch mit einem ihrer Experten zu bitten. Sobald ich der Person am Empfang meine Visitenkarte reichen würde, öffneten sich die Kanzleitüren bestimmt wie von selbst für mich: Mirella Sandhausen.

Niemand wird mich auf einen fernen Termin vertrösten, denn der passende Nachname ist ein Garant für den Zutritt. Allerdings werde ich denen Ärger machen. Sobald ich den Mund öffne und schildere, worum es geht, werden sie bereuen, mich empfangen zu haben. Vermutlich werden sie meinen Fall sogar ablehnen oder noch schlimmer, meinen Mann über meinen Wunsch informieren. Ein Risiko, das ich nicht eingehen will.

Längst ist unsere Ehe eine Katastrophe. Nach außen hin wahren wir erfolgreich den Anschein einer perfekten Familie. Vater, Mutter, Kind. Und da mein Mann aus guter und wohlhabender Familie stammt, würde ich mit meinem Wunsch nach Scheidung ohnehin auf Unverständnis stoßen. Bin ich doch nur ein Eindringling, der es verstanden hat, sich einen vermögenden Ehemann zu angeln.

Natürlich erhält Patrick dafür Gegenleistungen: Klugheit, Schönheit, meinen natürlichen Charme und mein enormes Gespür für die Entschärfung angespannter Situationen. Außerdem brachte ich einen Sohn zur Welt. Seinen Nachfolger.

Wohl bewusst ist mir, dass ich im Falle einer Scheidung um mein Kind kämpfen muss. An die Möglichkeit, das Sorgerecht für den Kleinen zu verlieren, mag ich nicht denken. Außerdem habe ich eines zu schätzen gelernt, den Einfluss von Geld. Diese Machtposition will ich behalten, schon meines Kindes wegen.

Die eheliche Fassade bröckelt also. Erst gestern hat mir Patrick vorgeworfen, versagt zu haben. Er hätte gehofft, dass ich gewisse Qualitäten entwickeln würde, hätte sich diesbezüglich allerdings geirrt. Ich hatte nicht ahnen können, dass er unter ›gewissen Qualitäten‹ verstand, dass ich mich seinen wichtigsten Kunden präsentieren sollte. Aufreizend gekleidet, was absolut nicht meinem Naturell entspricht.

Als mein Mann mich das erste Mal bat, ihm einen Gefallen zu erweisen und einen Geschäftskunden zu einer Besprechung abzuholen, war ich glücklich, ihm helfen zu können. Ich fuhr mit dem Lift vom Penthouse ins Foyer, begrüßte den Gast lächelnd, betrieb auf dem Weg zurück in den 11. Stock Small Talk und lief in eine Falle, denn der Aufzug verweigerte unmittelbar vor unserer Dachwohnung seinen Dienst. In Folge kam es noch mehrmals vor, dass der Fahrstuhl zufällig stecken blieb, worauf der jeweilige Kunde Zeit hatte, mich sexuell zu bedrängen, bevor sich das unzuverlässige Beförderungsmittel schließlich wieder ruckartig in Bewegung setzte und uns in die oberste Etage transportierte. Bald erfuhr ich, dass Patrick die Technik manipuliert hatte und außerdem, dass die vom Geschehen in der Kabine angefertigten Aufnahmen späteren Geschäftsabschlüssen dienlich waren. Patrick erpresste seine künftigen Partner damit, sich seiner Frau anstößig genähert zu haben. Viele Male funktionierte dieser Trick, weil ich meinem Mann unterwürfig zur Verfügung stand.

Kritisch betrachte ich mich im Rückspiegel meines Wagens und erinnere mich, wie diese individuellen Kundendienste bald in der heimischen Sauna, im Pool oder andernorts fortgeführt wurden. Nicht selten kam es vor, dass sich während einer Weinverkostung plötzlich eine Hand unter meinem Rock befand, die nicht meinem Ehemann gehörte. Ich hasste mich dafür, dass ich mich derart erniedrigen ließ. Wie war ich nur in diese scheußliche Abhängigkeit geraten?

Der Entschluss, mich von Patrick zu trennen, fiel an einem verregneten Nachmittag. Fallweise erwies mir mein Mann die Gefälligkeit einer eigenhändigen Massage. Der bewusste Tag schien sich höchst erfreulich zu entwickeln. Wir stießen auf den Abschluss eines Geschäfts an, das Patrick am Herz gelegen war. Er bot an, sich um mich und meinen Körper zu kümmern, worauf ich es mir auf der Massageliege bequem machte. Kaum begann er mit dem Verwöhnprogramm, läutete die Türglocke.

»Brav liegen bleiben, ich komme gleich zurück und knete weiter«, flüsterte Patrick und machte sich auf den Weg zur Tür. Ich sank mit einem wohligen Seufzer zurück auf die Liege und döste prompt ein. Wenig später wachte ich auf, weil mich kundige Hände bearbeiteten. Er massierte meine Oberschenkel, knetete liebevoll mein Gesäß und widmete sich schließlich meinem Intimbereich. In exakt diesem Augenblick wurde mir bewusst, dass der Mann, der mich liebkoste, nicht mein Ehemann war. Zuerst lag ich starr da, dann aber wehrte ich mich, was sinnlos war, denn nicht nur zwei, sondern vier Hände hielten mich fest und der fremde Mann brachte zu Ende, woran ihm lag.

Später erzählte mir Patrick, dass ich Teil des Geschäfts gewesen wäre, auf das wir zuvor angestoßen hatten. An jenem Tag habe ich gewusst, dass ich etwas ändern musste.

Ich starre aus der Windschutzscheibe, sehe nichts und begreife, niemand aus dieser Kanzlei wird sich mit meinem Mann anlegen. Irgendwann würde er meiner überdrüssig werden, mich vernünftig abfinden und eine andere Frau würde meine Stelle einnehmen. Wollte ich darauf warten und mich bis dahin weiter erniedrigen lassen? Ich begreife das Risiko, das ich mit dem Aufsuchen eines Scheidungsanwalts eingehe. Es ist zu groß. Auch meinen Sohn würde ich verlieren, denn Patrick ließe seine Anwälte bestimmt mit aller rechtlichen Kraft zurückschlagen.

»Mirella, reiß dich zusammen«, flüstere ich meinem Spiegelbild zu, »mit 34 Jahren gehörst du noch längst nicht zum alten Eisen. Lass dir etwas einfallen!«

Wehmütig betrachte ich die Fassade des Gebäudes, starte dann meinen Wagen und füge mich in den fließenden Verkehr ein. Ein Plan muss her.

Mein Ziel ist ein kurzer Prozess ohne Anwaltskosten. Die Trennung wird eben kreativ ausfallen müssen. Nun gilt es auf die passende Gelegenheit zu warten und Patricks Leidenschaften zu nutzen. Eine seiner Stärken ist, wenn man es so sehen will, dass er Frauen mag. Optischen Reizen und geschickter Verführung erliegt er bereitwillig. Es gibt Seitensprünge, von denen ich weiß, und bestimmt auch welche, die er geheim halten konnte. Fallweise verwendet Patrick kleine blaue Hilfsmittel, um seine Leidenschaft anhaltend zu gestalten. Zufällig stieß ich eines Tages auf seinen interessanten Vorrat. Auf meine verwunderte Frage, wozu er diese Tabletten bräuchte, erklärte er schmunzelnd von seinem Wunsch nach Ausdauer und bewies mir nach Einnahme einer Pille umgehend seine Standfestigkeit. Meinen Einwand, dass dieses Medikament schlecht für sein Herz wäre, was sein Arzt bestimmt bestätigen könne, wischte er als belanglos zur Seite.

Also forciere ich nun ein *Ableben unter Freunden.* Dazu befeuere ich Patricks Wunsch nach einem Abend mit mehreren Frauen. Ganz intim natürlich.

Tatsächlich verkündet er bald darauf, den nahen Hochzeitstag besonders reizvoll gestalten zu wollen. Er würde sich und mir einen Wunsch erfüllen. Eifrig erzählt er mir von seiner Idee: Er habe sich in seiner Lieblingsbar umgesehen und zwei Frauen gefunden, die dazu bereit waren, den Hochzeitstag gemeinsam mit uns zu feiern. Im vertraulichen Quartett. Er freue sich darauf. Der Termin wäre fixiert.

Ich heuchle umgehend Begeisterung, denn damit nimmt auch mein Vorhaben Fahrt auf.

Unseren Sohn bringt Patrick bereits am Vormittag des Hochzeitstags zu den Großeltern. Seine Eltern haben Verständnis für unsere Zweisamkeit, die – was sie natürlich nicht wissen – zur Viersamkeit werden soll. Ich weiß, dass ich den Besuch der beiden Frauen gegen 19 Uhr erwarten darf. Alles wird vorbereitet sein. Unmittelbar bevor sich Patrick auf den Weg macht, um unsere Besucherinnen abzuholen, stoßen wir auf unseren Hochzeitstag mit einem speziellen Getränk an. Ich habe uns *Blue Lady* gemixt. Gin und Blue Curacao, etwas Zitronensaft und Eiswürfel. In seinem Glas befindet sich eine blaue Tablette, schon in völliger Auflösung begriffen. Patrick wird sich also bereits leicht erregt auf den Weg machen.

oOo

Wenig später treffen sie angeheitert ein. Die Frauen haben in seinem Wagen vorgefeiert. Patrick ist erkennbar angetan von ihnen.

»Es war wirklich nur ein winziger Sektumtrunk auf dem Rücksitz«, erklärt mir die eine, die sich als Sonya vorstellt. Die andere kichert ausgelassen, hängt an meinem Mann wie eine Zecke an einem Hund und säuselt: »Arabella, sehr erfreut!« Sie zeigen willig Haut, umarmen und küssen mich, als wären wir beste Freundinnen. Oder soll ich sagen Gespielinnen?

»Kleines, ich pack schon mal die Geschenke aus«, erklärt mir mein Mann überschwänglich und schiebt sich in unsere Mitte. Seine Geschenke sind die beiden Frauen, die sich eng an ihn drängen. Erkennbar erregt befiehlt Patrick: »Mach uns etwas zu trinken. Möge der Spaß beginnen!«

Mein Mann hat recht. Der Spaß wird gleich beginnen. Während sich die drei Turteltäubchen im Wohnzimmer vergnügen, kann ich ungestört K.-o.-Tropfen in die Getränke der Frauen geben, denn auch ich habe Vorkehrungen für einen interessant verlaufenden Hochzeitstag getroffen. Patrick hingegen bekommt ein kleines blaues Extra. Ich serviere die Getränke und verspreche, mich reizvoll zu kleiden.

»Ich bin gleich wieder da!«, vermelde ich und flitze ins Schlafzimmer. Sollen sie doch inzwischen ohne mich beginnen.

Als ich zurückkomme, sitzt Patrick ohne seine Hose, dafür mit einem ordentlichen Ständer da. In seinen Armen lehnen die Frauen. Ihrer Oberbekleidung haben sie sich entledigt.

»Fühlt euch wie zu Hause«, sage ich und schlendere in die Küche, wo ich einen halben Eimer *Blue King* mixe, einen besonders bitteren Cocktail, auf den mein Mann steht. Wieder befülle ich Gläser. Patrick bekommt noch kleine blaue Verfeinerungen untergemischt, und ich frage mich tatsächlich, ob ein Penis explodieren kann.

Ich betrete den Raum. Das Szenario hat sich nicht wesentlich verändert. Die Augen meines Mannes glänzen in freudiger Erwartung. Einzig die beiden Frauen an seiner Seite erweisen sich als Reinfall. Überrascht stelle ich fest: Die beiden Kichererbsen sind hinüber, also nicht tot, aber zumindest befinden sie sich im Tiefschlaf. *Zielsicher außer Gefecht gesetzt*, denke ich und erwarte Patricks Wutanfall. Ihn scheint es jedoch nicht zu stören, dass mit Sonya und Arabella nichts mehr anzufangen ist. Seine Hände beschäftigen sich mit ihren Brüsten. Ein bisschen erinnert mich der Anblick an ein Stillleben, wenn auch an ein sehr ungewöhnliches.

Patrick trinkt das ihm gereichte Glas in einem Zug aus. »Köstlich!«, sagt er und fordert mehr.

Zurück in der Küche fülle ich das Mixgetränk in eine Karaffe, die ich in Patricks Reichweite abstelle. Soll er es doch bequem haben und die Dosis selbst bestimmen. Er lächelt, trinkt und schmatzt dann zufrieden. Es ist offensichtlich, ich habe seinen *Blue King* hervorragend hinbekommen. Darüber freue ich mich. Patrick reibt seinen harten

Freund und sagt etwas, was ich nicht verstehe. Seine Handbewegung jedoch zeigt mir, dass er intim verwöhnt werden möchte.

Ich bin beeindruckt, nicht so sehr von dem, was die blauen Pillen zustande bringen, sondern davon, dass mein Mann die Konstitution eines Elefanten haben muss, denn er verträgt nicht nur Alkohol in großen Mengen, sondern auch Viagra, ohne dass ihm die auf dem Beipackzettel stehenden Nebenwirkungen zu schaffen machen. Ungeduldig erwarte ich Schwindel und Übelkeit. Oder wenn möglich einen Kreislaufkollaps mit anschließendem Herzstillstand. Er dagegen lallt »Nachschub«, sieht mich lüstern an und klopft mit der rechten Hand SOS auf seinen Oberschenkel, worauf ich gehorsam zu ihm gehe.

Ich fülle sein Glas nach, hebe es an seinen Mund und schiebe gleichzeitig mein fast durchsichtiges Spitzenkleid hoch, damit er etwas zu sehen hat. Er stiert mich an, lässt zu, dass ich ihm das Glas an die Lippen drücke und trinkt brav aus. Wieder will ich nachfüllen, drehe mich dafür etwas zur Seite und strecke meine Hand nach der Karaffe aus. Als ich ihm das Glas reichen will, sieht er mich mit glasigen Augen an. Sein Kopf kippt nach hinten. Er keucht, verdreht die Augen, sodass ich nur noch das Augenweiß sehe, würgt, übergibt sich und wird bewusstlos. Dummerweise schafft er es nicht, seinen Kopf zur Seite zu drehen, um seine Atemwege vom Erbrochenen freizuhalten, und ich werde ihm dabei bestimmt nicht helfen.

Ich bin verblüfft. So habe ich mir Patricks Ende nicht vorgestellt.

Ich sehe mich im Wohnbereich um. Überall stehen Gläser herum. Eine fast leere Karaffe bezeugt, dass hier während eines zügellosen Gelages reichlich Alkohol geflossen ist. Nackte Frauen und ein halb nackter Mann sprechen zudem eine deutliche Sprache. Die einen befinden sich im Tiefschlaf, den anderen hat ein Medikament erledigt, das üblicherweise für eine sexuelle Revolution innerhalb der Männerwelt verantwortlich ist.

Ich hole noch einige Sektflaschen. Den darin befindlichen Alkohol leere ich teilweise in die Spüle, bringe Fingerabdrücke von allen

Anwesenden auf Gläsern, Flaschen und auf dem Cocktail-Shaker an und dekoriere mit diesen Utensilien den Couchtisch und auch den Boden. Ich fülle Restmengen in die Gläser. Einige stoße ich um, sodass sich deren Inhalt über Oberflächen ergießen und vom Teppichboden aufgesogen werden kann.

Zufrieden sehe ich mich um. Nichts lässt sich perfekt planen, manches muss dem Zufall überlassen bleiben, aber ich finde das dargebotene Bild durchaus beeindruckend.

Arabella und Sonya lehnen schlafend in der Couch. Mein Mann sitzt in ihrer Mitte. Er atmet nicht mehr und starrt mit offenen Augen an die Zimmerdecke. Es riecht unappetitlich nach Erbrochenem. Der Gestank ist allerdings ein Wermutstropfen. Vorsichtig drücke ich meinen Zeigefinger in seine Halsbeuge. Ich warte auf Anzeichen von Leben, doch ich fühle keinen Puls.

Das erste Mal seit Stunden erlaube ich mir ein Lächeln. Was für ein großartiger Hochzeitstag!

Das kleine Fläschchen K.-o.-Tropfen, das ich vor ewigen Zeiten über eine Freundin organisierte, steht noch in der Küche. Ich befreie es von meinen Fingerabdrücken, gehe zurück zu Patrick und drücke seine Fingerspitzen behutsam aufs Glas. Es soll unbedingt ihm gehört haben. Die Ermittler sollen später logische Schlüsse ziehen können. An der Garderobe hängt Patricks Sakko. Das Fläschchen landet in der Innentasche.

Ich befülle ein Glas Blue King für den Eigenbedarf, bevor ich mich zurück ins Wohnzimmer begebe, mich in einen uralten Ledersessel setze und nachdenke. Das Cocktailglas stelle ich auf der breiten Armlehne ab und frage mich, was diese Antiquität wohl schon alles erlebt hat. Das Teil ist ein Erbstück meiner Großmutter. Angeblich ist mein Großvater in diesem Möbel in Frieden entschlafen. Oma, deren Lieblingsenkelin ich war, erzählte mir einmal, dass Opa ein Tyrann gewesen wäre. Sie berichtete aber auch, dass sie sich zu helfen gewusst hatte. Ich erinnere mich an Omas Lächeln. Sie fand, dass gewisse Dinge im Dunkeln bleiben sollten. Nach ihrem Tod bat ich um das gute Stück. Ich habe mir den Sessel als Andenken gewünscht und ihn tatsächlich bekommen.

Ein Blick auf die Uhr sagt mir, es ist 25 Minuten vor Mitternacht. Patrick hat seit 20 Minuten keinen Atemzug mehr getan. Wäre er noch am Leben, hätte er längst jeden Rekord im Luftanhalten geschlagen. Sogar Apnoetaucher wären von ihm beeindruckt. Sonya und Arabella schlafen selig. Letztere schnarcht dabei leise. Es wird Zeit, den nächsten Schritt einzuleiten.

Morgen, am zeitigen Vormittag werden die Schwiegereltern unseren Sohn zurückbringen. Dies gilt es in der Zeitplanung zu berücksichtigen. Kurz vor 8 Uhr ist die Übergabe geplant. Sie haben dafür nur wenig Zeit, denn für danach haben sie schon etwas vor. Patricks Eltern besitzen einen Wohnungsschlüssel und werden ihn selbstverständlich benutzen, wenn auf ihr energisches Läuten hin niemand öffnet. Ich jedenfalls kann nicht aufschließen, dafür werden die K.-o.-Tropfen in meinem Drink sorgen.

Ich betrachte das Glas und hoffe, dass ich die Menge für einen ausreichend langen Schlaf gut dosiert habe. Schaden möchte ich keinen nehmen, denn ich will unbedingt als fröhliche Witwe aufwachen.

Ich zupfe meine Reizwäsche zurecht, verbiete mir Gedanken an Scham, weil ich später halb nackt gefunden werde, hebe das Glas an meine Lippen, halte erschrocken inne und stelle es wieder ab. Beinahe hätte ich ein Detail übersehen. Die Reste des Potenzmittels wird man bei der nachfolgenden Untersuchung in Patricks Glas finden, in seinem Blut auch. Es ist unumgänglich, dass es Hinweise darauf gibt. Ich brauche etwas aus seinem Vorrat: Medikamentenverpackungen und Blister. Rasch hole ich vier Packungen aus seinem Lager. Eine davon versenke ich in der Tasche seiner Hose, die am Boden vor der Couch liegt, eine angefangene Packung werfe ich unter den Tisch, eine weitere stecke ich unter ein Kissen und die letzte lege ich nachlässig geöffnet neben eine Sektflasche. Ein paar Tabletten drücke ich zuvor aus der Verpackung und finde, dass die Pillen vortrefflich zur restlichen Deko passen. Sollen ruhig alle sehen, wie es in der besseren Gesellschaft zugeht. Natürlich wird die augenscheinliche Orgie auch ein schlechtes Licht auf mich werfen, aber diese Häme werde ich stoisch ertragen.

Ich mache es mir wieder im Ledersessel meiner Oma bequem, nehme das Cocktailglas, trinke den Inhalt zügig aus und lasse das leere Glas auf den dicken Teppichboden fallen, der nicht nur das Geräusch des Aufpralls dämpft, sondern auch bewirkt, dass es heil bleibt. Und dann werde ich schlagartig müde. Mein letzter Blick fällt auf die Uhr. Es ist bereits Mitternacht.

oOo

Ich höre Stimmen, Schreie, Befehle und bemerke, dass mein Mund staubtrocken ist. Ich werde herumgezerrt, dabei will ich nur meine Ruhe haben.

oOo

Noch bevor ich meine Augen öffne, rieche ich bereits den typischen Geruch nach übermäßiger Hygiene: Das ist Krankenhausluft. Steril, medizinisch, sauber. Die Helligkeit ist überwältigend. Ich blinzle und drehe meinen Kopf leicht zur Seite. Meine Augen schmerzen. Neben mir sitzt jemand. Es ist meine Freundin Hannah. Sie tippt und wischt auf ihrem Smartphone herum.

»Durst«, krächze ich.

Hannah erschrickt. Rasch reicht sie mir einen Becher und hilft mir beim Trinken.

»Willkommen unter den Lebenden«, sagt sie. »Mirella, wie fühlst du dich?«

»Warum bin ich in einem Krankenhaus?«, erwidere ich stattdessen mit rauer Stimme.

»In eurer Wohnung herrscht ziemlicher Wirbel. Aber es ist bestimmt besser, wenn dir deine Schwiegereltern alles erzählen. Kannst du dich eigentlich noch an den gestrigen Abend erinnern?«

Ich sehe Hannah an. »Gestern war unser Hochzeitstag. Patrick tauchte abends mit zwei Frauen auf, die schon ziemlich betrunken waren. Er mixte Cocktails für uns alle. Ich habe auch etwas getrunken. Nicht viel. Glaube ich. An mehr erinnere ich mich nicht.«

In dem Augenblick geht die Tür zum Krankenzimmer auf und ein Polizist steht im Türrahmen.

»Frau Sandhausen ist also wach. Wie schön«, sagt er und winkt Hannah nach draußen.

Sie steht auf und wirft mir einen Kussmund zu.

oOo

Mit der Beerdigung wartet die Familie, bis ich wieder fit bin. Die junge Witwe soll dabei sein, wenn man ihren entsetzlich früh verstorbenen Mann zur letzten Ruhe bettet. Patrick erlag offiziell einem Herzinfarkt, bedingt durch Überarbeitung, wie es leider immer wieder vorkommt, wenn Geschäftsmänner völlig in ihrem Beruf aufgehen. Die Familiengruft wird Patricks neues Reich, denn selbstverständlich besitzen alte Familiengeschlechter ein derartiges Refugium für ihre Toten.

Ein Rätsel ist mir, wie die Familie es zustande gebracht hat, dass Arabella und Sonya bis heute den Mund halten und nichts von unserer ausufernden Party in die Medien gelangen konnte. Aber Geld ist eben mächtig, und altes Geld ist noch mächtiger.

Bald wird es um die Regelung von Patricks Nachlass gehen. Schon jetzt kann ich ihr Flüstern hören. Dieses Mal tuscheln nicht nur die Frauen, sondern auch die Männer. Sie fragen sich, wie hoch mein Erbe sein wird. Ich weiß es selbst nicht. Ich weiß nur, dass Patrick ein handgeschriebenes Testament besaß, das zu meinem Nachteil verfasst war. Deshalb gibt es dieses Testament seit unserem Hochzeitstag nicht mehr.

Was mir der Notar bei der Nachlasseröffnung erzählen wird? Keine Ahnung, aber ich hoffe auf gute Nachrichten. Immerhin ist mir bereits eines gelungen: Mein Sohn und ich haben unsere Freiheit zurück.

Die Hand

Edith Anna Polkehn

Wie gebannt schaut Elisabeth auf seine Hand.

Es ist eine weiche, rundliche Hand. Die Fingernägel sind zwar sauber, aber breit und kurz, genau wie die Finger, wie die ganze Hand, der ganze Mann, ihr Chef Ludwig Grassmann.

Die Hand ist blass und aufgedunsen. Auf den gepolsterten Fingeroberseiten sprießen kleine schwarze Härchen wie ein Wald. Die dunklen Haare auf der bleichen Haut verursachen in Elisabeth Übelkeit.

So sehen Wasserleichen aus, geht es ihr durch den Kopf, obwohl sie noch nie einen Ertrunkenen gesehen hat. Aber es ist der beste Vergleich, um ihre Abscheu auszudrücken. Sie beobachtet die Hand, wie eine Maus die Schlange fixiert, voller Panik.

Noch liegt die Hand am Lenkrad.

Das ist auch besser für alle, denn der Verkehr in Passau ist zu dieser Morgenstunde dicht. Bald werden sie auf die Autobahn kommen, dann muss sie aufpassen.

Die Finger bewegen sich und die Härchen zittern leicht. Die Hand greift zum Autoradio und schaltet es aus.

Bleiernes Schweigen im Auto.

»Nanu, so still heute?« Seine Stimme ist widerlich.

Wasserleichen haben keine Stimme, er soll still sein.

»Heute Abend werden wir uns noch ein Weinchen im Hotel genehmigen. Dann wird die Stimmung schon besser werden, nicht wahr, meine Kleine?«

Er lacht jetzt - laut und meckernd.

»Sie müssen Kundengespräche führen. Mit Herrn Bauer und seinem Team wird es nicht einfach. Und ich muss ich zu Liane an den

Messestand«, erwidert Elisabeth und bemüht sich, ihre Stimme fest und sachlich klingen zu lassen. Er soll von ihrer Angst nichts merken. »Und danach bin ich sicher todmüde und gehe nicht mehr aus.«

Er schaut zu ihr hinüber.

Automatisch zupft Elisabeth am Rock ihres Kostüms, das sie auf Messen tragen muss. Der Rock rutscht ständig hoch, wenn sie sitzt. Sie will nicht, dass er auf ihre Knie schaut und ihre Beine begutachtet.

Im Fußraum angelt sie nach der Ledertasche und stellt sie auf ihren Schoß. So fühlt sie sich gleich besser.

Sein fleischiger, kurzer Hals dreht sich in dem weißen, gestärkten Kragen, während sich sein massiger Körper keinen Millimeter bewegt. Dann schaut er wieder auf die Straße.

In der Ferne sieht man bereits die blauen Autobahnschilder.

Hoffentlich ist viel los und er ist mit dem Verkehr beschäftigt, betet Elisabeth lautlos.

Aber Gott hört sie nicht. Kein Stau, ruhiger fließender Verkehr.

Elisabeth starrt auf die Hand.

Am Ringfinger der Rechten sitzt ein Ehering. Jeder in der Firma weiß, Grassmann ist verheiratet. Niemand kann sich vorstellen, dass es eine Frau gibt, die diesen Menschen ertragen kann. Er schämt sich kein bisschen, mit dieser Hand, an der ein Ehering steckt, einfach Frauen anzufassen und zu belästigen. Das hat er jedenfalls bei der letzten Dienstreise versucht.

Doch die Hand bewegt sich nicht zu Elisabeth, sondern an seinen Hals. Er lockert mit der Rechten seinen Kragen und den Schlips.

»Na, dann wollen wir es uns mal gemütlich machen«, meckert er.

Und dann ist sie da.

Die Hand.

Schiebt die Tasche zur Seite.

Liegt feucht, warm und schwer auf ihrem Knie.

Bewegt sich nach oben.

Eine Welle von Abscheu erfasst Elisabeth.

»Nein, Herr Grassmann! Sie sollten mit zwei Händen fahren«, sagt sie tapfer und schiebt die eklige, verschwitzte Hand zurück auf das Lenkrad.

»Na, ist das gnädige Fräulein heute etwas zickig?«

Seine Stimme klingt verärgert, aber genau in diesem Moment zischt auf der linken Spur ein Ferrari vorbei, der seine Aufmerksamkeit fesselt.

Elisabeth weiß, dass es ihren Kolleginnen genau so ergangen ist, als sie mit Grassmann zu Kunden fahren mussten. Nicht alle waren einer Affäre mit dem Chef abgeneigt, doch Carla und Monika waren standhaft geblieben. Ja, und irgendwann mussten, nein, durften sie die Abteilung wechseln.

Da. Wieder. Die Hand.

Wieder kommt sie ihr gefährlich nahe, streicht knapp an ihrer Brust vorbei in Richtung Handschuhfach.

»Da müssten Bonbons drin sein.«

Er spricht schnell. Rau und erregt hört es sich an, und die Hand verweilt einen kurzen Moment auf ihrem Knie. Dann dreht er sie um und hält ihr die geöffnete Innenfläche entgegen. Elisabeth legt ein Bonbon aus der Packung hinein.

Die Fahrt nach München verläuft nun schweigend.

Jetzt hat er endlich gemerkt, dass er bei mir nicht landen kann, denkt Elisabeth und fühlt sich wie befreit.

Da weiß sie noch nicht, dass sie sich in Grassmann irrt. Da weiß sie noch nicht, dass er sich das, was sie ihm verweigert, gewaltsam holen wird. Da weiß sie noch nicht, dass er sie in ihr Zimmer drängen und aufs Bett werfen wird. Sie weiß noch nichts von dem Ekel, der sie fortan begleiten wird. Sie weiß nichts von der Ohnmacht, der Wut und der Scham. Und sie weiß noch nicht, dass sie in dieser Nacht stundenlang duschen wird und sich das Wasser mit ihren Tränen mischt.

Sie wird nie wieder die sein, die sie jetzt gerade noch ist.

Aber das weiß sie noch nicht.

Glückssträhne

Edith Anna Polkehn

Am 3. Januar 2023 um 15.35 Uhr begann meine Glückssträhne, und zwar im Besprechungszimmer der Babyglück-Werke in Wiesbaden. Ich saß mit dem Personalchef Friedrich Winkler und dem Juniorchef Ferdinand Blessmeier auf hässlichen schwarzen Ledersesseln vor einem staubigen Rauchglastisch. Es ging um Luise Fröttner, natürlich, worum sonst. Ich ahnte es, nein, ich wusste es: Luise war tot.

In meinem Kopf lief sofort ein Film los, in dem Luise Fröttner eine traurige Hauptrolle spielte und ich die Regie führte.

Luise Fröttner war meine Kollegin und ein Teufel in Menschengestalt, bösartig und unkollegial. Sie hatte auch allerhand Probleme am Hals: Exzessives Rauchen, übermäßigen Alkoholgenuss, ihren Dauerhusten, ihr Aussehen und ihren Mann. Ihre Ehe war nicht die beste, aber das war auch kein Wunder! Ihr Mann hatte wohl eine Geliebte, erzählte man, und ganz ehrlich, das war vollkommen zu verstehen. Die Fröttner war wirklich keine Frau, die ein einigermaßen normaler Mann attraktiv finden konnte. Sie war nicht allzu groß, wog maximal fünfundvierzig Kilo und war trotz ihres Alters von erst knapp über vierzig faltig wie ein Schrumpfapfel. Das kam von der Qualmerei und vom exzessiven Training im Fitnessstudio.

Luise sah ausgemergelt und faltig aus, verbraucht und verlebt. Ihr kurzes Haar war silberblond gefärbt und stand strohig vom Kopf. Ihre Stimme war rau und tief und es kam öfter vor, dass sie am Telefon ihr Geschlecht erklären musste.

»Nein, Sie sprechen nicht mit Herrn Fröttner, sondern mit FRAU Fröttner! Nein, ich bin kein Mann!«

Naja, und als ihr angetrauter Gatte immer weniger Interesse an ihr zeigte, wurde es eben ganz besonders schlimm mit ihr. Ich bemerkte es natürlich wie immer als Erste, ich sitze ihr im Büro direkt gegenüber. *Wunderbar,* dachte ich, *sauf und rauch dich doch zu Tode! Was Besseres kann mir doch gar nicht passieren.*

Ich habe die Fröttner noch nie leiden können, das gebe ich ganz offen zu. Mein Anfang vor sechs Jahren hier im Büro ist wahrlich kein Honiglecken gewesen und dazu hat nur diese Schlange beigetragen. Sich in all den neuen Aufgaben zurecht zu finden, das ist nicht einfach für mich, komme ich doch aus einem ganz anderen Betrieb zu den Babyglück-Werken. Vorher Solaranlagen, nun Babynahrung, wenn das keine Umstellung ist! Und die Fröttner, die ist schon an meinem allerersten Arbeitstag ein richtiges Ekel.

Damals ist sie noch ein wenig attraktiver: gepflegt, zierlich und drahtig, weniger Falten, lange Fingernägel und hochhackige Schuhe. Sie weiß auch wirklich alles hier im Hause, aber anstatt mir die Einarbeitung zu erleichtern, lässt sie mich in jedes offene Messer laufen.

Andererseits gibt sie meine gelungenen Kampagnen und Projekte als die ihren aus, ganz klare Grenzüberschreitung. Aber ich halte durch, ich bin zäh! Nein, nein, liebe Frau Fröttner, ich gebe nicht klein bei.

Bald entdecke ich, dass auch die perfekte Fröttner Fehler hat: Ihre Qualmerei, ihren Alkoholkonsum und ihr schamloses Verlangen nach Männern. Sie ist eine Frau, die sich ohne Mann nicht wertvoll findet. Sie muss einen Mann haben, egal welchen, am besten aber einen reichen.

Ihr Zigarettenverschleiß hat mich schon am ersten Tag genervt. Andauernd läuft sie in den Hof, um eine zu paffen. Und wenn sie wieder zurückkommt, stinkt das ganze Büro nach Rauch. Es ist richtig ekelhaft, das dürfen Sie mir glauben!

Je mehr mich dieses Biest schikaniert, desto gewissenhafter dokumentiere ich alle Rauchpausen. Wann? Beginn? Ende? Besonderheiten?

In meinem PC habe ich einen Beobachtungs-Ordner angelegt, mit Passwort gesichert natürlich. Je ekelhafter sie zu mir ist, desto freudiger sammle ich Daten gegen sie. Dabei bin ich durchaus fair, wenn nicht sogar freundlich. Ich schreibe nur ganze Minuten auf und runde die Sekunden stets ab. Ich finde das immer noch sehr gerecht und großzügig von mir.

Bei der ersten Weihnachtsfeier hat sie ganz ordentlich gesoffen. Sie gackert herum und wirft sich ständig irgendeinem Mann entgegen. Widerlich, kein Benehmen! Ihre Vorliebe für scharfe Getränke registriere ich ebenso wie ihre peinliche Buhlerei um männliche Gunst. Damals ist die liebe Kollegin noch nicht verheiratet und heißt noch Selm. Aber schon im Frühling darauf ändert sich das.

Ziemlich rasch und ziemlich unerwartet heiratet sie Herrn Karl Fröttner. Der ist ein langjähriger Partner von Blessmeier, dem Chef der Babyglück-Werke. Er leitet die Schwesterfirma für Babymilchprodukte in der Nähe von Frankfurt, ein durchaus attraktiver Mann, etwas korpulent und weichlich, aber darüber kann man angesichts des Vermögens hinwegsehen. Wie und bei welcher Gelegenheit sie Fröttner zum Jawort gebracht hat, erfahre ich erst viel später. Eine Gemeinheit ist das gewesen, wirklich, eine richtige Sauerei. So was tut man nicht, aber sie hat es getan. Sie hat ihn nämlich mit einer Schwangerschaft erpresst. Man stelle sich das einmal vor, sie hat eine Schwangerschaft vorgetäuscht, sogar mit einem Mutterpass und einer angeblichen ärztlichen Untersuchung. Karl Fröttner ist ein anständiger Kerl und hat sie dann auch geheiratet. Es hätte sich ja auch nicht gut gemacht in der örtlichen Presse.

Co-Chef der Babyglück-Werke lässt schwangere Geliebte sitzen … oder so!

Kurz nach der überstürzten Heirat ist sie plötzlich nicht mehr schwanger, bleibt einige Wochen krank zuhause und kommt dann als ganz andere wieder. Sie trägt nun den Namen ihres Mannes, ist alt geworden und beginnt immer mehr zu trinken. Aber sie ist noch genauso fies und gemein wie vorher. Daran hat sich nichts geändert. Gar nichts! Im Gegenteil!

Ich beginne damit, das Arbeitsklima im Büro durch Mitbringsel aufzuwerten. Schnapspralinen, erst die teuren im roten Glanzpapier, dann die billigen vom Discounter.

»Hier, Frau Fröttner, ein kleines Dankeschön, weil ich so gerne bei Ihnen arbeite!« Ich lüge, dass sich die Balken biegen, aber die Dummkuh fällt darauf herein. Mir kommt es so vor, als würde unser Verhältnis tatsächlich besser werden.

Als es draußen kühler wird, nehme ich eine große Kanne Tee mit ins Büro. »Mit einem Schuss Rum, damit wir hier nicht erfrieren!« Ich blinzele ihr dabei verschwörerisch zu. Der Schuss Rum ist der gute Österreicher-Rum mit 80% Alkoholgehalt, er hat mich einen Batzen Geld gekostet. Der Tee ist der Aufguss eines Beutelchens und mengenmäßig nicht viel mehr als der Rum.

Die Stimmung steigt und allmählich, so nach ungefähr einem halben Jahr bemerke ich, dass die Fröttner ihre eigenen Schnapsvorräte angelegt hat. In der kleinen Plastikflasche mit dem Papieretikett »Katharinenquelle« und einem Bild der heiligen Katharina mit gefalteten Händen ist kein Mineralwasser, auch wenn es so aussieht.

Im Sommer sagt sie: »So eine Hitze heute!« und nimmt einen großen Schluck Katharinensprudel.

»So trockene Luft ist hier im Büro!«, sagt sie im Winter und nimmt einen Schluck, der verdächtig nach Schnaps riecht.

Ich nehme nun nur noch selten »Tee« mit, das ist nicht mehr nötig. Sie ist bereits in der richtigen Spur.

In den Wintermonaten benutzt sie ihre eigene Thermoskanne, genau wissend, dass niemand anderes davon trinken würde.

Ich kann meine Fürsorge nun von ihr abwenden und einem anderen widmen, nämlich Herrn Georg Fröttner.

Diese Gelegenheit ergibt sich bei der 100-Jahr-Feier der Blessmeier-Werke. Ich sehe sehr wohl, dass sich Luise mit Alkohol zuschüttet, und ich bemerke auch den verzweifelten Blick, mit dem ihr Gatte sie beobachtet. Als sie kurz nach draußen wankt, wahrscheinlich zum

Rauchen, spreche ich ihn an und gebe mich als besorgte Kollegin und Freundin seiner lieben Frau zu erkennen.

»Ich mache mir solche Sorgen um sie …« und »Wenn ich Ihnen irgendwie helfen kann, dann rufen Sie mich einfach an!« sind so die wesentlichen Äußerungen. Er beißt an. Zwei Wochen später treffen wir uns in einem Lokal außerhalb der Stadt. Er schüttet mir sein Herz aus und ich spende Trost, so gut ich es kann. Nach weiteren zwei Wochen landen wir im Bett.

Ich finde das nicht weiter erstaunlich. Im Gegensatz zu seiner Gattin bin ich knackig, kräftig, üppig, gesund und lebensfroh. Ich kann über schmutzige Witze lachen, ich bin einfach und unkompliziert. Ich stelle keine Forderungen und bin diskret, kurzum, die ideale Partnerin für einen verheirateten Mann.

Es spielt sich so ein, dass Georg mich einen Abend in der Woche besucht, ein durchaus angenehmes Ereignis, denn er freut sich auf die Zeit mit mir und ist stets frisch geduscht und voller Leidenschaft. Ab und zu überrascht er mich mit kleinen Geschenken. Mal schenkt er mir einen Einkaufsgutschein, mal gibt es eine Essenseinladung.

Gelegentlich verbringen wir ein Wochenende in Paris oder Rom. Zu Weihnachten bekomme ich ein Diamantarmband, zum Geburtstag eine Schweizer Armbanduhr. Ich bedeute ihm etwas und schaue auch darauf, nicht an Bedeutung zu verlieren.

Luise Fröttners Zustand verschlechtert sich zunehmend. Ihre Alkoholsucht ist nun nicht mehr zu verbergen, und wäre sie nicht die Gattin des Co-Chefs, wäre sie schon lange ausgemustert worden. So aber hat sie Narrenfreiheit. Ihre Zuverlässigkeit ist bald verschwunden, sie verwechselt die Namen der Kunden, verlegt wichtige Schreiben und macht Fehler über Fehler.

Deswegen wird Maja zu meiner Unterstützung mit einem Jahresvertrag eingestellt. Maja ist knapp dreißig, wiegt sicher hundertdreißig Kilo und trägt eine randlose Brille, die in ihrem großflächigen Gesicht zwischen den Speckbacken fast verschwindet.

Dennoch, Maja entlastet mich sehr, viele Tätigkeiten nimmt sie mir ab und ich bekomme wieder mehr Zeit, meine Pläne weiterzuspinnen. Da mir Majas Anwesenheit dazu nützlich erscheint, kümmere ich mich sehr um sie. In den Mittagspausen gehen wir manchmal gemeinsam shoppen, manchmal auch zum Italiener zum Pizza essen. Dabei entdecke ich, dass Maja heimlich Tabletten schluckt. Ich spreche sie auch offen darauf an und sie offenbart mir, dass sie an zu hohem Blutdruck und einer Herzschwäche leidet und deswegen Medikamente nehmen muss.

In der Firma soll niemand davon wissen, denn wer würde einer übergewichtigen, herzkranken Frau schon den Vertrag verlängern? Ich zeige Verständnis und schwöre, niemandem davon zu berichten. Dieses Versprechen habe ich auch gehalten, so lange, bis die Ereignisse sich überstürzen und ich mit der Wahrheit herausrücken muss.

Die nächsten Wochen kommt mir Majas Tablettenkonsum sehr gelegen. Wenn sie zum Kopieren muss, ist es einfach für mich, eine oder zwei Tabletten aus ihrer Tasche zu entwenden.

An Majas Computer logge ich mich auch bei den Medizinseiten ein, um nachzulesen, welche Mengen des Wirkstoffs tödlich sein könnten.

Ich bin bereit.

Am 3. Januar 2023 ist der Tag endlich da gewesen, an dem all meine vorsorgenden Arbeiten in der erlösenden Tat enden sollten. Maja ist am Kopierer, Luise Fröttner beim Rauchen. Ich löse die Tabletten in der Teekanne auf und als Luise wieder hereinkommt, durchgefroren, schüttet sie gleich eine Tasse Tee hinunter. »Der schmeckt aber scheußlich!« sagt sie, aber ich meinte, das käme vom Nikotingeschmack, den sie noch im Mund hätte.

Wenig später bricht sie zusammen. Der Notarztwagen kommt und nimmt sie mit.

Maja sitzt heulend vor ihrem PC und ist fix und fertig. Ich habe ebenfalls ein Taschentuch vor der Nase zusammengeknüllt und es geschafft, tatsächlich ein paar Tränen zu verdrücken. Die Ungewissheit lähmt mich, ich bin mir nicht sicher, ob die Dosis gereicht hat.

Und dann beginnt meine Glückssträhne, um genau 15.35 Uhr an diesem Dienstag, und zwar im Besprechungszimmer, zusammen mit Maja, dem Personalchef Winkler und dem Juniorchef Blessmeier.

»Meine Damen«, beginnt der Blessmeier, »es fällt mir schwer, was ich Ihnen jetzt mitteilen muss. Eben kam ein Anruf von Herrn Fröttner. Seine Gattin ist vor zwei Stunden im Klinikum verstorben. Es ist alles so tragisch! Wir sollten uns erheben und eine Minute unserer lieben Kollegin gedenken.«

Ich unterbreche seine kurze Rede mehrfach mit einem hysterischen Aufschluchzen. Es fällt mir nicht schwer. Meine Nerven sind tatsächlich am Zerreißen. Die Anspannung sucht ein Ventil und das Weinen tut mir gut. Ich stehe auf, der dicke Winkler wuchtet sich ebenfalls hoch und Blessmeier hilft ihm. Wir starren auf die verstaubte Tischplatte vor uns und warten, wer die Schweigeminute abbrechen wird. Winkler setzt sich als Erster.

»Es ist so schrecklich!« stammele ich. »So jung und dann schon einen Herzinfarkt!«

»Tja!«, meint Blessmeier. »Das war es anscheinend nicht! Herr Fröttner hat von einer Vergiftung gesprochen. Und deswegen soll ich Sie bitten, dass Sie im Büro nichts verändern. Es wird eine kurze polizeiliche Untersuchung geben. Die Herren werden in Zivil kommen, damit es kein Aufsehen gibt. Vielleicht könnten Sie und Ihre Kollegin in mein Büro kommen und hier auf die Herren warten. Ich muss bei Ihnen drüben zusperren!«

Ich heule wieder auf. Blessmeier versucht ungeschickt, mich zu trösten und nimmt meine Hand. »Ich weiß, dass die Jahre mit Frau Fröttner für Sie nicht einfach waren und ich habe Ihr kollegiales Verhalten immer sehr geschätzt. Ich danke Ihnen.«

Der Rest ist schnell erzählt. Wenig später kommen drei Männer in Zivil, untersuchen das Zimmer, die Handtaschen, die Schreibtische und natürlich Luises Tasse und die Teekanne. Wir werden kurz befragt, aber weder Maja noch ich können recht viel zur Aufklärung beitragen.

Die später durchgeführte kriminaltechnische Untersuchung ergibt, dass auf der Teekanne natürlich auch meine Fingerabdrücke sind, aber auch die von Maja und der Fröttner. Jeder hat sie mal in der Hand gehabt, niemand ist hier unverdächtig.

Verdächtiger sind schon die Spuren von Tablettenbröseln vor Majas Schreibtisch und der Inhalt ihrer Handtasche, passen doch ihre Tabletten genau zu den Substanzen, an denen Luise gestorben ist. Das ergibt aber erst eine spätere Untersuchung.

Maja kommt nicht mehr zur Arbeit, ich aber komme eifrig wie eh und je ins Büro und die Arbeit geht mir flotter von der Hand als je zuvor. Die Gerüchteküche im Betrieb brodelt, ich beteilige mich aber nicht an all den Vermutungen und dem Getratsche, was Blessmeier wohlwollend zur Kenntnis nimmt.

Georg und ich treffen uns in den Wochen danach nur selten. Er ist sehr verständnisvoll, als ich ihm am Telefon erkläre, dass ich mit meinem Gewissen nicht klarkomme.

»Georg, du kannst dir gar nicht vorstellen, wie schlimm das für mich ist. Ich habe sie betrogen, so lange Zeit, und ich kann sie nicht mehr um Verzeihung bitten. Du weißt, ich liebe dich, Georg, und du warst mir jede Sekunde wertvoll, aber nun, da sie tot ist, habe ich Schuldgefühle.«

Georg findet es rührend, dass ich so emotional reagiere. Einfühlsam zieht er sich zurück, auch er braucht etwas Distanz, um mit den schrecklichen Ereignissen fertig zu werden.

Im Mai 2023 beginnt das Verfahren gegen Maja. Der Staatsanwalt plädiert auf eine harte Strafe, niedere Beweggründe seien das gewesen, denn Maja habe gefürchtet, ihr Arbeitsvertrag würde nicht verlängert werden. Da sei es schon sicherer gewesen, Frau Fröttner zu beseitigen und eine neue freie Stelle zu schaffen. Die Fingerabdrücke, die

Medikamentenbrösel und das vom Arzt verschriebene Medikament reichen aber als Beweismittel noch nicht aus. Dass sie jedoch im Internet nach der tödlichen Medikamentendosis gesucht habe, sei mehr als verdächtig. Maja wird zu fünfzehn Jahren verurteilt. Ich habe sie seit dem 3. Januar nicht mehr gesehen. Auch der Verhandlung habe ich nicht beigewohnt, es wäre zu aufregend für mich gewesen.

Im Juni arbeite ich mit Georg ganz offiziell und ganz zufällig auf einer Nahrungsmittelmesse in München zusammen. Seither sind wir auch in der Öffentlichkeit unzertrennlich und man bringt uns viel Verständnis entgegen. Wir haben es doch wirklich schwer gehabt mit Luise, jeder auf seine Weise.

Im August machen wir einen Liebesurlaub auf den Malediven, aus dem wir zu Dritt zurückkommen. Gleich danach heiraten wir, Georg ist für geordnete Verhältnisse, besonders mit einem Baby. Georg ist ein Glücksfall für mich und meine Schwangerschaft ist echt und besteht nicht nur auf dem Papier wie bei Luise.

In den Blessmeier-Werken werde ich nur noch bis zum Beginn des Mutterschaftsurlaubs bleiben. Man schätzt mich hier außerordentlich. Im Augenblick arbeite ich zwei nette junge Kolleginnen ein, die meine Arbeit übernehmen werden. Ich zeige ihnen alles, wie und wo und warum, schließlich soll es ihnen nicht so ergehen wie mir damals mit diesem Drachen. Sie sind dankbar für meine Hilfestellung und es macht mir richtig Freude. Wie gesagt, ich habe eine Glückssträhne, und die hat am 3. Januar 2023 begonnen.

Tilly See

Tanja Wenz

Hauptkommissarin Inken Feldkamp drückte sich mit einem Knurren das Kissen auf die Ohren. Das nervtötende Klingeln ihres Handys konnte sie damit leider nicht ausschalten. »Wieso immer mitten in der Nacht? Ich will schlafen, Herrgott nochmal.« Aber sie wusste, das Handy würde keine Ruhe geben.

»Feldkamp!«, rief sie genervt ins Telefon.

»Ach gut, dass ich Sie erreiche, ich hoffe ich habe Sie nicht gestört,« tönte die Stimme von Kommissar Mika Thiele aus dem Telefon.

»Machen Sie es kurz Mika, ich bin totmüde.«

»Wieder zulange trainiert Frau Kommissarin?«

Inken Feldkamp knurrte wieder, denn ihr Kollege hatte Recht, aber das ging ihn überhaupt nichts an.

»Ok, ich komme direkt zur Sache. Im Tilly See bei Wardenburg wurde eine Frauenleiche gefunden.«

»Was, jetzt um vier Uhr morgens?«

»Eine Frau war vor ihrer Frühschicht mit ihrem Hund draußen am See. Beim Stöckchenwerfen brachte der Hund nicht den Stock, sondern eine Hand und den Rest der toten Frau mit aus dem See.«

»Was war denn das für ein Hund«, fragte Inken Feldkamp fassungslos.

»Ein Neufundländer. Die retten so ziemlich alles aus dem Wasser, was sie finden. Er hatte sich wohl sehr mit der Leiche abgemüht. Die Frau erlitt einen Schock und musste ins Krankenhaus gebracht werden.«

»Na, das kann ich gut verstehen. So ein Erlebnis mitten in der Nacht, das braucht wohl keiner. Ich bin in zehn Minuten bei Ihnen.«

»Damit habe ich gerechnet«, dachte Mika Thiele mit einem leichten Lächeln und legte auf.

Inken Feldkamp machte es kurz und stand nur für zwei Minuten unter der Dusche, das Haare waschen verschob sie auf später. Die letzten zwanzig Sekunden drehte sie das Wasser auf kalt. Vor Kälte bibbernd, aber dafür hellwach zog sie sich im Rekordtempo an und sprang in ihren alten Volvo. Keiner wusste, wieso sie diese alte Kiste nicht schon längst verkauft hatte, doch der Kombi mit seinem Allradantrieb hatte sie noch nie im Stich gelassen.

»Zehn Minuten und dreißig Sekunden … Sie sind spät Frau Kollegin«, neckte Mika Thiele seine Kollegin und grinste sie an. Doch als er den wilden Blick von Inken Feldkamp sah, beeilte er sich zur Sache zu kommen. Es fiel ihm nämlich wieder ein, dass sie gerade auf Diät und deshalb sehr leicht reizbar war. »Kommen Sie mit, ich zeige Ihnen, wo der Hund die Leiche aus dem Wasser gezogen hat.« Mika Thiele hielt das rot-weiß gestreifte Flatterband hoch, mit dem der Fundort weiträumig abgesperrt wurde. Die Spurensicherung war bereits vor Ort gewesen und hatte den Fundort abgesucht. Es hatte seit Tagen geregnet und der Boden war völlig durchnässt und morastig. Inken Feldkamp fluchte innerlich, weil sie keine hohen Stiefel angezogen hatte. Es war noch immer dunkel, der Fundort wurde nur durch mobile Leuchtquellen erhellt. Inken Feldkamp sah sich die Leiche genauer an und sagte: »Meine Güte, wie lang lag sie schon im Wasser?«

»Wohl nicht erst seit gestern,« antwortete Mika Thiele leise. »Es wurde schon alles fotografiert. Sie hat keinerlei Papiere bei sich, Ausweise oder Sonstiges.«

»Wieso ist noch niemand von der Pathologie hier?«

»Schon vergessen? Wir haben zurzeit nur eine Vertretung. Doktor Habermann ist doch wegen seiner neuesten Forschungsarbeit für vier Wochen in England.«

»Stimmt, da habe ich nicht mehr dran gedacht.«

Mit lautem Getöse fuhr ein großes Motorrad vor und hielt neben dem Absperrband.

»Das muss der Pathologe sein, ich hole ihn her«, sagte Inken Feldkamp und stakste durch den Morast zurück.

Der Motorradfahrer war gerade abgestiegen und zog sich den Helm ab, als sie an der Absperrung ankam. Unter dem Helm kamen lange, schwarze Locken zum Vorschein und im ersten, diffusen Morgenlicht sah Inken Feldkamp, dass der erwartete Pathologe eine Frau war.

»Hallo, ich bin Professor Rief, die Vertretung vom Kollegen Habermann. Bin ich hier richtig am Fundort der Wasserleiche?«, fragte die Pathologin.

»Ja, absolut richtig. Schön, dass Sie da sind. Ich bin Hauptkommissarin Feldkamp. Mein Kollege Kommissar Thiele ist dort hinten am Fundort.«

Diesmal hielt Inken Feldkamp das Flatterband hoch.

Nachdem sie Professor Rief und ihren Kollegen Mika Thiele miteinander bekannt gemacht hatte, legte die Pathologin sofort los und untersuchte die tote Frau.

»Ok, denn man zu. Weiblich, jung, lange blonde Haare. Stumpfe Verletzung am Schädel, sonst keine Zeichen von Gewalt. Ich tippe auf Tod durch Ertrinken. Sehr wahrscheinlich gewaltsam. Die Totenstarre hat sich gelöst, die Zersetzung hat bereits begonnen. Ich denke, dass sie bereits seit vier Tagen hier im Wasser liegt. Zur genaueren Bestimmung, insbesondere des Alters, muss ich sie im Institut untersuchen.«

Mika Thiele bekam den Mund nicht mehr zu. Erstens war er noch nie einem Vertreter der Pathologie begegnet, der so schön aussah und zweitens war auch noch nie einer aus dieser Gattung so schnell mit einer vorläufigen Diagnose der Todesursache bei der Hand. »Mika, holen sie die Leute vom Rettungswagen, sie sollen die Leiche in die Pathologie fahren.«

»Und Mika?«

»Ja?«

»Vergessen Sie das Luftholen nicht«, wies Inken Feldkamp ihren Kollegen amüsiert an. Mika Thiele lief leicht rot an, doch zu seinem Glück konnte man das bei dem Dämmerlicht nicht sehen.

Während die Sanitäter die Leiche in einen luftdichten Sack verpackten und in den Krankenwagen brachten, unterhielten sich die beiden Frauen noch über die möglichen Mordursachen.

»Einen Mord gibt es hier bei uns im Landkreis Oldenburg und speziell in der Gemeinde Wardenburg sehr selten. Wir sind eine ländliche und ruhige Region und kein Ballungsraum wie Hamburg und haben keine Drogenszene wie in Bremen«, dachte Inken Feldkamp laut. Nach einer kurzen Pause antwortete Professor Rief: »Ich glaube auch nicht, dass die Frau hier aus Wardenburg stammt.«

»Wie kommen Sie denn darauf?«

»Sie haben doch gesehen, wie sie gekleidet war. Businessdress auf hohem Niveau. Fingernägel dezent lackiert, unauffällige aber teure Designerkleidung, lange Haare. Das passt alles zu einer Chefetage einer großen, international tätigen Firma.«

Inken Feldkamp sah die Pathologin überrascht an. Von Dr. Habermann kamen nie irgendwelche Überlegungen zu einem Fall, die über die pathologische Sichtweise hinausging. »Ihre Überlegungen sind sehr interessant. Das werde ich weiterverfolgen.« Mittlerweile waren sie wieder an der Absperrung angekommen.

Während sich Professor Rief ihren Helm wieder anzog, sagte sie noch: »Wenn ich etwas Interessantes finde, sage ich Ihnen Bescheid. Ihre Nummer ist ja im System.«

»Okay, danke«, antwortete Inken Feldkamp mit einem unterdrückten Gähnen.

Mika Thiele schaute der Pathologin hinterher und dachte: »Was zum Geier treibt einen Menschen an, Pathologie zu seinem Beruf zu machen. Wenn ich etwas Interessantes finde … Meine Güte!«

Nachdem sie sich von ihrem Kollegen verabschiedet hatte, fuhr Inken Feldkamp nach Hause, um noch etwas Schlaf nachzuholen. Der vorläufige Bericht über den Fund der Leiche konnte noch etwas warten.

Später am Morgen fuhr sie ins Polizeibüro. Ihre Kollegen im Innendienst waren schon damit beschäftigt, Vermisstenanzeigen zu sortieren. Doch bisher gab es keine Ähnlichkeiten.

Mika Thiele war schon seit einer Stunde im Büro und brachte Inken Feldkamp einen Kaffee. »Na, noch etwas Schlaf nachgeholt?«, fragte er seine Kollegin.

»Ja, war gut und Sie?«

»Ne, ich konnte nicht mehr einschlafen, ich habe mich stattdessen ausgiebig mit der Frage beschäftigt, was einen gesunden normalen Menschen antreibt, Pathologie als Beruf auszuüben.«

»Sie meinen, vor allem als Frau, oder?«

Mika Thiele überging ihre Frage und kam schnell zu den Fakten. Sie hatten noch keine Vermisste im Register gefunden, die in der Beschreibung auf das Opfer gepasst hätte. Die Spurensuche hatte auch nichts gefunden. Der Regen der letzten Tage hatte alle Indizien weggewaschen.

Plötzlich klingelte das Telefon und Prof. Rief war in der Leitung. Sie klang aufgeregt. »Sie sollten vorbeikommen und sich anschauen, was ich gefunden habe. Am besten jetzt gleich.«

Inken Feldkamp sah ihren Kollegen Mika Thiele kurz an und sagte dann: »Ok, wir sind auf dem Weg.«

Unterwegs überlegten sie, was wohl so dringend sein konnte, dass sie sofort in die Pathologie kommen sollten. Inken Feldkamp wusste, dass ihr Kollege nicht gerne in die Pathologie fuhr um sich Leichen anzuschauen, trotzdem wollte sie ihn dabeihaben, damit ihnen nichts entging, was Prof. Rief ihnen zu sagen hatte. Denn es schien etwas Besonderes zu sein.

Mika Thiele zog mit einer inneren Abwehr die grüne Schutzkleidung an, ohne die niemand in die Untersuchungsräume der Pathologie gelassen wurde. Er war gerne Polizist, doch er fand es nach all den Jahren noch immer etwas unheimlich, bei einer Obduktion dabei zu sein. Er hoffte, Professor Rief würde es kurz machen.

Die tote Frau lag auf dem Bauch auf einer schmalen Untersuchungsliege. Sie war mit einem weißen Laken zugedeckt. Die grünen Fliesen des Raumes reflektierten das kalte Neonlicht an der Decke.

»Sehen Sie sich das an«, sagte Professor Rief, während sie das Laken von dem Rücken der Toten zurückschlug.

Inken Feldkamp erstarrte. So etwas hatte sie noch nie gesehen. Der ganze obere Rücken der Toten, war mit einem riesigen Tattoo ausgefüllt. Doch es war kein normales oder übliches Tattoo. Es war kein Liebesbeweis, kein Herz, kein Schwert oder Sonstiges. In exakten Reihen waren dort Zahlen und Buchstaben in schwarzer Farbe eintätowiert. Es war wie ein riesiger, langer Code, den jedoch niemand im Raum lesen konnte.

»Jetzt verstehe ich, warum wir sofort kommen sollten«, sagte Inken Feldkamp leise.

»Hat sie noch mehr solcher Tätowierungen, zum Beispiel am Bauch oder so?«, fragte Mika Thiele. Er war froh, keine inneren Organe, wie Teile der Lunge präsentiert zu bekommen. »Nein, das ist das Einzige«, antwortete Professor Rief. »Die Frau war übrigens sehr durchtrainiert, die Muskeln sind extrem stark ausgebildet, ungewöhnlich für eine Frau. Trotzdem gibt es keine Zeichen, dass sie sich gewehrt hat. Sie muss überrascht worden sein. Drogen hatte sie auch keine im Blut. Die Todesursache ist eindeutig: Tod durch Ertrinken. Allerdings war sie da bereits bewusstlos. Die Verletzung am Schädel zeigt im Kernspin eindeutig auf Fremdeinwirkung hin. Ein stumpfer Gegenstand wie ein Schlagstock oder ähnliches. Der Todeszeitpunkt war vor vier bis fünf Tagen.«

»Also hat ihr jemand auf den Schädel geschlagen und sie mit einem kleinen Boot oder so auf den See gefahren und dort versenkt«, überlegte Inken Feldkamp.

»Vorher hat er ihr anscheinend noch einen schweren Pflasterstein oder einen Betonklotz an beide Füße geknotet, denn ihre Füße weisen Verletzungen auf, die auf einen Strick hindeuten. Der mutmaßliche Mörder wollte sichergehen, dass sie wirklich stirbt und auch nicht wieder auftaucht«, berichtete Professor Rief weiter.

»Wie perfide«, sagte Mika Thiele tonlos.

Die beiden Frauen blickten ihn an und Inken Feldkamp erwiderte: »Mord ist immer perfide.« Weiter gab es zum Opfer und zur Todesursache nichts zu berichten.

Inken Feldkamp machte mehrere Fotos mit ihrer Spiegelreflexkamera, die sie für solche Fälle immer mitnahm, dann fuhr sie mit ihrem Kollegen wieder in die Polizeizentrale. Falls Professor Rief noch etwas finden sollte, würde sie sich melden.

oOo

Inken Feldkamp schickte Taucher hinaus in den Tilly See. Sie sollten nach Gegenständen suchen, die eventuell an der Frau befestigt waren.

Der Boden des Tilly Sees war trübe und im aufgewühlten Schlamm hatten die Taucher nur eingeschränkte Sicht. Trotzdem fanden sie beim zweiten Tauchgang einen Betonklotz, der in der Mitte des Sees auf dem Grund lag. Mit einer Seilwinde von einem starken Schlauchboot aus, wurde dieser Klotz hochgeholt und an Land gebracht.

Inken Feldkamp hoffte sehr, dass die Spurensicherung etwas finden würde. Sie saß mit ihrem Kollegen in ihrem kleinen Büro und zusammen versuchten sie etwas zu finden was sie weiterbringen würde. Die Pathologin hatte Fingerabdrücke von der Leiche genommen und ein Zahnprofil erstellt. Diese Daten wurden durch das Polizeisystem gejagt, doch es kam zu keinem Treffer.

»Die Fingerabdrücke sind sowieso nur eingeschränkt nutzbar, das ist immer dasselbe mit den Wasserleichen«, sagte Mika Thiele genervt.

»Ja, ich weiß, was sie damit meinen. Das Wasser sorgt dafür, dass wir noch weniger Anhaltspunkte haben, die uns helfen könnten, den Mord aufzuklären. Trotzdem glaube ich, dass ein Mann der Mörder war, besser noch zwei Männer, denn es war mit Sicherheit nicht leicht, den Betonklotz auf den See zu transportieren.«

Ihr Kollege nickte zustimmend und meinte dann: »Ein Foto von dem Klotz habe ich schon an alle Polizeidienststellen weitergeleitet. Was denken Sie, sollen wir auch das Foto des Tattoos schon an Tattoostudios schicken, oder damit lieber noch warten?«

»Nein, ich möchte erst noch mit einem Kollegen sprechen, der mal für den BND gearbeitet hat.«

»Meine Güte, was haben Sie denn für Kontakte?« Mika Thiele war sprachlos.

»Der Kollege ist schon seit Jahren im Ruhestand, aber ich konnte ihn heute telefonisch nicht erreichen. Wahrscheinlich ist er wieder auf irgendeinem Kreuzfahrtschiff unterwegs«, antwortete Inken Feldkamp nachdenklich.

Es war spät und Mika Thiele wollte nach Hause und sich in seine Hängematte werfen. Doch seine Kollegin machte noch keine Anstalten nach Hause zu gehen. Er fing an, nervös mit seinem Autoschlüssel zu spielen. Irgendwann fiel dies auch seiner Kollegin auf und sie schickte ihn genervt nach Hause. Sie selbst blieb noch einige Stunden im Büro. Ihre Gedanken drehten sich im Kreis, doch sie kam keinen Schritt weiter.

Es war spät als sie nach Hause fuhr. Als sie die Haustür aufschloss und das Licht anschaltete, stieß Inken Feldkamp einen Schrei aus und griff reflexartig nach ihrer Dienstwaffe und entsicherte sie. Ihre Wohnung war völlig auf den Kopf gestellt. Ganz offensichtlich hatte hier jemand etwas gesucht. Das Herz klopfte ihr bis zum Hals und sie bekam vor Angst kaum Luft. Vorsichtig untersuchte sie, mit der Waffe in der Hand, alle Räume ihrer Wohnung, doch sie war allein.

Sie rief die Kollegen vom Dienst und setzte sich auf einen Stuhl. Einige Minuten später rief sie auch Mika Thiele an.

Obwohl es mitten in der Nacht war, stand er zehn Minuten später vor ihrer Haustür. Inken Feldkamp hatte stets Distanz zu ihrem Kollegen gehalten, doch jetzt war sie froh, dass er bei ihr war. Mika Thiele legte mitfühlend einen Arm um sie und führte sie in die Küche. Zusammen tranken sie einen Kaffee und überlegten wer für die Verwüstung verantwortlich gewesen sein könnte.

Die Spurensicherung machte derweil ihren Job, zog aber nach wenigen Stunden wieder ab. Sie hatten nichts gefunden was auf den Täter hindeuten würde.

»Ehrlich gesagt wundert mich das nicht. Hier waren Profis am Werk. Sind Sie sicher, dass nichts gestohlen wurde?«, fragte Mika Thiele seine Kollegin.

»Soweit ich das in diesem Chaos beurteilen kann, nein«, antwortete Inken Feldkamp leise. »Ich weiß auch gar nicht was die hier gesucht haben, gibt doch nichts Interessantes bei mir. Es wird Tage dauern, bis ich das alles wieder aufgeräumt habe.«

»Ich würde vorschlagen, dass sie heute Nacht bei mir im Gästezimmer schlafen, hier lasse ich Sie nicht alleine«, sagte Mika Thiele bestimmt.

Inken Feldkamp schaute ihren Kollegen überrascht an. So kannte sie ihn gar nicht. »In Ordnung, ich komme mit. Danke«, antwortete sie mit einem kurzen Blick auf die Verwüstung in ihrer Wohnung.

Draußen im Garten bewegte sich etwas unter einer großen Tanne. Dort stand eine schwarze Gestalt und wartete ungeduldig darauf, dass die Frau alleine in der Wohnung zurückblieb. Er hatte nicht gefunden, was er gesucht hatte und er war wütend. Sehr wütend sogar, denn sein Auftraggeber verlangte Zuverlässigkeit und vor allem eine korrekte Ausführung des Auftrages. Ein kurzer Windstoß fegte die riesige Kapuze vom Kopf der Gestalt. Das Gesicht eines Mannes kam darunter hervor. Ein Gesicht mit Narben und einem Mund, der das Lächeln verlernt hatte. Jemand, dem man selbst bei Tageslicht besser aus dem Weg ging. Mit einer abgehackten Bewegung zog er sich die Kapuze wieder über. Kurze Zeit später stieß er ein leises Fluchen aus, als die Frau mit einem Mann die Wohnung verließ. Für heute musste er hier aufgeben. Doch für diese Nacht hatte er noch einen anderen Auftrag und den würde er ausführen, komme was wolle.

oOo

Nach einer unruhigen Nacht fuhr Inken Feldkamp früh am nächsten Morgen in die Polizeidienststelle. Mika Thiele hatte noch einen Außentermin und würde später kommen. Sie hatte sich gerade erst ihren obligatorischen Kaffee geholt, da klingelte das Telefon. Eine aufgeregte Professor Rief war in der Leitung. Sie sprach so schnell, dass sie unmöglich dabei Luft holen konnte. Inken Feldkamp verstand nur langsam, was sie ihr mitteilen wollte. »Das gibt es doch nicht, ich komme sofort«, rief sie dann ins Telefon und machte sich sofort auf den Weg in die Pathologie.

Wortlos führte die Pathologin sie in den Kühlraum. Eine Liege war herausgezogen, die Frauenleiche aus dem Tilly See lag darauf.

»Ich wollte sie noch einmal untersuchen und zog die Liege aus der Kühlung, da fand ich sie so vor.«

Inken Feldkamp war in diesem Moment froh, dass Mika Thiele nicht dabei war. Für ihn wäre der Anblick der Frauenleiche, der man grob das Tattoo aus dem Rücken geschnitten hatte, zu viel gewesen. Sie selbst musste würgen und hielt sich die Hand vor den Mund. Professor Rief schob die Liege zurück und zusammen gingen sie das Büro der Pathologie. Inken Feldkamp rief zuerst die Spurensicherung an, dann setzte sie sich rasch auf einen Stuhl. Ihr war leicht schwindelig. Aufgeregt erzählte sie der Pathologin von dem Einbruch in ihrem Haus.

»Nun wissen Sie ja auch, was die Täter gesucht haben«, sagte die Pathologin.

»Ja, meine Kamera«, antwortete Inken Feldkamp mit einem leichten Zittern in der Stimme. »Der Einbrecher und Totenschänder, der heute Nacht hier war, hat übrigens auch sämtliche Daten über die Frauenleiche aus dem Computer gelöscht.«

Inken Feldkamp sprang auf und rief: »Dann haben wir nur noch die Fotos auf meiner Kamera!« Siedendheiß fiel ihr ein, dass sie die

Fotos noch nicht auf ihren Dienstrechner gezogen hatte. »Ich fahre ins Büro und überspiele die Daten«, sagte Inken Feldkamp.

Mit quietschenden Reifen fuhr Sie los. Im Radio wurde ein Stau in der Oldenburger Innenstadt durchgesagt, deshalb entschloss sie sich für eine Umfahrung auf Schleichwegen. Sie fuhr sehr schnell, deshalb fiel ihr auch nicht auf, dass ein schwarzer Geländewagen mit verspiegelten Scheiben ihr folgte. Als sie auf einer langen Geraden war, überholte der schwere Wagen Inken Feldkamp und versuchte sie von der Straße zu drängen.

Inken Feldkamp schrie auf und rief: »Gehts noch, du Irrer?« Sie war eine gute und sichere Fahrerin, deshalb konnte sie ihre Spur halten. Doch der Geländewagen war sehr viel schwerer als ihr Volvo. Der Fahrer setzte erneut zum Überholen an. Inken Feldkamp bekam Panik. Plötzlich wusste sie was der Fahrer von ihr wollte. Als der fremde Wagen neben ihr war, trat sie auf die Bremse und brachte ihren Wagen zum Stehen. In Sekundenschnelle wendete sie und raste zurück Richtung Stadtgebiet. Doch schon nach wenigen Sekunden sah sie den schwarzen Wagen wieder hinter sich. Sie hatte bei der Geschwindigkeit keine Chance, Hilfe über ihr Handy zu rufen. Im Rückspiegel sah sie wie der Wagen beschleunigte, sie trat ihr Gaspedal durch, doch für eine solche Verfolgungsjagd war ihr Volvo nicht gebaut worden. Sie überlegte gerade panisch, ob es sinnvoll sei, Schlangenlinien zu fahren, damit sie nicht überholt werden konnte, da rammte der schwarze Geländewagen sie mit voller Kraft. Wieder schrie Inken Feldkamp auf, der Volvo brach nach rechts aus und schoss mit hoher Geschwindigkeit in die Böschung und überschlug sich mehrmals.

Der Fahrer des Geländewagens hielt an und stieg aus. Weit und breit war kein anderes Fahrzeug zu sehen. Zügig ging er zu dem qualmenden Autowrack und brach mit einer Brechstange die zerbeulte Heckklappe auf. Der Volvo stand auf den Reifen, beziehungsweise was von ihnen übriggeblieben war. Auf der Rücksitzbank fand er, was er suchte. Die Kamera. Dass Inken Feldamp blutüberströmt über dem Airbag am Lenkrad hing, interessierte ihn überhaupt nicht. Der Mund in dem narbenübersäten Gesicht verzog sich zu einer hässlichen Fratze. »Gut gemacht«, lobte er sich selbst. Dann ging er zurück zu seinem Wagen, stieg ein und fuhr, ohne einen Blick zurück auf die Unfallstelle zu werfen, los.

Fünf Minuten später hielt ein Kleintransporter an der Stelle und rief sofort den Rettungsdienst.

Inken Feldkamp wurde ins Krankenhaus gebracht. Der alte Volvo hatte ihr das Leben gerettet. Sie hatte, außer einer großen Platzwunde an der Stirn, einer Gehirnerschütterung und einigen Blutergüssen keine weiteren Verletzungen.

Mika Thiele war vor Sorge außer sich und blieb einige Stunden am Krankenhausbett von seiner Kollegin.

»Das scheint eine größere Sache zu sein, mit dem toten Mädchen«, überlegte Inken Feldkamp nuschelnd.

»Jetzt lassen Sie es mal gut sein, Frau Kollegin. Sie können froh sein, dass Sie noch am Leben sind. Sie sollten sich lieber darum kümmern wieder gesund zu werden«, antwortete Mika Thiele gereizt. Doch sie schien ihn gar nicht zu hören.

»Mein schöner Volvo, reif für die Schrottpresse.« Dann sagte sie trotzig: »Den nächsten nehme ich in Weiß, wollte ich immer schon mal haben.«

Mika Thiele verdrehte die Augen und sagte nichts mehr.

oOo

Nach zwei Wochen war Inken Feldkamp wieder im Dienst. Sie fuhr mit einem schneeweißen Volvo vor, der sogar etwas jünger als ihr alter Wagen war. Mika Thiele hatte ihn für sie ausgesucht. Sie hatte das Auto bloß noch bezahlen müssen.

Inken Feldkamp trank gerade ihren Morgenkaffee und schaute ihren Kollegen lange an, dann sagte sie: »Wer wusste außer Professor Rief und uns beiden noch, dass ich Fotos von dem Tattoo hatte?«

»Soweit ich weiß, niemand. Aber wir könnten uns darüber vor anderen unterhalten haben. Ich kann mich einfach nicht mehr daran erinnern«, antwortete Mika Thiele resigniert.

Nach einer längeren Pause sagte Inken Feldkamp: »Ich habe übrigens mit meinem Bekannten gesprochen, der früher beim BND war. Er meinte unser Fall klingt nach einer richtig großen Sache. Er schätzt, dass es um Rauschgift und dem Standort der Produktionen ging. Verschlüsselt auf dem Rücken der Frau. Vielleicht war sie eine Agentin oder aber eher noch eine Mitläuferin, die zum Opfer wurde. Sehr wahrscheinlich wollte sie auf eigene Rechnung arbeiten.«

»Wie auch immer, die Spur ist kalt und unsere Vorgesetzten haben den Fall bis auf die Suche nach dem Fahrer des Geländewagens geschlossen«, sagte Mika Thiele.

»Ja, aber es ist doch merkwürdig, dass der Fall so schnell geschlossen wurde und wir nicht mehr weiter ermitteln dürfen. Das ging mir alles viel zu schnell«, überlegte Inken Feldkamp. »Irgendwas stimmt hier nicht, es ist alles zu abrupt. Wer steckt dahinter? Wer wusste, dass ich die Fotos habe und wo ich die Kamera aufbewahrt habe? Das ist doch unheimlich.«

»Ja, Sie haben Recht, ist schon komisch und auffällig. Aber wie gesagt, die Spur ist kalt. Wir sollten uns wieder auf den Alltag konzentrieren. Außerdem bin ich sehr froh, dass es Ihnen wieder besser geht. Ohne Sie würde der Dienst hier nur halb so viel Spaß machen«, sagte Mika Thiele mit einem schiefen Lächeln.

»Ja, besonders die Besuche in der Pathologie, oder?«, neckte ihn seine Kollegin.

Beide mussten lachen und machten sich wieder an ihre Arbeit. In Zukunft würden sie noch besser zusammenarbeiten.

oOo

Einige Tage später bekam Inken Feldkamp einen Anruf von Professor Rief. »Kommen Sie vorbei, ich möchte Ihnen was zeigen.«

Als Inken Feldkamp der Pathologin in ihrem Büro gegenübersaß, hatte sie das sichere Gefühl, dass sie nichts mit einem Verrat zu tun hatte. »Was gibt es denn so Dringendes?«, fragte sie.

»Auch wir Pathologen sind nur Menschen und manchmal passieren uns Fehler. Besonders bei Müdigkeit, wenn wir mal wieder mitten in der Nacht arbeiten müssen. Die Fotos von der Tätowierung unserer unbekannten Frauenleiche wurden irrtümlicherweise doppelt abgespeichert. Einmal unter der Akte der Leiche und einmal zu einem ganz anderen Fall.«

»Das gibt es ja nicht, unglaublich«, rief Inken Feldkamp.

»Das wollte ich Ihnen persönlich sagen, damit es keiner sonst mitbekommt.«

»Danke, das weiß ich zu schätzen.«

Die Pathologin drückte Inken Feldkamp einen USB- Stick in die Hand. »Hier, da sind die Fotos drauf.«

Kurze Zeit später saß Inken Feldkamp in ihrem neuen Volvo. Sie wusste nicht, was sie machen sollte. Wen sollte sie einweihen, wie weiter vorgehen? Plötzlich fiel ihr ein, was ihr Vater früher immer zu ihr gesagt hatte: »Höre auf dein Gefühl, dann wirst du wissen, was du als nächstes machen sollst.«

Mit einem Lächeln startete sie ihren Wagen und freute sich ganz nebenbei über den satten Sound ihres Fünfzylinders.

Sherlock Holmes: Fünfmal Zucker bitte

erstmals veröffentlicht im Baker-Street-Chronicle,
Deutsche Sherlock-Holmes-Gesellschaft
Leo Büchner

»Wieso fünfmal dasselbe Bild?«, fragte Sherlock Holmes, während er in Gedanken versunken auf dem Mundstück seiner Pfeife kaute.

Watson musste ernsthaft überlegen, wie er antworten sollte. Schließlich hielt er seinen Chef kriminalistisch in jeder Hinsicht für überragend. Doch er kannte auch seine Schwächen, und zu denen zählte das frohlockende Weib. Holmes war kein Kostverächter, allerdings ließ er es sich nicht anmerken.

Watson ahnte, dass dieselbe Schönheit auf gleich fünf Bildern seinen Chef aus dem Konzept bringen musste, nämlich, wenn man ihm dazu eine Notiz hinterließ. Man konnte Holmes atmen hören, während er die Bilder in seinem Sessel sitzend und Pfeife rauchend immer wieder betrachtete und dabei drehte und wendete.

»Sir…?«, begann Watson zögernd. »Möglicherweise möchte uns die Täterin in die Irre führen. Was halten Sie davon, wenn ich mich unter die Bevölkerung mische, um mich mal umzuhören?«

Auch wenn Holmes Watson gelegentlich duzte, würde Watson seinerseits seinen Freund niemals so unhöflich behandeln, es sei denn, er würde das von ihm verlangen. Einen Moment lang ließ Holmes sich Zeit und sagte dann: »Watson, Sie alter Töricht. Wie Ihnen aufgefallen wäre, wenn Sie was von Frauen verstünden, wüssten Sie, dass die Dame auf dem Bild kein Frauenzimmer ist, sondern eine adrette wohlhabende Dame aus gutem Hause.«

Watson war enttäuscht über so viel Kritik, und Holmes war seinerzeit empört über das geistige Einschätzungsvermögen seines treuen Dieners und Helfers. Demnach wahrte Watson Disziplin und widersprach ihm nicht. Er beobachtete ihn. Holmes' Kleidung war typisch englisch, und teuer. Er trug ein weißes Hemd, eine dunkle Krawatte, eine grün-gelb-karierte Weste und eine dunkle Anzughose. Wie es sich für einen Mann gehörte, der etwas auf sich hielt, zierte seine Wangen ein Backenbart. Sein weißes Haar wechselte im Spiel der Flammen im Kamin zwischen weiß und hellgelb.

»Sir…?«, sprach Watson ihn an. Holmes reagierte erst beim nächsten »Sir…?« mit einer abweisenden Geste

»Hm…? Ja, gehen Sie nur. Gehen Sie nur. Ich bin noch beschäftigt.«

Was für unsereins nach Faulenzen aussehen würde, war für Holmes tatsächlich Arbeit, und das wusste Watson. Er wusste, dass sein Vorgesetzter nicht nur ein hervorragender Fährtenleser war, sondern er hatte auch das Gespür für Menschen. Sie brauchten nichts zu sagen, und dennoch deutete er all ihre Geheimnisse. Nur eben, wie gesagt, das weibliche Geschlecht, hatte er einmal geäußert, – dieses Geheimnis wollte er noch gelüftet haben, ehe er die Reise zum ewigen Hafen antreten sollte. Ob seine Gunst der Stunde nun gekommen war?

Watson zog einen Mantel über, setze seinen Hut auf, griff nach dem Regenmantel und verließ das Haus.

oOo

Über Nacht hatte es leicht geschneit. Um das Straßenpflaster jedoch komplett mit Schnee bedecken zu lassen, war zu wenig der weißen Pracht gefallen. Es war kalt, gefühlt unter Null. Soeben fuhr ein Lieferant langsam an Watson vorbei. Das Pferd rutschte bei jedem Schritt leicht über die Pflastersteine, der Kutscher versuchte immer wieder mit »Hooo, mein Junge!« zu beschwichtigen. Als sie etwa 300 Meter von Watson entfernt zum Stehen kamen, hörte er das Pferd schnaufen und niesen. Offensichtlich hatte es Mühe auf dem vereisten Pflaster zu gehen.

»Guten Morgen, Mister Watson«, wurde er begrüßt.

Er zuckte zusammen. »Oh, guten Morgen, Miss«, sagte er im Vorbeigehen und hob hastig seinen Hut. Wie man das eben von einem Gentleman erwartete. Dass er wegen des Grußes ein wenig erschrak, war kein Wunder. Abgesehen davon, dass er in Gedanken vertieft war, war der frühe Morgen still gewesen. Das Automobil war im Jahr 1996 erstmals auf der Straße zugelassen worden, also neun Jahre zuvor. Die Zahl der Fahrzeuge, die knatterten, waren sehr stark begrenzt. Zwar war die Industrialisierung auf dem Vormarsch, jedoch konnte sich kaum jemand ein Automobil leisten. Der Lieferant mit der Pferdekutsche, ein streunender Hund und die Passantin waren die einzigen Lebewesen, denen Watson an diesem Morgen begegnet war.

Kaum hatte er sich von der Passantin abgewandt, war er wieder in Gedanken bei den geheimnisvollen Fotografien, die seinem Chef zugestellt worden waren. Fünfmal dieselbe Frau war darauf zu sehen. Es gab eigentlich nur zwei Möglichkeiten, schlussfolgerte er. Es musste fünfmal getötet worden sein. Entweder wurden fünf Morde begangen oder eine Person – möglicherweise eine Frau – wurde mit fünf Messerstichen getötet.

Am Green Park, westlich der Baker Street, wurde doch kürzlich eine Prostituierte tot aufgefunden worden. Vielleicht sollte er sich vergewissern, woran sie verstorben war. In der nächstmöglichen Lokalität bestellte er sich eine Kutsche, die ihn zum Leichenschauhaus bringen sollte.

Der ansässige Gerichtsmediziner, namens Foley, begrüßte ihn freundlich, wies ihn allerdings ab, weil er ihm aus rechtlichen Gründen keinen Zutritt gewährleisten dürfe.

»Wissen Sie denn …«, fragte Watson, »ob in naher Vergangenheit fünf Frauen ermordet worden sind?«

Foley verneinte. Watson legte seinen Dackelblick auf und hielt ihm einen 100-Pfund-Schein unter die Nase. »Riechen Sie das?«

Foley nahm das Geld grinsend an und kommentierte: »Mit Verlaub, Watson, aber Geld stinkt nicht.«

Der Körper der Toten wirkte gebrechlich und zu dünn, wie sie sie nackt vor den beiden Männern auf dem Seziertisch lag. Watson fragte sich, ob sie sich für Geld auch lebend vollkommen entblößt in einem Leichenschauhaus vor zwei Männer gelegt hätte. Ihre braunen Haare lagen sortiert neben ihren Wangen und reichten fast bis zu den Brüsten. Ihre Haut war bereits blassfarben, ihre Augen und der Mund halb geöffnet.

»Um es kurz zu machen, ehe sie mich mit Fragen durchbohren, meine Zeit ist nämlich begrenzt: diese junge Frau hieß bis zuletzt Geraldine Baker, arbeitete als Prostituierte und war zum Todeszeitpunkt 22 Jahre alt. Sie starb an Unterkühlung. Ende der Durchsage.«

»Ähm, Foley ...« Watson deutete auf die Scham.

Foley seinerseits deutete auf die Tür.

»Ist das alles, was Sie mir zu bieten haben?«, wollte Watson wissen.

»Ihnen habe ich gar nichts zu bieten. Sie gehören hier nämlich gar nicht hin.«

»Aber die hundert Pfund...«

»So dick sind Sie nicht, Watson. Die sind für Sie kein Problem.«

Draußen im Flur ließ Foley Watson stehen, der ihm empört hinterher schaute. Er musste sofort zurück zu Holmes.

Als Watson die Tür des Hauses 221b in der Baker Street aufschloss, stand Holmes am Fenster. Die Falten wichen ihm mit einem Moment aus dem Gesicht, allerdings bekam seine Stirn Falten, als er Watson sah.

»Watson, mein treuer Gehilfe. Wo sind Sie die ganze Zeit gewesen?«

»Wie lange war ich denn weg?« Watson hatte in Erinnerung, dass Holmes ihn beinahe ignoriert hatte, als er das Haus verlassen hatte. Und Holmes' jetziges Schweigen bestätigte ihm, dass sein Freund kein Zeitgefühl hatte – womöglich war er zu beschäftigt. Nachdem er sich des Hutes und des Mantels entledigt hatte, sah er in der Küche nach, ob Holmes etwas getrunken hatte. Er konnte jedoch nichts finden, das auf Alkoholkonsum schließen ließ. Dann begab er sich zu Holmes zurück.

»Sir, Sie sehen ..., sagen wir mal ..., benommen aus. Oder erkenne ich etwa eine Qual?«

Holmes reichte ihm einen Zettel.

»Was ist das?«

»War bei der Fotografie dabei. Das ist alles.«

Fünfmal Zucker, stand in Schreibschrift darauf.

»Vermutet Ihr Eure Mörderin?!«

»Nun, Sir, ich kenne Euch seit einigen Jahren.«

»Möchten Sie mir etwas sagen, Watson?«

»Eher möchte ich Euch etwas fragen, Sir.«

Holmes runzelte die Stirn.

Watson erzählte Holmes von Geraldine Baker und dem seines Erachtens merkwürdigen Verhaltens des Leichenbeschauers, vor allem hinsichtlich der hundert Pfund, die er ihm gegeben hatte.

»Interessant«, stellte Holmes fest. »Und deswegen vermuten Sie, dass ich der nächste bin, der getötet wird?«

»Die Scham der jungen Dame sieht auf der einen Seite etwas anders aus als auf der anderen Seite.«

»Und? Haben Sie zwei gleiche Augen?«

»Sir? Weshalb beleidigen Sie mich? Immerhin sind wir seit vielen Jahren Freunde. Und wenn Sie nun an meiner Kompetenz …«

Weiter ließ Holmes ihn nicht sprechen.

»Ziehen Sie sich an und folgen Sie mir«, befahl er, während er sich mit grimmiger Miene anzog. Es war ihm anzusehen, dass er sich auf den Schlips getreten fühlte.

»Sir Sherlock Holmes. Wie ich mich freue, Sie mal wiederzusehen. Vor allem hier, in meinem Reich«, begrüßte Foley ihn freundlich. Watson schien er nicht zu beachten. Watson ihn allerdings auch nicht.

»Mein alter Freund Foley«, wurde er von Holmes begrüßt.

Gleich danach erkundigte sich Holmes nach der jungen Dame. Auch ihn versuchte Foley abzuweisen. Vor allem deshalb, weil sich Foley Holmes' Genie bewusst war. Und weil er wusste, dass Holmes auch dazu einige Fragen aufkommen würden, was Zeit in Anspruch nehmen könnte.

»Ja, Holmes. Wenn ich es Ihnen doch sage: diese Frau ist an Unterkühlung gestorben.« Einen Moment lang sahen sich Holmes und Foley schweigend an. Dann schüttelte Foley hämisch grinsend den Kopf und sage: »Nein, Holmes, Das möchten Sie nicht.«

»Oh doch!«, grinste Holmes.

Wieder sahen sich beide an.

»Das möchten Sie nicht.«

»Hundert Pfund sind eine Menge Geld. Nicht wahr?«

Daraufhin drehte sich Foley weg. Vermutlich ahnte Holmes den Grund, denn er bat Watson per Handzeichen, ihnen zu folgen.

oOo

Nachdem Foley die Leiche aus dem Gefrierschrank gezogen hatte, begutachtete Holmes den Leichnam mit seiner berühmten Lupe. Zwar sprach er währenddessen mit Foley, sah ihn jedoch nicht dabei an. Die Haare der jungen Frau lagen nach wie vor neben Gesicht und auf ihrer Schulter. Augen und Mund waren halb geöffnet. Die Arme lagen neben ihrem Körper. An ihrem dünnen Hals waren leichte farbliche Veränderungen feststellbar. Und ihre Fingernägel sahen abgenutzt aus.

»Wann, sagten Sie, Foley, wurde die Leiche aufgefunden?«, fragte Holmes.

»Letzte Woche. In der Nacht.«

»Um diese Zeit ist es draußen knackig kalt. Nicht wahr?«

»Könnte am Winter liegen.«

»Ja, das liegt sehr nahe. Deshalb liegt auch sehr nahe, dass sie an Unterkühlung gestorben ist. Nicht wahr?«

Foley nickte.

»Haben Sie bei ihr Sperma gefunden?«

Foley schüttelte verneinend den Kopf.

Dann wandte Holmes sich Foley zu, sodass beide erneut unmittelbar gegenüberstanden.

»Könnte es sein, dass sie um diese Zeit zuhause vermisst wurde?«

»Ich bitte Sie. Sie war eine Dirne.«

»Sie vermuten also, dass sie entweder von einem Freier nach Hause oder von zuhause zu einem Freier gegangen ist?«

»Möglich.«

Plötzlich hatte es Holmes eilig. »Bitte bestellen Sie mir unverzüglich eine Kutsche«, befahl er Foley und ging. Watson folgte.

Am frühen Nachmittag suchten Holmes und Watson das Leichenschauhaus erneut auf. Diesmal in Begleitung des Staatsanwalts Lennard. Watson trug eine kleine Ledertasche in der Hand.

Foley rollte die Augen und seufzte: »Was ist denn nun schon wieder?!«

»Verzeihung, Foley. Es ist wichtig. Wir ermitteln in einem möglichen Mordfall.«

Foley bekam große Augen. »In einem Mordfall?«

»Ich möchte die junge Dame sehen«, befahl Lennard.

Foley zog sie wortlos aus der Kammer. Lennard brauchte nicht so zu tun, als wisse er von nichts. Er lieh sich Holmes' Lupe und begutachtete damit gleich ihre Augen, ihren Mund, ihren Hals und ihre Fingernägel.

»Um welche Uhrzeit wurde sie aufgefunden?«, wollte Lennard wissen.

»Kurz nach Mitternacht.«

»Todeszeitpunkt?«

»Etwa eine halbe Stunde vorher.«

»Vermutlich ein Herzinfarkt. Was meinen Sie, Foley?«

»Was? Dafür ist sie viel zu jung.«

»Watson?«

Auf Geheiß öffnete Watson die Tasche und zog eine kleine Flasche und einen Pinsel hervor. Dann zog er sich Handschuhe über. Er öffnete die Flasche, streute mit den Fingern etwas von dem Inhalt, der wie dunkles Pulver aussah, auf den Hals der Toten.

»Und nun Sie, Foley«, sagte Lennard.

Foley wurde sichtlich nervös. Er wechselte die Gesichtsfarbe.

»Ich kann Sie auch so festnehmen lassen, Foley.«

Dies stimmte natürlich nicht, auch im Jahr 1895 benötigte man Beweise. Allerdings vernahm Lennard so Foleys Nervosität, was es ihm eine Verurteilung vermutlich leichter machen würde.

»Darf ich bitten, Foley?«

Foley tauchte seinen Finger in die Flasche und drückte die Fingerkuppe fest auf das Pulver. Diesen hielt er dann so, dass er nach oben zeigte. Lennard richtete die Lupe darauf und verglich schweigend Foleys Fingerkuppe mit dem Hals der jungen Frau. Dann reichte er Holmes die Lupe, der ebenfalls denselben Vergleich vollzog. Schließlich tat Watson es ihnen gleich.

Lennard sagte nicht gleich so etwas wie: »Sie böser Verbrecher. Ich lasse Sie jetzt festnehmen. Und danach nehme ich Sie auseinander!« Sondern er nickte Watson zu, der daraufhin den Raum verließ. Dann wandte er sich wieder Foley zu. »Um Mitternacht durfte es gewesen sein. Zu einer Uhrzeit, zu der so gut wie niemand unterwegs gewesen ist. Noch zu dieser Jahreszeit. Daraus lässt sich schließen, dass es keine Zeugen gab. Und trotzdem haben Sie ihren Namen und ihr Alter auf Anhieb gewusst, und sie kannten selbstverständlich ihren Todeszeitpunkt. Es war ja sonst niemand da, der die Leiche hätte identifizieren können.«

In diesem Moment betrat Watson den Raum. Sein Schmunzeln verriet Holmes und Lennard, dass er wie befohlen die Polizei verständigt hatte.

»Möglicherweise …«, fuhr Lennard fort, »war sie gerade bei einem Freier gewesen. Dort hat sie sich möglicherweise auch gewaschen. Die Leichenstarre tritt nach einigen Stunden erst ein. An ihrer Vagina ist zu erkennen, dass man sich an der Leiche vergangen hat. Entweder mit Geschlecht oder mit einem Finger oder mit einem Gegenstand. Die Tatsache, dass bei ihr kein Sperma gefunden wurde, lässt auf Vorsichtsmaßnahmen schließen. Die Fingernägel der jungen Dame sind leicht abgenutzt. Was darauf schließen lässt, dass sie sich irgendwo festgehalten hat, oder dass sie in ihren letzten Minuten versucht hat, jemanden zu verletzen. Zeigen Sie uns bitte Ihre Arme.«

Foley schwieg und krempelte die Ärmel seines Kittels hoch. Im selben Moment betraten zwei Polizeibeamte den Raum. Beide waren mit Knüppel und mit Pistole ausgerüstet.

Foleys Unterarme wiesen Kratzspuren auf.

»Warum wohl ...«, sprach Lennard weiter, »haben Sie die junge Dame nicht zu fest gewürgt? Ganz einfach. Sie versuchten zu verhindern, dass man Ihnen auf die Schliche kommt. Und die arme junge Dame ist qualvoll gestorben. Aber schnell gehen sollte es gleichzeitig auch, denn der Leichnam sollte ja noch so warm sein, wie nur möglich, ansonsten wäre sie Ihnen vermutlich zu kalt gewesen. Nicht wahr? Von Ihnen als Gerichtsmediziner habe ich ehrlich gesagt mehr erwartet. Wir benötigen zwar noch die forensischen Beweise. Aber das dürfte ein Leichtes sein. Nehmen Sie den Mann fest.« Lennard deutete den Polizisten mit einer seitlichen Kopfbewegung in Richtung Foley an, wen sie festnehmen sollten. Nachdem die Polizeibeamten Foley abgeführt hatten, wandte sich Lennard an Holmes und an Watson. »Sie beide haben binnen weniger Stunden einen Mordfall aufgedeckt und möglicherweise sogar geklärt. Sie dürfen mächtig stolz auf sich sein. Kommen Sie, ich bestelle eine Kutsche.«

oOo

Als Holmes und Watson am Nachmittag das Büro in der Baker Street betraten, war der Raum noch leicht aufgeheizt. Aber im Kamin befand sich noch Glut.

»Das ist ja wieder typisch Lennard. Da liefert man ihm die Mordfälle auf dem Silbertablett und erntet nichts als einen warmen Händedruck«, empörte sich Holmes schmunzelnd.

»Könnte vielleicht daran liegen, dass noch vier fehlen.«, antwortete Watson.

Holmes schüttelte den Kopf. »Vier was?«

»Entweder vier Leichen oder vier Mörderinnen. Wobei ich ersteres eher vermute.«

»Bekommt Ihnen die Kälte nicht?«

Watson verwies auf die Notiz.

Holmes lachte. »Ach so. Und Ihrer Vorstellung nach sind die Frauen alle jung und hübsch.«

»Sir? Ich hatte heute schon einmal recht.«

Im selben Moment klopfte jemand an die Tür. Watson ging nach draußen, um sie zu öffnen.

»Mensch, ist das kalt …!«, rief die junge Dame. Sie entledigte sich ihrer Handschuhe, ihres Hutes, ihres Mantels und reichte sie Watson, der aus dem Staunen nicht herauskam. Mit großen Augen betrachtete er sie von oben bis unten. Im selben Moment gesellte sich Holmes zu den beiden im Korridor.

»Watson! Möchten Sie mir nicht verraten, wer …«, rief er, als er die Tür öffnete, aber von etwas oder von jemandem blockiert fand. »Watson! Gehört die junge Dame zu Ihnen?«

Sie sah lächelnd zu Watson. »Das ist also Ihr berühmter Freund, Mister Holmes?«

Es folgte lautes Gelächter im Korridor. Die angespannten Mienen beider Männer vom Vormittag waren weg.

»Welchen Namen …«, sagte Holmes, »hat man wohl einer solchen Schönheit gegeben?«

»Sie haben meinen Brief nicht erhalten?«

»Sie meinen sicher die Notiz.«

»Nein. Den Brief vor der Notiz. Mein Name ist Melissa Lennard. Mein Onkel ist hier Staatsanwalt und ich studiere Rechtswissenschaften in Cambridge. Mein Onkel hat mir Sie für einen Praktikumsplatz empfohlen.«

Im selben Moment schlug die Standuhr fünfmal.

»Wenn ich nun um den Tee bitten dürfte? Ich hatte Ihnen ja geschrieben: ›Fünfmal Zucker, bitte.‹«

Zwischen Schutt und Asche

Thomas Herzberg

»Lass es uns kurz machen – ist stockfinster und scheißkalt!« Diese Feststellung stammte von Hermann Willers, der sich bis eben noch in einen Hauseingang gequetscht hatte. Besser gesagt: in den Eingang zu einer Ruine, hinter dem bei Tageslicht nur noch eingestürzte Wände zu finden waren. Alles, was aus Holz war, hatten Plünderer oder Trümmerfrauen längst mitgenommen. Sogar Fensterrahmen, Vorhänge und Pappen, die zwischen Schutt und Asche begraben lagen. Im Prinzip alles, was brannte. Im Hamburg des Jahres 1946 fehlte es an allem. Vielen war mittlerweile auch der letzte Funken Zuversicht abhandengekommen, denn der sogenannte Jahrhundertwinter erwischte jeden irgendwann mit eisigen Fingern. Hunger und Gewalt waren ebenso alltäglich wie Erfrorene, die in manchen Stadtteilen mitten auf der Straße herumlagen.

Lediglich den Tommys – Hamburgs britischen Besatzern – mangelte es an kaum etwas. Nur teilen wollten sie mit niemandem.

»Hast du die Papiere dabei?«, fragte der Mann, mit dem Willers sich hier mitten in der Nacht verabredet hatte. Dabei handelte es sich um einen seltsamen Winzling, mit Buckel und aschfahlem Gesicht. Sein Mantel war ihm mindestens zwei Nummern zu groß, von seinen Händen war kaum etwas zu sehen. »Du hast versprochen, dass du …«

Willers packte sein Gegenüber grob am Arm, um für Ruhe zu sorgen. »Natürlich hab ich sie dabei, Goschwitz! Hast du den Schmuck? Ansonsten bin ich gleich wieder weg, verlass dich drauf!«

Diese Drohung sorgte dafür, dass zwei Hände nacheinander in ausgebeulten Manteltaschen verschwanden und von dort mit zahlreichen winzigen Gegenständen zurückkehrten. Die einzige Laterne war weit entfernt, deshalb musste Willers ein Streichholz entzünden, um seine potenzielle Beute näher in Augenschein zu nehmen. Sein erstes Fazit klang niederschmetternd: »Ist das etwa alles? Das hörte sich letzte Woche aber noch ganz anders an, als du ach so scharf auf deine alte Akte warst.«

»Ich konnte so schnell nicht mehr auftreiben«, verteidigte sich Goschwitz stotternd. Er drehte sich nach links, dann nach rechts und fuhr verzweifelt vor: »Du hast doch gesagt, dass du dich ohnehin für alle Zeit aus dem Staub machen willst.«

Willers lachte böse. »Und deshalb soll ich auf einen Teil meiner Spardose verzichten? Ausgerechnet deinetwegen? Du spinnst wohl!«

Diese letzte Feststellung sorgte zunächst für Ratlosigkeit. Als Goschwitz mit einem pfeifenden Atemzug Anlauf für eine neue Widerrede nahm, kam Hermann Willers ihm zuvor: »Gib schon her, na los! Auch wenn die paar Kleinigkeiten nicht mal reichen, um den dänischen Grenzer zu bestechen.«

»Und wieso reicht es *dir* dann plötzlich?«

»Weil man heutzutage lieber alles nimmt, was man kriegen kann.« Willers hielt seinem Gegenüber einen Umschlag entgegen und eine offene Hand, die für die Gegenleistung bereitstand. Den wahren Grund seines Entgegenkommens wollte er niemandem verraten, erst recht nicht diesem Trottel von Goschwitz.

Und er hatte auch nicht etwa vor, Deutschland über die dänische Grenze zu verlassen. Das war eine Finte, man wusste ja nie. Stattdessen würde er noch in dieser Nacht in Richtung Süden, nach Österreich aufbrechen. Am Grenzübergang Kiefersfelden, mitten im Kaisergebirge, würde ein alter Wehrmachts-Freund auf ihn warten, der für seine sichere Passage bis Wien verantwortlich wäre. Danach müsste sich Willers allein durchschlagen. Wobei ihm dreieinhalb Kilo pures Gold – das er am ganzen Leib verteilt bei sich trug –, ein Stapel Schweizer Wertpapiere und ein Bündel Dollarnoten dabei sicher hilfreiche Dienste leisten würden.

»Hast du's schon gehört: Letzte Woche haben sie Alfred Maler hopsgenommen?« Goschwitz flüsterte nur und klapperte nebenbei vor Kälte mit den Zähnen. »Wenn die Tommys sich bei ihm genauso wenig Zeit lassen wie bei den anderen, dann baumelt er nächste Woche am Strick.«

Willers war damit beschäftigt, seine Beute in verschiedenen Taschen zu verstauen. Als er damit fertig war, rieb er die Hände aneinander und trat unaufhörlich von einem Fuß auf den anderen, um sich aufzuwärmen. »Du hast, was du willst. Ist sonst noch was?«

»Alfred hat mir vor'n paar Wochen erzählt, du hättest ihm seine Akte auch verkauft. Kannst du dir vorstellen, warum die Tommys ihn trotzdem ...?«

»Woher soll ich das denn wissen?«, fuhr Willers wütend dazwischen. »Außerdem war dein lieber Alfred früher schon 'n Trottel. Wahrscheinlich konnte er sein dämliches Maul mal wieder nicht halten.«

Goschwitz zuckte unter seinem viel zu großen Mantel mit den Schultern. Und auch wenn es längst nach Abschied roch, konnte er sich einen letzten Kommentar nicht verkneifen: »Hoffentlich sind deine Papiere wenigstens was wert! Wenn nicht, dann ...«

»... wirst du's früh genug herausfinden«, vollendete Willers ganz unbekümmert den Satz. »Und jetzt sieh zu, dass du wegkommst. Die Tommys fahren nachts überall Streife und suchen nur nach Kerlen wie uns. Glaub mir. Ich mach mich auch gleich aus dem Staub.«

Nachdem Goschwitz endlich verschwunden war, setzte Willers zwei Schritte nach hinten, um im Hauseingang wieder Schutz vor dem eisigen Wind zu suchen. Er hatte keineswegs vor, sich auf den Nachhauseweg zu machen. Dieses Zuhause hatte ohnehin nur noch wenig mit dem aus der Zeit vor der »Operation Gomorrha« zu tun. Vom 24. Juli bis 03. August 1943 hatten alliierte Luftstreitkräfte Tausende Tonnen Bomben über Hamburg abgeladen. Das Resultat waren zigtausende Tote, Straßenzüge, die durch Flächenbrände teilweise vollständig vernichtet waren und eine völlig verängstigte Bevölkerung, die den Schrecken des 2. Weltkriegs hautnah und in allen Facetten erlebt hatte. Kinder waren plötzlich Waisen, Frauen, die ihren Mann nicht schon im Krieg verloren hatten, Witwen.

Willers' Wohnung hatte den Bombenhagel zwar unbeschadet überstanden, aber sie lag in einem Haus, dem seit '43 das halbe Dach fehlte. Überall regnete es durch. Seit Beginn des Winters türmte sich wieder Schnee im Treppenhaus. In der Wohnung, die seiner gegenüber lag, hatte sich ein Dutzend Obdachloser eingenistet. Die lebten in erster Linie von Schnapsbrennerei und waren selbst ihre besten Kunden. Wenn die Kerle den ganzen Abend zechten, drang ihr Gegröle noch die halbe Nacht lang durchs Treppenhaus.

In der Wohnung über ihm trampelten den ganzen Tag lang Kinder, als würden sie Fußball spielen. Ein Stockwerk tiefer kreischte eine Frau von morgens bis abends … ihr Mann ließ es sich einfach gefallen und tat nichts dagegen. Willers hätte ihr schon nach ein paar Tagen den Hals umgedreht.

Er hatte die Schnauze voll. Von Deutschland und von Hamburg sowieso, wo es selbst auf dem Schwarzmarkt kaum mehr etwas Vernünftiges zum Tauschen gab. In den letzten Monaten waren zweimal Plünderer bei ihm eingebrochen. Doch die hatten das Versteck, in dem er seine Schätze aufbewahrte, nicht gefunden. Aber wer sagte denn, dass es ihnen beim dritten Mal nicht gelingen würde?

Willers stopfte die Hände in seine Manteltaschen, aber dort war es genauso kalt, als würden sie in der Luft baumeln. Der Mann, der ihn abholen und in Richtung Österreich bringen sollte, hatte gemeint, er würde es frühestens gegen Mitternacht schaffen. Bis dahin war es nicht mehr lange. Blieb zu hoffen, dass der Kerl wenigstens pünktlich wäre.

Willers' Gedanken beschäftigten sich plötzlich wieder mit dem Winzling namens Goschwitz, den er gerade erst um seinen Familienschmuck erleichtert hatte. Davon trennte sich heuer niemand so leicht. Aber wenn der Gegenwert aus einer Personalakte der Gestapo bestand, die – im Falle eines Falles – Aufschluss über abscheulichste Verbrechen lieferte, fiel es manchem schon deutlich leichter. Was half einem denn das bisschen Reichtum, wenn die Tommys bereits einen Strick knüpften?

Als zweiter Gestapo-Chef in Hamburg war Willers schon sehr früh abgetaucht, wahrscheinlich als Erster. Zu diesem Zeitpunkt hatten die Alliierten Deutschland längst in der Zange und niemand glaubte mehr an Hitlers vielbeschworenen Endsieg. Jeder vernünftige Kopf wusste, wie der 2. Weltkrieg enden würde und war lieber damit beschäftigt, seine eigenen Schäfchen ins Trockene zu bringen.

Willers hatte schon all die Jahre zuvor beschlagnahmtes Gold veruntreut, dazu Wertpapiere, die sich wesentlich einfacher lagern ließen. Und weil er das Gefühl hatte, sie könnten sich irgendwann als wertvoll erweisen, hatte er auch die Personalakten von etlichen seiner Kollegen an sich genommen.

Als dann die Engländer vor Hamburgs Toren standen, hofften viele der Idioten darauf, dass die sich zunächst mit ganz anderen Problemen aufhalten würden.

Aber es kam anders! Der Tommy wollte Rache. Blutige Rache!

Rache für Bomben, die das Vereinigte Königreich zur Hälfte in Schutt und Asche gelegt hatten.

Rache für Millionen Tote … nicht nur Soldaten.

Der neue Stadtkommandant konnte gar nicht schnell genug sämtliche Archive durchforsten lassen und stieß dabei auf brisante Dokumente, die für viele Männer den Tod am Strang bedeuteten. »Auge um Auge«, hieß es monatelang in den englischen Wochenschauen. Gejubelt wurde nicht mehr in Berlin, sondern mittlerweile in London, Washington und Paris.

Willers heulte keinem seiner früheren Gestapo-Mitstreiter auch nur eine Träne nach. Zu Kriegszeiten hatten viele davon ihr wahres Gesicht enthüllt. Dieser Alfred Maler zum Beispiel, den sich die Tommys gerade erst geschnappt hatten, hatte während einer Säuberungsaktion im Hamburger Osten ein wahres Blutbad angerichtet. Dort wollte eine Familie ihre Wohnung nicht räumen und berief sich auf ein Dokument, das ihnen ein ranghoher SS-Kommandeur ausgestellt habe. Eine Ausnahmegenehmigung, für die garantiert ein stattliches Vermögen seinen Besitzer gewechselt hatte.

Doch Maler gab nichts auf das Dokument und zerfetzte es lachend in der Luft. Am Ende lagen ein Vater, eine Mutter und vier Kinder tot im Wohnzimmer. Ihr Blut sickerte durch die Bodendielen und tropfte – zusammen mit Schmelzwasser – noch einen Tag später in der Wohnung darunter von der Decke.

»Gott sei Dank haben dich die Tommys geschnappt«, flüsterte Willers und lachte in sich hinein. »Nur Idioten wie du lassen sich erwischen.«

Er selbst hatte es im Laufe der letzten Monate geschafft, seine eigene Vergangenheit in die hinterste Ecke seiner Erinnerungen zu verbannen. Er wachte nur noch selten mitten in der Nacht auf und sah blutüberströmte Leiber vor sich. Den Abzug hatte er nur selten selbst betätigt. Dafür hatte er als stellvertretender Gestapo-Chef seine Leute gehabt, die sich ihre Finger schmutzig machten.

Und was wollten die Tommys überhaupt? Er hatte doch nur Befehle ausgeführt. Die Idee für den ganzen Wahnsinn stammte von anderen. Und heute zeigten alle mit Fingern auf sogenannte Kriegsverbrecher. Das waren dieselben, die noch vor anderthalb Jahren mit voller Begeisterung an der Straße gestanden und ihren Helden zugewunken hatten. Was, wenn die Wehrmacht London und Moskau überrannt und den Krieg gewonnen hätte? Dann würden sie vermutlich immer noch an der Straße stehen und jubeln.

Und auch jemanden wie Hermann Willers würde man unverändert als Helden feiern. Die Tatsache, dass er für den Tod zahlreicher Menschen verantwortlich war, wäre nicht mehr als ein notwendiges Übel.

Sein Kopf kehrte in die Realität zurück und fand immer noch Entschuldigungen. Wer hatte denn im Nazideutschland keine Schuld auf sich geladen? Und wer wollte sich als Richter aufspielen?

Die Franzosen hatten ihre Hugenotten beinahe ausgelöscht, Amerikaner die Eingeborenen. Und die Russen? Jedes Volk hatte einen dunklen Fleck in seiner Vergangenheit. Die meisten davon lagen allerdings länger zurück.

Und er? Hermann Willers? Er war nur Teil des Wahnsinns, den ein anderer angeordnet hatte. Ein Österreicher, der es im Ersten Weltkrieg nicht weiter als bis zum Gefreiten gebracht hatte. Einige Jahre später hatte genau dieser Mann die größte kriegerische Auseinandersetzung der Weltgeschichte angezettelt. Den Tribut dafür hatten andere gezahlt.

Aber genau das hatte Willers nicht vor. All die Durchhalteparolen der letzten Kriegstage waren an ihm ergebnislos abgeprallt. Und während mancher noch die letzte aussichtslose Stellung verteidigte, hatte er sich auf die Zeit danach vorbereitet. Er wollte nur noch seinen wohlverdienten Lohn für all die Frondienste genießen.

Ein Stück entfernt bog ein Wagen um die Ecke. Dessen trübe Scheinwerfer flackerten, verloschen für einen Moment und flammten dann wieder neu auf. Heller, als zuvor.

Willers lehnte sich ein kleines Stück nach vorn und erkannte im Licht der Laterne den Fahrer. Der hatte sich ein paar Tage zuvor den kompletten Schmuck einer besonders reichen Familie einverleibt, um für heute Nacht die Reise in Richtung Österreich vorzubereiten. Die erforderlichen Dokumente dafür waren vorhanden und hatten ebenfalls ein Vermögen gekostet. Falsche Pässe, Passierscheine … zur Not würde Willers einen allzu hartnäckigen Tommy einfach bestechen. Jede noch so ehrliche Haut hatte ihren Preis. Das hatte er im Nazideutschland gelernt.

Der Wagen hielt an. Willers schob sich aus dem Hauseingang, wanderte den Bürgersteig entlang, als ginge es um einen Spaziergang und blieb neben der Beifahrertür stehen. Die einzige Laterne war weit entfernt, deshalb wurde das Innere des Wagens von Dunkelheit verschluckt.

Aber er hatte den Fahrer ja bereits identifiziert. Also zog er die Tür auf und fiel auf den Beifahrersitz. Ohne jede Begrüßung schob sein neuer Chauffeur den ersten Gang herein und fuhr los.

Erst zwei Straßen weiter sprach Willers zum ersten Mal: »Hast du alles dabei?«

Der Fahrer nickte. »Und du?«

Willers klopfte nacheinander auf verschiedene Stellen an seinem Körper. »Alles dabei! Goschwitz, der Idiot, hat mir gerade eben noch für 'nen Haufen wertloses Papier seine letzten Ersparnisse gegeben. Dem kommen die Tommys schneller auf die Schliche, als er Piep sagen kann.«

An der nächsten Ecke hielt der Fahrer ohne erkennbaren Grund. Die Straßen waren leer, völlig verreist dazu. Niemand war mehr unterwegs und wenn, dann höchstens auf dem Weg zur nächsten Ecke, um dort neuen Schutz zu suchen.

»Was ist denn?«, fragte Willers.

Anstelle einer Antwort deutete der Fahrer über die Schulter.

Doch Hermann Willers fand nicht mal mehr die Zeit, sich umzudrehen. Er spürte er eine kräftige Pranke an seiner linken Schulter und eine eiskalte Klinge an seiner Gurgel.

Der Fahrer lachte kurz auf und lieferte bereitwillig eine Erklärung: »Deinen Freund Goschwitz haben sich die Tommys schon vor 'n paar Wochen geschnappt. Der hat gesungen wie ein Vogel und war bereit, dich ans Messer zu liefern, wenn ihm dafür der Strick erspart bleibt. Hat offensichtlich geklappt!«

Der Druck der Klinge an seinem Hals nahm noch ein wenig zu. Willers hatte die Befürchtung, sie würde sich gleich bei seinem ersten Wort in seine Haut ritzen. Trotzdem versuchte er es mit einem verzweifelten Angebot: »Ich hab über drei Kilo Gold an meinem

Körper versteckt. Wenn ihr wollt, könnt ihr euch das Zeug teilen. Von mir erfährt niemand ein Wort und …« Der Druck der Klinge nahm noch mal zu. Das kam wohl einem »Nein« gleich.

Um dieses Statement zu unterstreichen, erklang zum ersten Mal eine eiskalte Stimme von der Rückbank. Der englische Akzent war nicht zu überhören. »Dein Gold ist uns egal. Einer wie du hat auf ganz andere Weise zu bezahlen.«

»Ich hab auch Wertpapiere … aus der Schweiz«, röchelte Willers. Erst als er spürte, wie sein Blut unter dem Schal bis zu seiner Brust hinunterlief, gab er auf. Die Scheißkerle hatten es nicht auf Geld, sondern auf sein Leben abgesehen. Der Tommy wollte seine Rache – mehr nicht.

Hermann Willers wurde im Dezember 1946 am Hals aufgehängt, bis der Tod eintrat. Der Henker hatte den Strick zu kurz und den Knoten viel zu fest gebunden. Gehässige Zungen sprachen von Absicht. Als sich die Luke unter Willers' Füßen öffnete, fiel der nur ein kleines Stück nach unten. Das reichte nicht, um sein Genick zu brechen. Augenzeugen berichteten, sein Todeskampf habe über zwanzig Minuten gedauert und sei von fürchterlichem Röcheln begleitet worden.

Die englischen Besatzer feierten nach dieser Hinrichtung einen ihrer größten Siege gegen die Gestapo. Der englische Offizier, der Willers nicht nur enttarnt, sondern auch eigenhändig verhaftet hatte, wurde befördert und nach Köln abkommandiert. Dort gelang ihm gleich ein weiterer bedeutender Schlag gegen einen Kriegsverbrecher-Ring, dessen Mitglieder sich zeitnah nach Südamerika absetzen wollten …

Der Fall Baby Charly

Inspektor Roberts ermittelt

Maike Johnke

Es ist nicht immer gut, wenn man die Aufmerksamkeit der Londoner Unterwelt erregt. Ganz besonders schlecht ist es, wenn man Zugang zu viel Geld hat. So wie vor ein paar Wochen, ein reiches Yuppie-Pärchen aus London mit einem Baby namens Charly.

Mein Name ist Inspektor Ray Roberts und ich arbeite in London für Scotland Yard. Ich wurde in diesem Fall hinzugezogen, kurz nachdem klar geworden war, dass die japanische Kinderfrau mit dem Namen Yomiko und das besagte Baby, Charly, nicht wieder nach Hause zurückkehren würden. Da ich bereits in der Vergangenheit an mehreren Fällen von Kindesentführung mitgewirkt hatte, traute man mir zu, die Leitung für diesen Fall zu übernehmen. Dies erhöhte den Erfolgsdruck in mir enorm, doch ich versuchte, mir nichts anmerken zu lassen und die Ruhe zu bewahren.

Während ich im Kinderzimmer stand, um mir den Tatort genau anzusehen, nippte ich an einem Kaffeebecher meines Lieblings Kaffee-Dealers. Das Zimmer wies kein ungewöhnliches Chaos auf. Nur das übliche Durcheinander. Das heißt, es gab keine offenen Schranktüren und Kommoden, oder hastig zusammengeraffte Kinderkleidung. Sogar das Bettzeug in der Wiege lag ordentlich zusammen gefaltet da. Das Lieblingsspielzeug, eine klappernde Holzrassel, und das Lieblingsplüschtier, eine weiße Schneeeule, sowie das Schmusetuch fehlte. Ich machte mir entsprechende Notizen in meinem Block. Dieses Zimmer war geplant verlassen worden, also waren vertraute Personen involviert. Ein letzter kurzer prüfender Blick auf die Fensterrahmen ergab genau das, was ich schon wusste. Keine Einbruchsspuren. Der

Parkplatz von Kinderwagen und Wickeltasche war leer und unterstrich die Aussage von einem geplanten Ausflug mit der Kinderfrau.

Ich ging wieder zurück in das Wohnzimmer und zu den Eltern von Baby Charly, um noch einmal alles in Ruhe durchzugehen und die nächsten Schritte zu planen. Dazu stärke ich mich mit einem tiefen Schluck aus meinem Kaffeebecher. Die Eltern waren immer der schwierigste Teil an so einem Unterfangen.

oOo

Inspektor Roberts: So leid es mir tut, Mr. und Mrs. Murray, aber wir müssen jetzt noch einmal explizit alle Details Schritt für Schritt durchgehen. Ich habe mir jetzt einen Überblick verschafft und brauche nun die Hintergrundinformationen. Es ist enorm wichtig, dass Sie mir jede nützliche Kleinigkeit, sei es noch so unwichtig, mitteilen.

Mrs. Murray weinend: »Das hatten wir doch schon alles. Wo ist mein Baby? Was ist mit meinem Baby?«

Mr Murray versucht sie zu beruhigen: »Ist das denn wirklich notwendig? Sie sehen doch, wie aufgebracht meine Frau derzeit ist.«

Inspektor Roberts geduldig: Leider ist dies tatsächlich notwendig, um uns Schritt für Schritt an die möglichen Täter heranzutasten. Während wir uns unterhalten, installieren meine Kollegen bereits eine Fangschaltung, wenn dann der Anruf mit einer Lösegeldforderung kommt. Dieser wird kommen und dann können wir den Standort des Anrufers ermitteln und weitere Schlüsse ziehen

Mrs. Murray aufgebracht: Es ist unvorstellbar, dass uns jemand so etwas antun kann. Mein Baby hat doch niemandem etwas getan.

Inspektor Roberts eindringlich: Ich brauche jetzt ihre Hintergrunddetails und den Tagesablauf des Babys vor dem verschwinden. Was machen sie beruflich, Mr. Murray? Hatten Sie mit jemandem Streit oder hegt jemand einen Groll auf Sie und ihre Familie? Wie sieht es mit Ihnen aus, Mrs. Murray? Gibt es da etwas, das ich wissen sollte? Wer hat Zugang zu Ihrer Wohnung? Wie sind die Verhältnisse zu ihrem Freundes- und Bekanntenkreis oder in der Familie?

Mr Murray räuspert und strafft sich: Ich arbeite als Softwareingenieur für das Unternehmen B. Im Moment beschäftigen wir uns mit der Verbesserung einer Sicherheitssoftware für die Bank of England. Streit hatte ich mit niemandem und das Projekt unterliegt einer strengen Geheimhaltung. Einen großen Freundes- oder Bekanntenkreis haben wir nicht, da wir erst in jüngster Vergangenheit hierhergezogen sind. Wir stammen ursprünglich aus Wales. Die Familie ist nach wie vor dort. Zugang zum Haus haben nur wir und die Kinderfrau, Yomiko, die meine Frau bei der Betreuung unseres Sohnes unterstützt. Ich bin beruflich leider sehr eingespannt und kann ihr dabei wenig helfen.

Inspektor Roberts aufmerksam: Woher kennen Sie Yomiko? Wer hat sie Ihnen empfohlen?

Mr Murray nachdenklich: Das war Mr. Sato der Filialleiter der Bank, mit der wir gerade an der neuen Software arbeiten. Sie ist seine Nichte und hat schon öfters in der Kinderbetreuung gearbeitet.

Inspektor Roberts: Haben Sie die Dame überprüfen lassen?

Mrs. Murray sich einmischend: Nein, das fand ich nicht notwendig. Mr Sato hat sich für seine Nichte verbürgt und er ist durchaus ein Ehrenmann.

Ich runzelte die Stirn, verkniff mir aber dann doch einen entsprechenden Kommentar. Manche Menschen waren einfach sehr vertrauensselig, wenn nicht sogar ein wenig naiv. Für diese Menschen kam dann der Schock über einen Hinterhalt immer besonders überraschend. Für mich stand bereits jetzt eine grobe Handlungsstruktur klar. Mir fehlten nur noch die Beweise.

oOo

Inspektor Roberts: »Mrs. Murray, was können Sie mir über den heutigen Tagesablauf erzählen?«

Mrs. Murray nachdenklich: Ich bin heute früh gegen 9 Uhr zu meinem Yoga-Kurs aufgebrochen. Währenddessen passt Yomiko auf Charly auf. Nach dem Kurs war ich noch mit ein paar Freundinnen einen schnellen Kaffee trinken. Das machen wir immer so. Ich war dann gegen 13 Uhr zurück. Als ich niemanden zu Hause vorgefunden habe, habe ich mir erst nichts dabei gedacht. Yomiko geht häufiger mit Charly im Park spazieren. Gegen 15 Uhr habe ich versucht anzurufen, da mir das dann schon komisch vorkam, aber das Telefon war abgeschaltet. Ich bin dann in den Park gelaufen, um nachzusehen, ob ich die beiden vielleicht dort so finde. Es war aber nirgendwo eine Spur von ihnen. Die beiden hat auch niemand dort gesehen. Dann bin ich in Panik geraten und habe meinen Mann angerufen und der hat sich dann sofort mit Scotland Yard in Verbindung gesetzt.

Mrs. Murray schlägt schluchzend die Hände vor das Gesicht.

Im Hintergrund gab der Sergeant, der die Installation der Fangschaltung überwachte, Inspektor Roberts ein Zeichen, dass sie bereit waren.

Inspektor Roberts: Mr. Murray, aufgrund Ihrer Kenntnisse und Position im Unternehmen B. gehe ich von einer geplanten Kindesentführung aus. Die nächsten Stunden sind entscheidend. Ich werde jetzt gehen und weiteren Ermittlungen und Recherchen nachgehen. Mein Sergeant wird hier bei Ihnen bleiben und auf eine wahrscheinliche Lösegeldforderung mit Ihnen warten. Sie können mit mir über Sergeant Jones jederzeit Kontakt aufnehmen.

Mr Murray unsicher: »Haben Sie denn schon eine Spur oder einen Verdacht, dem sie nachgehen können? Wir sollen jetzt hier einfach so tatenlos herumsitzen, während mit unserem Baby, was weiß ich, gerade passiert?«

Inspektor Roberts: Vertrauen Sie mir, Sie können im Moment nichts tun, was im Entferntesten nützlich wäre. Hier sind Sie am besten aufgehoben. Ich habe tatsächlich eine Spur, für die ich aber noch mehr Informationen brauche.

Ich stehe auf und gehe auf direktem Weg zur Türe hinaus. Sobald die Eltern ein Zögern in deinem Verhalten bemerken, fangen sie an, das Vertrauen in dich und deine Instruktionen zu verlieren. Deswegen lasse ich ihnen keine weitere Chance auf eine Diskussion. Ich habe dies schon so oft erlebt und jedes Mal raubte dies wertvolle Zeit, die wir nicht hatten.

Ich fuhr zurück ins Präsidium. Zuvor hatte ich meinem Sergeanten noch genaue Instruktionen gegeben, wie er sich im Falle eines Anrufes verhalten sollte. Mein Sergeant war ein erfahrener junger Mann, mit dem ich bereits öfters zusammengearbeitet hatte und der mein volles Vertrauen genoss. Ich war mir sicher, die Eltern in guten Händen zu wissen.

Mit einem Kaffee bewaffnet setzte ich mich an meinen PC und informierte mich ausführlich über Yomiko Sato. Wenn man mich persönlich fragen würde, dann würde ich niemanden mein Kind anvertrauen, den ich nicht vorher eingehend überprüft hatte. Nur fragte mich niemand.

Am häufigsten waren die Entführer im direkten Umfeld des Kindes zu finden. Es waren meistens Vertrauenspersonen, die dann urplötzlich eigene Interessen vertraten.

Auf den ersten Blick fand ich nichts Ungewöhnliches über das Mädchen. Geboren in Japan und später im Teenageralter nach Großbritannien eingewandert. Sie hatte ein abgebrochenes Wirtschaftsstudium und war nie gesetzlich auffällig gewesen. Ich notierte mir ihre Wohnadresse und durchforstete flüchtig ihre sozialen Netzwerke. Bei Instagram blieb ich schließlich an einem tagesaktuellen Foto hängen. Es zeigte sie mit einem jungen asiatisch aussehenden Mann in einem Hinterhof. Darunter war der Text zu lesen »Freiheit, ich komme« plus einiger willkürlich wirkenden Hashtags. Freundlicherweise hatte sie den User-Namen des Mannes auch mit dem Foto verlinkt. Es dauerte nicht lange, bis ich wusste, wer sich hinter Yamaha2000 verbarg. Yuji Sato war der Cousin von Yomiko und mehrfach vorbestraft. Er wurde mit der Yakuza in Verbindung gebracht und hatte sich bereits für Einbruch, Diebstahl und Körperverletzung verantworten müssen. Dass dieser auch für die Entführung des Babys verantwortlich war, war für mich wahrscheinlich. Ich setzte mich mit meinem Sergeanten in Verbindung, um den aktuellen Stand der Ereignisse zu erfragen.

Inspektor Roberts direkt: Wurde bereits Lösegeld gefordert?

Sergeant Jones leicht defensiv: Der Anruf kam vor 2 Minuten, ich wollte Sie gerade anrufen. 1 Million Yen in einer Sporttasche in bar. Übergabe in 4 Stunden im Yoga-Studio in dem Mrs. Murray trainiert.

Inspektor Roberts aufgeregt: Konnten Sie den Standort oder irgendwelche anderen Informationen in Bezug auf den Anrufer ermitteln?

Sergeant Jones bedauernd: Negativ. Der Anruf war eindeutig zu kurz und die Stimme klang verzerrt. Wir vermuten, dass der Anrufer männlich war. Mr. Murray telefoniert gerade mit Mr. Sato, um mit ihm die Yen-Bestände zu besprechen.

Inspektor Roberts energisch: Sorgen Sie unbedingt dafür, dass ich über Mr. Murray an die Telefonnummer von Yuji Sato komme. Das dürfte der Neffe des Filialleiters sein. Senden Sie mir diese umgehend zu. Ich muss dringend eine Standort-Bestimmung veranlassen.

Sergeant Jones engagiert: Ich kümmere mich sofort darum.

oOo

Ich hatte mir das besagte Foto vergrößert und untersuchte es eingehend auf besondere Merkmale. Im Hintergrund spiegelte sich der Name einer Wäscherei in der Scheibe. Ich meinte den Namen »Dry Cleaner« zu entziffern. Die Vergrößerung verzerrte die Buchstaben ungemein und machte eine genaue Festlegung schwierig. Google war mir diesbezüglich nur eine kleine Hilfe. Es befanden sich im Umkreis von 20 Meilen etwa 10 Wäschereien, die den Teilnahmen »Dry Cleaner« beinhalteten.

Mein Smartphone piepste und ich bekam die Telefonnummer von Yuji Sato angezeigt. Sofort leitete ich die Telefonnummer an die entsprechende Abteilung weiter, mit der eindringlichen Anweisung, sofort den Standort ausfindig zu machen. Hier stand schließlich das Wohl eines Babys auf dem Spiel.

Keine 5 Minuten später hatte ich den ungefähren Standort des Telefonmastes, in dem sich das Telefon von Yuji Sato das letzte Mal eingewählt hatte. Nun standen mir nur noch 2 Wäschereien zur Auswahl, die sich in der Nähe befanden. Das Telefon von Yomiko war leider nach wie vor ausgeschaltet. Eine der beiden Wäschereien befand sich in direkter Nähe von der Themse, die andere in einer Wohngegend. Mein Bauchgefühl tendierte zum Wasser. Eine Jacht war ein wunderbares Versteck, um ein Baby vor neugierigen Augen abzuschirmen und bei drohender Gefahr schnell das Weite zu suchen. Ich griff mir meine Jacke von der Stuhllehne und machte mich auf den Weg zu meinem Wagen. Der rote Toyota hatte mich schon immer zuverlässig von A nach B gebracht. So auch heute. Die Wäscherei und den Hinterhof hatte ich schnell ausfindig gemacht. Bedauerlicherweise deutete dort nichts auf eine verwertbare Spur hin. Ich ging an das Ufer der Themse und sah mir die dort vertäuten Jachten an. Mein Telefon klingelte und ich erkannte die Nummer meines Sergeanten.

Inspektor Roberts abgelenkt: »Ja?«

Sergeant Jones eifrig: Das Lösegeld steht jetzt bereit. Ich habe bereits veranlasst, dass wir rund um den Übergabeort Verstärkung postieren, die bei Bedarf zugreifen können.

Inspektor Roberts nachdenklich: »Gut mitgedacht Jones, wo befindet sich der Übergabeort genau und wie weit ist das von der Themse entfernt?«

Sergeant Jones: »Ich übermittle ihnen sofort die Koordinaten. Es ist aber in unmittelbarer Nähe der Themse.«

Inspektor Roberts: »Danke Jones, kümmern sie sich um alles Weitere, ich gehe hier an der Themse einer eigenen Spur nach, bin aber nicht weit weg.«

oOo

Ich sah auf die Uhr. Das Zeitlimit war so gut wie verstrichen. Das hieß, die Maus würde bald aus ihrem Loch gekrochen kommen.

Ich behielt die Jachten im Auge und hielt mich im Schatten einer Toreinfahrt versteckt.

Es dauerte nicht lange und an einer etwa 12 Meter langen Jacht ging Yuji Sato von Bord. Ich betätigte meinen Funk und informierte die Verstärkung darüber, dass der Verdächtige sich auf dem Weg befand. Des Weiteren beantragte ich einen Durchsuchungsbefehl für genau dieses Boot und schickte ein Team zur sofortigen Durchführung an diesen Liegeplatz. Ich heftete mich an die Fersen des jungen Asiaten und folgte ihm unauffällig. Mr. Murray war aufgefordert worden, die Tasche im Garten des Yoga-Centers von Mrs Murray hinter einer großen Buddha-Statue zu platzieren. Ich beobachte, wie Yuji Sato über die Mauer zu genau diesem Garten kletterte und meldete dies umgehend dem Team. Keine 10 Minuten später erschollen laute Rufe aus dem Garten.

Sato war bei dem Versuch, mit der Tasche zu entkommen, gefasst und verhaftet worden. Während die Polizeiwagen ihn nach Scotland Yard brachten, erhielt ich einen Anruf von dem Team an der Themse. Yomiko Sato war auf der Jacht mit dem Baby vorgefunden und ebenfalls verhaftet worden. Ich machte mich auf den Rückweg, um vor Ort weitere Instruktionen geben zu können. Sergeant Jones hatte bereits mit den Eltern gesprochen. In Kürze konnten wir das Baby wieder seiner Familie zurückgeben.

Ich war froh und dankbar darüber, dass ich diesen Fall so schnell und positiv lösen konnte. Zum Glück waren die Entführer noch sehr unerfahren gewesen und hatten unverzeihliche Anfängerfehler begangen. Jetzt brauchte ich nur noch ein Geständnis und konnte die zwei dem Haftrichter übergeben. Dies sollte aber nicht allzu schwierig sein.

Das Lösegeld war auch bereits wieder auf dem Weg zu seinem Herkunftsort. An der Themse lief alles wieder seinen gewohnten Gang.

Zorniges Herz

Katharina Gerlach

›Komm doch mit‹, hat Bertl gesagt. ›Die Heimat zu besuchen ist doch schön. Und so romantisch.‹ Mein Arm saust herab. Eine weitere grüne Schlinge löst sich und rauscht raschelnd zu Boden. ›Unglaubliche Artefakte.‹ Schnitt, Rascheln, Schritt. ›Vogelgesang und Ruinen.‹ Meine ganze Wut fließt in den Abwärtsschwung. Schnitt, Rascheln, Schritt. ›Du liebst deine Heimat doch, oder nicht?‹ Die schwülwarme Luft stinkt nach Pflanzensaft, Sumpf und meinem Schweiß. Dabei habe ich ihm schon beim Kennenlernen gesagt, dass ich den Dschungel nie wiedersehen wollte. Wieso bin ich nur mitgefahren?

Aber ich kenne die Antwort.

Bertl ist so charmant gewesen. Wenn ich bei ihm war, hat er mich auf Händen getragen, mir jeden Wunsch von den Lippen abgelesen. Wir liebten uns bedingungslos. Es war also völlig natürlich, dass ich auch einmal etwas für ihn tun wollte.

Schnitt, Rascheln, Schritt. Der matschige Boden unter meinen Füßen scheint fester zu werden. Eine Lichtung? Sicherlich noch nicht die Zivilisation. Nach meiner Berechnung liegt das nächste Dorf noch mindestens einen Tagesmarsch entfernt. Wenn ich wenigstens noch unser Moskitonetz hätte, aber das ist in Bertls Rucksack. Und Bertl liegt am Grund des Flusses, obwohl ihm die Krokos – vom Aussterben bedrohte Orinoko-Krokodile um genau zu sein – sicher nichts getan haben. Sie fressen nur Fische.

Vermutlich hat er ihre Neugier gar nicht mehr mitbekommen.

Der Schuss ist, soweit ich es beurteilen kann, tödlich gewesen. Da hat die Entschuldigung unseres Bootsführers auch nichts genützt. Man erschießt einen Forscher nicht ›aus Versehen‹. Und schon gar nicht sieht man anschließend zu, wie der Komplize das Boot und die Ausrüstung des Opfers stiehlt und seine Freundin den Krokos zum Fraß vorwirft. Ganz egal wie gefährdet die Biester sind und wie dringend sie Nahrung brauchen – Glück für mich, dass deren Interesse, wie schon gesagt, den Fischen gilt. Jedenfalls hat mir das bestätigt, dass Bertls Mörder keine Einheimischen gewesen sind.

In meiner Wut zerhacke ich Liane um Liane. Wehe, wenn ich einen der beiden in die Hände bekomme. Ich plätte einen Moskito – viele wagen sich nicht an mich heran, es ist eben gut, wenn man die richtigen Pflanzen kennt – und schwinge meine Machete schneller. Der Boden unter meinen Füßen ist mittlerweile trocken. Vielleicht finde ich ja doch einen Ort, wo ich die nötige Ruhepause einlegen kann.

Ich habe mich nicht getäuscht. Die Zusammensetzung des Gebüschs ändert sich: weniger Lianen, mehr Büsche, junge Bäume, und krautige Pflanzen. Selbst in der aufziehenden Dunkelheit erkenne ich die Pflanzen. Zu vertraut sind ihre Gerüche. Es ist weniger weit nach Hause, als ich gedacht habe.

Dann, vor mir, Stimmen.

»Vertraust du mir etwa nicht?« Die Stimme, hart, schneidend und kalt, bringt mein Blut zum Kochen. Es fällt mir schwer, mich versteckt zu halten, wenn ich Bertls Mörder am liebsten sofort an die Kehle gegangen wäre.

»Doch, doch, El Jefe.« Dem kleinen Dicken, der Bertl und mich auf unserem Boot durch den Dschungel gefahren hat, läuft der Schweiß über das Gesicht. Ob aus Angst oder wegen der Hitze ist mir egal. Er hat uns verraten, was in meinen Augen genauso schlimm ist wie das, was sein Chef getan hat.

»Dann erklär mal, warum du nicht weiterfahren willst?«

Mit gelingt es, mich so zwischen einem Baum und einem der es noch werden will zu verstecken, dass ich den Chef und seinen Handlanger im Blick habe. Im Licht des Feuers wirkt er wesentlich blasser als bei unserem ersten Zusammentreffen. Hatte er sich die

Haut dunkler gefärbt, um als Einheimischer durchzugehen? Und warum ist mir das nicht aufgefallen? Ich bin doch sonst so gut darin, solche Dinge zu bemerken. Hat mich die Liebe so sehr abgelenkt?

»Der Waldgott ist uns nicht gnädig.« Der kleine Dicke wischt sich mit einem rotkarierten Tuch über die Stirn. »Erst verlieren wir beinahe die Karte, dann zwingen uns die Stromschnellen zu einem Umweg und jetzt diese Zwangspause, weil der Idiot unbedingt ein solargetriebenes Boot haben musste.«

»Waldgott ...« Der Chef lacht, hart und abgehackt. »Wir sind auf dem richtigen Weg. Das ist alles, was zählt. Morgen Abend werden wir so reich sein, Amigo, wie du es dir in deinen kühnsten Träumen nicht vorstellen kannst.«

»El Dorado wird gut beschützt.« Der Dicke ist anscheinend nicht beruhigt. »Ich habe einfach Angst, El Jefe.«

Der Chef lacht erneut, als über uns ein Affe zu kreischen anfängt.

Jaguaralarm. Ich schiebe mir die Machete in den Gürtel und klettere so schnell ich kann, den nächsten Baum hinauf, der mein Gewicht tragen kann und genügend Halt bietet. Natürlich könnte mir das Tier hinterher klettern, aber die leichte Beute am Boden ist sicherlich verlockender. Ich sehe den Jaguar nicht, aber der Schrei des Dicken verrät mir, wo er ist.

Ich lasse mich erst wieder zu Boden, als die Warnschreie der Affen verklingen. Das Feuer brennt nach wie vor, aber von den beiden Männern fehlt bis auf einen dunklen Streifen auf dem Waldboden jede Spur. Da ein Jaguar zwei bewaffneten Männern nicht gewachsen ist, vermute ich, dass das Blut nicht menschlichen Ursprungs ist. Trotzdem folge ich der Spur. Sie ist kurz, endet an einem Wasserarm, den ich vorher nicht bemerkt habe. Und direkt am Ufer liegt Bertls Boot.

Vom Dicken und vom Chef ist nichts zu sehen, aber ich höre ihre Stimmen unter Deck. Der Dicke jammert, El Jefe knurrt. Und die Blutspur zieht sich übers Deck. Also hat ihnen der Jaguar anscheinend doch ein paar Probleme bereitet.

Ich grinse. Nun ja, das ist nichts verglichen mit dem, was sie von mir zu erwarten haben. Lautlos springe ich von einem überstehenden Ast an Bord und warte, bis das Schnarchen der beiden die nächtliche Stille stört. Dann werfe ich den Motor an. Wie viel Mühe sich Bertl gegeben hat, die Solarpanele zu optimieren und die Batterien miteinander zu verschalten, die ihn antreiben. Hätte der Dicke besser aufgepasst, als Bertl ihm alles erklärt hat, wäre die Pause nicht nötig gewesen. Ich danke meinem Liebsten dafür, dass seine Vorträge immer so unerträglich wissenschaftlich geklungen haben. Dann gestatte ich mir, seinen Tod zu beweinen und steuere das Boot flussaufwärts, den Ruinen entgegen, die die beiden Mörder ›El Dorado‹ nennen. Für Bertl und mich sind sie mehr. Hier haben wir zueinander gefunden, vor so vielen Jahren. Und hier wollten wir eine unbeschwerte, glückliche Zeit verbringen, jetzt, wo die Kinder groß sind.

Als die Sonne aufgeht, ankere ich am Fuß der kleinen Pyramide, trockne meine Tränen, und schleiche von Bord. Ich verteile den Saft einiger Blätter auf dem gesamten Deck, sorgfältig darauf bedacht, ihn nicht auf die nackte Haut zu bekommen. Anschließend lege ich mit einer Handvoll Goldnuggets aus einer der verschließbaren Säulen eine Lockspur zur obersten Plattform der großen Pyramide.

Alt mag ich inzwischen sein und das Wissen, dass meine Götter diese Welt schon lange verlassen haben, wiegt schwer, aber die Nische mit dem Obsidianmesser und dem Kleid des Hohepriesters in der Vorbereitungshütte auf dem Dach der großen Pyramide habe ich nicht vergessen.

Ich lege die letzten Zeugnisse der Zivilisation ab und schlüpfe in das Kleid meines Vaters. Es ist ziemlich staubig, und ich bin eine Frau, aber das spielt keine Rolle. Mein Vater hat mich die alten Rituale gelehrt. Ich werde nicht versagen.

Als ich ins Sonnenlicht trete, schwanken die beiden die letzten Stufen hinauf. Sie schnaufen unter dem Gewicht des Goldes und vor Anstrengung. Als sie mich sehen, will El Jefe die Waffe ziehen.

Stattdessen bricht er zusammen. Seine Glieder gehorchen ihm nicht länger. Der Dicke zittert, als ich seinen Chef auf den Altar zerre, das Gesicht der Sonne zugewandt, Arme und Beine so gespreizt, dass sie über den Rand hängen. El Jefe ist unfähig, sich zu bewegen. Dadurch ist er schwer wie ein lebloses Schwein. Aber noch bin ich stark genug, ihn zu bewegen.

»Aber … aber …«

Ich warte, bis er ruhiger atmet.

»Aber es gibt doch gar keine Maya mehr!« Er stößt die Worte voll Angst hervor.

»Ach, und das weißt du so sicher, weil …?« Ich entblöße meine Zähne beim Lächeln und hebe das Obsidianmesser. In seinen Augen flackert die Angst, und der durchdringende Geruch von Urin verrät mir, wie sich der Dicke gerade fühlt.

Nein, töten werde ich sie nicht. Meine Götter haben uns schon so lange verlassen, dass für sie kein Opfer mehr nötig ist. Auch habe ich von Bertl gelernt, Größe zu zeigen und zu vergeben. Aber ich werde ihnen genug Blut nehmen, dass sie den Weg zu meinem Heim nie wieder finden werden, und so viele Finger, dass sie keine Waffen mehr bedienen können. Dann werde ich sie in die Ziviliation zurückbringen.

Nicht dass sie unterwegs gefressen werden.

Und zu guter Letzt werde ich mich von meinen Kindern verabschieden, hierher zurückkehren, von meinem Liebsten träumen, und die Jahre genießen, die mir noch bleiben. Hier, im Herzen der Wildnis, bin ich zu Hause.

Blauer Nebel
31 Kurzgeschichten
Spendenanthologie für die Tieroase Sandhausen-Bruchhausen

Retten Sie die Tieroase Sandhausen-Bruchhausen

Begleiten Sie die Tiere des Gnadenhofs bei ihrem Versuch, ihr Heim vor dem Untergang zu bewahren. Amüsieren Sie sich über einen Teppich mit Allüren. Begegnen Sie guten und bösen Lebewesen und stellen Sie sich dem Tod. In 31 heiteren bis melancholischen Geschichten begegnen Ihnen Geschichten über Katzen, Einhörner, Hunde, nordische Götter und mehr. Das ist beste Unterhaltung und Zerstreuung für das Leserherz.

Die Erträge dieser Kurzgeschichtensammlung kommen vollständig dem Erhalt des Gnadenhofs Tieroase in Sandhausen-Bruchhausen zugute. Helfen Sie, indem Sie die mit viel Liebe und Herzblut geschriebenen Geschichten in diesem Buch kaufen und weiterempfehlen.

ISBN 978-3-95681-028-2 auch als eBook erhältlich

Über die Autorinnen und Autoren

Sybille Baecker ist gebürtige Niedersächsin und Wahlschwäbin. Ihr Herz schlägt für das Ländle aber auch für die Highlands und die rauen Küsten Schottlands, die sie immer wieder gern und ausgiebig bereist. Ebenso hegt sie ein Faible für den (Scotch) Whisky.
Mit der Hauptfigur ihrer Krimiserie, Kriminalhauptkommissar Andreas Brander, konnte sie in den letzten Jahren zahlreiche Fälle zwischen Albtrauf und Neckartal erfolgreich lösen. Doch auch in Schottland geht sie mittlerweile auf Tätersuche. Hier nimmt in den nördlichen Highlands die Privatdetektivin Alison Dexter die Ermittlungen auf. Zudem ist die Fachfrau für *Whisky & Crime* Autorin des Reisehandbuchs *Whisky Trails Schwaben.*

Sybille Baecker erhielt 2020 für ein Krimiprojekt das Arbeitsstipendium der *Mörderischen Schwestern e.V.*

Whisky & Crime - hochprozentige Spannung:
Homepage: sybille-baecker.de/
Facebook: facebook.com/SybilleBaecker.Autorin
instagram: www.instagram.com/krimis.mit.schuss

Marie Bastide (Pseudonym) lebt und schreibt in München und Mailand. Ihren ersten Literaturpreis erhielt sie mit 14. Seitdem veröffentlicht sie sozialpolitische Fachliteratur und Belletristik. Der Schwerpunkt ihres literarischen Schaffens liegt inzwischen auf »MiniKrimis« und Kriminalromanen.
Mehr von ihr auf www.mariebastide.blog

Beatrice Braun ist eine Fantasyautorin mit Vorliebe für starke Liebesgeschichten. Eine Kurzgeschichte der Autorin erschien im November 2021 in der Anthologie *Stille Nächte, stade Zeit.* Sie war 2022 eine der Preisträgerinnen beim Literaturwettbewerb Kammweg.

Eine weitere Kurzgeschichte erschien im September 2023 in der Anthologie *Beyond these doors – Fantastische Geschichten im Zwielicht*. Ihr Roman *The Falcon and the Rose – Vergiss mich nicht* erschien im April 2024 im Traumschwingenverlag.

Die Autorin ist in einem kleinen Dorf im Erzgebirge aufgewachsen, wo die alten Sagen und Legenden noch lebendig waren. Ihre Großmutter kannte besonders viele davon und wusste so manch fantastische und bisweilen auch schauerliche Geschichte zu berichten.

Sie studierte in Würzburg und Liverpool Rechtswissenschaften und lebt derzeit mit ihrer Familie in Dresden.

Leo Büchner ist im Jahr 1974 in Rheinland-Pfalz aufgewachsen und lebt seit 1995 im Kölner Raum. Im Jahr 1998 hat er mit dem kreativen Schreiben begonnen, sein erstes Werk sollte ein Erotik-Thriller werden, diesen noch komplett mit Kugelschreiber geschrieben und im Jahr 2000 beendet, jedoch bis heute nicht publiziert.

Als nächstes Genre ist Büchner den Krimi angegangen und hat sich viele Jahre damit beschäftigt, zuletzt hat er im Jahr 2018 einen Kurzkrimi in seiner Webseite veröffentlicht.

Im Rahmen einer neuen Berufsausbildung hat er das Erstellen von Sicherheitskonzepten erlernt und schreibt heute im Rahmen der Prävention über alle Themen, die Menschen zu Straftaten veranlassen.

Carola Christiansen ist in Hamburg geboren und größtenteils aufgewachsen. Bevor ihr Hobby zum Beruf wurde, arbeitete sie für eine Fluggesellschaft. Sie ist viel gereist, hat in Hongkong, Luxemburg, Dänemark und Venedig gelebt, doch es zog sie immer zurück an die Elbe. Mittlerweile schreibt sie hauptberuflich und hauptsächlich Krimis – gewissenhafte Recherche führt sie allerdings weiter in der Welt herum.

Unter dem Motto: ›Spannung made in Altona‹, entwickelte sie u.a. ihren Hamburger Hauptkommissar *Siegfried Adam.*

Sie war drei Jahre Präsidentin des Netzwerks *Mörderische Schwestern e.V.*

Ana Dee liebt Bücher, seit sie lesen kann, und so ist es nicht verwunderlich, dass sie nach dem Studium damit begonnen hat, ihre Geschichten zu Papier zu bringen.

Die Autorin schreibt ihre Krimis mit viel Herzblut und Empathie, obwohl sie tief in die menschlichen Abgründe taucht. Ihre Bücher sind stets auf den vorderen Rängen zu finden und sie konnte bereits eine große Anzahl von Lesern mit ihren spannenden Krimis in Atem halten.

Viola Eigenbrodt wurde 1961 in Mainz geboren. Nach einem Studium der Klassischen Archäologie, Latein und Alter Geschichte mit einem Abschluss als Magistra Artium hält sie sich oft im Ausland auf und arbeitet als Volontärin bei diversen regionalen Medien.
Die ehemalige Kulturjournalistin schreibt seit 2010 Bücher, lebte von 2006 bis 12 in Meran, Südtirol und brachte von dort die Inspiration für ihre Merankrimis mit. Außerdem gibt es von der Stuttgarter Autorin noch Regionalführer aus der Kurpfalz und zwei Entwicklungsromane.

Noah Fitz (Jahrgang 1978) hatte schon immer den Wunsch, Bücher zu schreiben und ein bekannter Autor zu werden. Im Laufe der Jahre sammelten sich bei ihm etliche Manuskripte an. Mit dem Selfpublishing öffnete sich für ihn eine Tür, um seinem Ziel näher zu kommen.
Ein Buch zu schreiben ist wie einen Film zu drehen, nur findet das Kino in den Köpfen der Leser statt und nicht auf der Leinwand; genau das ist am Schreiben so faszinierend für Noah Fitz.

Bei Fragen, Verbesserungsvorschlägen und Anregungen ist Noah Fitz unter *noahfitz@gmx.de* rund um die Uhr zu erreichen.

Katharina Gerlach wurde 1968 geboren und wuchs mit drei jüngeren Brüdern mitten in einem Wald im Herzen der Lüneburger Heide auf. Schon früh verschwand sie tagelang in magischen Abenteuern, vergangenen Zeiten oder unheimlichen Märchenwäldern. Einige Zeit störte die Realität ihre Träume vom Schreiben, aber nach einem abgeschlossenen Forstwissenschaftstudium und einem Dr. in Naturwissenschaften kehre sie zu ihrer Berufung zurück. Sie schreibt auf Englisch und Deutsch am liebsten Fantasy, Science Fiction und Historische Romane für alle Altersgruppen.

Viele ihrer Werke wurden ausgezeichnet. Besonders stolz ist sie auf ihren *Silver Honorary Mention* des *Writers of the Future Award* (mit einer persönlichen Mitteilung des Autors *Dave Wolverton*), einem Wettbewerb, bei dem jedes Jahr tausende Manuskripte eingehen.

Webseite: de.katharinagerlach.com

Facebook Seite: www.facebook.com/KatharinaGerlach.Autorin

Amazon Seite: www.amazon.de/stores/author/B0057I7EQS/

Andreas Gruber, geboren 1968 in Wien, studierte an der dortigen Wirtschaftsuniversität und lebt als freier Schriftsteller mit seiner Frau in Grillenberg, Niederösterreich. Er hat bereits mehrere erfolgreiche und preisgekrönte Erzählungen und Romane verfasst. Die aktuelle Reihe um den knallharten, aber brillanten Ermittler Maarten S. Sneijder schockiert und fasziniert seine Fans gleichermaßen.

Neben der *Todes-Reihe* um Maarten S. Sneijder erscheint im Goldmann Verlag unter anderem auch die *Rache-Reihe* um den asthmakranken Leipziger Ermittler Walter Pulaski.

Schriftstellerei bedeutet für mich, dass ich interessante Figuren erfinden darf, ohne in der Psychiatrie zu landen – und Menschen auf originelle Weise ermorden kann, ohne im Gefängnis zu landen. Aber sonst bin ich ein netter Kerl, so der Autor.

Er begann 1996 mit dem Schreiben und war 1999 mit einer Kurzgeschichte Preisträger des NÖ Donaufestivals. Mittlerweile sind seine Kurzgeschichten in über hundert Anthologien erschienen, liegen als Hörspiel vor oder wurden als Theaterstücke adaptiert. Seine Romane wurden bisher als Übersetzungen in Frankreich, Italien, der Türkei, Brasilien, Japan und Korea veröffentlicht.

Der Autor wurde bereits für den Friedrich Glauser Krimi-Preis und zweimal für den Leo Perutz Krimi-Preis der Stadt Wien nominiert. Außerdem ist er Preisträger der Herzogenrather Handschelle und mehrfacher Gewinner des Vincent Preises und des Deutschen Phantastik Preises.

In seiner Freizeit gibt er Schreibworkshops, ist begeisterter Kinogeher, reist viel mit seiner Frau, spielt leidenschaftlich gern Schlagzeug und wartet bis heute vergebens auf einen Anruf der Rolling Stones.

www.agruber.com

www.facebook.com/Gruberthriller

Thomas Herzberg – Krimiautor aus dem hohen Norden. Als ›leichte Kost‹ beschreibt er das, was er da tut. Wer probieren möchte, ist herzlich eingeladen …

thomasherzberg.de

Maike Johnke lebt seit 2016 in Lohmar-Hausen. Sie studierte technische Betriebswirtschaft und arbeitet seit zwei Jahren in der Logistik bei einem Fachbuch-Verlag. In Ihrer Freizeit ist sie sportlich aktiv und verreist gern mit ihrer Familie in den Norden. Als

begeisterte Leserin, lag das Schreiben für sie nahe. Seit 2023 ist sie Mitglied bei den *Mörderischen Schwestern e.V.*
Veröffentlichungen: *Kaktus sucht Rose; Neugier bringt den Kater um; Ich seh Dich, Annabelle; Frau Uhu rettet Weihnachten; Spuk im Rathaus*

Homepage: www.agentinuhu.de

Chris Karlden, geb. 1971, studierte Rechtswissenschaft und schrieb in dieser Zeit Kurzgeschichten und Drehbücher. Nach seinem Examen arbeitete er zunächst als Videojournalist und gestaltete tagesaktuelle Fernsehbeiträge. Im Anschluss nahm er eine Tätigkeit als Jurist auf, die er über viele Jahre hinweg ausübte.

Sein Psychothriller *Das Medikament* wurde zum Nr. 1-Bestseller im Kindle-Shop sowie zum BILD Bestseller. *Der Totensucher* bildete den Auftakt einer Thriller-Reihe um die Ermittler Adrian Speer und Robert Bogner, die einer neu eingerichteten Mordkommission der Berliner Polizei zur Aufklärung besonders grausamer Verbrechen und ungelöster Fälle angehören.

Chris Karlden widmet sich beruflich ausschließlich dem Schreiben von Spannungsromanen und lebt mit seiner Familie als freier Autor im Saarland. Online ist er hier zu finden: chriskarlden.de

Isa Klink, 1973 in Tübingen geboren, lebt mit ihrer Familie in Neuffen. Sie studierte Lehramt und absolvierte die Erste Staatsprüfung im Fach Literaturwissenschaft erfolgreich zum Thema Kriminalliteratur. Nach Lehrtätigkeiten in Costa Rica und auf Gran Canaria hat sie über 25 Jahre lang an deutschen Grundschulen unterrichtet.

Seit 2015 schreibt sie Krimis sowie Kinder- und Jugendbücher. Sechs ihrer Bücher wurden seitdem in Verlagen veröffentlicht, zwei ihrer Kinderbücher hat sie selbst veröffentlicht. Ihr Debüt, *Tatort Hohenzollern* (Oertel + Spörer), wurde unter dem Namen *Isabel*

Holocher-Knosp ein regionaler Bestseller. Inzwischen arbeitet sie hauptberuflich als Autorin. Als *Isa Klink* veröffentlicht sie seit 2023 Schwarzwald Thriller. Mit *Steinkalt* gelang ihr der Sprung in die Top 10 der Kindle-Charts und in die Top 10 der BILD-Bestsellerliste. Sie ist Mitglied beim *Syndikat e.V.* und beim *Montségur Autorenforum*.

Homepage: www.isabelklink.de

Christiane Landgraf stürzt sich mit offenen Armen ins Leben. Sie liebt es zu lesen, zu lachen und zu tanzen, sie klettert, reist und fährt begeistert Achterbahn – für sie der schönste Adrenalin-Kick! Das beste Symbol auch dafür, dass nach jeder Talfahrt immer wieder Airtime und Aufwärtstrend anstehen.

Christiane Landgraf (geboren 1985 in Werneck, verheiratet, ein Kind) legte mit ihrem Romandebüt *Social Rating* (2016) und dem Nachfolger *Social Hideaway* (2017) den Grundstein für eine ganz eigene Komposition von Bewährtem und ihrer eigenen, unverwechselbaren erzählerischen Note. 2020 legt sie mit *Pilotentochter – Ehebruch mit Todesfolge* den Grundstein für eine Krimireihe rund um die charmante Jana, die immer wieder ungeplant in Kriminalfälle verstrickt wird.

Christiane Landgraf begeistert vor allem Frauen zwischen 20 und 60 Jahren. Die romantischen Fernweh-Thriller kombinieren Spannung mit Familiengeschichte, Romantik, ganz viel Fernweh und Reiseinspirationen aus Christiane Landgrafs eigener Reise- und Expat-Erfahrung und einer Prise Humor.

Ina Linger wurde in Berlin geboren und hatte schon als Kind eine immense Fantasie. Aus diesem Grund fing sie auch schon im Kindesalter an, ihre ersten kleinen Geschichten zu schreiben, und veröffentlichte dann 2011 ihr erstes Buch im Selbstverlag. Seither sind über vierzig Bücher von ihr erschienen. Obwohl die Autorin das Genre Fantasy bevorzugt, bewegt sich auch gern in anderen Genres. So sind bisher auch vier romantische Komödien und die Krimireihe *Aschenblut* entstanden.

Heike Meckelmann wurde in der Nähe von Elmshorn geboren und zog vor mehr als 30 Jahren auf die Insel Fehmarn. Sie betrieb nach dem Studium der Betriebswirtschaft auf der Insel lange Zeit einen Friseursalon und eine Hochzeitsagentur. Viele Jahre arbeitete sie in der Fotografie und nahm als Sängerin ein eigenes maritimes Album auf.

Seit 2016 ist sie als freie Autorin auf Fehmarn tätig und schreibt Reiseliteratur und Kriminalromane, die überwiegend auf der Insel spielen. Über 20 Jahre mit einem Fehmaraner verheiratet, bezeichnet sie sich durch und durch als Insulanerin, die ihre Insel genauso liebt, wie die Geschichten, die sie auf der Sonneninsel schreibt.

www.instagram.com/meckelmannheike

Für **Astrid Miglar** ist das Schreiben die pure Freude. Diese Begeisterung entlädt sich in völlig unterschiedlichen Geschichten, und dabei macht sie auch vor Mord nicht halt. Mehr über Astrid und ihre Delikte finden sich hier: www.astridmiglar.at

Astrid Plötner wurde am Rande des Ruhrgebiets geboren, wo sie bis heute lebt. Nach langer Berufstätigkeit im Handel absolvierte sie ein Fernstudium in den verschiedensten Bereichen der Schriftstellerei und arbeitet heute als freie Autorin.

In den Jahren 2013 und 2014 wurde sie mit ihren Kurzkrimis *Ausgemobbt* und *Mordsmasche* für den *Agatha-Christie-Preis* nominiert. Seither hat sie weitere Kurzgeschichten und mehrere Romane veröffentlicht. Im Besonderen die Serie mit den Ermittlern Maike Graf und Max Teubner, die spannende Kriminalfälle im Ruhrpott lösen. Astrid Plötner ist Mitglied im Verein der deutschsprachigen Kriminalliteratur *Syndikat e.V.*

www.astrid-ploetner.de

Edith Anna Polkehn ist Mitglied bei den *Mörderischen Schwestern e.V.* und in Niederbayern zuhause. Sie schreibt begeistert Kurzgeschichten. Die Autorin gewann bei verschiedenen Literatur-Wettbewerben im In- und Ausland sechs Preise und schaffte es dreimal ins Finale. *Krimis zu schreiben ist genial. Da kann man seine dunkle Seite sinnvoll ausleben und damit sogar Gutes tun*, meint die Autorin. Im Privatleben ist engagiert sie sich gerne sozial, z.B. mit Benefizlesungen zugunsten sozialer Zwecke (Frauenhaus, Tierschutz, Hospizarbeit). Sie ist verheiratet, hat zwei Kinder und vier Enkel.

Spannung mit Seele: **Alex Roller** hat als Turnerin ganze Hallen im Handstand durchquert und sich als Rock'n'Roll-Leistungssportlerin in 5 Meter Höhe durch die Luft wirbeln lassen.

Inzwischen steht die diplomierte Ingenieurin mit beiden Beinen auf dem Boden, vorzugsweise in ihrer Heimat, dem Norden Hamburgs. Wenn sie dabei nicht literarisch mordend unterwegs ist, baut sie Häuser und Tunnel mit viel Beton, in dem man, wie sie fachkundig weiß, das eine oder andere verschwinden lassen kann.

Von Aus- und Umwegen ist der dritte, in sich abgeschlossene Teil ihrer Kurzkrimi-Reihe *Seelenfrieden.*

Homepage: www.alexroller.de

Ingrid Schmitz wurde 1955 in Düsseldorf geboren, arbeitete dort als Speditionskauffrau bei einer kanadischen Reederei und später im Export für die Stahlindustrie.

Seit 2000 ist sie hauptberufliche Autorin. Ihre Laufbahn begann mit Kriminalkurzgeschichten. Auch als Biografin und Ghostwriterin hat sie sich betätigt.

Sechs Jahre später entdeckte Ingrid Schmitz das Romanschreiben für sich und erfand die private Ermittlerin Mia Magaloff. Ihr erster Fall heißt *Sündenfälle.*

Außer der Reihe entstand der Kriminalroman *Mord im Krimihotel*, in dem eine Autorin bei einem Lesungswochenende selbst zur Ermittlerin verschiedener Todesfälle werden muss.
Seit 2021 schreibt Ingrid Schmitz für die *Jerry Cotton* Kriminalromanreihe mit den FBI Special Agents Jerry Cotton und Phil Decker vom Bastei Lübbe Verlag.

Homepage: krimischmitz.de

Facebook: www.facebook.com/krimischmitz

Instagram: www.instagram.com/krimischmitz/

Steffen Schulze ist gebürtiger Brandenburger, der seit 2000 im Thüringischen Eisenach wohnt. Bücher schreibt er aus Leidenschaft in seiner Freizeit. Dabei bezeichnet er seine Werke eher als Abenteuergeschichten, denn als Krimi oder Thriller.

Angefangen hat er als Selfpublisher, auch wenn er bereits seit der Schulzeit schreibt. Für den Roman *Der Motorradpfarrer und die Millionenbeichte* (2014) fand er einen »richtigen« Verlag. Da sich der Highlights Verlag auf Motorrad-Krimis spezialisiert hat, brauchte er für *Pepe S. Fuchs - Feldjäger* (2016) einen neuen Partner. Den fand er mit dem Principal Verlag.

In seinem neuesten Werk *Abriss, Neubau, Notaufnahme* ist Schulze selbst der Protagonist. Er erzählt von einem Hausbauprojekt, das auf den ersten Blick gar nicht so schwer sein sollte, und lässt den Leser mitleiden, mitfreuen und mitschmunzeln.

www.tansaku.de und www.facebook.com/Schulze.Eisenach

Marsali Taylor wurde in der Nähe von Edinburgh geboren. Sie lebt mit ihrem Mann, ihren Katzen und zwei Shetlandponys an der Westküste der Shetland-Inseln. Sie war Sprach- und Theaterlehrerin und Touristenführerin, spielt Theater, schreibt für die Zeitschrift Shetland Life, gibt Segelkurse oder ist mit ihrem Segelboot unterwegs.
Auf Englisch, ihrer Muttersprache, sind zahlreiche Romane in verschiedenen Verlagen erschienen. Auf Deutsch wurde bisher ihr Roman *Mörderische Brandung* im Aufbau Taschenbuch Verlag veröffentlicht.

Mehr Informationen zur Autorin unter www.marsalitaylor.co.uk

Jürgen Hammerich, geboren 1958 Schleswig-Holstein, studierte Anglistik und Geschichte in Kiel und Belfast. Er arbeitete die letzten 30 Jahre seines erfüllten Berufslebens auf Fehmarn, wo er immer noch lebt.

Tanja Wenz ist freiberufliche Autorin und begann mit zehn Jahren Tagebuch sowie auch erste Kurzgeschichten zu schreiben. Seit dieser Zeit wollte sie Schriftstellerin werden. Im Jahr 2014 war es endlich soweit, sie veröffentlichte im Geest-Verlag ihr erstes Kinderbuch. Seitdem schreibt sie mit viel Herzblut an weiteren Büchern aus verschiedenen Genres.

Für ihre Kurzgeschichten erhielt sie bereits mehrere Preise. Mit ihrer Familie und vielen Tieren lebt sie im schönen Naheland.

Homepage: www.tanjawenz.de

Patrick Woywod wohnt in Sandhausen in der schönen Kurpfalz. Er liebt es, zu Lesungen zu gehen, wo er den Autor Andreas Gruber traf und auch noch andere Kollegen. Er ist Fan vom SV Sandhausen und sammelt exotische Pflanzen. Er hat eine Ausbildung zum Gartenfachwerker erfolgreich beendet. Da er krank geworden ist arbeitet er zur zeit in einer Werkstatt für Menschen mit Behinderungen.

online: www.facebook.com/partrick.woywod

Printed in Poland
by Amazon Fulfillment
Poland Sp. z o.o., Wrocław

41185332R00204